Zum Buch:

Das Schlematal im Erzgebirge war immer wieder einem abrupten Wandel unterworfen. Aus einem winzigen Bergarbeiterdorf wurde Anfang des 20. Jahrhunderts dank einer heilversprechenden Quelle ein mondäner Kurort, der seinen Bewohnern Wohlstand und Ansehen bescherte. Bis der Zweite Weltkrieg alles veränderte. Nach Kriegsende lag das Erzgebirge in der sowjetischen Besatzungszone, und es wurde Uran abgebaut. Bald schon spielten die Dorfkinder im radioaktiven Schlamm. Irgendwann stand der Kirchturm schief, der Ortskern sackte ab, und unzählige Menschen mussten dabei zusehen, wie ihre Häuser in der Erde versanken. Menschen wie die Familie Steiner, die ihre Heimat dennoch bedingungslos liebten und sich immer den Gegebenheiten anpassten. Denn bis heute weiß jeder Bergmann: Auf dunkle Zeiten folgen helle.

Zur Autorin:

Kati Naumann wurde 1963 in Leipzig geboren. In Sonneberg, im ehemaligen Sperrgebiet im Thüringer Wald, verbrachte sie einen Großteil ihrer Kindheit. Die studierte Museologin schrieb bereits mehrere Romane sowie Songtexte für verschiedene Künstler und das Libretto zu dem Musical *Elixier* (Musik von Tobias Künzel). Sie verfasste Drehbücher für Kindersendungen und entwickelte mehrere Hörspiel- und Buchreihen für Kinder. Kati Naumann lebt mit ihrer Familie am Stadtrand von Leipzig.

Lieferbare Titel:

Was uns erinnern lässt
Wo wir Kinder waren

KATI
NAUMANN

SEHN SUCHT NACH LICHT

ROMAN

HarperCollins

Sämtliche Personen sind frei erfunden.
Nicht alle Details entsprechen
den jeweiligen örtlichen Gegebenheiten.

1. Auflage 2024
Ungekürzte Ausgabe im HarperCollinsTaschenbuch

Umschlaggestaltung von wilhelm typo grafisch, Zürich
Umschlagabbildung von Elisabeth Ansley / Trevillion Images
Gesetzt aus der Stempel Garamond
von GGP Media GmbH, Pößneck
Druck und Bindung von CPI books GmbH, Leck
Printed in Germany
ISBN 978-3-365-00555-2
www.harpercollins.de

Druckprodukt mit finanziellem
Klimabeitrag
ClimatePartner.com/15109-2009-1001

MIX
Papier
FSC FSC® C083411

Prolog

Vor langer Zeit

Der Wald schien ein lebendiges Wesen zu sein. Überall strömte sein modriger Atem. Der Wind in den Zweigen klang wie ein Raunen, gewaltige Baumkronen schluckten das Licht, und Brombeerranken krallten sich in die Beine der Männer. Sie unterhielten sich flüsternd, als fürchteten sie, etwas zu wecken, was besser schlafen sollte.

Mit der letzten Siedlung auf der böhmischen Seite hatten sie die Menschenwelt verlassen und Miriquidi betreten, den Finsterwald mit seinen Berggeistern und wilden Tieren. Stundenlang ging es immer nur schroff bergan. Wer stürzte und nicht wieder hochkam, den fanden die Wölfe.

So lange es aufwärts ging, konnten sie den Bergkamm nicht verfehlen. Die kalte Luft stach in den Lungen, und aus dem Laub unter ihren Füßen stieg Nebel auf. An einer Stelle sickerte Wasser aus dem Boden, und sie tranken gierig.

Nach Stunden erreichten sie die Höhe. Dahinter begann ein sanfter Abstieg. Der undurchdringliche Wald schien endlos zu sein, und doch wussten sie instinktiv, wohin sie sich wenden mussten. Das große Berggeschrei lockte sie. Es war bis in ihr armseliges Dorf bei Litoměřice gegellt und hatte von einem sagenhaften Silberschatz unter der Erde berichtet.

Wer es bis nach dem Schneeberg im Meißnischen Erzgebirge schaffte, so hieß es, würde unermesslich reich werden.

1. Abwärts

August 2019

Der Boden unter ihnen bebte, dann zog es sie hinab in den dunklen Schlund. Sie waren zu viert. Mehr passten nicht in diesen engen Käfig aus Eisen.

Obwohl sommerliche Temperaturen herrschten, trug Luisa Thermowäsche unter ihrem Schutzanzug. An einem Wochenende wie diesem brauchte sie sich keine Gedanken um Sonntagskleider zu machen. Fünfzig Meter unter der Erde herrschten verlässliche zehn Grad Celsius, im Hochsommer genauso wie in den strengen Wintern des Erzgebirges. Auch an ihre Frisur hatte sie wenig Mühe verschwendet. Der Schutzhelm drückte ihr Haar innerhalb von Minuten platt. Die hohe Luftfeuchtigkeit hängte sich hinein und machte es strähnig. Wasser war hier schon immer ein Problem gewesen.

Sie standen so eng aneinandergedrängt, dass Luisa ahnte, was der Mann vor ihr zu Mittag gegessen hatte.

Die Fahrt dauerte nicht lang. Im Schacht 371 war es weiter hinabgegangen. Bis auf tausendachthundert Meter. Inzwischen waren die tieferen Hohlräume, in denen ihr Vater noch gearbeitet hatte, geflutet.

Der Förderkorb hielt mit einem Ruck. Nur noch eine Sicherheitsebene, dann kam der Wasserspiegel. Unter ihnen befand sich ein Labyrinth, mit Wasser gefüllt wie das versunkene Straßensystem von Vineta.

Luisa schob die Notleiter hoch und ließ die Besucher in den düsteren Stollen treten. Alles war klamm, und ein eisiger Luftstrom zog hindurch. Von der Felsendecke tropfte es, und am Boden sammelten sich Rinnsale in braunen Pfützen. Eine Frau zögerte beim Aussteigen. Vor Kurzem hatte jemand Panik in der dunklen Enge bekommen und verlangt, wieder nach oben gefahren zu werden. Aber wenn die Seilfahrt einmal begonnen hatte, gab es kein Zurück.

An den Schachtwänden hallten Rufe wider. Sie kamen vom Rest der Gruppe, der oben wartete. Immer wenn Luisa im Besucherbergwerk Schutzkleidung, Lampen, Helme und Gummistiefel verteilte, taxierte sie die Besucher. Sie hatte gleich gewusst, dass sie den zappeligen Jungen mit der Zahnspange auf keinen Fall allein mit seinem überfordert wirkenden Vater unten lassen durfte.

Während der zweiten Seilfahrt zupfte der Junge an allem herum. Er schien nur darauf zu warten, dass Luisa wegsah, um seine Hand durch eine Lücke im Förderkorb zu schieben.

»Unten im Wasser schwimmen schon ein paar Finger«, behauptete Luisa. »Abgerissen an der Schachtwand.«

Schnell versteckte der Junge seine Hände in den Taschen des Schutzanzugs. Sein Vater schenkte ihr einen Blick, den sie positiv deutete. Luisa ging immer vom Besten aus.

Als sie ihre Gruppe beisammenhatte, setzte sie sich mit ihnen in die Steigerstube und begrüßte alle: »Glückauf! Ich bin Luisa Steiner. Ich begleite euch in den kommenden zwei Stunden durch unser Besucherbergwerk. Die Seilfahrt im Schacht 15^{IIb} hat uns bis auf die Marx-Semmler-Stolln-Sohle geführt. Unter Tage sind wir übrigens per Du. Das ist unter Bergleuten so üblich.«

»Passt«, sagte der Vater des hyperaktiven Jungen. »Ich bin auch Bergmann. Ich schürfe Bitcoins.« Unter seinem Schutzanzug zeichnete sich der Umschlag einer kurzen Hose ab. Er tat Luisa jetzt schon leid.

Sie führte ehrenamtlich durch das Schaubergwerk in Bad Schlema. Vor einigen Jahren war sie für ihren Vater eingesprungen und dabeigeblieben. An den Wochentagen arbeitete sie als Vermessungstechnikerin bei der Wismut GmbH. Als Kind war sie einmal mit ihrem Vater in die kurz zuvor stillgelegten Gruben der Wismut gefahren. Nie hatte sie einen geheimnisvolleren Ort gesehen, angefüllt von Dunkelheit und den Geräuschen des Wassers. Er ließ sie nie wieder los.

Hier unter der Erde begegnete Luisa all den alten Geschichten ihrer Familie. Ihr Urgroßvater Wilhelm hatte sie in einer Mappe gesammelt, die von Generation zu Generation weitergegeben wurde. Sie erzählten von der St.-Georg-Fundgrube in Schneeberg, in der ein Silberblock gefunden worden war, so groß und schwer, dass Herzog Albrecht von Sachsen daran wie an einer Tafel speisen konnte. Die Sagen vom Berggeist, der schenkte und strafte, vom blauen Licht und den Geistern Kobold und Nickel waren die Märchen ihrer Kindheit gewesen. Immer wenn sie nicht in den Schlaf fand, hatte ihre Mutter das *Album für Freunde des Bergbaus* herausgeholt. Es war eine Sammlung loser Blätter mit prächtigen Bildern aus dem Leben der Bergleute. Luisas Urgroßvater hatte handgeschriebene Zettel mit Geschichten dazugelegt und darin Zeitungsausschnitte zu Bergbauunglücken gesammelt. Alles, was Luisa in diesem Moment ihrer Besuchergruppe erzählte, wusste sie aus Wilhelms Album. Er hatte Luisa noch kennengelernt. Es gab ein Foto, auf dem er sie im Arm hielt, ein brüllendes Bündel, ein Schreikind. Der Urgroßvater, taub vom Lärm im Berg, war der Einzige gewesen, der es mit ihr ausgehalten hatte. Als das Baby nach dem ersten Vierteljahr ruhiger wurde, schien Wilhelm seinen Zweck auf der Erde erfüllt zu haben. Luisa blieben das gemeinsame Foto und sein Album.

Während sie redete, führte sie ihre Gruppe in eine von der Sowjetisch-Deutschen Aktiengesellschaft Wismut ausgebaute Gangstrecke. Die gewölbten Höhlungen wurden durch verrostete Eisenträger stabilisiert.

Eine Frau aus der Besuchergruppe warf einen besorgten Blick nach oben. Sie befanden sich irgendwo unter dem

Park. Dort, wo einmal das Kurviertel gewesen war mit dem Radonbad und seinen von Palmen gesäumten Sonnenterrassen, bevor Oberschlema im Erdboden versunken war.

»Welches Gewicht hat das über uns?«, wollte die Frau wissen. »Kann das einstürzen?«

»Natürlich nicht«, versicherte Luisa. Sie erzählte von den verschiedenen Arten von Türstöcken und der Ingenieurskunst der alten Bergleute, die jede Last, die auf die übereinanderliegenden Sohlen drückte, genauestens berechnet hatten.

Und doch war in der Nachkriegszeit etwas anderes wichtiger gewesen als dieses Wissen, und es wurde planlos wilder Bergbau betrieben. Auf der Suche nach radioaktivem Uran hatten sich die Sowjets aus der Tiefe heraus fast bis in die Wohnhäuser hineingesprengt. Bad Schlema war unter der Oberfläche durchlöchert, überall lauerten die Spuren der Vergangenheit. Manchmal rumorte es in der Tiefe und drängte nach oben, sodass die Straße aufriss und sich gewaltige Krater in den Gärten auftaten.

Sie erreichten das Gangsystem des Altbergbaus. Aus der Dunkelheit ragte die gekappte Leitung der Radonquelle. In die Felswand war ein Lachterstein eingelassen, der das alte Längenmaß der Bergleute auswies. Luisa bat die Besucher, ihre Grubenlampen einzuschalten. Hier gab es kein elektrisches Licht mehr. Der Jung-König-David-Stolln war so eng und niedrig, dass ein kräftiger Mann nur mit eingezogenem Kopf und viel gutem Willen hindurchpasste. Überall im Gneis waren die Zeichen von Schlägel und Eisen zu sehen. Jedes Mal, wenn Luisa hier entlangging, tastete sie mit den Fingerspitzen kurz über die Rillen und Stufen an den Wänden. Hier hatten ihre Vorväter Spuren hinterlassen. Der erste von ihnen war aus Böhmen herübergekommen und hatte vergeblich gehofft, durch das Silber reich zu werden. Er lebte gerade lang genug, um ein Kind zu zeugen, und ertrank bei einem Wassereinbruch in der Grube.

Vielleicht war er später, als der Stollen mit dem ausgeklügelten System der Wasserkunst trockengelegt wurde, durch das Mundloch hinaus in die Zwickauer Mulde gespült worden.

Luisas Glaube an die Fähigkeiten ihrer Vorfahren war unerschütterlich. Niemals verschwendete sie Gedanken an einen plötzlichen Wassereinbruch oder daran, dass ein Förderseil reißen könnte. Die alten Stützbalken aus Fichtenholz waren verlässlich. Außerdem kündigten sie es mit einem Knacken und Knistern an, bevor sie brachen.

Es gab überhaupt wenig, wovor sich Luisa fürchtete. Wenn das Wetter trocken blieb, würde sie wieder im Steinbachtal an den schroffen Wänden der Teufelssteine klettern. Im Winter segelte sie mit dem Gleitschirm über den verschneiten Pöhlberg. Sie vertraute allem, was sie selbst mit ihren Händen greifen konnte: Seilen, Felswänden, Motorradlenkern.

Dabei war Luisa nicht leichtfertig. Sie hatte zwar keine Angst vor dem Berg, aber Respekt. Besonders vor dem, was der Boden jeden Tag aussandte und was weder sichtbar noch spürbar war.

Luisas Krankenkasse lud sie, obwohl sie erst dreißig war, regelmäßig zur Untersuchung für Krebsfrüherkennung ein, weil sie familiär vorbelastet sei. Jeder wusste natürlich, dass es nicht an den Genen der Steiners gelegen hatte. Durch den zerlöcherten Boden im Untergrund stieg beständig Radon auf. Das Gas drang durch die Ritzen im Mauerwerk und sammelte sich an der tiefsten Stelle, in den Kellern. In Luisas Elternhaus knatterte der Geigerzähler selbst im Erdgeschoss in viel zu schneller Folge. Ihre Eltern schien das nicht sonderlich zu beunruhigen.

Luisa hatte für sich ganz pragmatisch nach einer Lösung gesucht. Sie hätte natürlich wegziehen können, aber sie liebte das Schlematal, auch als es noch eine graue Haldenwüste gewesen war. Sie hatte mitgeholfen, es in eine sanft gewellte grüne Hügellandschaft zu verwandeln. Die Weihnachtszeit musste sie ohnehin immer hier verbringen, weil sie die Marschtrommel bei der Parade ihrer Bergbrüderschaft spielte. Außerdem war sie jetzt schon zu den traditionellen Mettenschichten eingeteilt. Die wurden im Besucherbergwerk gefeiert. Nach dem Vorbild der letzten Bergmannsschicht vor Weihnachten. Wenn sie im Winter überall in den Fenstern die alten Kerzenleuchter sah, wollte sie an keinem anderen Ort der Welt sein.

Also hatte Luisa einfach eine Wohnung in der Bergstraße im Dachgeschoss eines Wohnblocks gemietet. In dieser Höhe hatte sich das Radon längst verflüchtigt. Und obwohl sie es bei Sommerhitze manchmal kaum aushielt, erschien ihr die Wohnung ideal. Von ihrem Küchenfenster aus konnte sie über das halbe Schlematal bis nach Schneeberg sehen.

Außer Luisa war niemand der jüngeren Steiners geblieben. Einmal in der Woche besuchte sie ihre Großtante Irma im Seniorenzentrum Alte Gleesbergschule. In ihrer Wohnung hatte die betagte Tante nicht mehr wohnen können, nachdem sie ein paarmal gestürzt war und Luisa ihr Büro verlassen und zu ihr hineilen musste. Irma hatte kein großes Theater bei der Umquartierung gemacht. So lief es im Leben nun einmal. Wer die Produktion aufhielt, kam in die Wochenkrippe oder ins Altenheim. Dort vertrieb sich die fast Neunzigjährige die Zeit mit Holzhacken, Fernsehen und Schimpfen.

»Wenn ich im Kopf dusselig werd, musst du mich erschießen, Luisa«, sagte Tante Irma immer. Wohl wissend, dass die Enkelin ihres Bruders Hans Pazifistin war.

Luisa besaß noch zahlreiche andere ältere Verwandte in der Umgebung. Die Männer der Steiners waren wie der Berg, in dem sie früher geschuftet hatten. Verschlossen, hart und grundsolide. Luisa hatte bei ihrem Vater Wolfgang nur ein einziges Mal Tränen gesehen, aber das zählte nicht.

Er weinte nie. Nicht einmal, wenn jemand starb. »Der Tod gehört zum Leben«, hieß es bei ihm dann immer. Ein unbeholfenes Schultertätscheln war sein höchster Ausdruck von Emotion. Und doch bewegte Luisa eine solche Berührung mehr als wortreiche Beteuerungen. Wenn sie mit ihrem Vater aneinandergeriet, weil er immer noch die Kartoffeln im verstrahlten Keller lagerte, bestand ihre Mutter Susanne jedes Mal auf Versöhnung beim Abschied. Man könne nie wissen, ob sie sich wiedersehen würden.

Luisa gab nicht allzu viel darauf. Seit sie auf der Welt war, wurde in ihrer Familie nicht mehr so häufig vor der Zeit gestorben.

Der Junge mit der Zahnspange riss Luisa aus ihren Gedanken. »Ich hab gehört, dass manchmal Leute im Berg verschwinden, ist da was dran?«, wollte er gespannt wissen.

Sein Vater trampelte fröstelnd auf der Stelle und schien verärgert über die Frage zu sein. Sie verzögerte die Rückkehr ins Warme. »Das sind alles nur Märchen«, behauptete er kurz angebunden.

»Nein«, widersprach Luisa. »Auch aus meiner Familie sind schon Männer im Berg geblieben.«

Der Junge guckte sensationsgierig am Förderkorb vorbei, hinab in den wassergefüllten Schacht. »Sind die noch da unten?«

Luisa schüttelte den Kopf. »Nein. Nicht hier.«

Sie hatten ihren Platz gefunden in den Geschichten der Familie Steiner.

2. Alles kommt vom Bergwerk her

November 1908

Wilhelm Steiner angelte mit einem langen Kienspan Feuer aus dem Eisenofen der kleinen Küche. Bisher war das nur seinen Geschwistern erlaubt gewesen. Endlich hatte er seine Mutter davon überzeugt, alt genug zu sein, um die Paraffinkerzen anzuzünden.

Sie steckten in den geschnitzten Händen großer, bunt bemalter Holzfiguren auf dem Fensterbrett. Eine von ihnen war ein Engel mit goldlackierten Flügeln. Wie einen Kelch streckte er Wilhelm die Messingtülle mit der Kerze entgegen. Die anderen beiden Gestalten waren bärtige Bergmänner in Paradeuniform mit goldgesäumtem Schulterkragen und Schachthut. In der rechten Hand trugen sie die Kerze und in der linken das Grubenbeil. Die Figuren standen für jedes Kind der Steiners, zwei Jungen und ein Mädchen.

Wilhelm balancierte den glimmenden Span durch die enge Küche. Um ans Fenster zu gelangen, musste er hinter den Geschwistern vorbei. Sein Bruder Christian wickelte für die Mutter Garn auf kleine Holzspindeln. Seine Schwester Clara beugte sich über ihr Klöppelkissen. Mit geschickten Fingern kreuzte und drehte sie die Leinenfäden, sodass ein filigranes Spitzenband wuchs. Unvermutet richtete sich das Mädchen auf und schleuderte seinen geflochtenen Zopf zurück, direkt gegen den brennenden Kienspan. Wie an einer Zündschnur schmorte sich das Flämmchen an ihrem Haar hinauf. Hastig schlug ihre Mutter Alma mit dem Geschirrtuch darauf ein. Schwefelgestank breitete sich aus. Als Clara begriff, dass sie zur Mettenschicht ihre versengten Haare unter einem Kopftuch verstecken musste, brach sie in Tränen aus. »Ich werd aussehen wie eins von den alten Weibern!«

Verlegen zog Alma ihr Tuch ab, das sie zum Schutz vor den Küchendämpfen aufgesetzt hatte.

»Da sei froh, dass du ein Mädchen bist«, versuchte Wilhelm seine große Schwester zu trösten. »Wenn du ein Junge wärst, müsstest du in der Kirche den Hut abnehmen.«

»Wenn ich ein Junge wär, hätt ich kurze Haare«, gab Clara spitz zurück und betrachtete betrübt ihren ruinierten Zopf.

»Da könnt ihr später drüber vernünfteln«, entschied Alma.

Sie holte einen neuen Kienspan und entzündete die Kerzen selbst. Nun war Wilhelm ebenfalls zum Heulen zumute, aber er ließ es sich nicht anmerken. Ein Bergmann jammerte nicht rum, auch wenn er erst neun Jahre alt war.

»Sonst findet der Vater den Heimweg nicht«, erklärte Alma mit einem Blick in die Dunkelheit. Ihr Mann Johann verspätete sich. Sie musste an den Abend denken, an dem sie vergeblich auf ihren Vater gewartet hatte. Damals war sie nicht viel älter gewesen als Wilhelm.

Sie trat ans Fenster und presste die Stirn gegen das eiskalte Glas. Mit den Händen schirmte sie die Reflexionen aus dem Inneren der Stube ab. Sie konnte nicht weiter als bis zum Apfelbaum sehen, dahinter war alles schwarz. Die Zweige bogen sich im Wind. Ein Sturm zog auf.

»Brennt!«, rief Johann Steiner. Seine Stimme hallte durch die Dunkelheit.

Eine Flamme fraß sich gemächlich an der Zündschnur entlang. Das blaue Licht bewegte sich über eine Biegung in die Gangstrecke hinein. Nachdem es Schwierigkeiten mit dem Bohrloch gegeben hatte, musste es nun schnell gehen. Hektik konnten sich die Bergmänner dennoch nicht erlauben. Sie durften weder in den dunklen Gängen stolpern, noch auf den bemoosten Sprossen der Fahrtenleiter abrutschen. Die Länge der Zündschnur war genau berechnet, damit Johann und der zweite Mann der Vortriebstruppe sicher die Grube verlassen konnten.

Sie stiegen im Schein ihrer Karbidlampen einen Blindschacht empor. Der Parabolspiegel verstärkte die Flamme, und doch schien das Licht in der Finsternis zu versickern. Johann hatte am Morgen sein Haus in der Dunkelheit verlassen. Inzwischen musste es draußen längst wieder dunkel sein, als hätte es keinen Tag dazwischen gegeben. Er dachte an Alma und die drei Lichter in ihrem Fenster. Zu hören waren nur die Geräusche seiner Schritte und das eintönige Klingeln des Bergglöckchens. Solange die Glocke in beruhigender Regelmäßigkeit erklang, arbeitete die Wasserkunst und schützte sie vor dem eindringenden Grubenwasser.

Je höher sie stiegen, umso kälter wurde es. Im selben Moment, in dem Johann den unteren Schacht verließ und die Marx-Semmler-Sohle erreichte, spürte er die Druckwelle der Explosion. Sie löschte die Karbidlampen aus und klebte schwarzen Staub auf die schweißnasse Haut.

Für einen Moment war es still.

Dann ertönte Johanns Stimme in der Dunkelheit: »Da waren wir zu knauserig mit der Schnur.«

Ein Lachen antwortete ihm. Es war doch gut gegangen.

Als Johann eine Stunde später nach strammem Fußmarsch das Schlematal erreichte, pfiff der Wind scharf über das freie Feld, und Schneeregen setzte ein. Längst war der dichte Wald im Tal verschwunden, das Holz wurde für den Bergbau gebraucht. In Schneeberg hatte er kurz zur alles überragenden Kirche St. Wolfgang aufgeschaut und sich von den unzähligen Lichtern leiten lassen, die wie an einer Schnur aufgefädelt in den Fenstern leuchteten. Bergleute müssen viele Kinder haben, hieß es. Damit am Ende genug übrig blieben und der Bestand gesichert war.

An den Feldern vor Oberschlema herrschte stockfinstere Nacht. Endlich entdeckte Johann in der Dunkelheit einen blassen Lichtschein. Entlang des Dorfbachs standen kleine Bergmannskaten, und seine war die erste. Er lief darauf zu und zählte beim Näherkommen die leuchtenden Punkte. Alle seine Kinder waren wohlauf!

Alma holte aus der Schlafkammer einen Topf mit Essen, den sie unter der Federdecke im Ehebett warm gehalten hatte. Sie klopfte die Kissen auf dem Küchensofa zurecht und füllte ihrem Mann zwei Fingerbreit Kräutergeist in einen Becher. »Das spült den Arsenstaub weg«, versicherte sie.

Johann stürzte den scharfen Schnaps hinunter.

Sein Vater war an der Schneeberger Krankheit gestorben. Alma vertrat die feste Überzeugung, das mit dem Schnaps zu verhindern. Behandlungen wie diese ließ Johann gern über sich ergehen und erbat sich ein zweites Gläschen Medizin.

Clara brachte die Teller, und Alma drehte die Petroleumlampe auf. »Meinst du, wir kriegen hier draußen auch irgendwann Elektrizität?«, wollte sie von ihrem Mann wissen.

»Niemals«, sagte er überzeugt. »Dafür sind wir zu unbedeutend.«

In den Tagesgebäuden seiner Grube hatte die Gewerkschaft der Schneeberger Kobaltfelder vor einiger Zeit elektrisches Licht verlegt. Das war günstiger als Gasölbeleuchtung. Sie mussten die Kosten eindämmen.

Alma schöpfte Hirsebrei auf Johanns Teller. Sie bemerkte seinen Blick und entschuldigte sich: »Wir müssen halt sparen.«

»Daran sind bloß die Franzosen schuld«, polterte ihr Mann und schaufelte die dicke Suppe in sich hinein. »Kein Mensch wäre ohne die Franzosen auf so eine dummdaamische Idee gekommen.«

Seit in Paris ein billiger synthetischer Farbstoff erfunden worden war, hatte Kobaltblau, mit dem das weltberühmte Meissener Porzellan bemalt wurde, rasant an Bedeutung verloren.

»Unsere Kuxe sind keinen Pfifferling mehr wert«, klagte er. Die Kuxe waren ihre Anteile an der Grube, die sie von ihren Vätern geerbt hatten.

»Nicht dass sie auch noch unsere Kobaltfelder schließen«, fürchtete Christian. Er war Grubenjunge im ersten Jahr. Obwohl er noch keine vollen Schichten arbeiten durfte, räumte er vor Ort schon die abgesprengten Gesteinsbrocken weg.

Das Grubenfeld von Wolfgangmaßen breitete sich auf der Suche nach neuen Lagerstätten immer weiter aus, es kroch unter Neustädtel entlang bis Schneeberg und Oberschlema. Fast überall stießen sie auf taubes Gestein oder Pechblende. Immer tiefer drangen die Bergleute vor, und der Abbau wurde mit jedem Tag gefährlicher.

Wilhelm guckte seine Eltern verständnislos an. »Aber die können nicht dichtmachen. Hier kommt doch alles vom Bergbau her. Dann würd ja nichts mehr bleiben.«

Alma beruhigte ihn. »Hier war immer Bergbau, und hier wird immer welcher sein.«

Johann schob seinen leeren Teller zur Seite. »Das Erz ist ein lebendiges Wesen«, sinnierte er. »Vielleicht haben wir es vertrieben?«

Alma verteilte den Rest der Suppe. Zuerst bekam Christian seinen Anteil, dann die Geschwister und für sie selbst blieb nur eine kleine Pfütze. »Früher haben sie auch plötzlich gediegen Silber gefunden. Ohne Ankündigung«, versicherte sie. »Neuer Tag bringt neue Hoffnung.«

»Du hast recht, Mädchen«, knurrte Johann. »Wir haben zum Schichtende geschossen. Und am Montag werden wir sehen, ob es sich gelohnt hat.«

In der Nacht zum Sonntag ließ der Sturm nach. Bei Tagesanbruch hörten die Holzschindeln über ihnen auf zu klappern. Johann erwachte von der Stille, streckte sich und stand auf, um die Fensterläden zu öffnen. Die Helligkeit blendete ihn, und er kniff die Augen zusammen. Zwischen Klosterberg und Schafberg stieg die Sonne auf und tauchte die Landschaft in ein mildes Licht. Die sanft ansteigenden Hügelketten liefen ineinander über, und aus den mattgelben Wiesen der Ebene dampfte Nebel. Das kleine Bergmannshaus der Familie Steiner lag an einem Feldrand. Sie betrieben nebenher ein wenig Landwirtschaft und besaßen eine Kuh.

Johann lehnte sich ans Fenster. Hinter dem Haus wuchs ein dorniger Schlehenbusch. Seine dunkelblauen Früchte leuchteten aus dem Raureif heraus. Es war Zeit, sie zu ernten.

»Was machst du?«, fragte Alma verwundert, die von seinem Geklapper erwacht war.

Johann drehte sich zu ihr um und sagte: »So viel Licht! So prächtige Farben!«

Sie musste lächeln. »Das sagst du an jedem Sonntag.«

Johanns Haut war fahl und schien ihm zu groß geworden zu sein. Das Gesicht wurde von einem Netz aus Falten durchzogen. Alma trat neben ihn und legte ihre Hand in seine. Die Finger ihres Mannes waren schwarz und rissig. Da half kein Waschen mehr, obwohl sie ihm jeden Abend die Haut mit der Wurzelbürste schrubbte.

Als die Kuh brüllte, warf sich Alma schnell ein Tuch über und ging hinaus. Das Tier musste vor dem Kirchgang gefüttert, getränkt und gemolken werden. Sie stellte den Eimer unter einen Überlauf im Hof, der Wasser vom Gleesberg herunterleitete. Im Schlemabach konnte sie nicht einmal waschen, weil dort die Abwässer der Buntpapierfabrik hineinflossen.

Als die neue Woche begann, standen sie wieder in der Dunkelheit auf. Alma schürte das Feuer im Küchenofen, die Kälte ließ ihren Atem dampfen. Obwohl die jüngeren Kinder erst später zur Schule laufen mussten, bestand Alma immer darauf, dass sie mit ihrem Vater und dem großen Bruder frühstückten.

»Ich hätt noch schlafen können«, maulte Wilhelm.

»Wir sagen einander immer Auf Wiedersehen«, stellte seine Mutter mit einem Blick fest, der keine Widerrede zuließ.

Als sie fertig mit dem Frühstück waren, fragte Christian seinen Vater: »Wer geht zuerst?« Von ihm hatte er gelernt, dass ein Bergmann nur in einem Zustand in den Berg einfahren durfte: »Ausgeschlafen, vollgefressen, ausgeschissen.«

Die ersten beiden Punkte hatte Christian erledigt, nun musste er sich nur noch dem Plumpsklo widmen, das sich in einem zugigen Verschlag hinter dem Haus befand.

Nach seiner Rückkehr zog er den schwarzen Bergmannskittel über. Voller Neid beobachtete Wilhelm, wie sein Bruder den großen Schulterkragen glatt strich. Christian schnallte sich das Arschleder um, das den Hosenboden schützte. Mit dem Ärmel polierte er die neunundzwanzig Messingknöpfe seines Grubenkittels. Sie mussten wie das Sonnenlicht glänzen und standen für die Lebensjahre der Schutzheiligen aller Bergleute. Christian bemerkte den sehnsüchtigen Blick des kleinen Bruders. »Die obersten drei Knöpfe bleiben immer offen«, erklärte er ihm.

»Warum denn?«, wollte Wilhelm wissen.

Christian zog ein vielsagendes Gesicht. Er senkte seine Stimme und raunte: »Weil es sonst Unglück bringt.«

Wilhelm kam die Bergbrüderschaft wie ein Geheimbund vor mit ihren seltsamen Redewendungen, den vertrauten Bräuchen, den Gesängen und den prächtigen Bergparaden, die aufmarschierten, wenn fürstlicher Besuch in die Stadt kam. Es war eine Verbindung, die über den Tod hinausreichte und Ehefrauen und Kinder einschloss. Die Bergleute hielten zusammen, daran änderten selbst die derbsten Nachbarschaftsstreitereien nichts. Wilhelm fühlte sich beschützt in dieser Gemeinschaft, in die er hineingeboren worden war. Die anderen Kinder aus der neuen Niederschlemaer Schule, deren Eltern in der Papierfabrik oder im Blaufarbenwerk arbeiteten, konnten ihm nur leidtun.

Beim Abschied wünschte Wilhelm seinem Vater Glück. »Ganz sicher machst du heut einen reichen Fund.«

Johann legte ihm die Hände auf die Schultern und nickte. »An mir soll's nicht liegen.« Jeden Morgen nahm er diese Hoffnung mit in den Berg. Und bis die sich erfüllte, zahlte die Knappschaft das Schulgeld für seine Kinder.

Nach dem Unterricht lief Wilhelm den weiten Weg zur Scheidebank der Fundgrube Wolfgangmaßen. Dort sortierte er zusammen mit gut drei Dutzend anderen Söhnen von Bergleuten stundenlang Steine.

Die Scheidebank war ein großer Raum, angefüllt mit Steinhaufen, Erzstaub und Lärm. Hier schied sich die Spreu vom Weizen. Wilhelm setzte sich neben einen Scheidejungen, den er kannte. Der ging schon zur Bergschule und musste mit einem Fäustel die Steine zerschlagen. Wilhelm stand noch auf der alleruntersten Stufe der Ausbildung.

Neben ihm krachte das schwere Werkzeug auf einen schmutzig grauen Brocken und zertrümmerte ihn. Staub und Splitter spritzten umher und enthüllten im Inneren Quarz. Rotviolette Kristalle wuchsen darauf, angeordnet wie ein Fächer. Wilhelm klaubte das Stück aus dem Steinhaufen und drehte es. In den spitz zulaufenden Prismen spiegelte sich Licht, das durch die großen Fenster über dem Holztisch hereinfiel. Der Junge zögerte, dann flog das Gestein in den Sortierkorb für das Pochwerk. Eine Kobaltblüte war gleichermaßen schön wie nutzlos. Sie musste zerstoßen werden, damit noch der letzte Rest des Erzes herausgelöst werden konnte.

Wilhelm hatte schon die prächtigsten Fundstücke in seinen staubrissigen Händen gehalten. Kristalle in Würfelform aus grünlich schimmerndem Flussspat, Amethyste mit dunkellila Zacken oder Zinnstein, auf dem Bergkristalle wuchsen. Obwohl es ihn jedes Mal verlockte, waren sie alle ins Pochwerk gewandert. Das lag nicht nur an den strengen Blicken des Steigers, dem die Wasserkunst seinen rechten Arm zerquetscht hatte. Der Invalide besaß die Oberaufsicht über die Scheidestube, denn mit der Linken konnte er immer noch den Vogelbolzen schwingen, eine mehrschwänzige Peitsche, deren Enden verknotet waren, damit es die Übermütigen auch ordentlich spürten.

Wilhelm war selten übermütig. Und egal wie bunt und glitzernd ein Mineral auch war, er steckte nie etwas ein. Ein Bergmann ist ehrlich, lautete die eiserne Grundregel seines Vaters. Und ein Bergmann wollte Wilhelm werden. Aber noch war er ein kleiner Gungel, der taubes Gestein von reichem Nickelerz trennte.

Links und rechts neben ihm krachten wieder die Fäustel herunter. Einer der halbwüchsigen Jungen geriet aus dem Takt, und ein Gewirr von ohrenbetäubendem Lärm entstand.

Auf dem Heimweg lief Wilhelm zwei Hausierern über den Weg, die schwere Koffer, Säcke und Kisten mit sich schleppten. Vor ihnen lag eine große Wegstrecke, denn sie wollten auf den Zwickauer Markt, um dort Geschäfte zu machen, wie sie Wilhelm erklärten. Die beiden waren in der Gegend unter den Namen Tobak und Buckel bekannt und hatten früher als Bergleute gearbeitet. Nun war Tobak, dem immer eine Zigarre aus dem zerknitterten Mundwinkel hing, Invalide und verkaufte Erzeugnisse der Hausindustriellen.

Und Buckel hatte nicht etwa einen krummen Rücken, sondern eine Staublunge und schleppte ein sogenanntes Buckelbergwerk mit sich herum.

Als sie zum Haus der Steiners kamen, beschlossen Tobak und Buckel, Einkehr zu halten. Wilhelm riss die Tür auf und rief: »Die Kastenleut sind da!«

Sofort eilten Alma und Clara herbei. Das Mädchen schenkte den beiden Männern gleich einen Schnaps gegen die Kälte, die draußen herrschte, ein. Tobak öffnete seinen Warenkasten und zeigte der Hausfrau Bürsten und Löffel. Weil er mitunter Abnehmer von Almas akkuraten Klöppelspitzen war, begannen die beiden zu verhandeln.

Clara und Wilhelm schlichen um das Buckelbergwerk herum und bettelten, einen Blick hineinwerfen zu dürfen. Obwohl Buckel normalerweise keine Einzelvorstellungen gab, ließ er sich gegen einen weiteren Schnaps erweichen. Er schnallte den riesigen Schrankkoffer ab und öffnete dessen Türen. Im Inneren kam ein detailgetreues Miniaturbergwerk zum Vorschein mit Schacht und Gang, mit Hauern vor Ort und mit erzbeladenen Hunten auf Schienen. An den Wänden glitzerten Bergkristall und Eisenblüte. Buckel drehte an einer Kurbel und setzte damit die Apparatur in Bewegung. Der Förderkorb wurde hinaufgezogen, die Bergleute klopften mit Schlägel und Eisen, und ein Glöckchen erklang.

Die Kinder waren so gebannt von dem mechanischen Spielzeug, dass Alma in Ruhe ihre Einkäufe erledigen konnte. Sie hatte unter dem Kram von Tobak etwas entdeckt, das sie unbedingt haben wollte, und gab all ihre Klöppelspitzen der letzten Monate dafür her.

Je mehr sich das Jahr dem Ende zuneigte, umso eifriger putzte Alma. Obwohl das mit Holzschindeln gedeckte Blockhaus winzig war, gab es darin unzählige Winkel, und in jedem stand etwas herum. Eine Nähmaschine, ein Spinnrad, die beiden Holzgestelle mit den runden Klöppelkissen, ein Brotkasten, ein Stiefelknecht, Krüge und Pfannen. Und alles musste gescheuert und poliert werden.

Wenn Clara von der Schule heimkehrte, half sie ihrer Mutter. Sie putzten zusammen die beschlagenen Fenster, wienerten sämtliche Gefäße und verteilten zum Schluss Streu auf den Holzdielen. Die musste liegen bleiben, bis die zwölf Rauhnächte vorüber waren, die letzten Tage im alten und die ersten im neuen Jahr. Bald zog ein Duft nach Stroh und Honig durch die Bergmannshütte, und Mutter und Tochter war ganz feierlich zumute.

Die Vorfreude steigerte sich ins Unermessliche, als Alma die Speisekammer aufschloss. Seit Wochen hortete sie darin Lebensmittel, und ein unvergleichlicher Wohlgeruch nach Schinken und Sauerkraut quoll heraus. In einem Tontöpfchen sammelte sie zudem Rahm, um genug Butter für einen Kuchen zu haben.

Immer wieder hatte Alma Pfennige für das Weihnachtsfest zur Seite gelegt. So genügsam sie das ganze Jahr über lebten, an diesem höchsten Festtag musste es neunerlei Speisen geben. So verlangte es die Tradition.

Am Weihnachtstag arbeiteten die Männer nur die Hälfte der Zeit. Glockenschläge beendeten die Mettenschicht und riefen alle zum Bergsegen nach oben ans Tageslicht. Sie kamen im Huthaus zusammen, dem Verwaltungsgebäude der Grube. Der Steiger verlas den Grubenbericht, der nicht besonders erfreulich war, und dankte dem Bergfürsten für die Ausbeute. Es war Christians erste Mettenschicht, aber schon als kleiner Junge hatte er vom Vater sämtliche Bergmannslieder gelernt und konnte daher nun textsicher mitsingen. Die Stimmen der Bergleute verschmolzen zu einem rauen Chor, und Christian wurde ein Teil davon. Sie verließen sich aufeinander, beim Singen und bei der Arbeit.

Zum Schluss gab es Kräuterschnaps und Zigarren, die sie gelbes Geleucht nannten. Es war Christians erster Schnaps, und es sollte nicht sein letzter sein. Das gelbe Geleucht reichte er nach einer kurzen Kostprobe hustend an seinen Vater weiter.

An diesem Tag gingen Johann und sein Ältester gemeinsam an den erleuchteten Fenstern vorbei nach Hause und übertrafen einander mit Wunschvorstellungen für das Weihnachtsessen.

Zu Hause erwartete sie das Neunerlei. Fleisch für das Glück, grüne Klöße brachten Wohlstand, Hirse sollte Kleingeld bringen, Sauerkraut stand für Gesundheit, Sellerie würde besonders fruchtbar machen, Backpflaumen gaben Kraft, sauer eingelegte Pilze symbolisierten Freude, ein Hefekuchen stand für die Süße des Lebens, und natürlich gab es dazu Brot und Salz. Denn wer das beim Neunerlei vergaß, dem würde es im ganzen Jahr fehlen. Das Brot durfte lediglich gekostet und keinesfalls aufgegessen werden.

Nach dem Festmahl stand Johann auf und brach ein Stück davon ab. »Das bring ich der Kuh«, erklärte er. »Die soll auch merken, dass Weihnachten ist.«

Wilhelm und Clara vertrieben sich die Zeit bis zur Christmette mit Schuhwerfen. Der Junge war froh, dass es seiner großen Schwester nicht gelang, den Schuh so zur Tür zu werfen, dass die Spitze zum Ausgang zeigte. »Ach, was hab ich ein Glück!«, rief er. »Nun wirst du im nächsten Jahr das Haus noch nicht verlassen!«

Um Mitternacht dröhnten alle Kirchenglocken. Clara band sich schnell das Kopftuch ihrer Mutter um und versteckte die ruinierten Haare. Alma drückte jedem ein Mettenlicht in die Hände, das sie in kleine Laternen stellten. »Gebt fei gut auf euer Licht acht«, warnte Alma die Kinder. »Wem der Wind die Kerze löscht, dem wird der Tod begegnen.«

Fröstelnd zog Clara das Tuch fester, und Wilhelm tastete nach der Hand seiner Schwester.

Draußen vor der Tür warteten schon die Nachbarn mit ihren Lichtern. Johann und Christian entzündeten lange Harzfackeln. Aus allen Himmelsrichtungen strömten Feuer auf die Oberschlemaer Kirche zu und erhellten die schwarze, sternenlose Nacht.

Seit dem großen Kirchenbrand in Schneeberg durften die Fackeln nicht mehr mit ins Innere genommen werden, daher spießten die Männer sie vor dem Tor in einen Schneehaufen. Dort loderten sie und sprühten Funken, bis die Orgel verklang und alle wieder ins Freie drängten.

Erst zu Hause durften die Steiners das Mettenlicht löschen. Alma sammelte die Kerzenstümpfe ein und bewahrte sie sicher auf. Sie waren kostbar, denn sie schützten vor Unheil. Immer wenn ein Gewitter heranzog, zündete Alma einen von ihnen an, damit der Blitz nicht in ihr Haus einschlug.

Sie drängten sich um den grünen Kachelofen in der Stube, der sanfte Wärme verbreitete. Ein vielarmiger Leuchter erhellte den Raum. Im Kerzenschein strahlte ein geschnitzter Paradiesgarten mit Bergleuten und Jägern, mit Hirschen, Hasen, Engeln und einem großen Stern, der flatternde Schatten an die Wände warf.

Es gab für jeden einen Apfel und eine mit Goldbronze bemalte Nuss, und für Wilhelm und Clara lagen Geschenke bereit. Weil Christian schon unter Tage arbeitete, zählte er bei der Bescherung nicht mehr als Kind, obwohl er erst fünfzehn Jahre alt war. Clara fand ein Spitzentuch, das sie gleich über ihre bedauernswerten Haare legte. Wilhelms Geschenk übertraf das seiner Schwester bei Weitem. Es war ein Album mit prächtigen Bildern aus dem Leben der Bergleute. Alma hatte es in der Ramschkiste des Hausierers entdeckt. Es war nicht neu und ein wenig abgegriffen, aber das minderte Wilhelms Freude kein bisschen. Wer konnte sich schon ein neues Buch leisten, noch dazu mit solch wunderbaren Lithografien?

Wilhelm verkroch sich mit dem Album in eine Zimmerecke und breitete die losen Blätter vor sich aus. Das Papier war dick, und die Druckplatten hatten einen tiefen Rand hineingeprägt. Zu seinem Erstaunen fand er auf den Bildern die Geschichten seiner Familie wieder. Er begriff gar nicht, wie der Künstler das alles so genau hatte wissen können. Nur in der Scheidebank, fand Wilhelm, ging es in Wahrheit schmutziger zu. Sogar die Verunfallung seines Großvaters entdeckte er in dem Album. Mit wohligem Schauer betrachtete er das Motiv und konnte sich kaum davon losreißen, als die Mutter ihn ins Bett schickte.

Alma erinnerte die Kinder daran, dass dies die erste der zwölf Rauhnächte war. »Ihr müsst euch merken, was ihr träumt«, sagte sie. »Das wird in Erfüllung gehen.«

Die Geschwister drängten sich unter dem Federbett aneinander, und Clara wärmte ihre Füße am Bauch des kleinen Bruders.

»Wovon magst du träumen?«, flüsterte Wilhelm seiner Schwester zu.

Clara lachte. »Vom Schlafen! Ich möcht nur einmal in meinem Leben ausschlafen. Und du?«

Wilhelm musste gar nicht erst nachdenken. »Von einem Fund in Oberschlema will ich träumen«, sagte er. »Ich wünsch mir, dass sie hier im Berg etwas finden, was alles für uns ändert.«

3. Nichts geht verloren

August 2019

Das alte Mundloch gähnte in der Felsenklippe *Roter Kamm* am Zechenplatz. Die tief stehende Abendsonne färbte die Landschaft sepiafarben. Hier schien die Zeit stehen geblieben zu sein. Der hölzerne Förderturm von Schacht 15^{IIb} spuckte Menschen aus, als wäre die Schicht zu Ende. Sie liefen zu dem schindelgedeckten Huthaus schräg gegenüber. Früher hatten dort die Hauer ihre Arbeitsgeräte und Lampen abgegeben, die sie Gezähe und Geleucht nannten. Jetzt war in dem Fachwerkgebäude eine Wirtschaft.

Luisa führte die Teilnehmer ihrer Gruppe aus dem Besucherbergwerk zum Freisitz. Sie blinzelten ins Licht, studierten die Speisekarte und versuchten ihre Bergführerin zum gemeinsamen Essen zu überreden. Luisa holte sich jedoch nur eine Limonade und entschuldigte sich damit, dass sie noch schwimmen gehen wolle. Ein voller Magen sei dabei hinderlich. Nach einem kurzen Blick auf die Uhr verabschiedete sie sich.

Sie folgte dem Schlemabach ein Stück und stieß auf den Floßgraben, in dem sie ihre limonadenklebrigen Finger abspülte.

Über dem alten Lichtloch 15 stand ein Nachbau des ersten Ausgabehäuschens von heilkräftigem Radonwasser. Ihr Urgroßvater Wilhelm war in diesen Schacht noch eingefahren, um auf die Marx-Semmler-Sohle hinabzugelangen.

Der Wasserlauf führte sie hinaus aus der Vergangenheit. Vor Luisa lag der sanft gewellte Kurpark wie eine frisch verheilte Wunde. So ursprünglich die Landschaft auch wirkte, war doch alles künstlich angelegt, die Erhebungen, die Senken, der Graben. Mit dem Stolz eines Künstlers, der auf sein Meisterwerk blickt, betrachtete sie dieses harmonische Bild. Natürlich war ihr bewusst, dass es den Park auch ohne sie geben würde. Sie stellte in einem riesigen Getriebe nur ein winziges Rädchen dar, das verlustlos ausgetauscht werden konnte. Und doch fühlte es sich berauschend an, Teil einer solchen Verwandlung zu sein.

Der Boden im Park war an dieser Stelle um acht Meter erhöht worden. Mitten auf der Wiese, kurz über der Rasenfläche, schwebten die Glocken der alten Oberschlemaer Kirche in einem Gestell. Durch die Aufschüttung hingen sie in ihrer ursprünglichen Höhe, doch den Kirchturm mit dem Glockenstuhl gab es nicht mehr.

Luisa arbeitete in einer Firma, deren einziger Daseinszweck darin bestand, die Katastrophe, die hier stattgefunden hatte, wiedergutzumachen, das Leid, das geschehen war, zu heilen.

Als sie sich vor ein paar Jahren bei der Wismut GmbH beworben hatte, waren schon alle Kämpfe ausgefochten. In der Nachfolgefirma der Sowjetisch-Deutschen Aktiengesellschaft, die Uran abgebaut hatte, lauerten die Altlasten nicht nur auf den Halden, sondern auch in den Chefetagen. Doch diese Zeiten waren vergangen.

Luisa drehte sich einmal um sich selbst. In ihrem Kopf geisterten blasse Kindheitserinnerungen herum, aber es war schwer, diese Bilder richtig einzuordnen. Die meisten Anhaltspunkte waren verschwunden. Nur die Häuser Bautzen und Tanneneck bildeten noch Fixpunkte. Jahrzehntelang hatten sie wie eine Enklave im Trümmergebiet gelegen. Auch jetzt wirkten sie noch wie Fremdkörper und ragten in den Park hinein. Sie würden eine Enklave bleiben. Hier durfte nichts gebaut werden, der Boden trug nicht. Das neue Kurbad, das am damaligen Rand des Abgrunds stand, ruhte auf einer riesigen Bodenplatte aus Stahlbeton. Was auch immer in der Tiefe rumorte, nichts würde diesen Bau erschüttern, dessen Grundform wie ein eleganter

Fächer wirkte. Auf dem Vorplatz ließ ein bronzenes Brunnenmädchen Wasser aus seinem Krug in einen kleinen Teich plätschern.

Einmal in der Woche nutzte Luisa den günstigen Mondscheintarif und besuchte das Bad. Sie steuerte auf den Eingang zu, vorbei an blühenden Stauden und Kübeln mit Palmen.

Wenig später trat sie auf der anderen Seite des Gebäudes hinaus und ging zum Außenbereich. Sie hatte sich umgezogen und in einen Kimono gehüllt, der den Badeanzug verbarg.

Der blaue Abendhimmel spiegelte sich in dem erleuchteten Becken. Luisa legte den Überwurf ab, stippte mit den Füßen in das dampfende Wasser und ließ sich hineingleiten. Sie schwamm zum Strömungskanal und kämpfte so lange gegen den Widerstand, bis sie sich angenehm erschöpft fühlte. Der Salzgehalt erzeugte die Illusion von Schwerelosigkeit. Als sie wendete, sah sie, dass jemand am Beckenrand stand und ihr zuwinkte.

Sie stieg aus dem Wasser und erkannte, wer es war.

»Oh«, sagte sie und tastete nach dem Überwurf. »Der Bitcoinhauer.« Sie wäre lieber allein geblieben.

»Schürfer. Ich schürfe«, erklärte der Mann, den sie am Nachmittag gemeinsam mit seinem Sohn durch das Besucherbergwerk geführt hatte. »Wir mussten uns aufwärmen. War dann doch ganz schön kalt da unten. Und als wir gehört haben, dass man hier schwimmen kann, wollte mein Junge unbedingt her.«

Aus dem Innenbereich hallten Gekreische und Wasserplatschen. Luisa vermutete dort den quecksilbrigen Sohn.

Sie setzte sich auf einen der Liegestühle am Rand. Der Mann zog sich einen Stuhl heran.

»Ich hatte gehofft, dass wir uns hier noch mal treffen«, gestand er. »Mein Junge löchert mich die ganze Zeit, weil du gesagt hast, dass da unten Leichen sind.«

Luisa musste grinsen. »Dann solltet ihr unbedingt auf den Friedhof gehen. Dort liegen noch mehr.«

Der Junge kam nach draußen gerannt und sprang mit Anlauf ins Wasser, stieg wieder heraus, hüpfte erneut hinein und wiederholte das ein paarmal. Sein Vater guckte sich das eine Weile ungerührt an und verschwand dann, um Getränke zu holen. Irgendwann hatte der Junge genug. Er setzte sich keuchend auf den Rand von Luisas Liege und wackelte mit den Beinen. »Vermisst du die aus deiner Familie, die da unten rumliegen?«, wollte er wissen. »Bist du deswegen traurig?«

Luisa sah ihn überrascht an und merkte, wie sie anfing, ihn zu mögen. »Nein«, sagte sie nachdenklich. »Ich kannte keinen von ihnen, das ist alles vor meiner Geburt passiert. Aber der Kummer meiner Großtante macht mich traurig. Der Letzte, der verschwunden ist, war ihr Bruder.«

Der Bitcoinschürfer kam mit zwei Tassen Tee und einer warmen Milch zurück. Der Junge guckte in seinen Becher und beschwerte sich. »Ich wollte Kakao!«

»Davon wirst du immer so hyperaktiv«, behauptete sein Vater.

Luisa wunderte sich. »Da geht noch mehr?«

Sie bedankte sich für den Tee und setzte sich mit ihrer Tasse an den Beckenrand. Der Junge schlich ihr wie ein zutraulicher Hund hinterher.

»Ich hab auf dem Handy so eine Sendung geguckt«, berichtete er aufgeregt. »Da haben sie eine vermisste Frau nach vierzig Jahren gefunden! Als Gerippe im Wald. Bestimmt finden sie deinen Großonkel auch noch.«

Luisa hatte von diesem Fall gehört, er war in dieser Woche eine große Schlagzeile wert gewesen. Aber nach ihrem Vorfahren würde die Polizei nicht suchen.

Der aufsteigende Wasserdampf ließ die Umgebung milchig verschwommen erscheinen. Sie versuchte sich vorzustellen, wie das Profil der Hügelkette damals ausgesehen hatte.

Wenn jemand spurlos verschwand, blieb er immer anwesend. Sobald zwei aus ihrer Familie zusammentrafen, tauschten sie neue Theorien aus, was mit Rudolf geschehen sein könnte: Unfall, Verbrechen, Flucht. Und weil es keine Bestätigung geben konnte, drehten sich die Gespräche immer im Kreis.

»Ich denke, man muss nur lang genug suchen«, sagte der Junge und pulte sich Wasser aus dem Ohr. »Nicht bloß dort, wo es angeblich passiert ist. Man muss einfach an der richtigen Stelle suchen.«

Luisas Großonkel hatte im Schacht 38 gearbeitet, als er verschwand. Dort in der Tiefe vermuteten sie ihn. Luisa musste für ihre Firma manchmal die alten Stollen in diesem Gebiet vermessen. Der Gedanke, dabei auf seine Überreste zu stoßen, begleitete sie stets bei dieser Arbeit, wobei sich Hoffnung und Furcht die Waage hielten.

»Und?«, fragte der Junge. »Suchst du weiter nach deinem Onkel?«

Seinem Vater war diese Beharrlichkeit unangenehm. »Jetzt lass sie doch in Ruhe. Sie hat gesagt, sie kannte diesen Großonkel gar nicht. Wen man nicht kennt, wird man wohl kaum vermissen.«

Der Junge zog einen Flunsch und behauptete: »Ich hab keinen Bruder und vermisse den trotzdem sehr.«

»Gib Ruhe.« Der Bitcoinschürfer knuffte seinen Sohn. »Das ist was anderes.«

War es das? Vermisste nicht auch Luisa ihren Urgroßvater Wilhelm? Von ihm hatte sie so viele Geschichten gehört, dass sie manchmal glaubte, sich an ihn zu erinnern, was völlig unmöglich war. »Mein Vater hat seine Großmutter nicht gekannt, und sie fehlte ihm dennoch«, erzählte sie. »Alle anderen Kinder hatten eine Oma, nur er nicht.«

Der Junge riss die Augen auf. »Ist sie auch im Berg verschwunden?«

Luisa schüttelte den Kopf. »Nein«, sagte sie und musste dabei an ein Bild ihrer Urgroßmutter denken, von dem sie wünschte, sie hätte es nicht gesehen. »Bei ihr war es etwas anderes.«

Ein Schauer lief über ihren Rücken. »Mir ist kühl«, stellte sie fest. »Ich werde langsam aufbrechen.«

Der Bitcoinschürfer stand ebenfalls auf und erklärte seinem Kind, es sei Zeit fürs Hotelbett.

»Sind die Häuser hier sicher?«, wollte der Junge noch wissen.

Luisa sah ihn amüsiert an. »Wieso nicht?«

»Vorhin hast du erzählt, dass da unten alles hohl ist«, erklärte er aufgeregt. »Womöglich bricht heute Nacht unser Hotel ein. Ich hab vor Kurzem einen Film gesehen …«

Während sein Vater befand, dass er eindeutig zu viele Filme gucken würde, erkundigte sich Luisa: »Wo schlaft ihr denn?«

»Im Haus Elfriede.«

»Dann besteht kein Risiko«, versprach sie. »Meine Firma hat alle alten Gänge gesichert, ich kenne die Grubenrisse der Gegend. Die Häuserreihen da drüben stehen auf festem Boden.«

»Und wie sieht es mit Radon aus?«, wollte der Vater wissen.

»Keine Sorge, es werden ständig Messungen durchgeführt«, beruhigte sie ihn. »Die alten Stollen leiten das Gas von den Häusern weg.«

Vor den Umkleidekabinen trennten sie sich.

Luisa hatte ihr Telefon im Rucksack gelassen und entdeckte nun, dass ihre Großtante Irma mehrmals versucht hatte, sie zu erreichen. Da das die einzigen Anrufe waren, machte sich Luisa keine Gedanken. Wenn etwas passiert wäre, hätte sie zusätzlich verpasste Anrufe von ihrer Mutter, ihrem Vater, ihrer Großmutter, Irmas Tochter und dem kompletten Zwickauer Teil der Familie.

Sie hörte die Nachrichten ab. »Wieso gehst du nicht ran, Luisa?«, krächzte die Stimme ihrer Großtante Irma. »Ich will mich über das Essen beschweren. Salat! Das ist doch nichts für Bergleute.«

Im nächsten Anruf beklagte sie sich, dass ihr Wohnungsschlüssel unauffindbar sei. »Wieso verschwindet hier ständig alles?«, schimpfte sie. »Ich vermute, hier klaut einer.«

In der nächsten Nachricht sinnierte sie: »Nichts auf der Welt kommt weg. Kein Schlüssel und kein Bruder. Das muss doch langsam mal alles gefunden werden.«

Luisa seufzte. Sie hatten den Schlüssel bei der Hausverwaltung abgegeben, als ihre Großtante ins Heim gekommen war. Bisher hatte es nur niemand gewagt, ihr das zu sagen.

An der Gleesbergquelle in der Eingangshalle füllte Luisa ihre Trinkflasche mit Radonwasser auf.

Vater und Sohn waren schon fertig umgezogen und beobachteten, wie sie davon trank.

»Ich denk, das Zeug ist giftig?«, wollte der Junge wissen.

Luisa versicherte: »Die Dosis macht das Gift. Das hier ist Heilwasser.«

Draußen, am Wasserbecken mit dem Brunnenmädchen, verabschiedete sie sich von den beiden. Sie schlenderten zum Haus Elfriede, und Luisa sah ihnen nach. Vermutlich hatte der zappelige Junge recht. Wenn jemand verschwand, musste man auch an unwahrscheinlichen Orten suchen. Ihre Familie hatte nach der Wende nur an den wahrscheinlichen Stellen nach Rudolf gesucht. Da war er schon viele Jahre verschwunden gewesen, und es gab keine Spuren mehr zu finden. Vor der Wende waren sie gegen Mauern gelaufen. Wer in der Sowjetisch-Deutschen Aktiengesellschaft Wismut arbeitete, baute schließlich keine Steinkohle ab. Der militärische Bergbau hatte strengster Geheimhaltung unterlegen.

Luisa wandte sich Richtung Klosterberg und trank noch einen Schluck Radonwasser. Sie spürte der kühlen Flüssigkeit nach, die ihre Kehle hinunterrann. Ihre Großmutter behauptete, dass sie keinen Glauben hätte, weil sie nicht zur Osternachtsfeier um fünf Uhr in der Früh in der Kirche gewesen war. Doch sie hatte unrecht. Luisa glaubte an die Heilkraft dieses Wassers, das aussah wie Wasser und schmeckte wie Wasser. Und sie glaubte an Wunder. Denn ein Wunder war es gewesen, dass sie diese Quelle wiedergefunden hatten.

Nichts auf der Welt ging verloren. Wie hatte der Junge gesagt? Man musste einfach an der richtigen Stelle nachsehen.

Sie überlegte, ob sie die Suche nach dem verschollenen Teil ihrer Familie noch einmal neu beginnen sollte. So als gäbe es an dieser Sache nichts, was absolut sicher war. Verdiente ihre Großtante nicht endlich eine Antwort? War es nicht höchste Zeit, ihr jene innere Ruhe zurückzugeben, die sie an einem fernen Junitag verloren hatte?

Kurz entschlossen wechselte Luisa die Richtung. Ihre Eltern würden alles über die alte Vermisstenanzeige wissen.

4. Der Fund

Juni 1913

Wilhelm folgte dem schmalen Weg, der sich neben dem Floßgraben in sanften Biegungen durch das Tal schlängelte. Die Reflexionen der Morgensonne im Wasser tanzten wie Irrlichter durch den Wald. Früher einmal hatte der Graben das Holz für die Bergwerke in Oberschlema und Schneeberg transportiert. Nun wucherte an den Rändern Farn, und von beiden Seiten neigten sich Bäume über den Pfad.

Der Junge versuchte dem schnellen Tempo der Fräuleins vor ihm zu folgen. Sie trugen die weißen, gestärkten Schwesternschürzen vom Genesungsheim des Verbands deutscher Handlungsgehilfen in Niederschlema. Ihre Arme hatten sie im Rücken umeinandergeschlungen, als wären sie unzertrennlich. Die Beine marschierten im Gleichschritt, sodass die bodenlangen Röcke rhythmisch mitschwangen. Beide trugen über dem Arm einen geflochtenen Henkelkorb mit leeren Schnapsflaschen, die bei jeder Bewegung aneinanderklimperten. Die Fräuleins schlüpften durch ein Portal von Zweigen und wurden vom Schatten verschluckt.

»Wartet auf mich!«, rief Wilhelm und sprang schnell hinterher.

Lachen antwortete ihm. Die beiden jungen Frauen blieben stehen, drehten sich zu ihm um und legten die erhitzten Gesichter aneinander. Sie hätten Zwillinge sein können und waren doch nur beste Freundinnen.

Wilhelms Schwester Clara und ihre Nachbarin Martha hatten zur Feier des Tages unterwegs Blumen gepflückt und sich gegenseitig in die Haarkränze gesteckt.

»Ich fühl mich fast schlecht, weil wir heut so faul sein dürfen«, bekannte Clara.

Martha verschränkte demonstrativ die Arme und erklärte: »Bloß Arbeit und kein Spaß macht fei dumm.«

Ihr Lachen schreckte die Braunkehlchen in den Zweigen über ihnen auf. Clara stimmte ein und verschränkte die Arme ebenso. Alles, was die Freundin tat, fand sie famos. Martha hatte ihr auch die Anstellung im Genesungsheim besorgt. Sie war ein paar Jahre älter als Clara und bereits volljährig. Leider nützte ihr das nichts, weil eine durchweg übel gelaunte Mutter wie ein Drachen über sie wachte. Umso mehr genoss sie die wenigen Momente der Freiheit mit ihrer Freundin. Dass Wilhelm immer mit von der Partie war, nahm sie in Kauf. Meistens ignorierten ihn die Fräuleins und behandelten ihn wie Luft. Auf diese Weise erlauschte der Junge, dass Martha kein Schnürkorsett trug und mithilfe roher Kartoffeln ihre Sommersprossen zu beseitigen versuchte.

Wilhelm war nun vierzehn Jahre alt, besuchte die Bergschule und trug voller Stolz den schwarzen Bergmannskittel mit seinen neunundzwanzig glänzenden Kupferknöpfen.

»Hast du den Erlaubnisschein von der Grubenverwaltung auch nicht vergessen?«, vergewisserte sich Martha bei ihrer Freundin. Sie selbst sah zum wiederholten Male nach, ob das kostbare Papier tatsächlich im Korb lag. Noch nie in ihrem Leben hatte sie so etwas Wertvolles geschenkt bekommen. Dieser Schein berechtigte sie, an einem Schatz teilhaben zu dürfen.

Clara klopfte auf ihre Schürzentasche, und Wilhelm drängte: »Lasst uns weitergehen. Nachher kriegen wir nichts mehr.«

»Ach, Unsinn.« Seine Schwester lachte und hakte sich bei ihm unter. »Das Wunderzeug wird niemals alle. Das weiß ich sicher.«

»Von wegen Wunderzeug«, brummte er.

Seine Schwester spuckte in ihre Handfläche und klebte ihm eine widerspenstige Haarlocke an den Kopf. »Dir kann man es nicht recht machen«, sagte sie. »Dein Wunsch hat sich doch erfüllt. Sie haben einen großen Fund getätigt bei uns. Einen, der alles verändern wird, da bin ich sicher.«

»Aber ich wollt, dass wir gediegen Silber finden«, maulte der Junge. »Und nicht bloß eine Quelle, die aus der verwünschten Pechblende kommt.«

Wilhelm hatte inzwischen die nächste Stufe seiner Ausbildung erreicht und durfte in der Scheidebank den Fäustel auf die Erzbrocken krachen lassen. Schon vorher erkannte er allein am Gewicht, ob sich im Inneren eine kristallisierte Höhlung verbarg oder er schwere Pechblende in der Hand hielt. Die hatte den Bergleuten seit jeher nichts als Unglück gebracht. Sobald sie auf das schwarzgrüne Mineral stießen, war es mit dem Silber vorbei. Und obwohl die Physikerin Marie Curie in Frankreich tonnenweise Pechblende für ihre Versuche benötigte, hatte nicht das Grubenfeld von Schneeberg, sondern das in Johanngeorgenstadt den Zuschuss für die Suche bekommen.

Aber dann war der Baumeister des Oberschlemaer Blaufarbenwerks im Marx-Semmler-Stolln auf ungewöhnlich heftig strömendes Grubenwasser gestoßen. Es schien durch eine unterirdische Kraft bewegt zu werden und besondere Fähigkeiten zu haben. Und die durften die Bewohner von Oberschlema an diesem Feiertag testen.

»Was meint ihr? Was passiert, wenn wir das Wasser trinken?«, fragte Wilhelm.

Martha ließ wieder ihr helles Lachen ertönen, und Clara stimmte ein. »Vielleicht wächst du dann«, zog sie ihren Bruder auf. Er war mindestens einen Kopf kleiner als die Fräuleins.

»Und bei mir verschwinden die Sommersprossen.« Martha beugte sich zu ihm herunter, damit Wilhelm ihren Makel aus der Nähe betrachten konnte.

Beleidigt stupste er die Fräuleins vorwärts. Die Bäume öffneten sich, und der Pfad führte weiter zum Ort. An den zahlreichen Lichtlöchern, die mit kleinen Holzhütten gesichert waren, konnten sie den unterirdischen Verlauf des Marx-Semmler-Stollns ausmachen.

Zwischen den Häusern von Oberschlema lag der neue Radiumtagschacht, der geradewegs in die Tiefe führte. Über dem Loch war eine Bretterbude mit Kreuzdach aufgebaut worden. Schon aus der Ferne konnten sie das Gedränge der vielen Schaulustigen sehen. Aufgeregtes Stimmengewirr schwirrte zu ihnen herüber. Sämtliche Schulkinder der Umgebung waren zusammengekommen und rannten durcheinander. Zwei junge Lehrerinnen erteilten mit schrillem Tonfall vergeblich Befehle.

Wilhelm blickte sich besorgt um. »Meint ihr wirklich, es reicht für alle?«

Clara winkte ab. »Das wird schon langen für die paar Seelen.«

Ihr Bruder blies die Backen auf. »Du hast ja keine Ahnung, wie die saufen können!« Er entdeckte seine Bergschulklasse und gesellte sich zu ihr. Die Ungeduld war kaum erträglich.

An der Bretterbude hing eine Schiefertafel mit der Aufschrift: *Ausgabe Radiumwasser*. Dabei enthielt das Wasser keineswegs Radium, sondern lediglich dessen Zerfallsprodukt, das Radongas.

Je näher die achte Stunde rückte, umso gespannter wurde die Stimmung.

»Hat die Brüh wirklich Zauberkraft?«, fragte eine gebrechliche Alte, die keinen Zahn mehr im Mund hatte.

»Pass nur auf! Davon wächst dir fei ein neues Gebiss«, rief ihr eine andere alte Frau zu.

Die Menge johlte und wollte gern daran glauben. Immerhin hatte es in der Auer Zeitung schwarz auf weiß gestanden: Dieses Wasser sei laut zahlreicher Gutachten schmerzlindernd und entzündungshemmend und bewirke wahre Wunder.

Der kleine Platz wurde immer voller. Zum Schluss erschienen der Bürgermeister und die Direktoren der umliegenden Fabriken, die durch ihre Anzüge und die stattliche Erscheinung aus der Masse herausstachen. Gemeinsam mit dem Blaufarbenwerkkonsortium, dessen Geschäfte nur noch mäßig liefen, plante der Bürgermeister einen neuen Kurbetrieb. Die Festlichkeit hatte er auf den Feiertag zum Thronjubiläum des Kaisers gelegt. Das sollte der ganzen Angelegenheit die passende Würde und die nötige Bedeutung verleihen. Seine Rechnung schien aufzugehen. Es waren ein Schreiber vom *Auer Tageblatt* und der Schneeberger Fotograf mit seiner sperrigen Plattenkamera gekommen, um den denkwürdigen Tag für die Nachwelt festzuhalten.

Als die Glocken der Oberschlemaer Kirche zu schlagen begannen, bildete die Menge einen erwartungsvollen Halbkreis um die Bude. Wilhelm drängte sich schnell zu seiner Schwester hindurch, die an einer besseren Position stand. Der Fotograf kroch unter das Verdunklungstuch und richtete seinen Apparat aus. Mit dem achten Glockenton erschien ein Beauftragter der Grubenverwaltung und öffnete die Tür des Bretterverschlags. Alle begannen zu drängen und zu schieben, um bloß nichts zu verpassen.

»Was macht er da?«, fragte Clara aufgeregt und stellte sich auf die Zehenspitzen.

»Er pumpt das Wasser hoch«, erklärte Wilhelm.

Der Mann goss die gewonnene Flüssigkeit in eine seltsame Apparatur.

»Und was macht er jetzt?«, wollte Martha wissen.

»Das ist ein Fontaktoskop«, erklärte Wilhelm. Sein Gesicht rötete sich vor Stolz, weil er dieses schwierige, in der Bergschule gelernte Wort behalten hatte. »Damit kann er messen, wie stark das Radiumwasser ist.«

Martha warf ihm einen erstaunten Blick zu, in dem er sich sonnte. Zum ersten Mal wusste er mehr als die neunmalgescheiten Fräuleins.

In diesem Moment holte der Beauftragte einen Schiefergriffel aus seiner Brusttasche und schrieb auf die Tafel an der Bretterbude eine Zahl. Ein ehrfürchtiges Raunen ging durch die Menge. Niemand konnte etwas mit dieser Zahl anfangen, aber sie sah beeindruckend aus, selbst für die, die nicht lesen konnten.

»Ist es stark?«, wollten die Umstehenden wissen.

Der Beauftragte nickte mit Kennermiene. »Sehr stark. Viel stärker als das in St. Joachimsthal im Böhmischen.«

Beifall brandete auf. Der Mann verneigte sich und wurde zur Seite geschoben.

Es war Zeit für die Rede des Bürgermeisters. »Mit der Ausgabe des allerersten Radiumwassers an die Oberschlemaer Bürger feiern wir den alsbaldigen Baubeginn des modernsten Kurbads unserer Epoche!« Die Menge klatschte, und der Bürgermeister fuhr fort: »Dieses radioaktive Heilwasser weckt sämtliche Energien im Körper und wird die Kurgäste in Scharen anlocken!«

Nun jubelten die Menschen. Das Genesungsheim des Verbandes deutscher Handlungsgehilfen in Niederschlema musste jeden Winter schließen, wenn die Natur der Umgebung trist und unwirtlich wurde. Mit der Entdeckung des Heilwassers würde es möglich sein, ein neues, größeres Kurbad zu errichten, das unabhängig von den Jahreszeiten betrieben werden konnte.

Ein Planungsbeauftragter trat nach vorn und erklärte: »Wir werden unweit von hier im Silberbachtal einen prächtigen Neubau erschaffen.«

Martha flüsterte in Claras Ohr: »Ich hab gehört, es soll dort Palmen geben und Springbrunnen. Wie ein Schloss wird es aussehen. Mit Türmen und Grotten. Vielleicht holen sie gar exotische Tiere zur Belustigung aus Übersee?«

Clara starrte ihre Freundin ungläubig an. Während der Beauftragte mit fahrigen Händen Pläne in die Luft hielt, auf denen keiner etwas erkennen konnte, wurden die Leute allmählich unruhig.

Eine Stimme aus der Menge unterbrach ihn: »Wann gibt es denn endlich das Radiumwasser? Für Gelaber sind wir fei nicht gekommen.«

Auf dieses Stichwort hin schwangen die Fensterläden der Bretterbude wie bei einem Kasperltheater auf, und der Bürgermeister bekam die erste Flasche überreicht, gefüllt mit flüssigem Wunder. Er hielt sie in die Höhe und rief: »Auf unseren Kaiser Wilhelm den Zweiten!«

»Auf unsern Kaiser!«, antwortete die Menge im Chor und reckte die mitgebrachten, noch leeren Flaschen empor.

Von dem unmittelbar darauf einsetzenden Ansturm wäre der Bürgermeister fast überrannt worden.

Drei Gefäße durfte jeder füllen lassen, der einen Berechtigungsschein vorzeigte. So mancher blieb gleich neben der Bude stehen, kostete und versicherte den anderen, dass es gar nicht so schlecht schmecke. Der Bürgermeister und die Herren vom Blaufarbenkonsortium konnten äußerst zufrieden sein.

Am Abend, als Vater Johann aus dem Bergwerk heimkam, standen die drei Flaschen voll Radonwasser auf dem Küchentisch. Die Steiners hatten es nicht gewagt, die Kostbarkeit anzurühren, und auf ihn gewartet.

»Nun guck einmal«, sagte Alma ehrfürchtig zu ihrem Mann. »So etwas Teures haben wir umsonst bekommen. Wenn das nicht ein Zeichen ist, dass es aufwärts mit unserem Ort geht.« Sie schenkte ihm einen Becher mit dem Heilwasser ein.

»Radiumwasser weckt Energie. Es soll gegen alles helfen«, erklärte Clara ihrem Vater eifrig. »Egal was einen plagt. Das hat beste Heilwirkung, sagen die wissenschaftlichen Gutachten.«

»Also hilft es auch gegen die Schneeberger Krankheit«, sagte Alma überzeugt.

Johann probierte und stellte enttäuscht fest: »Von dem Radium merk ich aber nichts.« Er nahm einen zweiten Schluck. »Das schmeckt nicht anders als unser normales Wasser.« Unzufrieden kratzte er sich am Hals und bat seine Frau: »Gib mir zur Sicherheit lieber meine Medizin, Alma.«

Sie goss ihm einen Schnaps ein, und gleich darauf ertönte ein wohliges Stöhnen.

»Das Radiumwasser dürft ihr allein trinken«, verkündete Johann großzügig. »Ich bleib beim Bewährten.«

Alma kostete vorsichtig und glaubte zu spüren, wie sich das Wundermittel in ihrem Körper ausbreitete. »Willst du nicht doch etwas davon?«, fragte sie ihren Mann. »Wir könnten es mit dem Schnaps mischen, damit es dir besser schmeckt.«

Aber Johann sträubte sich entschieden gegen die Verdünnung seiner Medizin. Inzwischen hatten auch Clara und Wilhelm gekostet und versicherten einander, ein belebendes Kribbeln in den Fingerspitzen zu spüren.

Während Clara sich um das Abendessen kümmerte, erzählte sie: »Sie beginnen bald zu bauen. Das Kurhaus soll prächtiger werden als das Hotel Blauer Engel in Aue mit seinem Türmchen und den Fahnen. Ist das nicht herrlich?«

»Was soll daran herrlich sein?«, maulte Wilhelm. »Der Bergbau wird davon nicht aussichtsreicher.«

Wenn es so weiterging, würden sie alle die Heimat verlassen müssen, um zu überleben. Der gemeinsame Bruder Christian war schon nach Oelsnitz gegangen und arbeitete dort im Steinkohlerevier. Es gab Gerüchte, dass die Schneeberger Kobaltfelder ihre Gruben und das Pochwerk nicht mehr lange halten könnten.

Alma strich ihrem Jungen über den Kopf. »Deine Schwester hat recht. Das Kurbad ist ein Segen für den Ort. Clara kann dort arbeiten, bis sie mal heiratet.«

»Und was wird mit mir?«, fragte Wilhelm aufsässig.

»Ganz sicher findest du dort auch eine Anstellung«, versprach Clara eifrig.

Der Junge schnaufte empört. »Ich bin Bergmann!«

»Vielleicht solltest du deinem Bruder folgen, wenn du fertig mit der Schule bist«, schlug Johann vor.

Die Ausbildung eines Hauers dauerte ganze sieben Jahre, und in Oelsnitz gab es reiche Steinkohlevorkommen. Der Verdienst war besser, die Arbeit allerdings gefährlicher. Alma kannte die Gegend, sie war dort aufgewachsen, bevor sie Johann ins Schlematal gefolgt war. Bei dem großen Schachtbruch in Lugau war ihr Vater verschüttet worden, zusammen mit einhundert anderen Bergleuten. Alma hatte mit ihrer Mutter und den Geschwistern oben am Schacht gehofft und gewartet. Nach zehn Tagen waren sie heimgegangen. Ihr Vater blieb unten in der neuen Fundgrube. Erst fünf Jahre später war er geborgen worden.

»Es reicht, dass unser Ältester in der Steinkohle arbeitet«, sagte Alma entschieden. »Meinen Jüngsten lass ich nicht auch dorthin gehen.« Sie trat hinter Wilhelm und legte die Hände auf seine Schultern. »Das kommende Jahr wird besser, ihr werdet es sehn. Neuer Tag bringt neue Hoffnung.«

Sie schenkte dem Jungen einen weiteren Schluck Radonwasser ein, damit er stark werden würde. Die Tochter hingegen bekam einen Kräutergeist hingestellt.

Clara verzog das Gesicht. »Das mag ich nicht.«

»Wir müssen dich abhärten«, erklärte Alma und nötigte sie zu trinken. »Jetzt, wo du arbeitest, begegnest du auch Herren. Was ist, wenn dich einer von denen auf einen Likör einlädt, und du bist es nicht gewohnt? Das könnte ein Schwerenöter ausnutzen. Also trink.«

Widerstrebend gehorchte Clara.

Seit Christian nicht mehr in Oberschlema wohnte, schlief Wilhelm in dessen Kammer. Eine Weile lag er still im Bett und wälzte sich hin und her. Er war es nicht gewohnt, so viel Platz zu haben. Als er es nicht mehr aushielt, schlich er hinüber zu Clara.

»Was willst du denn?«, fragte seine Schwester, schläfrig vom Likör.

Er schlüpfte unter ihre Decke. »Ich möcht nur wissen, ob die Martha zur Bergparade beim Heimatfest kommt.«

Clara streckte sich. »Ganz sicher.« Sie nutzte die Gelegenheit, um ihre ewig kalten Füße an seinem Bauch zu wärmen. »Warum fragst du?«

»Weil ich ja diesmal mitmarschiere und das Festhabit anziehen werde«, erklärte Wilhelm. Er hatte von der Bergbrüderschaft zu diesem Zweck die Paradeuniform der Schneeberger Bergleute bekommen.

Clara lachte. »Willst du sie beeindrucken? Das schlag dir mal schön aus dem Kopf. Sie ist eine erwachsene Frau, und du bist ein kleiner Gungel. Die Martha beeindruckt so schnell nichts.«

Die drei Flaschen mit dem flüssigen Wunder waren längst geleert, als das große Heimatfest gefeiert wurde. Wilhelm hatte in der Nacht davor wegen der Aufregung nicht schlafen können. Im Morgengrauen brach er mit seinem Vater in Richtung Schneeberg auf.

Etwas später kam Martha mit ihrer Mutter zu den Steiners, um sie abzuholen. Sie trugen die Festkleidung ihrer Heimat mit blütenweißen Puffärmeln und geschnürtem Mieder. Alma legte ihrer Tochter einen Kragen aus geklöppelter Spitze um, band sich das Kopftuch neu, und dann liefen sie los.

Es war ein heißer Julitag. Obwohl kurz zuvor der Sprengwagen die Staatsstraße passiert hatte, war alles Wasser schon wieder verdunstet. Clara, Martha und ihre Mütter hielten auf den mächtigen Bergmannsdom St. Wolfgang zu, der in der Ferne aufragte. An den Straßenrändern drängten sich die Menschen, vorbeifahrende Autos wirbelten Staub auf, der sie einhüllte. Das letzte Stück des Wegs war geteert, und der weiche Straßenbelag blieb an ihren Riemchenschuhen kleben.

Die Straßen von Schneeberg waren mit Blumengirlanden geschmückt, Wimpelketten flatterten, Musikfetzen wehten vorbei, und Menschenmassen strömten ins Zentrum der alten Bergstadt. Es wurde gedrängt und geschoben, die Leute lachten und schimpften. Die Nachbarinnen hatten große Mühe, einander in diesem Tumult nicht zu verlieren, und fassten sich an den Händen.

Marthas Mutter zeterte: »Die ganzen Aushiesigen verstopfen die Stadt.« Dabei bedachte sie nicht, dass jemand aus Oberschlema für einen Schneeberger durchaus auch schon als Auswärtiger zählen konnte.

Vom Markt schmetterte der Frohsinnmarsch herüber, den die Kapelle des 9. Infanterieregiments aus Zwickau spielte.

Sie fanden am Straßenrand einen Platz mit guter Sicht, und kurz darauf startete der Festzug, der die jahrhundertelange Geschichte der Bergstadt darstellte. Zum Klang der Trommeln und Pfeifen zog ein Wagen nach dem anderen vorbei, Pferde tänzelten über das Pflaster, die bunt bestickten Fahnen der Bergbrüderschaften knatterten im Sommerwind, und hinter jeder Flagge marschierte eine andere Gruppe mit prächtigen Uniformen. In den Händen trugen die Männer ihr Arbeitswerkzeug, das Gezähe.

Alma hielt Ausschau nach Johann und Wilhelm. Sie fürchtete, die beiden unter den nahezu tausend Teilnehmern nicht zu finden.

Auf einmal schrie Clara: »Da sind sie!«

Die Frauen jubelten, und selbst Martha ließ sich von der Begeisterung anstecken. Sie riss ihr Taschentuch aus dem

Ausschnitt und schwenkte es wild. Die Bergleute marschierten stur geradeaus, aber an einem Zucken um Wilhelms Mund konnte man erkennen, dass er die Seinen bemerkt hatte.

Der Festumzug dauerte Stunden. Als der letzte Wagen vorbeizog, sahen ihm die Frauen mit einer Mischung aus Seligkeit und Erschöpfung so lange nach, bis er in der Menge verschwunden war.

Sie hatten mit den Männern einen Treffpunkt am Drachenkopf vereinbart. Clara wäre in der engen Gasse fast an Wilhelm vorbeigelaufen, so fremd sah er in der schwarzgoldenen Uniform aus.

Marthas Mutter klagte, dass ihr die Füße wehtäten, Johann plagte sein hartnäckiger Husten, und Alma war erschöpft. »Lasst uns heimgehen«, schlug sie deshalb vor.

Doch Wilhelm wollte diesen herrlichen Tag noch nicht enden lassen. Er bekam Unterstützung von Martha. »Im Festprogramm steht, bei Dämmerung beginnt die Illumination. Das Spektakel müssen wir unbedingt sehen.«

Ihre Mutter wollte sich auf keinen Fall während der Dunkelheit in Schneeberg aufhalten. »Wer weiß, was sich hier für ein Gelump rumtreibt«, schimpfte sie. »Wo sie zum Kaiserjubiläum die ganzen Spitzbuben amnestiert haben.«

Kurz darauf mussten sie sich an die Häuserwand quetschen, weil ein zurückkehrender Wagen aus dem Festumzug durch die Gasse drängte. Den Kutscher kannten sie, er stammte aus Niederschlema und hatte schon ein Häuflein fußmüder Heimkehrwilliger aufgeladen.

»Wenn alle ein bissel zusammenrücken, kann ich euch auch noch mitnehmen«, bot er an.

Alma und Johann kletterten schnell auf den Bock, und Marthas Mutter überlegte auch nicht lang. Die eigenen Füße waren ihr dann doch wichtiger als die Tugendhaftigkeit ihrer Tochter.

Die drei Zurückgebliebenen tranken im Freisitz des Gasthofs Goldene Sonne eine Brause und sehnten die Dämmerung herbei. Die prächtigen Bürgerhäuser am Fürstenplatz kündeten von den reichen Silberfunden unter der Stadt. Die Rokokofassaden schmückten plastische Blüten und Blattwerk im Régencestil, Kranzgesims, drapierte Gipstücher mit Büsten und Kolossalpilaster. Aber die Stucksonne am Giebel des Gasthauses, vor dem sie saßen, hatte ihren Glanz verloren. Das Blattgold war abgeblättert.

Wilhelm nippte vorsichtig an der Brause, um sein Festhabit nicht zu bekleckern, und blickte über den Rand des Glases. Am Nebentisch saß eine Gruppe junger Bergmänner. Immer wieder schickten sie bedeutsame Blicke zu den beiden Fräuleins, die nichts davon bemerkten.

Martha holte eine Postkarte aus ihrer Handtasche und schob sie Clara zu.

Entsetzt fragte diese: »Ist das ein Mann?«

Die Freundin nickte bedeutungsvoll. »Das Bild heißt *Lichtgebet*. Ein Kurgast hat es mir geschenkt.«

Wilhelm reckte den Hals, er wollte die Karte auch sehen. Darauf stand mit ausgebreiteten Armen ein nackter Jüngling auf einem himmelhohen Felsen. Er drehte dem Betrachter seinen Rücken zu, das blonde Haar flog im Wind.

»Und was bedeutet das?«, fragte Wilhelm ratlos.

»Das ist eine Werbekarte für das Herbsttreffen der neuen Jugendbewegung«, erklärte Martha.

Clara konnte ihre Augen nicht von dem nackten Körper losreißen. Verlegen schirmte sie das Bild gegen die neugierigen Blicke der jungen Bergleute am Nachbartisch ab.

»Das ist die neue Naturverbundenheit«, behauptete Martha. »Freies Landleben, kein Alkohol, kein Tabak, kein Fleisch.«

»Auch keine Kleidung?«, erkundigte sich Wilhelm.

Martha lachte hell auf, und die jungen Männer sahen wieder zu ihnen herüber.

Clara beugte sich noch weiter zu ihnen vor. »Würdet ihr bei so etwas mitmachen?«, raunte sie und errötete bei dieser Vorstellung.

Wilhelm schüttelte entsetzt den Kopf.

»Ich stell es mir romantisch vor«, gab Martha zu. »Wandern, Lieder singen, reisen. Ihr werdet sehen, für die Jugend bricht ein neues Zeitalter an.«

»Vielleicht für die Städter«, sagte Clara zweifelnd. »Müßiggang ist nichts für unsereins.«

»Also ohne eine Fleischmahlzeit kann ein Bergmann auf Dauer nicht arbeiten«, wandte Wilhelm ein.

Martha musste ihnen recht geben. »Dann lasst uns wenigstens heute frei sein«, schlug sie vor. Sie hob ihre Brause, und sie ließen die Gläser aneinanderklirren.

Noch nie hatte sich Wilhelm so erwachsen gefühlt wie in diesem Moment. Er saß in einem Biergarten, gekleidet in die Paradeuniform der Schneeberger Bergbrüderschaft, mit zwei schönen Fräuleins an seiner Seite, nach denen sich gestandene Männer den Hals verrenkten. »Das ist der beste Tag meines Lebens!«, rief er mit heller Kinderstimme und erschrak. Er hatte sich eingebildet, sie müsste nach dem, was sie erlebt hatten, sonorer klingen.

Als es dämmerte, schlenderten sie alle drei Hand in Hand hinauf zur Kirche St. Wolfgang. Die Fräuleins hatten Wilhelm in ihre Mitte genommen. Er spürte die kleinen Schwielen an Marthas Fingern und versuchte mit seiner Schwester im Gleichschritt zu laufen.

Der Bergmannsdom auf der Kuppe des Schneeberges erhob sich wie ein finsterer Schatten über ihnen. Noch immer bummelten zahlreiche Menschen umher, aber sie unterhielten sich nun flüsternd. Niemand wollte den Zauber stören, der sich über die Stadt senkte.

Weithin dröhnende Kirchenglocken gaben das Signal. Überall wurden Fackeln entzündet, unzählige Lichter holten die Konturen des eckigen Turms der Hallenkirche aus der Dunkelheit. Die bunten Glasmosaike im Kirchenschiff begannen zu glühen, in allen Fenstern leuchteten Flämmchen, vor jeder Tür, auf jeder Mauer und sogar an den Rändern der Straßen flackerten Kerzen. Sie verliehen der Stadt etwas Überirdisches.

Clara und Martha standen atemlos da, Wilhelm in ihrer Mitte. Er dachte daran, dass unter der Bergkuppe, auf der St. Wolfgang erbaut worden war, ein weit verzweigtes Gangsystem entlangkroch. So mancher Schacht mündete direkt in den Kellern der Häuser um die Kirche. Ihm schien es, als wären die Berggeister aus all diesen Stollen und Gruben heraufgestiegen.

5. Schacht im Keller

August 2019

Aus den Bäumen am Hang dampfte in dicken Schwaden Feuchtigkeit. Luisa folgte der stillen Straße den Gleesberg hinauf, nur das Knirschen ihrer Schritte war zu hören. Sie hatte sich bei ihren Eltern angekündigt. Während ihre Mutter schon auf dem Weg ins Bett war, schien sich ihr Vater über den späten Besuch zu freuen.

Links von Luisa tauchte die Gemeindeverwaltung auf. Das kleine neoklassizistische Gebäude ließ erkennen, wessen Geschmack man damit hatte treffen wollen. Genau wie mit den Blockhäusern auf der anderen Straßenseite, die an die Weite der russischen Taiga erinnerten.

In einem dieser Doppelhäuser war Luisa aufgewachsen. Im Winter, wenn die Straßen vereist gewesen waren, hatte sie sich von ihrem Vater ein altes Arschleder geben lassen und war darauf in halsbrecherischem Tempo den Berg hinabgerutscht. Sie war süchtig nach dem Nervenkitzel gewesen, der entstand, wenn sie auf das dunkle Gebiet zugerast war.

In der anderen Doppelhaushälfte wohnte ihre Großmutter. Dort brannte kein Licht mehr, sie schien zu schlafen. Der Großvater war gestorben, kurz nachdem er in Rente gegangen war. Luisas Erinnerungen an ihn waren schemenhaft, und sie hatte keine Vorstellung mehr von seiner Stimme. Sie kannte ihn vor allem aus den Erzählungen der anderen. Über die Toten wurde bei den Steiners nicht pietätvoll geschwiegen. Sie blieben Teil des sonntäglichen Kaffeetrinkens, bei dem ihr Leben, ihre Eigenarten, ihre Verfehlungen und ihr Sterben gern und ausführlich besprochen wurden.

Luisa betrat ihr Elternhaus und rief in den Flur: »Hallo? Noch jemand wach?«

»Die sind im Keller«, erklang die Stimme ihrer Mutter aus dem Badezimmer.

Luisa öffnete eine schmale Tür. Beim Tasten nach dem Lichtschalter an der Treppenwand erspürte sie etwas, was dort nicht hingehörte. Holzbalken, ein Metallrohr, aber kein Kippschalter. Entgeistert starrte sie hinab ins Dunkel und wurde plötzlich geblendet. Von unten schaute ihr Vater herauf, auf dem Kopf sein alter Grubenhelm mit eingeschalteter Stirnlampe.

»Was ist denn hier passiert?« Erstaunt betrachtete Luisa die mit Holzstämmen verkleideten Wände.

»Wir haben einen tonnlägigen Schacht geteuft«, dröhnte ihr Vater strahlend. »Polnischer Türstock!« Voller Stolz klopfte er auf die Rundhölzer an Wand und Decke des Kelleraufgangs. »Ich wäre ja eher für Profilausbau gewesen«, erklärte er, »aber das Holz von den Fichten musste weg.«

Vor Kurzem hatte es einen Sturm gegeben, und sämtliche Flachwurzler im Garten waren wie Streichhölzer umgekippt. Luisas Vater hatte sie von Ästen und Wurzeln befreit. Der Anblick der auf der Wiese liegenden Stämme schien ihn auf Ideen gebracht zu haben.

»Ich weiß«, sagte er. »Das Holz ist zu frisch und an manchen Stellen schon ganz krumm.« Er klopfte an die Wand.

»Hat ja vermutlich zum Glück keine tragende Funktion«, bemerkte Luisa und stieg die Treppe hinunter.

»Glückauf!« Ihr quollen Gelächter und schlechte Luft entgegen.

Unten saß die komplette alte Brigade ihres Vaters – bis auf einen Kumpel, der schon gestorben war. Gemeinsam hatten sie sich im Keller der Steiners einen Schacht gebaut. Luisa hätte sich nicht gewundert, wenn es über eine Fahrtenleiter hinab in die Tiefe gegangen wäre.

An den Wänden war mithilfe von Styropor und Gipsmasse die Illusion einer Gesteinsoberfläche erzeugt worden. Darauf liefen echte Druckluftleitungen und Elektrokabel entlang. Die Decke wirkte wie eine zerklüftete Felswand. Überall hingen Warnschilder und Arbeitsschutzplakate.

Luisa verstand. Ihr Vater Wolfgang versuchte die Zeit zurückzudrehen.

Nach seiner Hauerlehre hatte er ein Fernstudium begonnen, um später Steiger zu werden. Kurz vor dem Abschluss kam die Wende, und er wurde entlassen. Dabei war das Ende des Bergbaus bei der Wismut schon Jahre zuvor besiegelt gewesen. Luisas Vater hatte Glück gehabt, denn bei der Sowjetisch-Deutschen Aktiengesellschaft hatte es sich um keinen Staatsbetrieb gehandelt. Deshalb wurde sie nicht durch die Treuhand verwaltet. Die einstigen Wismut-Kumpel bekamen höhere Abfindungen als die Arbeiter ehemaliger volkseigener Betriebe. Außerdem half ihnen eine Auffanggesellschaft bei der Arbeitssuche und den Umschulungen. Zuerst hatte Wolfgang beim Straßenbau gearbeitet, dann begannen die gesundheitlichen Probleme. Nun hatte er einen Schreibtischposten. Wenn man ihn fragte, was er da arbeite, sagte er: »Das ist keine Arbeit. Bei der Wismut, *das* war Arbeit.«

Wer einmal Bergmann war, blieb es für immer, auch wenn er nun in einem Büro sitzen musste, weil seine Gelenke kaputt waren.

»Nimm dir eine Marke vom Brett, dann kannst du einfahren«, forderte Wolfgang Steiner seine Tochter auf und warnte sie: »Aber nicht stolpern.«

Sie sah zu Boden. Dort hatten sie Gleise aus Teppichleisten angebracht und so gestrichen, dass sie wie die verrosteten Metallschienen für die Hunte wirkten.

An der Wand war ein Brett mit Haken verschraubt. Hier hingen Seilfahrtsmarken und Selbstretter, die den Bergmann im Notfall mit Sauerstoff versorgen konnten. Daneben war eine alte Signalglocke angebracht. Luisa zeigte fragend darauf, und ihr Vater klärte sie auf: »Wer das letzte Bier aus der Kiste nimmt, muss draufhauen.«

Sie konnte sich nicht vorstellen, dass ihre Mutter auf diesen Befehl hin alles fallen ließ und für Nachschub sorgte. »Und was passiert, wenn du die Glocke anschlägst?«, fragte Luisa.

Ihr Vater grinste. »Es scheppert.«

Die Männer brachen in Gelächter aus.

»Baut doch noch eine Fördermaschine oben in die Küche«, schlug Luisa vor. »Da könnt ihr dann Tante Irma reinsetzen.«

Sie hockte sich zu ihnen und ließ sich einen Helm auf den Kopf drücken. Einer der Kumpel goss ihr Trinkbranntwein ein. »Ist gut gegen die Schneeberger Krankheit.«

Luisa hatte bisher kein Abendessen bekommen und wusste, dieses Glas würde ihr Verderben sein. Aber sie wollte nicht zickig wirken.

»Sag mal, Papa«, fragte sie. »Was genau habt ihr nach der Wende unternommen, um herauszufinden, wohin dein Onkel verschwunden ist?«

Ihr Vater kratzte sich am Kopf. »Soweit ich weiß, hat Tante Irma einen Suchauftrag beim Roten Kreuz gestellt. Der hat nichts ergeben. Aber es hat sowieso keiner geglaubt, dass Onkel Rudolf einfach so in den Westen abgehauen ist. Und die Stasiakte hat sie angefordert. Auch dabei ist nichts rausgekommen.«

Ein Hauer schaltete sich ein: »Heißt natürlich nicht, dass es keine Stasiakte gab. Ich glaube, wir hatten alle eine. Wir waren ja geheim.«

Luisa wandte sich erneut an ihren Vater: »Wann genau ist er eigentlich verschwunden?«

Er hob ratlos die Augenbrauen und sah zu den anderen, die versicherten, dass diese Geschichte vor ihrer Zeit passiert sei.

»Da musst du wohl Tante Irma fragen«, schlug Luisas Vater vor. »Das war irgendwann in den Fünfzigern.«

Ehe Luisa es verhindern konnte, schenkte ihr jemand nach. Es war ein Fehler gewesen auszutrinken. Sie nahm sich vor, nur noch zu nippen. Der Alkohol brannte auf ihren Lippen.

»Wie kommst du denn jetzt auf diese alte Sache?«, wollte ihr Vater wissen.

»Tante Irma hat wieder davon angefangen, es lässt ihr keine Ruhe«, berichtete Luisa. »Außerdem hatte ich heute eine Führung im Besucherbergwerk. Jemand wollte wissen, wer von unserer Familie alles im Berg verunglückt ist.«

Die Männer waren sich einig, dass bei dieser Sache maßlos übertrieben wurde. »Früher, da kam das schon öfter vor. Aber damals wurden die Bergleute ohnehin nicht sonderlich alt«, sagte einer von ihnen.

»So viele waren das gar nicht«, behauptete Luisas Vater. »Hat halt dazugehört.« Er zählte an den Fingern ab. »Von denen aus der Silberzeit weiß ich nicht mal die Namen, das sollen zwei gewesen sein. Dann der Vater von Urgroßmutter Alma und mein Onkel Rudolf. Unfälle gab es natürlich jede Menge. Dein Opa ist mal verschüttet worden. Er ist aber rausgekommen. Ach ja, und Tante Irmas Liebster. Der hat es nicht geschafft.«

»Tante Irmas Liebster?«, fragte Luisa erstaunt nach. Diese Worte passten in ihrer Vorstellung nicht zusammen.

»Ja«, bekräftigte ihr Vater. »Den hat's damals bei der schweren Kohlenstaubexplosion in Zwickau erwischt. Da war sie grad schwanger.«

Davon hörte Luisa zum ersten Mal. Sie fand es erstaunlich, dass dieser Tote bisher nie ein Thema gewesen war.

»Arme Tante Irma«, sagte sie. »Ich gehe in den nächsten Tagen bei ihr vorbei.« Sie sah auf die Uhr. »Jetzt ist es auf jeden Fall zu spät.«

»Noch einen Kumpeltod?«, fragte einer aus der Brigade und schwenkte die Flasche mit dem Bergmannsschnaps.

Luisa wehrte ab und fächelte sich Luft zu. »Warum macht ihr den Ventilator nicht an?« Der war extra eingebaut worden, damit der Keller durchgängig entlüftet werden konnte.

Protestgeschrei erhob sich. »Dann zieht es doch!«

»Euch ist nicht zu helfen«, stellte Luisa fest und ging nach oben. Sie fand, dass sie für diesen Tag genug Radon abbekommen hatte.

Ihre Mutter saß im Nachthemd in der Küche und korrigierte Diktate. »Guck dir das an«, sagte sie. »Da krieg ich Zweifel an meinen Fähigkeiten als Lehrerin.«

Luisa gab ihr einen Kuss auf die Wange. »Du hättest doch ins Bett gehen können. Ich wäre noch mal zu dir ins Schlafzimmer hochgekommen.«

Obwohl sie seit Jahren nicht mehr hier wohnte, fühlte sie sich noch immer zu Hause. Früher einmal hatte ihre Großtante Irma in dieser Haushälfte gelebt. Nur eine alte Hollywoodschaukel erinnerte an diese Zeit. Kurz nach Luisas Geburt hatte Irma der jungen Familie den Platz überlassen und war in die kleine Wohnung am Brünlasberg gezogen, deren Schlüssel sie nun suchte.

Luisa setzte sich zu ihrer Mutter und sagte vorwurfsvoll: »Wie kannst du zulassen, dass Papa die ganze Zeit unten im Keller hockt?«

»Aber du wolltest doch, dass wir dort kein Gemüse mehr aufbewahren«, wehrte sich Susanne.

»Ich hab gesagt, ihr sollt keine Möhren und Kartoffeln unten lagern«, ärgerte sich Luisa. »Stattdessen lagert nun der Papa selbst dort.«

»Irgendwas mussten wir mit dem Raum ja machen«, verteidigte Luisas Mutter die fixe Idee ihres Mannes. »Ich finde, das hat er sehr schön gebastelt.« Sie war Grundschullehrerin und neigte dazu, ihren Arbeitstonfall mit nach

Hause zu nehmen. »Außerdem«, fügte sie hinzu, »tut es ihm gut. Dieser Beruf ist nichts für ihn.«

»Er sollte wenigstens den Lüfter anschalten«, forderte Luisa.

Aber ihre Mutter behauptete: »Ein bisschen Strahlung ist gesund. Da spart man sich das Geld fürs Kurbad.« Sie legte den Stift weg und musterte die Tochter. Luisas Haar war vom Schwimmen zerzaust und kräuselte sich. Vergebens versuchte ihre Mutter, ihr eine widerspenstige Strähne an den Kopf zu legen.

»Nicht mit Spucke«, warnte Luisa, und ihr Zeigefinger schnellte hoch. Sie stand auf und inspizierte den Küchenschrank in der Hoffnung auf Süßigkeiten. »Tante Irma sucht wieder mal ihren Wohnungsschlüssel«, erzählte sie und schob sich einen Schokoladenriegel in den Mund.

Ihre Mutter seufzte. »Ich hab schon versucht, ihr einen alten Schlüssel von uns anzudrehen, aber sie lässt sich nicht hinters Licht führen.« Mit einer entschlossenen Handbewegung schob sie den Heftstapel zusammen und legte einen Briefbeschwerer darauf. Es war eine hübsche blau-weiße Kachel, die sie als Kind in der verbotenen Zone ausgebuddelt hatte. »Magst du vielleicht etwas Richtiges essen?«, fragte sie ihre Tochter.

Luisa schloss den Küchenschrank und schüttelte den Kopf. »Mir ist unten im Schacht vom Brigadier Steiner Flüssignahrung aufgezwungen worden. Ich muss nach Hause und ausnüchtern.«

Sie verabschiedete sich von ihrer Mutter und dann von den Männern im Keller, die mittlerweile im trüben Schein ihrer Grubenlampen Karten spielten.

»Was mir noch eingefallen ist«, sagte Wolfgang und nahm ihr den Helm ab. »Du hast doch Opa Wilhelms *Album für Freunde des Bergbaus.* Hat er nicht dort alle Unfälle und Vorkommnisse verzeichnet? Da müsste das genaue Datum stehen, an dem sein Sohn verschwunden ist.«

6. Eine Kur für die Welt

September 1917

»Es ist Krieg«, hatte Wilhelm auf der Liste mit den besonderen Vorkommnissen im *Album für Freunde des Bergbaus* vermerkt. Der Kaiser hatte versprochen, es würde ein kurzer, ehrenvoller Kampf werden. Das lag nun drei Jahre zurück.

In dieser Zeit war Wilhelm vom Grubenjungen zum Bergknecht aufgestiegen, und noch immer verschlang die Kriegsmaschinerie einen Jahrgang junger Männer nach dem anderen. Wilhelm war nun achtzehn Jahre alt und musste jederzeit damit rechnen, an die Front geschickt zu werden. Sein Vater Johann drängte darauf, dass er dem älteren Bruder Christian in die Steinkohle folgen sollte. Der war vom Militärdienst zurückgestellt worden, weil das Oelsnitzer Steinkohlerevier als kriegswichtiges Unternehmen galt. Christian betrübte es nicht, dass er dadurch kein siegreicher Held werden konnte. Er war nur in zweiter Hinsicht Patriot. In erster Instanz war er Bergmann.

Das fühlte sich für Wilhelm nicht ehrenhaft an. »Unser Lehrer hat gesagt, wer ein richtiger Mann werden will, muss im Krieg reifen«, berichtete er.

»Dann soll sich der Herr Lehrer doch selbst erschießen lassen!«, schimpfte seine Mutter Alma und schlug mit der Hand resolut auf den Küchentisch.

Auch sein Vater hatte andere Ansichten. »Ein Bergmann reift im Berg zum Mann und nicht im Feld.«

Clara, die jeden Tag aus nächster Nähe sah, was die neuen Waffen anrichteten, sagte zu ihrem kleinen Bruder: »Es ist ein Krieg der Maschinen. Diese Kämpfe sind anders als alles, was wir kennen.«

Noch immer arbeitete Clara zusammen mit ihrer Freundin Martha in dem alten Genesungsheim des Verbands deutscher Handlungsgehilfen in Niederschlema. Aber inzwischen hatten sie in dem prächtigen gelben Backsteingebäude ein Behelfslazarett eingerichtet. Das Bauwerk war modern ausgestattet mit elektrischem Licht, sodass sie in der Nacht schnell herausfanden, wo ein Verletzter im Fieberwahn schrie. Und dass es in jedem Stockwerk fließendes Wasser, Toiletten und Duschen gab, war hilfreich für den Verbandswechsel und die Amputationen. Auf dem hohen Treppenturm mit der hölzernen Aussichtsplattform unter dem kunstvoll geschwungenen Dach hielten die, denen es besser ging, sehnsüchtig Ausschau nach postalisch angekündigtem Besuch.

Wenn die Fräuleins das Heim betraten, duftete es nicht mehr nach den verbauten edlen Hölzern, nun stach ihnen der Geruch von Desinfektionsmitteln in die Nase. Den Gestank von Eiter und Fäulnis konnte er nicht überdecken.

Sie kümmerten sich um die Wäsche, wechselten die Laken, träufelten Tinkturen auf schwärende Wunden und begleiteten die Männer bei Spaziergängen oder beim Sterben.

Martha bekam Komplimente für ihre Schönheit von einem Soldaten, der nichts mehr sehen konnte.

Clara erhielt einen Heiratsantrag von einem Freiwilligen mit zerschmettertem Unterleib. Sie steckte sich den Ehering ihrer Mutter an den Finger und behauptete, schon vergeben zu sein, um ihn nicht zu kränken. Am nächsten Tag starb er. Clara setzte sich an das Totenbett, nahm seine Hand in ihre und weinte um ihn.

»Wenn ich mir vorstelle, dass unser lieber, dummer Wilhelm irgendwann auch so daliegen wird«, sagte sie schluchzend zu Martha.

»Das lass ich nicht zu«, stellte ihre Freundin klar. Sie kannte Wilhelm seit seiner Geburt. Er war ihr so vertraut und lieb wie ein Bruder.

Am Abend, als Wilhelm Arbeitsschluss hatte, holte Martha ihn vor dem Schachtgebäude ab und schleppte den Verdutzten zum Behelfslazarett. Dort war gerade Besuchszeit, und sie nahm ihn mit in das ehemalige Lesezimmer.

»Was machen wir hier?«, erkundigte er sich verlegen. »Ich weiß, dass man im Krieg verwundet werden kann. Das ist ehrenvoll.«

»Ich will dir einmal zeigen, wie ehrenvoll es ist«, sagte Martha und setzte ihn an den Tisch der Gesichtslosen.

Es waren drei junge Männer, deren Alter man nur an den Händen erraten konnte. Ihre Gesichter waren zertrümmerte Ruinen, grauenhafte Löcher, ohne Nase, Zähne oder Lippen. Einem fehlten Ohr und Auge auf der linken Seite, und der andere hatte keinen Unterkiefer mehr. Nach qualvollen Minuten, die Wilhelm wie eine Ewigkeit vorkamen, erlöste ihn Martha.

Im kleinen Park vor dem Genesungsheim atmete er tief durch und lehnte sich an einen Ahorn. Der Herbst hatte dessen Blätter blutrot gefärbt. Verwundete saßen mit ihren Familien auf den Holzbänken, Kinder hingen am Hals ihrer Väter, Paare küssten sich, es wurde gelacht. Aber diese Männer hatten nur das Bein oder einen Arm verloren und nicht ihr Gesicht.

»Bekommen die armen Seelen da drinnen am Tisch denn gar keinen Besuch?«, flüsterte Wilhelm beklommen.

Martha war nur noch wenig größer als er. Sie nahm seinen Kopf in die Hände und sah ihm fest in die Augen. »Niemand kann sie ansehen«, sagte sie mit belegter Stimme. »Nicht einmal die eigene Mutter und gleich gar nicht eine Geliebte.« Sie spürte das Blut durch die Adern an seinen Schläfen peitschen. »Wenn du willst, dass dich eine Frau lieben kann, dann folg deinem Bruder in die Steinkohle«, beschwor sie ihn.

Am nächsten Tag unterschrieb Wilhelm seinen Anstellungsvertrag beim Steinkohlebauverein *Gottes Segen* in Oelsnitz.

Aus der Ferne wirkte es, als ob auf den Abraumhalden neben dem Kaiserin-Augusta-Schacht in Neuoelsnitz unzählige Krähen herumpickten. Erst beim Näherkommen erkannte Wilhelm, dass es Frauen waren, die Kohlereste aus dem Abraum klaubten. Die Lücken, die der Krieg in die Belegschaft gerissen hatte, waren so groß, dass sie über Tage auch Frauen einsetzten und für die Förderung der Steinkohle halbe Kinder unter die Erde schickten. Aus dem hohen Schornstein neben den Schachtanlagen quoll beständig schwarzer Rauch. Die Dampfmaschine musste die Grubenwasser heben.

Im Tagesgebäude des Kaiserin-Augusta-Schachts hing eine Lithografie der Namenspatronin. Schweigend fuhren die Männer ein. Wilhelms Bruder Christian war als Untersteiger sein Vorgesetzter. Hunderte Meter unter der Erde fühlte sich die Luft viel heißer und stickiger an als in den weniger tiefen Gruben von Wolfgangmaßen.

Christian gab kurze Anweisungen und stellte einen Gaswarner in ihren Arbeitsbereich. Sobald die Flamme zu erlöschen drohte, wussten sie, dass es an Sauerstoff mangelte.

Wilhelm brauchte einige Zeit, bis er das Wesen der Steinkohle verstand, das so anders als das einer Erzader war. Sein Bruder zeigte ihm, wie er die Gleitflächen im Flöz erspüren konnte und wo er hineinstechen musste. Der Kohlestock knisterte und knackte, wenn er zersprang und sich polternd aus der Wand löste. Wer seinen Ausbau nicht richtig gesetzt hatte, wurde verschüttet.

Überall lärmten die Hämmer. Fettiger, schwarz glänzender Kohlestaub setzte sich auf Wilhelms schweißnasse Haut und das Glas der Grubenlampen. Bald schien es, als flögen schwach glimmende Glühwürmchen unter der Erde herum.

Während er erneut das Stecheisen ansetzte, dachte er an den Abend in Schneeberg mit seiner Schwester und Martha. Eine Erinnerung an die illuminierte Stadt legte sich über die Lichter der Grubenlampen um ihn herum. Die Vergangenheit verschmolz mit der Gegenwart.

In der Fundgrube Wolfgangmaßen hatte er sich immer auf die Spaziergänge mit den Fräuleins gefreut. Hier in Oelsnitz gab es nichts, was ihn nach der Arbeit erwartete. Er schlief auf dem Küchenboden in der engen Wohnung seines Bruders, der inzwischen Frau und Kinder hatte. Da war er lieber unter Tage, dort fühlte er sich frei. Immer öfter führte die Finsternis seine Gedanken auf seltsame Wege. Unter der Erde brauchte er etwas, worauf er hoffen konnte. Er zerbrach sich den Kopf, warum Martha gesagt hatte, dass er nicht in den Krieg ziehen dürfe, wenn er geliebt werden wolle. Von wem geliebt? Je länger er in der Dunkelheit darüber nachdachte, und es waren Stunden, Tage, Wochen, Monate, umso sicherer war er sich.

Das Läuten der Oberschlemaer Kirche erinnerte an den Krieg. Alma vermisste das beruhigende Dröhnen der Bronzeglocken. Sie waren zerschlagen und zu Kanonen eingeschmolzen worden, als Metallspende für den Kaiser. Auch ihre Dachrinne hatte dran glauben müssen und der große Kupferkessel. Aber in anderen Städten sollten sie sogar die Türklinken abgeben. Die Oberschlemaer konnten froh sein, dass ihnen der Buntpapierfabrikant einen Glockenersatz aus Hartgusslegierung spendiert hatte, auch wenn der etwas ärmlich klang. Die Kirche in Niederschlema blieb stumm.

Als der Winter kam, wurden in den Städten die Lebensmittel knapp, und es gab keine Kohlen zum Heizen. Alma war heilfroh, dass sie ihre Kuh und genug Heu im kleinen Stall hinter ihrer Bergmannskate hatten. So gab es immer Milch und Butter, und in der Erdmiete hatte sie Kartoffeln und Äpfel eingelagert. Und Wilhelm, der jedes Wochenende nach Hause kam, brachte in seiner Tasche immer ein paar Brocken Steinkohle mit. So kamen sie über den Winter.

In all dem Elend suchten Clara und Martha nach einem Funken Hoffnung und fanden ihn auf dem Gleesberghang. Von dort konnten sie die Arbeiten am neuen Kurbad beobachten, denn das Bauwerk entstand nicht im Silberbachtal, sondern mitten in Oberschlema. All die hochfliegenden Pläne hatte die Kurgesellschaft mit Beginn des Krieges begraben müssen und baute nun aus Kostengründen direkt über der Radonquelle. Das neue Kurbad wuchs genau dort, wo die kleine Bretterbude gestanden hatte, aus der zum allerersten Mal das Heilwasser an die Bevölkerung ausgeschenkt worden war.

Jeden Tag stiegen die Freundinnen auf ihren Aussichtspunkt und beobachteten, wie das Radiumbad entstand. Fundamente wurden geschachtet, Mauern wuchsen, Holzlatten legten sich wie ein Skelett über das offene Dach, das sich allmählich schloss.

An einem trüben Frühlingstag waren die Arbeiten beendet. Die Wolken hingen tief und überzogen die sanft gewellten Berge mit schiefergrauem Licht.

Ein letztes Mal sahen Clara und Martha von ihrem Aussichtspunkt hinab. Es schien, als wäre das klobige Gebäude zu schwer für den Hügel und in die Landschaft eingesunken.

Das Kurhaus war nicht so geworden, wie es sich die großen Kapitalgeber und die kleinen Anteilscheinbesitzer erträumt hatten. Der sachliche Zweckbau besaß weder Türme noch Erker, und in dem bescheidenen Park standen keine Palmen. Nicht einmal eine Feier fand am Eröffnungstag statt, aber es war ohnehin niemandem nach einem Fest zumute gewesen. In der Zeitung hatte nur gestanden, dass die Radiumbadgesellschaft stolz sei, mit der Fertigstellung des Baus ihre patriotische Pflicht zu erfüllen. Denn die verwundeten Soldaten aus dem Genesungsheim konnten mit Radonbehandlungen versorgt und wieder für die Schlacht hergestellt werden.

Die Oberschlemaer waren heilfroh, dass ihnen die Sache mit dem Patriotismus eingefallen war, sonst hätten sie überhaupt nicht bauen dürfen. Und das wäre nicht nur für die Kapitalanleger eine Katastrophe gewesen, sondern auch für die Frauen im Ort. Nun, wo ihre Männer in den Krieg gezogen waren, mussten sie auf irgendeine Weise Geld verdienen. Die Radiumbadgesellschaft wurde zu einem wichtigen Arbeitgeber. Auch die beiden Fräuleins hatten eine Anstellung gefunden.

Martha legte den Arm um die Schulter der Freundin. »Was bin ich glücklich, dass wir in Zukunft in dem neuen Kurbad arbeiten dürfen und mit normalen Menschen zu tun haben«, gestand sie. »Ich konnt das Elend im Lazarett manchmal nicht mehr ertragen.«

Im neuen Oberschlemaer Radiumbad duftete es nach Lavendel und frischer Wäsche. Gäste wandelten mit zusammengerollten Handtüchern und Badebürsten unter dem Arm schwadronierend über die Gänge. Fast kam es Clara so vor, als ginge sie der Krieg nichts mehr an.

Dabei hatte sie gezweifelt, ob in dieser schwierigen Zeit irgendjemand zur Erholung fahren würde. Zudem bot die Kurverwaltung weder Unterkunft an, noch stellte sie Verpflegung bereit. Darum mussten sich die Gäste selbst kümmern. Und doch strömten sie in Scharen herbei. Die vielen Fuhrwerke verwandelten die einst so stille Hauptstraße nach jedem Regen in einen tiefen Morast. Und wenn die Sonne endlich die Pfützen ausgetrocknet hatte, staubte es so heftig, dass man meinen könnte, ein Brand wäre ausgebrochen.

Kurz nachdem der Zug der Staatsbahnlinie aus Leipzig angekommen war, wurde das Gedränge auf der großen Freitreppe des Kurhauses noch stärker. Ein alter Pferdekutscher schleifte Berge von Gepäck ins Innere. Auch hier war nichts von der geplanten Pracht zu sehen, alles wirkte sachlich und schmucklos.

Clara stand hinter der Rezeption in der großen Empfangshalle und war für die Anmeldungen zuständig. Die strenge graue Kleiderschürze verlieh ihr jene Autorität, die in dieser Position dringend nötig war. Jeden Tag gab es hitzige Auseinandersetzungen, weil nicht alle Ankömmlinge reserviert hatten und die Zimmer in der näheren Umgebung auf Monate hin ausgebucht waren.

Eine Dame benahm sich besonders hartnäckig und hielt den ganzen Betrieb auf. Sie trug einen kecken Hut mit einer ausladenden Fasanenfeder, und ihren Hals schmückte ein vermutlich falsches Collier.

»Ich nehme auch einen langen Weg in Kauf«, verkündete sie resolut. »Es muss doch etwas möglich sein.«

Die Frau wirkte in Claras Augen vermögend. Sie dachte an Wilhelms Zimmer, das an den Wochentagen leer stand. Ihre Eltern würden sich sicher über ein Zubrot freuen. Je länger der Krieg andauerte, umso schwieriger wurde das Leben.

»Ich könnt Sie vielleicht bei uns unterbringen«, schlug Clara deshalb vor. »Wenn die Ansprüche nicht zu hoch sind.«

»Und was ist mit mir?«, empörte sich ein untersetzter Mann. »Die Dame hat sich nach vorn gedrängt!«

Sofort entbrannte unter den Wartenden ein Streit, und Clara geriet in Bedrängnis.

»Wir kennen den Badearzt persönlich. Also müssen wir bevorzugt werden«, regte sich ein altes Ehepaar auf, das sich aneinander festhielt, um nicht umzufallen. »Wir zahlen auch gut.«

Unter dem Rezeptionstisch zählte Clara an den Fingern die Räume der kleinen Bergarbeiterkate ab. Wenn sie selbst auf dem Dachboden schlief, konnten sie die gute Stube und die beiden Kinderkammern vermieten.

»Aber ohne Frühstück«, stellte sie klar. »Verpflegen müssen Sie sich selbst.«

Sie vereinbarten eine feste Zeit nach Claras Dienstschluss sowie den Treffpunkt, und dann eilten die zufriedengestellten Kurgäste weiter.

Ein geschäftiges Klappern wies ihnen den Weg in die Trinkhalle. Dort stand Martha hinter dem gefliesten Tresen. Sie trug wie alle jungen Frauen an der Wasserausgabe die erzgebirgische Volkstracht mit der bestickten Halbschürze. Geschäftig zupfte sie ihre Puffärmel zurecht und holte ein neues Tablett mit braunen Flaschen herbei, die an kleine Kegel erinnerten. Zusammen mit einem Trinkhalm aus Glas gab sie diese im Austausch gegen Kontrollabschnitte an die Gäste aus. Eifrig erklärte sie dabei: »Sie dürfen die Flasche mit dem Radiumwasser nicht schütteln. Nein, Sie dürfen das Wasser nicht in ein Glas umfüllen. Dann entweicht die Radiumemanation. Das mindert die Heilwirkung.«

Das Klirren der Glasflaschen wurde von der niedrigen Hallendecke gedämpft. Der Raum war nur zur Hälfte gekachelt. Überall merkte man, dass die Radiumbadgesellschaft hatte sparen müssen, an Brettern, Nägeln, Fliesen und sogar an der Wandfarbe.

Clara führte ihre vier Kurgäste zur Bergarbeiterkate. Der Apfelbaum davor war im Laufe der Jahre immer krummer geworden, sodass die Zweige mittlerweile den Boden erreichten.

Sie war nicht sicher gewesen, was ihre Mutter zu diesem Überfall sagen würde, aber Alma fühlte sich geschmeichelt.

»Das wurde Zeit«, stellte sie fest. »Die Uhligs haben nämlich jetzt auch einen Kurgast.«

Während sie hastig provisorisches Bettzeug zusammensuchte, kochte Clara den Städtern einen Kaffee aus getrockneten und gemahlenen Löwenzahnwurzeln.

Kurz darauf kehrte Johann von der Arbeit in der Grube zurück und fand auf seinem Küchensofa die Kurgäste vor.

Irritiert blieb er mitten im Raum stehen und wusste nicht, was er tun sollte. Eine solche Änderung seiner Gewohnheiten hatte es bisher nie gegeben.

»Wir sind die Kurgäste«, erklärte die Dame mit dem Collier.

»Mh«, machte Johann. Er setzte sich ächzend auf einen Holzschemel und ließ seine schwieligen Hände auf den Tisch fallen. Die Dame starrte pikiert auf seine schwarzen Fingernägel.

Er war sehr erleichtert, als Frau und Tochter mit einem Stapel Pferdedecken auftauchten.

»Das sind unsere Kurgäste«, verkündete Alma, und Johann machte wieder bloß: »Mh.«

Er hätte sich gern den Rücken gekratzt, aber sie hatten noch nie Kurgäste, und er wusste nicht, ob sich das gehörte. Verzweifelt sah er seine Frau an und griff sich an die Kehle. Er musste den Erzstaub wegspülen. Aber Alma zögerte. Wenn sie jetzt den Schnaps hervorholte, würden die Kurgäste womöglich auch etwas haben wollen.

Clara begriff das Dilemma. Sie holte Gläser aus dem Schrank und goss in alle bis auf eines Wasser. Das floss inzwischen aus einer Leitung in der Küche und musste teuer bezahlt werden. Der bequeme und kostenfreie Überlauf im Hof war ihnen abgeklemmt worden.

Dann tat sie so, als suchte sie etwas im Wandschrank, und füllte stattdessen dem Vater heimlich einen klaren Schnaps ein. Sie musste nur achtgeben, dass sie das Glas nicht verwechselte. Die Flüssigkeiten unterschieden sich rein äußerlich durch nichts.

Johann schien sich in sein Schicksal ergeben zu haben und trank das Glas mit dem vermeintlichen Wasser in einem Zug. Sein daraufhin folgender, lang anhaltender Hustenanfall lockerte die Atmosphäre. Jeder der Kurgäste erging sich in wohlmeinenden Ratschlägen, was gegen dieses Leiden helfen könnte. Anschließend berichteten sie von ihren eigenen gesundheitlichen Problemen. Das Ehepaar präsentierte arthritische Finger und führte ächzend vor, dass sich keiner von beiden mehr bücken konnte. Der kräftige Herr zeigte eine schlecht heilende Bauchwunde, und die Dame erklärte hoheitsvoll: »Ich unterziehe mich einer Verjüngungskur. Eine ganze Stunde war ich heute in der Badekabine. Meine Haut ist nun seidenglatt. Fühlen Sie mal.«

Sie zog den Ärmel ihrer Bluse über das Handgelenk und streckte Johann ihre nackte Haut entgegen. Er starrte entsetzt darauf und hielt Clara wortlos sein leeres Glas hin.

»Was ist eine Badekabine?«, erkundigte sich Alma.

Clara beschrieb es ihr. »Da sitzen die Leute ganz ohne Kleider in einer riesenhaften Wanne und nehmen ein Ganzkörperbad.«

Johann schüttelte ratlos den Kopf. »Aber wer braucht denn ein Ganzkörperbad?«

»Na, Sie zum Beispiel«, bemerkte die Dame pikiert.

Kurz darauf bereitete Clara das Abendessen zu, schnitt Kartoffeln und briet Eier. Ihr Vater hatte eine lange, harte Schicht unter Tage hinter sich.

»Ich hab gesagt, es ist ohne Verpflegung«, erinnerte sie die Kurgäste, die gebannt zuschauten. Später zählten sie Johann jeden Bissen in den Mund.

Als irgendwann alle in ihren Betten lagen, unterhielten sich Alma und Johann flüsternd über die Kurgäste.

Er wollte wissen: »Wie lange bleiben die denn?« Als sie erklärte, dass so eine Kur vier Wochen dauerte, stöhnte Johann. »Dann stell meine Medizin aber zukünftig in die Schlafkammer.«

Alma legte den Kopf auf seinen Brustkorb und lauschte dem vertrauten Schlag seines Herzens.

»Ich schäme mich, dass wir den Leuten kein Essen angeboten haben«, flüsterte sie.

Johann klopfte ihr unbeholfen auf die Schulter. »Die sollen selbst sehen, wo sie bleiben. Es muss noch für Wilhelm und Christian reichen. Bei denen ist die Versorgungslage denkbar schlecht.«

Als Wilhelm am Wochenende heimkehrte, geisterten überall im Haus die Kurgäste herum. Das arthritische Ehepaar jammerte, dass es in der Wirtschaft neben dem Kurhaus nichts zu essen bekommen hätte.

»Dann gehen Sie doch zum Restaurant Panorama am Klosterberg«, schlug Wilhelm vor. »Da hat man eine herrliche Aussicht über das ganze Tal.«

»Wir können doch keinen Berg hinaufkrauchen«, stöhnte der Mann und legte sein Bein ausgerechnet auf den Stuhl, auf den sich Wilhelm setzen wollte.

»Es ist halt eine schlechte Zeit«, klagte die Frau. »Bei uns in Leipzig fällt laufend der Strom aus, und das Essen ist rationiert. Aber wenn die Regale beim Kaufmann leer sind, nützt einem die schönste Mehlkarte nichts.«

Wilhelm versicherte: »Das wird bald besser werden. Wir haben in der letzten Woche zügeweise Steinkohle in die Schweiz geschickt. Im Tausch gegen Lebensmittel.«

»Prächtig«, sagte die Frau und streckte ihre knolligen Finger nach dem Zichorienkaffee aus, den Clara gekocht hatte. »Dann werden wir im kommenden Winter nicht verhungern, sondern erfrieren.«

Alma stand auf, holte einen Kanten Brot für die beiden alten Leute und strich etwas Butterschmalz darauf.

Während der Mann sein Stück gierig verschlang, zögerte seine Frau. »Wir können aber nicht mehr zahlen.«

»Ist schon gut«, sagte Alma. »Ich komm mir fast schon reich vor, weil Sie noch weniger haben als wir.«

Am Abend sah Martha auf einen Sprung herein. Wilhelm wurde rot, als sie ihn begrüßte. Er fürchtete, sie könnte ihm ansehen, dass er bei der Arbeit immer an sie dachte. Aber sie beachtete ihn kaum, setzte sich zu den Kurgästen und ließ sich erzählen, wie betrüblich die Lage in Berlin war.

»Ich hab geglaubt, es beginnt das Zeitalter der Jugend«, stellte sie traurig fest. »Und nun liegt sie auf den Schlachtfeldern in Flandern und den Argonnen.«

»Könnt ihr einmal über etwas anderes als über den verfluchten Krieg reden?«, unterbrach Johann sie barsch.

Alma sprang auf und holte ihm ein gefülltes Glas aus der Schlafkammer. Natürlich wussten die Kurgäste längst, dass darin kein Wasser war, aber alle spielten mit.

Nachts musste Wilhelm mit seiner Schwester auf dem Dachboden schlafen. Sie hatten sich gefüllte Strohsäcke untergelegt, aus denen die Halme stachen.

Um die Kurgäste, die unter ihnen schliefen, nicht zu wecken, flüsterte Clara. »Ich werd niemals heiraten.«

Wilhelm wunderte sich. »Warum nicht?«, erkundigte er sich leise.

»Dann darf ich nicht mehr in dem schönen Kurbad arbeiten«, erklärte sie.

Wilhelm fragte nicht, wie Martha die Sache sah. Er wusste, dass er die Antwort nicht hören wollte.

Nach einer Weile fing Clara wieder an zu flüstern. »Und du?«

»Ich werde heiraten«, sagte er überzeugt und setzte hinzu: »Und meine Frau darf im Kurbad arbeiten, wenn sie das will.«

Sie gab ihrem Bruder einen Kuss auf die Wange und schob ihre ewig kalten Füße unter sein Hemd, um sie an seinem Bauch zu wärmen.

Wilhelm hoffte, Clara würde ihrer Freundin Martha von seiner modernen Einstellung berichten.

Als der Herbst kam und die Nachsaison begann, blieben die Kurgäste aus. Johann war froh darüber. Von der feuchtkalten Luft in der Grube hatte er das Reißen in den

Knochen bekommen. Er brauchte nach der Schicht sein Sofa, um sich auszustrecken. Zudem quälte ihn ein heftiger Husten, und immer öfter fühlte er Atemnot. Wenn sich Alma deshalb Sorgen machte, winkte er ab.

»Das haben viele«, behauptete er. Und damit hatte er recht. Man erkannte schon am Husten, wer als Bergmann arbeitete.

Johann war nun achtundfünfzig Jahre, aber er wirkte viel älter. Weil er kaum noch sehen konnte, trat er eines Tages im Stollen auf ein Eisen, das seine brüchige Schuhsohle durchbohrte und ihn verletzte.

Mühsam humpelte er nach Hause. Der Weg von der Fundgrube Wolfgangmaßen kam ihm viel länger als sonst vor. Er lief vorbei an den Fenstern mit den vielen Lichtern und dachte an die Zeit zurück, in der in seinem Fenster fünf Lichter auf ihn gewartet hatten. Zwei ihrer Kinder hatten sie ganz klein hergeben müssen. Entsetzt stellte er fest, dass ihm ihre Namen nicht mehr einfielen.

Johann ärgerte sich, wie langsam er vorankam. Er wusste, dass sich Alma immer gleich Gedanken machte, wenn er nicht pünktlich kam. Erst vor Kurzem hatte es ein Unglück in der Grube Maria im Harz gegeben. Johann beschloss, den Weg zu verlassen und eine Abkürzung über die schlammigen Wiesen zu nehmen. Er watete durch Pfützen, in denen kurz zuvor eine Schafherde gestanden hatte. Der Schmutz drang durch den Riss seines Schuhs und kroch in die Wunde.

Am nächsten Tag hatte sich Johanns Fuß entzündet, und er konnte nicht mehr auftreten. Clara überredete den Badearzt, der in einem Anbau neben dem Kurgebäude wohnte, vorbeizukommen. Nach eingehender Untersuchung empfahl dieser, Radonwasser daraufzuträufeln. Clara brachte ihrem Vater jeden Tag ein Fläschchen aus dem Kurbad mit, aber es wurde nicht besser. Alma versorgte Johann, wann immer er danach verlangte, mit medizinischem Schnaps.

Als Wilhelm am Sonntag kam, war das Bein seines Vaters schwarz geworden. Johann schwor allerdings, er verspüre keinerlei Schmerzen. Clara versuchte ihm etwas Suppe einzuflößen, aber er hustete Blut.

»Ich bin wohl bergfertig«, sagte er zu seiner Entschuldigung.

Wilhelm holte das *Album für Freunde des Bergbaus* und las ihm daraus vor. Er wollte seinem Vater die Bilder zeigen, aber der hatte die Augen geschlossen. Sein Brustkorb hob und senkte sich mühsam. Sie dachten, er würde ein wenig schlafen.

Plötzlich sagte Johann mit rauer Stimme: »So viel Licht! So prächtige Farben!«

Und dann war Stille. Der große Bergfürst hatte ihn zu sich gerufen.

Alma legte ihre Hand auf seinen Oberkörper. Er war eingesunken und hob sich nicht mehr. Sie strich ihm die Haare aus dem Gesicht und sagte trotzig: »Aber er ist wenigstens nicht an der Schneeberger Krankheit gestorben.«

An einem trüben Tag im November war der Krieg zu Ende. Der Kaiser floh erst ins Belgische, dann nach Holland, und schließlich wurde die Republik ausgerufen. Wilhelm kündigte beim Steinkohlebauverein und kehrte nach Oberschlema zurück. Seine Familie brauchte ihn, sodass er wieder für einen Hungerlohn in der Fundgrube Wolfgangmaßen arbeitete. Manchmal glaubte er, zwischen dem lauten Pochen und Schlagen unter der Erde das vertraute Rufen seines Vaters zu hören.

Alma stellte für ihren Sohn abends immer eine Kerze ins Fenster, damit er in der Dunkelheit das Haus fand. Wenn er zur Tür hereinkam, klopfte sie ihm die Kissen auf dem Küchensofa zurecht und füllte zwei Fingerbreit Wacholdergeist in einen Becher.

»Das hilft gegen die Schneeberger Krankheit«, versprach sie, obwohl sie längst wusste, dass es sich dabei um Lungenkrebs handelte.

Um ihr eine Freude zu machen, trank Wilhelm den Schnaps.

Auch im Kurhaus machte sich die Friedenszeit bemerkbar. Clara und Martha wurden in den Versand versetzt, weil das Personal nicht nachkam mit den vielen Bestellungen von Radonwasser für Haustrinkkuren. Tausende Liter mussten an Privatleute, Drogisten und Arztpraxen versandt werden.

Martha legte die mit Wachs versiegelten Glasflaschen vorsichtig in Kisten, stopfte Holzwolle in die Ritzen und nagelte den Deckel fest. Clara sah die Bestellscheine durch und adressierte in schwungvoller Kurrentschrift die Paketzettel.

Sie war damit schneller als Martha und drängte die Freundin: »Wir sollten uns mit der Arbeit sputen. Sicher wartet jemand sehnlichst auf das Heilwasser. Womöglich gar ein Kriegszitterer.«

Martha nahm die nächste braune Glasflasche aus dem Metallregal. Sie trug ein Etikett mit der Aufschrift: *Stärkstes Radiumwasser. Heiltinktur.*

»Ach«, sagte sie und seufzte. »Könnt nur unser Radiumwasser in die ganze Welt geschickt werden und alles heilen.«

7. Schlüssel ohne Schloss

August 2019

Auf Luisas Schoß lag das *Album für Freunde des Bergbaus*. Die blaue Schutzhülle war abgegriffen, das Papier wirkte an den Rändern durchscheinend und bröselig. Über dem Titel stand in zittriger Kurrentschrift: *Für Luisa*.

Sie öffnete die Mappe. Ganz oben auf dem Stapel lag ein Foto, das Urgroßvater Wilhelm mit ihr als Baby zeigte. Sie nahm das Bild heraus und pinnte es an die Wandtafel neben ihrem Schreibtisch. Dort hingen schon Fotos von ihren Eltern und ihrer Großtante Irma.

Luisa blätterte die Mappe durch und hielt sich nicht wie sonst bei den prächtigen Lithografien auf. Ganz hinten fand sie die Liste, von der ihr Vater gesprochen hatte. Akribisch hatte ihr Urgroßvater darin besondere Ereignisse und die Daten von Unglücksfällen im Bergbau verzeichnet. Oft standen dahinter Namen, offensichtlich hatte er diese Verunglückten gekannt. Es waren viele Daten und noch mehr Namen. Luisa fand ein Datum, hinter dem statt des Ereignisses ein Fragezeichen vermerkt war. *23. Juni 1951*. Dazu hatte Wilhelm Steiner geschrieben: *Mein Junge*. Luisa notierte sich das Datum.

Dann suchte sie nach dem Unglück, bei dem der Vater von Irmas Tochter ums Leben gekommen sein sollte. Sie fand einen Eintrag für den 22. Februar 1960. *Schlagwetterexplosion und Grubenbrand in der Zwickauer Steinkohle*. Dahinter waren keine Namen vermerkt, nur der Hinweis: *123 Bergleute*.

Das Album war aufgebläht durch eine Sammlung von Zetteln, Papieren und Zeitungsausschnitten. Luisa stieß auf ein Bild ihres Urgroßvaters Wilhelm mit seinen drei

Kindern. Während die beiden Jungen Rudolf und Hans brav links und rechts neben ihm standen, versuchte die kleine Irma von seinem Schoß zu rutschen und zog ein entrüstetes Gesicht.

Luisa musste lächeln. Offensichtlich war ihre Großtante schon immer ein spezieller Charakter gewesen.

Sie fand eine Postkarte vom Radiumbad Oberschlema. Auf die Rückseite hatte jemand geschrieben: *Unser wundervolles neues Kurbad*. Dahinter entdeckte sie eine weitere Karte. Sie war nahezu leer, nur der schwarze Schatten eines Schlüssels mit prägnanter Kerbung war abgebildet. Der Kopf besaß eine eigentümliche Form, so wie ein Trapez, und die Aussparung für den Schlüsselring war ein doppeltes Loch, so wie eine Acht.

Vor Kurzem hatte sie selbst eine Kopie ihres Wohnungsschlüssels gebraucht, damit ihre Eltern in ihrer Abwesenheit die Blumen gießen konnten. Sie hatte dem Schlüsseldienst einfach ein Foto des Originals zusenden müssen und wenige Tage später die Kopie zugeschickt bekommen. Einer Eingebung folgend fotografierte sie den Umriss des Schlüssels und bestellte eine Anfertigung mit Expressservice. Vielleicht würde Irma Steiner mit diesem Schlüssel glücklich werden.

Irma lebte im Seniorenzentrum Alte Gleesbergschule. Luisas Wohnung in der Bergstraße war einen Fußmarsch von zwanzig Minuten entfernt. Sie benutzte die Strecke als Lauftraining, vorbei an der Brache, auf der sich früher die Halde 56 aufgetürmt hatte.

Auf dem Gleesberg, oberhalb der Auferstehungskirche, lag ein geschickt gegliederter Komplex in versöhnlichen Farben mit einem kleinen, geschützten Innenhof und einer Sonnenterrasse.

Irmas Zimmer lag im dritten Stock, womit sie nicht einverstanden war. Es lag nicht daran, dass ihr Fenster nach

Norden zeigte. Der Raum war dennoch hell, und zahlreiche Grünpflanzen belebten ihn. Irmas Tochter Michaela hatte Mineralien und ihre Schalmei in ein Regal gelegt, die Wände liebevoll mit Fotos und Auszeichnungen aus der Wismut-Zeit dekoriert und Irmas Ohrensessel hergeholt.

In diesem Sessel thronte die alte Dame, als Luisa eintrat. Irma Steiner war eine kleine Frau, an der alles ein wenig kantig war, der Körper, die Schuhe und besonders das Mundwerk.

»Hast du meinen Schlüssel gefunden?«, fragte Irma statt einer Begrüßung.

Luisa durchsuchte ihren Rucksack. Der Schlüssel war am Morgen von einem Expressboten in ihrem Büro abgegeben worden.

»Guck«, sagte sie. »Ist er das vielleicht?«

Irma betrachtete den Schlüssel und drehte ihn zwischen den Fingern.

»Nein. Der gehört mir nicht.« Sie legte den Schlüssel auf den Tisch und sah enttäuscht aus. »Ich wollt ja bloß mal nach dem Rechten sehen.«

»Das kann ich doch machen«, schlug Luisa vor.

»Und wie willst du ohne Schlüssel reinkommen?«, fragte ihre Großtante listig.

»Ertappt.« Luisa ärgerte sich, dass nun ausgerechnet sie dieses Gespräch führen musste. »Tante Irma, ich denke nicht, dass du noch mal in deine Wohnung kannst«, brachte sie ihr behutsam bei.

Irma schien nachzudenken. »Und warum sagt mir das keiner?«, wollte sie schließlich wissen. »Dann brauch ich ja erst recht meinen Schlüssel, damit ich den abgeben kann.«

Luisa stimmte ihr kurzerhand zu. Sie war der Meinung, ausschließlich für die netten Gespräche zuständig zu sein. Das Unangenehme, fand sie, konnte Irmas Tochter Michaela erledigen.

Sie beugte sich vor und umfasste die Hände ihrer Großtante, die rau und voller Schwielen waren. »Kommst du denn klar?«

»Ich komm überall klar, wo man mich hinversetzt«, versicherte Irma.

»Sind auch alle lieb zu dir?«, wollte Luisa wissen.

Irma verzog das Gesicht. Wie auf ihrem Kinderbild. »Das Süßholzgeraspel kann man sich bei mir sparen. Hier wird Klartext geredet.« Sie klopfte zur Bekräftigung mit der Faust auf den Tisch und stellte dann fest, dass sie Kaffeedurst habe.

Zusammen gingen sie nach draußen auf die Terrasse. Das Klappern von Geschirr mischte sich mit Vogelzwitschern und Blätterrauschen aus dem angrenzenden Wald.

Während Luisa den Kaffee besorgen wollte, setzte sich Irma an einen der Tische. Die alte Dame hatte den Schlüssel mitgenommen, und als eine Hilfskraft an ihr vorbeihuschte, fragte sie: »Weißt du, wem der gehört?«

Der junge Mann nahm den Schlüssel, betrachtete ihn und schüttelte den Kopf. »Hier gehen ständig Schlüssel verloren, Irma. Aber der ist so auffällig, das finden wir raus.«

Er befestigte den Schlüssel mit Klebeband auf einem Blatt Papier und schrieb in großen Druckbuchstaben darüber: *SCHLÜSSEL GEFUNDEN!* Diesen Hinweis hängte er gut sichtbar über die Geschirrabgabe.

Mit zwei randvollen Tassen kehrte Luisa zurück. Ihre Großtante kostete und schimpfte: »Der ist dünne. Gibt's keinen Kumpeltod?«

Luisa musste lachen. »Ich bring dir beim nächsten Mal was mit«, versprach sie. Nachdem sie einen Schluck probiert hatte, gab sie Irma recht. Der Kaffee schmeckte nicht gerade aufregend. »Sag mal«, fragte sie, »kannst du dich noch an den Tag erinnern, an dem dein Bruder Rudolf verschwunden ist?«

Irmas Gesicht wurde noch kantiger. »Freilich«, sagte sie. »Vergisst man doch nicht. Wir haben mit dem Essen gewartet, und er kam einfach nicht.«

»Woran hat er gearbeitet an dem Tag? Weißt du das noch?«

Irmas Finger umfassten die Kaffeetasse, ihre Knöchel traten weiß hervor. »Er hat als Hauer den Streckenvortrieb im Schacht 38 gemacht«, erinnerte sie sich. »Dass er wohl verunglückt ist, das kann man nicht ändern. Aber wenn man nicht genau weiß, was passiert ist … Ist er erschlagen worden? Oder verschüttet und erstickt?« Sie kratzte sich nachdenklich und brachte ihre ohnehin wirren kurzen Haare noch mehr durcheinander. »Das macht einen schon verrückt. Ich denk, bei meiner Mutter, die Sache mit ihrem Kopf, da wollten wohl die Sorgen um ihr Kind raus.«

Luisa war skeptisch, ob das Leiden ihrer Urgroßmutter wirklich im Zusammenhang mit Rudolfs Verschwinden stand. Aber was wusste sie schon von den Sorgen einer Mutter? Sie hatte bisher keine Kinder, und es war auch nichts in Aussicht.

»Wir hätten halt gern ein Grab gehabt, wie sich das gehört«, erklärte Irma. »Wo man ein bisschen rumstehen und die Blumen gießen kann. Aber wenn man nichts zum Reinlegen hat …«

Luisa sah ihre Großtante nachdenklich an und dachte an die vielen Nachmittage, die sie als Kind mit ihr verbracht hatte. Irma hatte ihr gezeigt, wie man ohne großen Kraftaufwand ein Gurkenglas öffnete. Und sie hatte ihr erklärt, warum man immer die Tiefe einer Pfütze prüfen sollte, bevor man hineinhüpfte.

»Weißt du, Tantchen«, begann Luisa, »was hältst du davon, wenn ich versuche, die alten Unfallberichte aus der Zeit oder die Personalakten von deinem Bruder zu finden? Vielleicht steht etwas drin, was dir endlich Gewissheit gibt.«

Irma winkte ab. »Die alten Akten sind doch gar nicht bei uns. Haben die Sowjets mitgenommen.«

»Die Sowjetunion gibt es ja nun schon lang nicht mehr«, sagte Luisa. »Ich hab mich erkundigt, ein Teil der alten Wismut-Akten liegt inzwischen im Bundesarchiv und im Staatsarchiv Chemnitz.«

Irma sah sie aufmerksam an und wackelte mit dem Kopf. Das Kantige aus ihrem Gesicht löste sich auf. »Meinst du? Nach all der Zeit?«

»Vielleicht gerade deshalb, weil es so lange her ist«, antwortete Luisa. »Wenn damals etwas vertuscht wurde, dann unterliegt es jetzt sicher nicht mehr der Geheimhaltung.«

»Es treibt mich schon sehr um«, sagte Irma und zog ihre Ärmel lang, sodass die groben Hände ganz darin verschwanden. »Wenn du das schaffst, Lieschen ... Wir waren halt sehr eng zusammen, wir drei Geschwister.«

»Ach, Tante Irma.« Luisa strich ihr über die Wange. »Du hast es nicht leicht gehabt.«

»Äh.« Die Großtante winkte ab, und jedes Anzeichen von Wehmut verflog. »Das war halt die Zeit. Und ich hab besser verdient als die meisten Männer.« Den letzten Satz sagte sie deutlich lauter, vermutlich in der Hoffnung, dass es auch die Leute am Nachbartisch hören konnten.

»Bei dir kam es schon dick«, sagte Luisa mitfühlend. »Und dann auch noch das andere Unglück.«

Irma schien in ihrem Gedächtnis zu kramen. »Welches meinst du? Den Brand im Schacht 250? Oder den Absturz in der 371? Da gab es auch mal einen Unfall im Schacht 207. Vier waren es. Insgesamt hab ich vier Tote hochgeholt mit meiner Fördermaschine. Aber verteilt auf vierzig Jahre. Ist nicht so viel.«

Luisa griff nach ihrer Hand. Ihre Stimme klang ganz weich. »Ich meinte deinen Liebsten, Tante Irma. Du hast nie darüber gesprochen. Das ist nicht gut.«

Irma guckte erst etwas verdutzt, dann fing sie sich wieder. »Ach das. Das war nicht hier. War in Zwickau und ist schon lange her.«

»Du musst nicht immer tapfer sein, Tante Irma«, sagte Luisa mitfühlend. »Wenigstens gibt es ein Grab. Wenn du möchtest, könnten wir mal zusammen hinfahren. Wie hast du gesagt? Zum Blumengießen und um ein bisschen rumzustehen.«

Irma schüttelte unwirsch den Kopf. »Ich will auf keinen Friedhof. Da komm ich noch früh genug hin.«

In diesem Moment entstand am Kaffeeausschank Unruhe, und sie drehten sich neugierig um. Die Hilfskraft zeigte zu ihrem Tisch hinüber. Zwei alte Herrschaften kamen auf sie zu. Die Frau benutzte einen Stock, der Mann schob seinen Rollator vor sich her.

»Wo kommt denn der Schlüssel her?«, fragte die Frau mit dem Stock.

Der Mann mit dem Rollator setzte sich ungefragt an ihren Tisch. »Horch einmal drauf«, sagte er zu Irma. »Den Schlüssel kenn ich fei.« Er trank einen Schluck aus Luisas Tasse und verzog das Gesicht. »Der Kaffee ist kalt.«

Luisa fragte, ob sie ihm einen neuen besorgen solle, aber er wehrte ab.

»Nein, lass mal, Mäd. Also, wozu gehört der Schlüssel?«

Luisa sah ihn verwirrt an. »Ich denk, Sie kennen den?«

»Ja«, sagte er in einem Tonfall, als wäre sie begriffsstutzig. »Aber ich weiß doch nicht, zu welchem Schloss der gehört.«

In diesem Moment legte eine weitere alte Frau ein postkartengroßes Bild auf den Tisch. Es zeigte den schwarzen Schattenriss eines Schlüssels, genau wie auf dem Bild, das in Wilhelms Album gelegen hatte. Eine Pflegerin, die am Nebentisch benutztes Geschirr abräumte, stellte überrascht fest: »So eins hatte meine Oma auch.«

Es fanden sich noch weitere Leute, die dieses auffällige Bild früher einmal bei ihren Eltern gesehen hatten oder es sogar selbst besaßen.

Die Bedeutung kannte keiner von ihnen. Ihre Vermutungen reichten von Voodoo über einen merkwürdigen Modetrend bis zu einem Schlüssel, der in irgendeiner Weise mit dem Bergbau bei der Wismut zu tun gehabt hatte.

»Nein«, versicherte eine alte Dame. »Das muss länger her sein, ich erinnere mich genau. Das Bild stand immer auf dem Nachttisch meiner Mutter, als ich Kind war. Und zwar lange vor der Wismut. Ich denke, es stammt aus der Zeit vom alten Radiumbad.«

Eine der Pflegerinnen sagte amüsiert zu Luisa: »Sonst kommen die Schlüssel hier immer abhanden. Den Fall eines überzähligen Schlüssels hatten wir noch nie.«

Luisa betrachtete das rätselhafte Bild. Normalerweise gab es ein Schloss, und jemand verlor den Schlüssel dazu. Aber hier hatten sie einen Schlüssel – oder zumindest ein Bild davon –, und das Schloss fehlte. Wenn ein Türschloss verloren ging, war auch die Tür verschwunden. Und wenn die Tür nicht mehr zu finden war, dann gab es das ganze Haus nicht mehr.

Als sie kurz darauf ging, war ihre Tante in angeregte Gespräche vertieft.

Luisa steckte sich Kopfhörer in die Ohren und lief den Gleesberg hinab. Vor ihr ragte der markante eckige Turm der Auferstehungskirche empor. Er trug die Uhr des alten Radiumbades, als wollte er an diese vergangene Zeit erinnern.

8. Strahlende Zukunft

Mai 1925

Wilhelm legte den Kopf in den Nacken und blickte am Förderturm des Türkschachts hinauf. Die stählerne Konstruktion mit ihren genieteten Fachwerkstreben ragte hoch in den blauen Himmel auf.

Von einem begeistert geheilten Kurgast hatte seine Schwester Clara eine Postkarte geschickt bekommen. Auf der Vorderseite war der Eiffelturm abgebildet und wurde als Weltsensation gepriesen. Während Clara vor Entzücken und Fernweh geseufzt hatte, fand Wilhelm, dass sich die Franzosen nicht so aufspielen sollten. Der Förderturm in Zschorlau sah nicht viel anders aus. Vor allem erfüllte er im Gegensatz zu dem Turm in Paris eine wichtige Funktion. Die Plattform oben diente nicht der schönen Aussicht, sondern den Seilscheiben. Wenn Wilhelm von Oberschlema nach Zschorlau hinüberlief, konnte er den Förderturm und den hohen Schornstein des Kesselhauses schon aus weiter Ferne sehen.

Die Gewerkschaft der Schneeberger Kobaltfelder hatte die Fundgrube Wolfgangmaßen samt dem dazugehörigen Pochwerk geschlossen. In den letzten Jahren mussten sie dort nur noch Zubuße zahlen. Das war Alltag im Bergwerk. Erzleere Gruben wurden aufgegeben und die nutzlosen Schächte geflutet. Es war auch diesmal nicht das Ende gewesen, sondern der Anfang einer neuen Suche. Jeden Morgen fuhr Wilhelm unter Tage ein mit der Hoffnung auf den Fund reicher Erzgänge.

Es war ein Frühling voller Verheißungen. An dem krummbuckeligen Baum vor der Bergmannshütte leuchteten unzählige zartrosa Apfelblüten. Clara saß auf der Bank daneben und hielt still, während ihr die Mutter mit Haarnadeln ein weißes Häubchen auf dem adrett frisierten Kopf feststeckte. Als sie fertig war, stand Clara auf und richtete die Schleife im Rücken. Ihre Kleidung erinnerte an eine Schwesterntracht, wirkte aber keineswegs streng. Sie zupfte an dem hellblauen Waschkleid herum, das sie unter der blitzweißen Schürze trug.

»Ist der Rock nicht zu kurz?«, fragte Alma argwöhnisch. »Man sieht fei deine Knöchel.«

Claras Beine steckten in weißen Wollstrümpfen, aber man konnte die Form ihrer Fesseln erkennen. Und genau das fand sie atemberaubend. »Die Kleider haben wir von der Direktion bekommen«, versicherte sie. »Die müssen wir anziehen.«

In diesem Moment tauchte Martha auf.

»Wir sind Bademädchen!«, jubelte Clara und wäre der Freundin beinahe um den Hals gefallen. Sie bremste ihre Begeisterung rechtzeitig, um die akkurate Aufmachung nicht zu zerstören.

Martha drehte sich einmal um sich selbst und ließ ihren Rock schwingen. »Sehen wir nicht famos aus? Man könnt meinen, wir sind Mannequins!«

Auf dem Weg hinüber zum Kurhaus spürten sie eine ungeheure Freiheit. Und das lag nicht nur am Wind, der unter ihre Röcke fuhr. Es schien, als würde ihnen die Jugend zurückgegeben, die der Krieg gestohlen hatte.

Über dem ganzen Schlematal lag Aufbruchsstimmung. Dabei hätte die Radiumbadgesellschaft fast Konkurs anmelden müssen. In den Anfangsjahren hatten die Gäste das Provisorische hingenommen und sich nicht sonderlich beklagt über die beengte Unterbringung und die kargen Gartenanlagen, die kaum Zerstreuung boten. Aber nachdem der Krieg vorbei war, begannen sich die Leute zu beschweren. Dann kam die Inflation, und das ganze Personal war entlassen worden. Auch Clara und Martha.

Doch nun gab es für das Radiumbad einen neuen Geldgeber, der eine große Chance witterte. War nicht die ganze Welt fasziniert von diesem geheimnisvollen Element Radium, das sich in der Pechblende verbarg und unablässig Strahlung aussandte?

Von den frisch gedruckten Werbeprospekten leuchteten Radiumstrahlen und versprachen Hilfe bei Rheuma, Gicht, Ischias und Altersleiden. Mit glanzvollem Schwung nahm das Kurbad seinen Betrieb wieder auf und riss den ganzen Ort mit. Überall herrschte ameisenhafte Betriebsamkeit. Die Fleischerei Lang hatte ihren Laden zu einem Restaurant ausgebaut. Der Bäcker Reinwart überdachte kurzerhand seinen Vorgarten und verwandelte ihn in ein Café. An jedem Haus im Ort wurde etwas verschönert und angebaut. Die Optik sollte die Gäste anlocken, die Anbauten dienten den Dorfbewohnern. Die Leute zimmerten sich Baracken, in denen sie in der Hauptsaison wohnen würden, während es sich die Kurgäste in ihren Häusern gemütlich machen sollten.

Auf der Hauptstraße brausten chromglänzende Limousinen und offene Tourenwagen an Clara und Martha vorbei. Herren mit Panamahüten saßen am Steuer, neben ihnen Damen mit wehenden Federboas und langen Zigarettenspitzen. Herrschaften mit eleganten Spazierstöcken flanierten zum Mittagstisch im Erzgebirgischen Hof. In dessen Saal gab es sogar ein Kino, in dem ein Klavierspieler Stummfilmen die nötige Dramatik verlieh. Die Großstadt hielt Einzug in Oberschlema!

Ein Heer von Personal bewegte sich auf den Dienstboteneingang zu. Clara klammerte sich an Marthas Schürze fest, damit sie einander im Gewühl nicht verloren.

Die Radiumbadgesellschaft hatte Sekretärinnen, Kassiererinnen, Reinigungspersonal und Telefonistinnen eingestellt, außerdem Heizer und Hausmeister, Gärtner, Mitarbeiter für die Wasserabfüllung sowie einen Fotografen.

Das Wichtigste aber waren die Bademädchen. Sie mussten besonders höflich sein und adrett aussehen. Von ihnen wurde absolute Gewissenhaftigkeit erwartet. Die Anweisungen des Badearztes sollten penibel genau ausgeführt werden.

Clara und Martha hatten einen Lehrgang absolviert und alles über die Wirkungskraft des Heilwassers gelernt. Sie waren mit den Funktionsweisen der technischen Apparaturen vertraut und geschult im Umgang mit den Gästen.

Ihre Arbeitsplätze befanden sich im oberen Stockwerk, und sie bekamen die Badekabine Nummer sieben zugewiesen.

»Die Sieben ist meine Glückszahl«, versicherte Martha.

Sie war dafür zuständig, im Flur den Wasserzulauf zu regeln, und drehte ein Ventil auf. In dickem Strahl rauschte Wasser aus einem Metallrohr und füllte die Wanne in der weiß gefliesten Badekabine. Clara hielt ein in Holz eingefasstes Thermometer hinein und warf einen Blick auf den Badeplan. Für den ersten Kurgast hatte der Badearzt moderate achtunddreißig Grad vorgeschrieben. Allmählich begann das Quecksilber zu steigen. Vor der Tür drehte Martha an einem anderen Ventil. Über eine Öffnung im Wannenboden strömte Radonwasser hinzu.

Gleich der erste Badegast richtete sich nicht nach dem Protokoll. Als Clara die Dame instruierte, wie sie ihren Körper auf das Bad vorbereiten sollte, weigerte sich diese.

»Ich kann mir unmöglich selbst den Rücken massieren«, behauptete sie. »Das müsst ihr machen.«

Obwohl die Bürste aus ebendiesem Grund einen äußerst langen Stiel hatte, wagten es die Bademädchen nicht, zu widersprechen. Die Dame begann sich zu entkleiden. Aus dem Augenwinkel sah Clara seidene Strümpfe fallen. Die neue Zeit war so schamlos.

Während Martha die Bürste kreisen ließ, rötete sich die Haut darunter. Die Dame kam Marthas Gesicht ganz nah und stellte fest: »Sie haben Falten, meine Liebe. Ein Bademädchen sollte keine Falten haben.«

In Claras Wangen schoss Röte. Martha ließ sich durch diese taktlose Bemerkung jedoch nicht aus der Ruhe bringen. Sie drückte lediglich etwas kräftiger auf.

»In Amerika gibt es jetzt sündhaft kostspielige Schönheitscremes mit Radium«, erklärte die Dame.

In den USA glaubte man, mit diesem Element einen unerschöpflichen Quell für Attraktivität gefunden zu haben. Radiumrouge, Radiumpomade, Radiumseife und Radiumpuder versprachen strahlende Schönheit.

Martha lächelte höflich und sagte nichts dazu. Clara erklärte wie vorgeschrieben: »Sie müssen äußerst vorsichtig ins Wasser steigen, damit das Gas nicht entweicht.«

»Flüssigen Sonnenschein, so nennen es die Stars«, schwärmte die Dame weiter, während sie sich ins Wasser gleiten ließ. »Diese Creme hilft gegen alles. Falten, Sommersprossen, Doppelkinn.«

Die ersten Bläschen setzten sich an den feinen Haaren ihres Körpers fest, bis er ganz davon überzogen war. Sie lehnte ihren Kopf an den Wannenrand und schloss die Augen. Lautlos stahlen sich die beiden Bademädchen hinaus.

Eine knappe Stunde später hatte die Dame die Kabine verlassen, und die Bademädchen mussten den Raum für den nächsten Kurgast vorbereiten. Clara öffnete den Abfluss. Martha tauchte hastig ihr Taschentuch ins Wasser, bevor sich die Wanne geleert hatte.

»Was machst du da?«, fragte Clara.

Martha beugte sich vor den Spiegel und betupfte ihr Gesicht. »Wenn man das pure Radiumwasser nimmt«, erklärte sie, »müsste das doch eigentlich noch besser helfen als diese amerikanische Creme.«

»Wie recht du hast«, fand Clara und tat es ihr gleich.

Der nächste Kurgast war eine korpulente Frau, deren Gewicht ihren Gelenken zunehmend Probleme bereitete. Als Clara die Wirkungsweise des Radiumbades erklären wollte, wurde sie unterbrochen.

»Ich bin kurerfahren. Karlsbad, Marienbad, Bad Ems, Montecatini. Nichts hilft. Die Ärzte sagen, ich habe eine besonders komplizierte Krankheit.« Dem Gesicht der Patientin nach zu urteilen, war sie sehr stolz darauf.

Die Bademädchen hievten sie gemeinsam in die Wanne, und Martha versicherte: »Unser Wasser ist das stärkste Radiumwasser. Es strahlt Energie in alle Zellen aus.«

»Kann eine Behandlungsmethode taugen, die in einem gottverlassenen Dorf im Erzgebirge entwickelt wurde?«, fragte die Dame zweifelnd. »Ich hätte doch lieber nach Baden bei Wien fahren sollen.«

»Die Oberschlemaer Radiumtherapie haben sich sogar die Amerikaner bei uns abgeschaut«, erklärte Clara eifrig. »Die nutzen das Radium längst für Gesundheit und Schönheit. Wissen Sie das denn nicht?«

Am Ende des ersten Arbeitstages schmerzten Claras Füße in den neuen Schuhen. Martha quälte ihr Rücken vom vielen Hinabbeugen. Dennoch war beider Laune bestens. Auf dem Heimweg scherzten sie über die extravaganten Kurgäste, und Clara zog die Freundin mit einem älteren Herrn auf, der ihr altmodische Komplimente zugeflüstert hatte.

Sie blieben vor Claras Haus stehen und teilten sich etwas Konfekt, das sie von Marthas Verehrer geschenkt bekommen hatten. Als Wilhelm heimkehrte, durfte auch er in die Tüte greifen.

Nachdem die Fräuleins den ganzen Tag mit frisch gebadeten Kurgästen zu tun gehabt hatten, kam ihnen seine Hand besonders schmutzig vor mit all dem Erzstaub und den Risswunden.

Wilhelm entschuldigte sich verlegen: »Ich komm halt aus dem Berg.«

»Stoßt ihr noch immer so oft auf Pechblende?«, wollte Martha von ihm wissen.

»Mehr, als uns lieb ist«, versicherte er.

Woraufhin sie ihn bat: »Bringst du mir ein Stück mit?«

Beim Abendessen wurde Clara nicht müde, von der neuen Arbeit zu schwärmen. »Denkt nur, wir haben sogar Trinkgeld von den Gästen bekommen. Und die Kurgesellschaft will anbauen. Alles soll prächtiger, größer und schöner werden!« Ihre Wangen glühten vor Begeisterung.

Alma teilte diesen Enthusiasmus nicht. »Wer weiß, wie lange so ein Übermut gut geht«, orakelte sie. »Es wäre vernünftiger, du würdest endlich heiraten. Sonst wirst du noch als alte Jungfer enden wie die Martha.«

Clara lachte hell auf. »Die Martha wird gewiss nicht einsam sterben. Sie wartet nur auf den Richtigen.«

Wilhelm löffelte betont gleichgültig seine Suppe und fragte wie beiläufig: »Wer wäre wohl der Richtige für Martha? Was hat sie denn für Zukunftspläne?«

Clara wusste natürlich bestens Bescheid. »Sie würde gern ein reguläres Fremdenheim betreiben. Am liebsten direkt an der Hauptstraße beim Radiumbad.«

Daraus schloss ihre Mutter: »Also muss der Richtige für Martha wohl recht reich sein.«

Seit Stunden wühlte Wilhelm mit bloßen Händen in dem tauben Gestein der Abraumhalde neben dem Türkschacht. Unter Tage hätte er niemals ein Mineral in die Tasche seines Arbeitskittels gesteckt. Aber was hier herumlag, war nutzlos für die Gewerkschaft der Schneeberger Kobaltfelder.

In seinen wenigen freien Stunden zog es ihn gern zu den Zechenplätzen stillgelegter Gruben. Er suchte am Gleesberg oder in Auerhammer und manchmal auch in den alten Schürflöchern im Poppenwald nach besonderen Mineralien.

Dass Martha Interesse daran zeigte, versetzte ihn in Hochstimmung. Er wollte ihr alle Schätze zeigen, die auf einem Regal in seiner Kammer lagen. Was davon würde ihr wohl am besten gefallen? Der quadratische Flussspat, durch den das Licht purpurn hindurchschimmerte? Oder die Quarzkristalle, manche milchig trüb, andere glasklar? Am ehesten wohl das Stück Rotgültigerz, dessen rubinrote Kristalle in spitzen Rhomben aufragten. Was immer Martha davon begehrte, er würde es ihr schenken.

Die meisten Stücke der schweren Pechblende, die er fand, waren unansehnlich. Wilhelm wollte unbedingt etwas Besonderes finden. Als das Licht schwächer wurde, war er nahe daran aufzugeben. Aber dann entdeckte er ein blauschwarzes Stück mit großblasiger Oberfläche. Er nahm es in die Hand und blies den Staub darauf weg. In den Vertiefungen wuchsen Zeuneritkristalle. Dies war das perfekte Stück für Martha.

Es war schon dunkel, als Wilhelm bei seiner Nachbarin klopfte. Er hatte sich vorher gründlich die Hände gewaschen und seine Haare gekämmt.

Martha lächelte, als sie ihn mit der Pechblende sah. »Das ist ein großes Stück. Danke!«

»Ich hab bei mir aber viel schönere Mineralien«, erzählte er ihr. »Wenn du magst, zeig ich sie dir.«

»Später einmal«, vertröstete Martha ihn. »Ich hab noch zu tun.« Sie machte eine Kopfbewegung zum Haus, denn auch ihre Mutter beherbergte Kurgäste.

Einer plötzlichen Eingebung folgend, behauptete Wilhelm: »Ich mach einen Anbau bei uns. Darin werden wir im Sommer wohnen, wenn die Kurgäste kommen. Dann haben wir quasi ein reguläres Fremdenheim.«

»Ach wirklich?«, fragte Martha überrascht. »Davon hat mir Clara noch gar nichts erzählt.«

Wilhelm kam ins Stottern. Er war nicht geübt im Lügen und verabschiedete sich lieber schnell.

Martha ging mit der Pechblende ins Haus. In der Ecke des winzigen Vorraums stand ein Eimer mit Hammer und Meißel. Beides hatte ihrem Vater gehört. Er war gestorben, als er so alt war wie Martha jetzt, und hatte doch ausgesehen wie ein Greis. Sie erinnerte sich an seine fahle, faltige Haut. So würde ihre Haut niemals aussehen. Sie nahm den Hammer und stieg damit auf den kleinen Spitzboden, wo sich momentan ihre Schlafstätte befand. Es war der einzige Ort, an dem sie ungestört von den Kurgästen war.

Martha entzündete eine Kerze, um besser sehen zu können. Die Kristalle auf der dunklen Oberfläche der Pechblende funkelten türkisgrün. Vorsichtig legte sie das Stück auf die Holzdielen. Dann hob sie den Hammer und ließ ihn niederkrachen, wieder und wieder, bis der Brocken in kleine Teile zerschlagen war. Sie fegte mit der Hand den dabei entstandenen Staub zusammen und krümelte ihn in eine kleine Dose mit Melkfett. Mit dem Finger verrührte sie alles zu einer halbwegs gleichmäßigen Masse. Aus ihrer Schürzentasche holte sie einen Handspiegel und betrachtete prüfend den Anflug einer Zornesfalte auf ihrer Stirn und die Sommersprossen. Großzügig trug sie die Mixtur auf. Wozu brauchte sie eine teure amerikanische Creme? Sie saß direkt an der Quelle.

Um die vielen Kurgäste mit Heilbehandlungen versorgen zu können, mussten die Bademädchen auch an den Sonntagen und in Schichten arbeiten. Nur so war es möglich, der Besucherströme Herr zu werden.

Als Clara und Martha die Kabine nach dem letzten Kurgast in Ordnung gebracht hatten, herrschte draußen bereits Dunkelheit. Außer ihnen war niemand mehr im Gebäude, ihre Schritte hallten auf den Holzböden wider. Im Park sangen ein paar Nachtschwärmer, sonst war es still.

Auf dem Weg zum Ausgang durchquerten sie die Trinkhalle. Wegen der Enge im Kurhaus musste diese mindestens einmal am Tag umgeräumt werden. Je nach Anlass wurde sie in einen Vortragssaal, einen Lesesaal oder einen Salon verwandelt.

Beinahe wäre Clara über einen großen Glasballon gestolpert, der mitten im Weg herumstand. Zunächst rätselten sie, wer den vergessen haben könnte. Dann aber sahen sie die Tür dahinter, auf der *Fotolabor* stand, und schlossen daraus, dass der Behälter dort hineingehörte.

Sie öffneten die Tür und drehten den Lichtschalter. An der Decke der Kammer flammte eine rote Lampe auf. In der Ecke stand eine große Plattenkamera auf ihrem Stativ. Der hintere Teil des Raums war durch eine Schleuse abgeteilt. Jemand hatte einen Zettel daran geklebt mit genauen Instruktionen, wie die Dunkelkammer zu betreten sei. Sie folgten den Anweisungen und verstauten den Behälter dort, wo die Platten und Chemikalien lagerten.

Während das Kurbad immer weiter aufstrebte, erlebte der Bergbau im Erzgebirge einen unvorstellbaren Niedergang und kam fast überall zum Erliegen. Da war Wilhelm nun endlich ein ausgebildeter Hauer, der das Tscherpermesser tragen durfte, und es brachte ihm keinen Gewinn.

Das Grubenfeld des Türkschachts zeigte sich mehr und mehr erzarm oder gar taub. Immer öfter stieß Wilhelm auf die schwere Pechblende.

Während in den USA das daraus gewonnene Radium für Kosmetik eingesetzt wurde, versprach die Werbung in Deutschland den gesundheitsbewussten Landsleuten ein alles durchdringendes Urkraftelement. In Cottbus stellte man Radiumschokolade her, deren phänomenale Wirkung darauf beruhen sollte, dass der Wirkstoff unverzüglich in sämtliche Verästelungen der Nerven vordrang. In Reichenbach wurde heilsamer Radiumzwieback für Kranke zur schnellen Genesung gebacken. In Berlin produzierte man Radiumzahncreme, die Bakterien abtöten sollte. Und doch brachte diese Mode den Schneeberger Gruben keinen Vorteil. Die Hersteller hatten ihre Verträge mit St. Joachimsthal gemacht.

Je geringer die Erzadern wurden, umso mehr waren sie auf das Geld der Kurgäste angewiesen. Während seiner Arbeit unter Tage freute sich Wilhelm darauf, im Licht der Abendsonne mit dem Anbau zu beginnen. Längst hatte er einen Plan gemacht und Holz besorgt, damit das Haupthaus der Steiners in der Saison ein Fremdenheim werden konnte. Um Martha zu beeindrucken, wollte er es unbedingt verschönern. Nach stundenlangem Grübeln in der Finsternis wusste er auch, womit. Er würde über der Eingangstür eine Sonnenuhr anbringen.

Kurz darauf herrschte im Kurhaus große Aufregung. Der Fotograf verdächtigte sämtliche Angestellten, die Türen zu seinem Labor geöffnet zu haben. Einige seiner Bromsilber-Gelatine-Platten waren belichtet und damit ruiniert worden. Alle wurden befragt, auch die Bademädchen, aber da sich Clara und Martha genau an die Vorschriften für das Betreten der Dunkelkammer gehalten hatten, fühlten sie sich nicht schuldig. Irgendwann beruhigte sich der Fotograf, bestückte das Labor mit neuen Platten und schloss es sicherheitshalber ab.

Dennoch geschah am nächsten Tag das Gleiche. Wieder hatte er seine kunstvoll arrangierten Fotos von den Kurgästen im Park vergebens gemacht. Er stand vor einem Rätsel. Der Fall wurde dem Verwaltungsdirektor vorgetragen, der den Raum untersuchen ließ. Dabei wurde der Glasballon entdeckt, der keine Entwicklerflüssigkeit enthielt, sondern konzentriertes Radonwasser. Das hatte in völliger Dunkelheit seine Strahlung ausgesandt und die obersten Platten belichtet.

Die Kurleitung war begeistert von diesem optischen Beweis der starken Wirkungskraft ihrer Quelle. Der Fotograf sollte zur Erheiterung der Kurgäste ein Experiment durchführen. Er platzierte auf einer Bromsilber-Gelatine-Platte den Schlüssel zur Trinkhalle und stellte den Glasballon mit Radonwasser darauf.

Als er am nächsten Tag die Negativplatte entwickelte, war sie komplett belichtet, nur der Bleischlüssel hatte die Strahlung abgeschirmt. Die Kurgäste waren ganz außer sich vor Entzücken über diesen fabelhaften Zaubertrick. Der Fotograf kam kaum hinterher mit dem Anfertigen der Abzüge. Jeder wollte ein solches Souvenir mit nach Hause nehmen. Aber auch die Bademädchen und sämtliche Mitarbeiter rissen sich darum. Obwohl sich der Fotograf ein wenig in seiner Ehre verletzt fühlte, machte er in dieser Saison das Geschäft seines Lebens mit den Bildern vom Schlüssel zur Trinkhalle des Radiumbades.

Wenige Tage später wurden Brunnenmädchen und Bademädchen von der Verwaltung in die Trinkhalle bestellt. Die Kurgäste hatten das Haus am Abend verlassen, keine der Angestellten wusste, worum es ging.

Clara fühlte eine düstere Ahnung. »Oh Gott«, flüsterte sie Martha zu. »Nun suchen sie nach den Schuldigen für die Sache im Fotolabor. Wenn sie uns nur nicht entlassen.«

»Sei doch still«, zischte Martha ihr zu. »Es weiß ja keiner, dass wir es waren.«

Der Verwaltungsdirektor trat nach vorn und hielt einen Abzug des Schlüsselbildes hoch. Clara und Martha tauschten verzweifelte Blicke.

»Der überwältigende Erfolg dieser Aktion«, sagte er, »hat der Radiumbadgesellschaft klargemacht, dass unsere

Gäste unterhalten werden wollen. Kurz gesagt, wir brauchen mehr Kultur.«

Die Freundinnen atmeten erleichtert auf. Hier schien es nicht um eine Bestrafung zu gehen.

»Wir haben große Pläne, und ihr seid ein Teil davon. Ein Orchester haben wir bereits engagiert«, erklärte der Verwaltungsdirektor. »Aber wir wollen den Gästen mehr bieten. Wir werden eine Bademodenschau zeigen. Und es sollen Volkstänze aufgeführt werden. Außerdem werden wir im Silberbachtal ein Freilichttheater einrichten. Ich erwarte, dass sich jede von euch an einer der Aktionen beteiligt.«

Während die anderen Frauen nach vorn stürmten und sich um die Listen drängten, die an der Wand aufgehängt wurden, blieben die beiden Freundinnen unschlüssig.

»Was meinst du? Soll ich bei der Bademodenschau mitmachen?«, fragte Martha. Sie stellte ihre Beine elegant voreinander. »Aber ich würde auch zu gern eine Schauspielerin sein.«

Clara hingegen hätte am liebsten nichts von alldem gemacht. Sie präsentierte sich selbst nur äußerst ungern. Als außer ihnen niemand mehr in der Trinkhalle war, mussten sie sich entscheiden, und Martha schrieb sich bei der Schauspielerei ein. Zu ihrer Erleichterung entdeckte Clara, dass auch Personal für einen sogenannten Radiumwasserumtrunk gesucht wurde, den sie wählte.

Dafür musste sie sich nun immer an den Sonnentagen zur Mittagspause im Geschäftszimmer einfinden und ausgewählten Kurgästen Radonwasser einschenken. Das war deshalb so verblüffend und unterhaltsam, weil sie es in Weinkelchen aus Uranglas servierte. Clara hatte ihre Anweisungen bekommen und stellte sich vor eines der großen Fenster. Sie hob das Tablett mit den Urangläsern an, damit das Sonnenlicht darauf fallen konnte. Mit einem Mal begannen die Ränder der Weinkelche grünlich zu schimmern und zu leuchten, als würden sie glühen.

Marthas Kulturbeitrag verlangte größeren Einsatz. Wenn sie die Wasserventile im Flur vor den Badekabinen aufdrehte, murmelte sie Texte vor sich hin. Je näher die Premiere rückte, umso nervöser wurde sie und jammerte schließlich Clara die Ohren voll: »Ich hätte doch die Bademodenschau nehmen sollen.«

Im idyllischen Silberbachtal hatte die Kurverwaltung ein Freilufttheater errichtet, eingebettet in eine malerische Landschaft. Im Halbrund waren Stuhlreihen angeordnet, es gab einen kleinen Orchestergraben und eine Wiesenbühne ohne Bretter.

Clara und Wilhelm standen ganz hinten unter den nach Harz duftenden Fichten. Eine Rabenkrähe empörte sich lautstark. Die Stühle im Amphitheater waren bis auf den letzten Platz mit Kurgästen besetzt. Wilhelm hatte unterwegs für Martha einen Strauß Knabenkraut gepflückt, den er nun nervös von einer Hand in die andere nahm. Er hatte noch nie eine Theateraufführung besucht und kniff die Augen zusammen, weil ihn das Sonnenlicht blendete. Von den Gästen benutzte kaum jemand einen schützenden Schirm. Etwas Bräune war inzwischen modern. Nur die alten Damen zeigten vornehme Blässe. Und Wilhelm, der Bergmann.

Das kleine Kurorchester sorgte mit einem flotten Walzer für Ruhe, und dann begann ein Lustspiel. Als die kühle Grafentochter Olympia auftrat, erkannte Wilhelm die Darstellerin nicht. Sie benutzte eine akzentuierte Sprache, trug ein ärmelloses Charlestonkleid, das ihre Knie zeigte, und bewegte sich äußerst lasziv. Erst am Ende der Szene, als Clara begeistert applaudierte und rief: »Ist Martha nicht famos?«, begriff er, um wen es sich bei Olympia handelte.

Nach der Vorstellung bekam Martha unzählige Komplimente. Sie wurde von Verehrern bestürmt und mit Geschenken überhäuft. Wilhelm beobachtete die Szene aus sicherer Entfernung und wagte es nicht, sich zu ihr vorzudrängen.

In diesem Moment trat ein Mann in Knickerbockern mit gezwirbeltem Schnauzbart auf Martha zu. Er küsste der Laienschauspielerin sehr ausgiebig die Hand und legte ihr rote Rosen in den Arm. Marthas Wangen glühten, und sie lachte so laut, dass sich die Rabenkrähe erneut beschwerte.

Plötzlich kam sich Wilhelm armselig vor mit seinen selbst gepflückten Blumen.

»Komm«, sagte Clara zu ihrem Bruder und zog ihn mit sich. »Die Martha ist beschäftigt.«

Enttäuscht warf er das Knabenkraut in den Silberbach. Die wilden Orchideen trieben mit dem Wasser davon.

Als der Sommer zu Ende ging und die letzten Gäste abreisten, hatte Wilhelm den Anbau fertig gezimmert und damit wenigstens seine Mutter glücklich gemacht. Inzwischen war ihm klar, dass sich Martha ein anderes Haus vorstellte, wenn sie von einem Fremdenheim schwärmte. Obwohl sie außerhalb des Theaters im gewohnten Dialekt sprach und ihre normale Kleidung trug, hatte er im Silberbachtal eines begriffen: Martha wartete auf den Richtigen. Und er war es nicht.

Wilhelm gab Martha keine Schuld. Irgendwann verblasste der Schmerz darüber, und wenn er sie sah, war es fast wieder wie früher. Nur unten in der Dunkelheit beim Streckenvortrieb fehlte ihm etwas, worauf er sich freuen konnte.

Eines Tages, der Lärm der Hämmer gellte ihm in den Ohren, brüllte ihm sein zweiter Mann zu: »Ich geh am Wochenende zum Tanz in die Centralhalle in Niederschlema. Kommst du mit?«

Wilhelm willigte ein, und während er weiterarbeitete, wanderten seine Gedanken endlich wieder in die Zukunft.

In der Centralhalle würde er sich eine Braut suchen, und mit ihr würde er irgendwann Kinder haben. Das Mädchen sollte Irma heißen. Er stellte sich vor, wie Irmas Kerze im Fenster leuchtete, wenn er in der Dunkelheit heimkehrte.

Tatsächlich lernte Wilhelm in der Centralhalle ein nettes Mädchen kennen. Sie hatte lange geflochtene Zöpfe, stieß beim Reden mit der Zunge an ihre Zähne und nannte ihn Willi. Er führte sie ins Kino aus, spendierte ihr im Freisitz vom Gasthof Grüne Wiese eine Limonade und plante, sie seiner Familie vorzustellen.

An dem Abend, an dem er Clara und seiner Mutter von dieser Eroberung berichten wollte, waren beide beschäftigt. Sie machten einen Korb für Martha fertig, die krank war. Das geschah in der letzten Zeit häufiger. Einmal hatte sie Frauenleiden, dann wieder war sie schwer erkältet. Diesmal hatte sie sich den Knöchel verstaucht und konnte nicht laufen. Marthas Mutter kümmerte sich kaum um ihre Tochter. Clara bat Wilhelm, den Korb ins Nachbarhaus zu bringen. Dann wollten sie selbst essen und in Ruhe reden.

Martha saß auf dem Bett. Ihr braunes Haar war nicht wie sonst sorgsam zu einem falschen Bob zusammengesteckt, weil ihre Mutter strikt gegen einen echten Kurzhaarschnitt war. Wilhelm entdeckte ihren nackten Fuß, der Knöchel war bläulich verfärbt und geschwollen. Erschrocken stellte er den Korb mit dem Essen ab. »Wie hast du das angestellt, Martha?«

Statt einer Antwort sagte sie: »Ich werd weggehn.«

In Wilhelms Kopf überschlugen sich die Gedanken, und es gelang ihm nicht, sie zu ordnen. Er konnte sich das Schlematal ohne Martha nicht vorstellen. Sie war immer da gewesen. »Ich dachte, du bist hier so glücklich?«, brachte er schließlich heraus.

Verwirrt setzte er sich neben sie, und sie lehnte den Kopf an seine Schulter. Die alte Vertrautheit der Kinderzeit kehrte zurück. Wie oft hatten sie so nebeneinandergesessen. Plötzlich bemerkte er, dass sie weinte.

»Martha, was hast du nur?«, fragte er.

»Ich kann es dir nicht sagen«, flüsterte sie. »Am Ende erzählst du es meiner Mutter.«

»Das werd ich nicht, ich verspreche es«, versicherte Wilhelm. »Ich bin Bergmann. Ein Bergmann ist ehrlich.«

Martha richtete sich wieder auf und suchte unter ihrem Kissen herum. Schließlich wischte sie sich mit der Bettdecke das Gesicht ab. »Ich hab mich in Schande gebracht. Mir bleibt nichts anderes übrig, als wegzugehen.«

Wilhelm brauchte einen Moment, um zu verstehen, was sie meinte. Dann fragte er: »Willst du denn fort?«

Martha schüttelte heftig den Kopf. Sie wirkte plötzlich ganz klein und zerbrechlich. »Ich hab fei schon alles versucht, Bergmannsschnaps trinken, im heißen Wasser baden, im kalten Wasser baden, von der Leiter springen.« Sie zeigte auf ihren Knöchel und schüttelte den Kopf. »Mir fällt nichts ein, was ich noch tun könnt. Mir bleibt nur wegzugehen. Hier würden sich die Leute ihre Mäuler zerreißen.«

Er presste ihre Hand und versprach: »Das lass ich nicht zu, Martha. Niemand wird schlecht über dich reden.«

»Ach, lieber Wilhelm. Das kannst du nicht verhindern, wenn du kein Zauberkünstler bist.« Sie lachte traurig. »Es sei denn, du willst mich heiraten.«

Es war ein bitterer Scherz gewesen, der in Wilhelms Kopf einen Sturm der Gedanken auslöste. Das einzige Problem, fand er, war das Geld. Er würde sich eine Arbeit im Kurbetrieb suchen, um sie zu ernähren. Bedächtig sagte er: »Das ginge schon.«

Martha musste unter Tränen lachen. Dann merkte sie, dass er ernst blieb. »Das war kein Scherz, nicht wahr?«, fragte sie.

Wilhelm schüttelte den Kopf. »Egal ob du bleibst oder gehst, du wirst niemals Not leiden müssen.«

Martha betrachtete ihn aufmerksam, als würde sie ihm zum ersten Mal nach vielen Jahren wiederbegegnen. Und plötzlich fragte sie verwundert: »Wann bist du erwachsen geworden, Wilhelm?«

9. Tagesbruch

September 2019

Nahezu eine Woche lang hatte ein penetranter Regen die Erde aufgeweicht und die Straßen in Seen verwandelt. Nun endlich riss der Himmel auf und ließ ein paar vorsichtige Sonnenstrahlen hindurchblitzen.

Luisa fuhr zur Arbeit nach Hartenstein durch das Tal der Zwickauer Mulde, vorbei an der kleinen Kaue über dem Lichtloch 12a. Auf der Strecke durch Niederschlema begegnete ihr kaum Gegenverkehr. Sie fuhr an dem indischen Restaurant vorbei, das früher einmal die Centralhalle gewesen war. Dann erschien der zweifarbige Bahnhof aus roten Ziegeln und gelben Klinkern mit seinen blinden Fenstern und den verlassenen Hallen. Weiter ging es entlang am Fluss, durch den Poppenwald mit seinen Buchen, aus denen das Wasser dampfte. Zum Schluss nahm sie die Wismutstraße bergan.

Sie parkte ihr Auto und lief hinüber zum Zechenhaus des Schachts 371. Der hohe Förderturm mit den riesigen Seilscheiben ragte in den Himmel. Luisa genoss die Perfektion des Stahlkonstrukts. Auf diesen Anblick freute sie sich mitunter schon beim Aufwachen.

Es war alles noch da. Das Schachtgebäude mit dem Stahlgerüst, das Maschinenhaus mit der Fördermaschine und die Mannschaftsbrücke, die hinüber in das große Verwaltungsgebäude führte. Als sie mit ihrem Vater hergekommen war, um die Lagerstättensammlung zu besichtigen, hatte der nur gebrummt: »Viel zu sauber.«

Dreitausend Leute hatten hier früher gearbeitet, und ihr Vater war einer davon gewesen. Aus einer der weltweit größten Uranlagerstätten hatten sie gigantische Mengen herausgeholt. Und das in einer Tiefe, zu der kaum jemand sonst in Europa vorgedrungen war.

Inzwischen war der Förderschacht geflutet und mit einer Betonplombe verwahrt. In das Verwaltungsgebäude war der Sanierungsbereich Aue der Wismut GmbH gezogen.

Auf dem Arbeitsplatz in ihrem Büro fand Luisa einen neuen Auftrag. Am Abend zuvor war die Rufbereitschaft zu einem Tagesbruch geordert worden, und Luisa sollte den Schaden nun mit einem Kollegen vermessen.

Die Adresse lag in Bad Schlema, nicht weit entfernt vom Wohnhaus ihrer Eltern. Die Grubenwehr hatte die schmale Straße bereits abgesperrt. Eine Anwohnerin stand draußen und berichtete Luisa aufgeregt, dass es mit dem Gartenzaun angefangen habe. »Ich dachte ja, das sind Wühlmäuse«, erzählte sie. »Aber als ich abends mit dem Rad nach Hause gekommen bin, war die ganze Fahrbahn ein einziger See. Das hatten wir hier noch nie. Und heute früh war das Wasser weg, und die Erde hat sich aufgetan.«

Die Straße schien in eine Berg- und Talbahn verwandelt. Luisa machte Fotos von den Rissen im Asphalt. Dann sah sie sich die Böschung an, in der ein viele Meter tiefes Loch gähnte. Der Fußweg darüber schien zu schweben, und ein Zaunfeld drohte abzurutschen. Der Regen hatte ganze Arbeit geleistet.

Luisa positionierte das Stativ, und ihr Kollege stellte sich mit der Nivellierlatte in Position. Gemeinsam vermaßen sie Größe und Tiefe des Bereichs, fotografierten die Kontur und dokumentierten den nahe gelegenen Strommast und das angrenzende Haus. Beides war gefährdet.

Immer wieder spürte Luisa die Vibrationen ihres Telefons in der Tasche ihrer Öljacke. Irgendwann sah sie nach, wer so beharrlich versuchte, sie zu erreichen. Es war ihre Großmutter Erika.

»Du bist hier grad gesehen worden«, sagte sie, als Luisa sie zurückrief. »Dann hast du wohl heute frei?«

»Nein, ich muss hier arbeiten«, erklärte Luisa und schickte entschuldigende Blicke zu ihrem Kollegen.

»Wo du schon einmal da bist, kannst du mir schnell was besorgen?«

»Später«, sagte Luisa in einem Tonfall, als würde sie mit einem quengelnden Kind sprechen. »Ich arbeite gerade. Das kann ich erst auf dem Heimweg erledigen. Jetzt bin ich mit einem Kollegen unterwegs.«

Das schien ihrer Großmutter zu gefallen. »Dann bring den doch mit«, schlug sie eifrig vor. »Den schau ich mir mal an, vielleicht ist der ja was für dich.«

Luisa stöhnte. »Er ist verheiratet, Oma.«

Ihr Kollege lachte, er konnte sich den anderen Teil des Gesprächs wohl denken. Außerdem kannte er die alte Frau Steiner.

»Na und?«, sagte diese. »Die Frau ist ja nicht an ihm festgewachsen.«

Luisa beendete das Gespräch, stellte ihr Telefon lautlos und fuhr mit ihrem Kollegen zurück in die Firma.

Sie gab die Koordinaten, die sie beim Vermessen erzeugt hatten, in ein Softwareprogramm ein. Die Lage des Tagesbruchs wurde ihr daraufhin auf einer Karte angezeigt. Sie prüfte, ob sich unter diesem Bereich Hohlräume befinden könnten, und rief die Grubenrisse des Gebietes auf. Auf ihnen waren die unterirdischen Strecken verzeichnet. Passgenau schob sie das Risswerk über die Karte mit dem Tagesbruch, aber sie fand keine alten Verläufe, die unmittelbar dort verliefen. Es musste sich also um wilden Bergbau aus der Nachkriegszeit handeln. Das bedeutete, niemand wusste, wie groß der Bruch noch werden konnte.

Am Abend hielt Luisa auf dem Heimweg noch bei ihrem Elternhaus. Sie bemerkte eine verdächtige Bewegung der Gardine, als sie aus dem Auto stieg. Ihre Großmutter Erika wartete schon in der rechten Doppelhaushälfte.

»Du bist ein gutes Kind«, wurde Luisa gelobt, als sie die Getränkekästen hereinschleppte, die sie für Erika besorgt hatte.

»Du könntest auch beim Lieferdienst bestellen«, schlug Luisa vor und stellte die Flaschen in die Küche.

Ihrer Großmutter musste sie keine Vorträge halten, was die Kellerräume betraf. Als ehemalige Krankenschwester kannte sie sich aus. Wenn es nach ihr gehen würde, hätte sie die Kellertür abgeschlossen und den Schlüssel weggeworfen. Allerdings befanden sich dort unten Wasseruhr und Stromzähler.

Luisa wurde ins Wohnzimmer gedrängt und zum Sitzen genötigt. »Eine Minute hast du doch«, bettelte Erika. »Bei Irma bist du schließlich auch gewesen. Und auf dich wartet doch niemand.« Sie stellte eine Schale mit Keksen auf den Nierentisch. Er wurde von einer Spitzendecke geschützt, die zipfelte, weil sie eine andere Grundform besaß. Luisas Großmutter versuchte vergeblich, sie glattzustreichen. »Die ist noch von Tante Clara«, erklärte sie. »Die konnte klöppeln, sag ich dir. Ich hab lieber Sport gemacht.«

Luisas Großmutter war eine schlanke Frau mit weißer Kurzhaarfrisur, die einmal in der Woche zur Frauenturngruppe ging. Noch immer kochte sie selbst, oft sogar für Luisas Eltern. Sie hielt ihren Haushalt in Ordnung, heftete sämtliche Post in Ordner, und was sie selbst nicht schaffte, organisierte sie sich.

»Das Haus ist zu groß für mich«, beklagte sie sich. »Irma hat es richtig gemacht. Vielleicht zieh ich auch rüber ins Seniorenheim, wenn ich mal alt bin.«

»Oma«, sagte Luisa und lachte. »Tante Irma ist nur vier Jahre älter als du.«

»Ja, aber das sind die entscheidenden vier Jahre«, behauptete die alte Dame.

Luisa griff nach einem Keks und fragte: »Sag mal, weißt

du etwas Genaues über das Verschwinden von deinem Schwager Rudolf?«

Erika hob unschlüssig die Schultern. »Nicht viel. Ich hab deinen Opa erst danach kennengelernt. Für meine Schwiegereltern war es schlimm. Wenn der Erstgeborene einfach so vom Erdboden verschluckt wird ...«

Sie holte ein Bild, das auf der Anrichte stand. Es zeigte Martha und Wilhelm mit ihrem ersten Sohn.

»Eine glückliche kleine Familie«, murmelte Luisa und war überrascht, wie schön die Urgroßmutter einmal gewesen war.

»Dass sein Bruder spurlos verschwunden ist, hat deinen Opa bis zum Schluss umgetrieben«, erzählte ihre Großmutter. »Man muss doch wissen, was passiert ist. Sonst hat man jeden Tag eine neue Theorie. Ein Leben lang.« Sie sprach nun ein wenig schneller und geriet dabei außer Atem.

Luisa streckte ihre Hand aus, und die Großmutter griff danach, als wollte sie sich festhalten.

»Ach, weißt du«, sagte sie, »in den ersten Jahren nach dem Krieg war hier ein tüchtiges Durcheinander. Kein Arbeitsschutz und nichts. Laufend gab es Unglücksfälle. Was ich da manchmal im Sanibunker verarzten musste.« Sie schüttelte entrüstet den Kopf.

»So was kann heute nicht mehr passieren«, beruhigte Luisa sie. »Wir haben die Grubenrettungsstelle im Haus und machen regelmäßig Sicherheitstrainings.«

»Und was hat das zur Folge? Man weiß es nicht. In so manchem Unglück lag doch auch wieder ein Glück.«

»Wie meinst du das?«, fragte Luisa zweifelnd.

»Denk bloß an deine Urgroßtante Clara. Die hätte ihren Mann nicht gefunden, wenn der nicht seinen Finger verloren hätte.«

Luisa schüttelte es. Sie kannte diese Geschichte und war überzeugt, dass sie komplett erfunden war.

Aber ihre Großmutter war nicht zu bremsen. Nun hatte sie einmal davon angefangen und wollte bis zum Ende erzählen. »Zack, war der Finger ab, und Tante Clara hatte den im Schoß. Einen ganzen Daumen mit Knochen und Fingernagel.« Sie zeigte an ihrer eigenen Hand, wo ungefähr die Schnittstelle gewesen war, und fing an zu überlegen, ob er dabei ein Gelenk oder beide eingebüßt hatte. »Ich müsste mal ein Foto raussuchen«, brabbelte sie gedankenverloren.

»Jetzt hör aber auf«, schimpfte Luisa. »Du übertreibst mal wieder.«

»Das tu ich nicht. Ohne den großen Brand im Blindschacht 208b würdest du gar nicht existieren.« Mit einem schelmischen Lächeln fügte ihre Großmutter hinzu: »Ich schon. Aber du nicht.« Sie hatte Luisas Großvater Hans nur wegen dieser Katastrophe kennengelernt.

Luisa wurde nachdenklich. Beruhte ihre Existenz wirklich auf dem Unglück anderer?

»Und nach dem Brand haben sie in der Wismut mit dem Arbeitsschutz angefangen«, fuhr ihre Großmutter fort. »Das war der Auslöser. Danach wurde alles besser.«

Luisa seufzte. »Aber das Unglück in Zwickau ist trotzdem passiert.«

»Welches Unglück?«

Luisa suchte auf ihrem Telefon nach einem Bericht darüber und zeigte ihr ein Bild mit der Überschrift: *Grubenkatastrophe im VEB Steinkohlewerk Karl Marx Zwickau.* »Das hier. Damals ist Tante Irmas Liebster verunglückt.« Sie fragte sich, warum ausgerechnet davon nie die Rede war und bis heute alle unwissend taten. »Immerhin war Tante Irma da gerade schwanger. Und der Kindsvater ist noch vor der Geburt gestorben. Das wirst du doch wohl kaum vergessen haben.«

Luisas Großmutter fasste an ihr Ohrläppchen und zog es lang. »Ach«, sagte sie schließlich. »Ja, richtig! Aber das geht mich nichts an. Das muss Irma wissen, was sie darüber erzählen möchte.«

Luisa dachte an das Gespräch mit ihrer Großtante. »Sie will gar nicht davon sprechen«, gab sie zu.

»Dann musst du das hinnehmen. Ihre Tochter muss das auch.«

Bis Luisa endlich wieder in ihr Auto steigen konnte, dauerte es einige Zeit. Wenn Eltern und Großmutter in einem Haus wohnten, brachte das nicht nur Vorteile mit sich.

Es war schon dunkel, als sie den Gleesberg hinabfuhr, vorbei an den alten Fremdenheimen, die noch immer die Namen der einstigen Damen des Hauses trugen. Überall in den Fenstern brannte Licht. Aber unten im Tal würde es auf ewig einen Teil geben, der dunkel blieb. Dort hatte das Haus Martha gestanden.

10. Das Haus Martha

Mai 1928

Martha hockte auf der kleinen verdorrten Brache, die einmal der Vorgarten werden sollte, und klopfte Mörtel von alten Ziegeln ab. Anfangs hatte sie sich ständig auf die Finger geschlagen, mittlerweile besaß sie Routine. Ihre Nägel waren bei der Arbeit abgebrochen, und es lohnte nicht, sie zu polieren. Wenigstens ihr kinnlanges Haar schützte sie mit einem Kopftuch. Sie trug inzwischen einen echten Bubikopf. Ihre Mutter hatte nicht mehr das Sagen.

Mit halbem Auge achtete sie auf Rudolf. Der Kleine war zwei Jahre alt, seine Hosenträger rutschten, und vor lauter Aufregung lief ihm die Nase. Er schleppte sich mit einem schweren Stein ab, um seiner Mutter zu helfen. Sie schloss ihn in die Arme und lauschte dem wilden Pochen seines Herzens.

Schon zwei Wochen nach Marthas Beichte hatten Wilhelm und sie in der Oberschlemaer Kirche geheiratet, bevor das Gerede über ihren Zustand beginnen konnte. Wilhelm musste seine Braut tragen, deren Knöchel noch nicht verheilt war.

Marthas Mutter war mit der Wahl ihrer Tochter nicht zufrieden gewesen. Sie hatte mit einem wohlhabenden Kurgast geliebäugelt, der den ganzen Sommer bei ihnen gewohnt und Martha schöne Augen gemacht hatte. Was wollte die Tochter bloß mit einem Bergmann, der noch dazu acht Jahre jünger war und als Heizer im Kurhaus arbeitete?

Alma hingegen sah von Anfang an die praktische Seite dieser Ehe. »Sei froh, dass du älter als dein Mann bist«, hatte sie der Schwiegertochter erklärt. »Dann musst du nicht so lang auf das Himmelreich warten, wenn er stirbt.«

Als Clara von den Hochzeitsplänen erfahren hatte, wusste sie nicht, wem sie den Vertrauensbruch mehr übel nehmen sollte. Der besten Freundin, die ihr haarklein von jeder Schwärmerei berichtet hatte, nur nicht von der Liebe zu dem kleinen Bruder? Oder Wilhelm, der immer so unerfahren tat?

Martha hatte ihr zwar ein geheimes Bratkartoffelverhältnis gebeichtet, aber dass ausgerechnet Wilhelm derjenige sein sollte, erschien Clara absolut unmöglich. Sie hatte begonnen, das Liebespaar zu beobachten, und schnell begriffen: Sie waren gar keins.

Das waren sie erst später geworden, an einem kalten Winterabend, als Clara im Radiumbad die Kurgäste umsorgte und Alma zum Hutzenabend bei den Nachbarinnen war.

Wilhelm hatte wegen der Kälte eine Holzarbeit in die Küche geholt und hobelte an einem Brett. Martha setzte sich zu ihm und beobachtete die ruhigen, zielgerichteten Bewegungen, entdeckte hervorspringende Sehnen an seinen Unterarmen und sah, dass er sich ihretwegen die Hände geschrubbt hatte.

»Was machst du da eigentlich?«, fragte sie. »Du baust schon seit Tagen.«

»Das wird eine Wiege.« Er strich die Haare zurück, die ihm ins Gesicht gefallen waren, und lächelte sie an. »Die brauchen wir doch für unser Kind.«

Sie stand auf und drehte sich schnell um, damit er nicht sah, wie ihr Tränen in die Augen stiegen. Sie versuchte die Kartoffeln abzugießen und schüttete dabei kochende Flüssigkeit auf ihre Kleider. Erschrocken hielt sie den Stoff vom Körper weg.

Wilhelm sprang auf. »Hast du dich verbrüht?«, rief er besorgt.

Martha schüttelte den Kopf, und er half ihr, Schürze und Überkleid auszuziehen. Man konnte die Wölbung ihres Leibes schon erkennen. Ihre Oberarme hatten Grübchen. Es wirkte, als hätte ein Spielzeugmacher an diesen Stellen die feinen Glieder angenietet.

Er strich ihr übers Gesicht und sagte: »Aber du weinst ja. Du hast dir doch wehgetan.«

»Nun verderbe ich auch dein Leben«, murmelte sie. »Du solltest mit einer Frau verheiratet sein, die du liebst.«

»Aber das bin ich doch«, flüsterte er.

Bisher hatten die Männer immer auf Martha herabgesehen und ihr ein Gefühl von Armseligkeit gegeben. Wilhelm hingegen musste zu ihr aufblicken. Früher hatten sie Scherze gemacht, wann er sie wohl endlich einholen würde. Aber vor ein paar Jahren hatte er aufgehört zu wachsen, zwei Fingerbreit bevor er sie erreicht hatte.

Sie streckte ihre Hand nach seinem Gesicht aus, und als sie spürte, wie das Blut durch seine Schlagader jagte, beschleunigte sich ihr Herzschlag. Ganz leicht neigte sie ihren Kopf, um seine Lippen zu erreichen. Und obwohl ihr Knöchel inzwischen verheilt war, hob er sie hoch und trug sie in die Kammer.

Als das Baby scheinbar verfrüht auf die Welt kam, begann Clara nachzurechnen und begriff alles. Wie gern wäre sie Teil dieser Verschwörung gewesen, aber sie sah ein, dass in einem Ort wie Oberschlema jeder Mitwisser eine Gefahr darstellte.

Sie beschränkte sich darauf, Martha bedeutsame Blicke zuzuwerfen und ihrem Bruder zuzublinzeln, der leider nichts begriff und sie nur verwirrt anstarrte.

Um sich das Grundstück im Kurviertel leisten zu können, hatten die Steiners ihr eigenes Haus und das kleine Feld verkauft. Für das Baumaterial mussten sie einen Kredit aufnehmen. Das Fremdenheim wollten Alma und Martha gemeinsam führen, Clara sollte ebenfalls darin wohnen.

Es war ein schmales Stück Land an der Hauptstraße, eingequetscht zwischen zwei anderen Häusern, schräg gegenüber vom Kurgebäude. Bei der Gemeinde hatten sie beantragt, sämtliche Gebühren und Steuern dafür in Raten abzuzahlen. Um Kosten zu sparen, hatte Wilhelm Material von einem abgerissenen Lagerhaus organisiert. Aus diesem Grund säuberte Martha seit Tagen Steine. Wenn sie zum Kellerfundament schaute, konnte sie sich schon das Haus darauf vorstellen, in erzgebirgischer Bautradition mit Gästezimmern und genug Platz für die ganze Familie.

Das Fremdenheim war die Zukunft. Der Bergbau im Schlematal war die Vergangenheit.

Wilhelm stand den ganzen Tag im nahezu lichtlosen Keller des Kurhauses. Er schaufelte schwarze Kohlen in den unersättlichen Schlund der Zentralheizung und überlegte, ob die wohl sein Bruder Christian gefördert hatte. Manchmal erinnerten ihn diese mechanischen Bewegungen an vergangene Zeiten, als er das gewonnene Haufwerk in Hunte geschaufelt hatte. Ihm gefiel die Arbeit in der Dämmerung, und er dachte dabei an den kleinen Rudolf. Von einem Bergbruder hatte er das Schnitzen gelernt, und er überlegte, welches Spielzeug er für seinen Jungen machen könnte.

Unablässig schaufelte er, damit im oberen Stockwerk, wenn die Bademädchen die Ventile aufdrehten, warmes Wasser in die Wannen fließen würde.

Clara vermisste ihre Freundin Martha schmerzlich bei der Arbeit im Kurhaus. Sie betreute nun mit einem der anderen Bademädchen die Kabine Nummer sieben. Aber es war nicht dasselbe. Als ihre Schicht zu Ende war, nahm sie einen Umweg durch die Parkanlagen. Auf dem Rasen verrenkte sich gerade eine Gruppe von Kurgästen unter der Anleitung eines Arztes die Glieder.

Clara blieb stehen und beobachtete dieses Schauspiel. Sie hatte es nicht eilig. Bis das neue Haus fertig war, mussten sie bei Marthas Mutter wohnen. Und die schimpfte den ganzen Tag darüber, weil sie dadurch auf die Einquartierung von Kurgästen verzichten musste.

Zu Hause berichtete Clara von den beobachteten Leibesübungen mithilfe eines Medizinballs. »Das ist jetzt modern und stärkt den Körper«, behauptete sie.

Martha, die Rudolf auf dem Arm herumschleppte, sagte: »Ich hab schon genug Leibesübungen. Ich könnt jeden Muskelmann auf dem Jahrmarkt besiegen.«

Clara berichtete weiter: »Im Kurhaus hängen außerdem Plakate über gesunde Ernährung.«

Marthas Mutter stützte die Arme in die Seiten. »Was willst du damit sagen? Dass wir hier kein ordentliches Essen haben?« Sie rührte bei der Zubereitung der Mahlzeiten kaum einen Finger, das meiste erledigte Alma.

Clara legte eine Broschüre auf den Tisch, die der Badearzt verfasst hatte. »Hier steht drin, in welcher Reihenfolge man die Speisen zu sich nehmen muss. Und Vitamine muss man essen, das ist etwas ganz Neues.«

»Bei uns wird gegessen, was auf den Tisch kommt«, erklärte Alma. »Und zwar in der Reihenfolge, in der ich es hinstelle.«

Nach dem Abendessen brachten Martha und Wilhelm den kleinen Rudolf gemeinsam ins Bett.

»Wo gibt es denn so was, dass der Vater ein Kind schlafen legt?«, regte sich Marthas Mutter auf.

Clara lachte. »Das ist die neue Zeit.«

Marthas Mutter brummte vor sich hin: »Es wird immer verrückter. Nachher wollen die Männer womöglich noch kochen?«

Schon lange passte Rudolf nicht mehr in die Wiege, und er musste zu seiner Glückseligkeit mit im Bett der Eltern schlafen. Gespannt sah er zu, wie sein Vater das *Album für Freunde des Bergbaus* hervorholte. Rudolf durfte ein Bild auswählen, und Wilhelm versprach, ihm dazu eine Geschichte zu erzählen. Der Junge wählte eines, auf dem die Familie ihren heimkehrenden Bergmann begrüßte.

»Siehst du?«, sagte Wilhelm und zeigte auf das Blatt. »Da guckt die Großmama aus dem Fenster.« Er wandte sich Martha zu und verriet: »So hab ich mir immer das Glück vorgestellt. Du und drei Kinder, die auf mich warten. Nur ohne deine Mutter im Fenster.«

Sie musste lachen und strich ihm übers Haar. »Wenn der Winter kommt, haben wir schon zwei. Und wohnen hoffentlich im neuen Haus.«

Wilhelm legte das Album weg und begann das Steigerlied zu singen. Rudolf fielen wie immer an derselben Stelle die Augen zu. *Da drunten im tiefen finstren Schacht bei der Nacht gedenk ich dein.*

Später, als sie sich selbst schlafen legten, holte Martha ihre spezielle Mixtur aus Pechblende und Melkfett unter dem Bett hervor und cremte sich damit ein. Im ersten Ehejahr hatte sie das heimlich erledigt. Aber nun, wo sie beengt im Haus ihrer Mutter wohnten, gab es dafür keinerlei Möglichkeit mehr.

Wilhelm beobachtete sie aufmerksam. »Was ist das eigentlich für ein Zeug, das du dir abends immer draufschmierst?«

»Das ist mein Geheimnis«, stellte Martha klar.

»Aha«, sagte Wilhelm verwundert. »Und warum machst du das?«

Sie lachte. »Ich hab einen jüngeren Mann. Da will ich schön sein.«

Kurz darauf hatte Martha einen guten Grund, sich zurechtzumachen. Am Himmelfahrtstag wollte Wilhelm sie und Clara auf einen Ausflug der Bergbrüderschaft mitnehmen.

Obwohl die meisten von ihnen nicht mehr im Bergbau arbeiteten, trafen sich die Männer noch immer regelmäßig. Sie pflegten die Bergmannstraditionen, sangen die alten Lieder und gaben den Büchsenpfennig ab, um den Ärmsten ihrer Gemeinschaft helfen zu können.

An diesem Wochenende wollten sie nach Hohenstein-Ernstthal fahren, wo der Motorradfahrerklub ein Rennen veranstaltete.

Der Ausflug begann bereits kurz nach Sonnenaufgang. Martha war nicht mehr ausgegangen, seit sie Rudolf zur Welt gebracht hatte. Aufgeregt huschte sie in Claras Kammer, damit sie sich gegenseitig zurechtmachen konnten.

»Ich bin froh, dass die Mode nicht mehr so mondän ist«, sagte Clara und zupfte an ihrem Jumperkleid herum.

So etwas trugen auch die Damen, die im Radiumbad kurten. Martha hatte extra für diesen Tag ein altes Kleid abgeändert und die Taille tiefer gesetzt. An den Kragen steckte sie sich eine Stoffblume. Für Wilhelm hatte sie eine Schiebermütze aus abgelegten Sachen seines Vaters genäht.

Sie setzte ihm die Mütze auf und schob sie ein bisschen zurück, so wie sie es bei den Städtern gesehen hatte.

Er hielt ihre Hände fest. »Das hast du für mich gemacht?«

Sie nickte verlegen und ärgerte sich, dass ihr die Stiche nicht perfekt gleichmäßig gelungen waren.

Aber Wilhelm sah das gar nicht. Er umarmte sie stürmisch, und Clara seufzte. »Nun fühle ich mich wie das fünfte Rad am Wagen.«

Rudolf blieb bei seinen Großmüttern. Als Martha ihn zum Abschied küsste, klebte sein Gesicht, und er schmeckte nach Zucker. Alma hatte ihm eine Bestechung in den Mund gestopft, damit er nicht weinte, wenn seine Mutter ohne ihn das Haus verließ.

Auf dem Weg zum Bahnhof hakte sich Clara bei Wilhelm links ein, und Martha ergriff seine Hand auf der rechten Seite. Es wirkte wie früher, als sie zusammen den Floßgraben entlanggegangen waren. Doch Wilhelm streichelte mit seinem Daumen heimlich ihren Handrücken. Das hätte er damals nie gewagt.

Am Bahnhof in Niederschlema lösten sie graue Doppelbilletts für die Stehklasse und warteten auf die anderen von der Bergbrüderschaft.

In der vierten Klasse gab es nur harte, schmale Bretterbänke, überall stapelten sich Bündel und Kisten von Händlern, die auf dem Zwickauer Markt ihre Geschäfte erledigen wollten. Körbe voller Kartoffeln, Zwiebelsäcke und Drahtkäfige mit schimpfenden Gänsen standen im Weg herum. Kinder spielten dahinter Versteck, es stank nach billigen Zigarren und Hühnerdreck, und man konnte sich nur schreiend verständigen. Verglichen damit ging es in der feinen zweiten Klasse stinklangweilig zu.

Der Bahnsteig in Hohenstein-Ernstthal war zum Bersten gefüllt. Halb Sachsen strömte zum Badberg-Viereck-Rennen.

Es herrschte eine ausgelassene Stimmung. Wie auf einem Volksfest. Die Leute rannten wie Ameisen über die Hangwiesen, jeder auf der Suche nach der besten Sicht. Entlang der Straße drängten sich Zehntausende Schaulustige, Frauen mit Hüten und Tüchern, Männer mit Schiebermützen und Sonnenbrillen.

Die Rennen der schweren Motorräder und Seitenwagenmaschinen starteten mitten in der Stadt. Die Steiners und ihre Bergbrüder ergatterten einen Platz an der Rennstrecke und drängten sich bis zum Bordstein vor. Motoren heulten auf, es stank nach Öl, Treibstoff und Abgasen. Der Rennleiter gab mit wild rudernden Armen die Strecke frei, und dann jagten die Maschinen los, Staub wirbelte durch die Luft. Vor Begeisterung sprangen einige Zuschauer auf die

Rennstrecke, die nicht abgesperrt war, und winkten und schrien. Die ersten Fahrer rasten haarscharf an ihnen vorbei. Martha stand so dicht an der Straße, dass ihr Haar vom Sog der Motorräder verwirbelt wurde.

Die Beifahrer der Seitenwagenmaschinen erwiesen sich als wahre Akrobaten. In den Kurven lehnten sich die sogenannten Schmiermaxe als Gegengewicht so weit hinaus, dass ihre Lederjacken auf dem Boden schleiften.

Kurz darauf gab es die erste Massenkarambolage. Mehrere Motorräder verkeilten sich ineinander, in der engen Straße krachte einer der Fahrer gegen eine Mauer. Direkt vor Clara bremste einer, der Nachfolgende fuhr auf, die Maschinen stürzten übereinander. Einer aus der Bergbrüdergruppe wurde umgerissen. Er geriet mit der Hand in die sich noch immer rasend schnell drehenden Speichen, die ihm ein Stück des linken Daumens abtrennten.

Wilhelm und Martha zerrten ihn zur Seite ins Gras, und Clara kümmerte sich um ihn. Aus der Zeit im Lazarett wusste sie, was zu tun war. Sie band mit ihrem Taschentuch sofort die Wunde ab, damit er nicht zu viel Blut verlor.

»Scheiße, Bruno«, sagte Wilhelm erschüttert. »Dein Daumen ist weg.«

Als die Sanitäter mit der Armbinde vom Roten Kreuz kamen und Clara die Verantwortung abgeben konnte, bekam sie einen Heulkrampf.

»Wir müssen den Daumen suchen«, schluchzte sie. »Wir können Brunos Daumen doch nicht einfach liegen lassen!«

Bruno sah die Sache weniger dramatisch. Er war Bergmann und an Unfälle gewöhnt. Solange man überlebte und nicht gerade ein Krüppel wurde, hatte man Glück gehabt. Außerdem freute er sich auf die Kunststückchen, die er in Zukunft machen konnte.

»Kennst du den Daumentrick, bei dem man den Daumen nach hinten knickt?«, fragte er Clara. »Was meinst du, wie sich die Leute erschrecken, wenn sie merken, dass mein Daumen wirklich weg ist.«

Dann behauptete er, dass ihm schwindelig sei und er von Clara einen Kuss zum Zwecke der Wiederbelebung brauche. Sie war so durcheinander, dass sie ihn tatsächlich küsste.

Das schien ihm sehr zu gefallen, denn er forderte einen weiteren Kuss. Als sie sich zierte, bettelte er: »Komm schon. Ich geb auch noch meinen zweiten Daumen dafür her.«

Die Bilanz des Tages waren einundvierzig Unfälle, Dutzende Verletzte unter den Fahrern und den Zuschauern, und das Rote Kreuz kam gar nicht schnell genug zu allen durch. Die Hohenstein-Ernstthaler schimpften aus ihren Fenstern heraus und beschwerten sich, weil ihnen durch die Karambolagen der Putz von den Fassaden bröckelte. Außerdem kam es zu Prügeleien zwischen Fahrern und Anwohnern, denen die Vorgärten und die Zäune ramponiert worden waren.

Auf der Heimfahrt saß Bruno im Zug neben Clara und ließ sich von ihr trösten. Während sie sich Sorgen um die verletzte Hand machte, hielt er seinen zerfetzten Lederhandschuh hoch und regte sich auf.

»So ein Scheißdreck. Der war fast neu.« Obwohl es längst dämmerte, trug er noch immer die Sonnenbrille. Über seine Wange lief ein Schmiss vom heißen Blech, das an ihm vorbeigeschrammt war. Er grinste schief und versicherte: »Ich sag euch, so einen feinen Tag hatte ich schon lang nicht mehr.«

Clara trank immer wieder von dem herumgehenden Bergmannsschnaps, um sich zu beruhigen. Davon wurde ihr seltsam zumute, und sie kicherte. »Ich hätte auf die Mama hören sollen und mich mehr abhärten müssen.« Anschließend legte sie ihren Kopf auf Brunos Schoß und schmachtete ihn von dort aus an. Noch nie war ihr so ein verwegener Mann begegnet.

Auf der Rückfahrt ging es wesentlich ruhiger zu als während der Hinfahrt. Es fehlte der Lärm der Hühner und Gänse, die auf dem Zwickauer Markt geblieben waren, und die müden Fahrgäste hingen ihren Gedanken nach.

Glücklich und erschöpft lehnte sich Martha an Wilhelm und stellte fest, dass sie ihre Ansteckblume verloren hatte.

»Vielleicht haben wir diesmal übertrieben«, sagte er schuldbewusst. »Wenn es dir lieber ist, machen wir beim nächsten Ausflug etwas Manierlicheres.«

Martha strahlte ihn an und versicherte: »Ich fand es famos! Noch nie hab ich gesehen, wie Leute um die Wette fahren.« Ihre Stimme klang ganz heiser, weil sie an der Rennstrecke so laut geschrien hatte.

Spät in der Nacht kletterten sie aus dem Zug, ein wenig angeheitert und mit schmutzigen Schuhen, Zigarrenrauch im Haar, Blutflecken auf ihren Kleidern und vor Lebensfreude glänzenden Wangen.

Martha gab sich alle Mühe, zurück in die Wirklichkeit zu finden. »So, nun sind wir wieder vernünftig«, sagte sie mit gespielter Strenge zu sich selbst.

»Ich denk mal, bei dem ganzen Ärger wird das wohl das letzte Wettfahren in Hohenstein-Ernstthal gewesen sein«, prophezeite Wilhelm.

Aber er hatte unrecht. Nach sechs Jahren ging es mit dem Motorsport weiter auf dieser Strecke, die sie später Sachsenring nannten.

Den Luxus eines freien Tages konnten sie sich so schnell nicht wieder leisten. Wenn sie mit dem Haus fertig sein wollten, bevor das nächste Baby kam, mussten sie sich mit den Bauarbeiten sputen.

Die vielen Vorschriften machten Wilhelm nervös. Es gab einige Bauherren, die besonders ausgefallene Pläne kühner Architekten umgesetzt hatten, ohne die Genehmigung abzuwarten. Nun mussten sie zu hoch geratene Gebäudeteile zurückbauen und Extravaganzen abmildern. Jedes Haus sollte individuell wirken und dennoch optisch zu den anderen passen. Das Kurviertel erhielt dadurch eine ganz eigene Atmosphäre und innere architektonische Harmonie. Die Orientierung wurde den künftigen Gästen leicht gemacht, indem die Häuser klangvolle Namen bekamen, die weithin sichtbar an den Giebelseiten prangten. Glücksburg, Sonnenheim, Luginsland. Am liebsten aber tauften die stolzen Bauherren ihr Fremdenheim auf den Namen der Pensionswirtin.

Das Haus Martha wurde ein zweistöckiges Haus mit Kreuzgiebel und einem Sockel aus rustikalen Bruchsteinen. Wilhelms Kumpel von der Bergbrüderschaft halfen, das Schieferdach zu schließen, bevor der Herbst mit Regentagen und Stürmen über das Erzgebirge fegte. Nachdem sie am Erkervorsprung die Holzbalken für den Balkon gezimmert hatten, konnten sie sich endlich um den Innenausbau und die Heizungsanlage kümmern.

Die Tage wurden kürzer, und das Sonnenlicht schaffte es kaum noch ins Tal. Der Schlemabach plätscherte gedämpft unter einer porösen Eisschicht. In der kleinen Bergarbeiterkate brauchte man schon am Nachmittag künstliches Licht, und es war so kalt, dass an den Fensterscheiben Eisblumen wuchsen.

Jeden Abend zündete Alma die Kerzen in den Fenstern an und dachte an Johann. Sie vermisste ihr altes Haus, ihr altes Leben und den alten Apfelbaum, dessen Früchte in diesem Jahr zum ersten Mal Fremde geerntet hatten. Ihr größtes Glück war der kleine Rudolf, und das konnte ihr nicht einmal Marthas sauertöpfische Mutter verderben. Es bereitete Alma diebische Freude, dass sich der Kleine beim Spiel im Haus immer unter ihrem langen Rock vor der anderen Großmutter versteckte.

Um in der dunklen Jahreszeit Holz, Kerzen und Petroleum zu sparen, trafen sich die Nachbarinnen entlang des Schlemabachs immer reihum zum Hutzenabend. So brauchten sie nur eine Stube zu heizen, nutzten gemeinsam das Licht und konnten den neuesten Tratsch austauschen.

Die Nachbarinnen schleppten ihre Gestelle mit den Klöppelkissen herbei und trugen Matsch und den Geruch nach Schnee herein. Mit Rangieren und viel Geschick fanden alle ihren Platz in der engen Stube. Marthas Mutter hatte sich den Stuhl am Ofen reserviert. Rudolf machte es sich mit einem Kissen unter dem Küchentisch gemütlich und lauschte dem Rhythmus der sanft klappernden Klöppel. Manchmal steckte eine der Frauen ihren Kopf zu ihm herunter, und er bekam ein Zuckerstück oder einen Knopf, mit dem er dann selig spielte.

Wilhelm hatte sich in die hinterste Ecke verzogen und schnitzte an einem Leuchter. Weil er nicht wusste, ob sie einen Bergmann oder einen Engel brauchten, wollte er beides machen. Er sah kurz auf und beobachtete Martha. Noch immer erstaunte es ihn, dass sie tatsächlich seine Frau war.

Ihre Finger kreuzten die Fäden über dem Klöppelbrief, der mit Nadeln auf dem runden Kissen befestigt war. Der Zettel enthielt eine komplizierte Anleitung für ein Spitzenband. Die Frauen klöppelten in Heimarbeit Bänder, Litzen, Borten, Tressen und banden Quasten. Mit diesen Posamenten wurden die Kleider der feinen Damen, Trachten und Uniformen verziert. Sogenannte Posamentenhändler verkauften die kunstvollen Arbeiten inzwischen in alle Welt. Seit dem Rückgang des Bergbaus gewannen sie immer mehr Einfluss in der Gegend. Schließlich sicherten sie den erwerbslosen Bergleuten das Überleben, wenn auch nur zu einem Hungerlohn.

Später kam auch Clara in die Hutzenstube. Sie wedelte mit einer Broschüre, die sie im Kurhaus bekommen hatte. »Guckt mal, was mir ein Gast geschenkt hat.«

»Eine Fundgrube für jede Familie«, las Martha staunend vor. »Ein Führer durch die Sorgen des täglichen Lebens.«

Eine Nachbarin lachte breit und präsentierte ihre Zahnlücken. »Das kann ich gebrauchen«, rief sie. »Steht da drin, wie ich meinen Alten von der Flasche wegkrieg?«

Clara schlug das Heftchen auf und zeigte es herum. Es enthielt lange Preislisten und war sparsam mit Strichzeichnungen bebildert.

»Was tut man damit?«, fragte Martha ratlos.

»Das ist ein Katalog vom Versandhaus Quelle«, erklärte Clara. »Für Frauen wie uns, die nicht in die Stadt kommen. Hier können wir alles bestellen, was wir brauchen. Nähgarn, Wolle, Geschirrtücher, Haarkämme, Seife, Knöpfe, Schürzen, Taschen.«

Sofort ließen die Frauen ihre Klöppelspitze im Stich und drängten sich um das Heft. Sie blätterten darin herum, als wäre es ein Bilderbuch, und staunten über das Angebot.

Alma zeigte auf die Seite mit den Geräten und fragte verwundert: »Was sind denn das für Ungetüme?«

»Haartrockner«, erklärte Clara. »Und Staubsauger. Aber dafür braucht man Elektrizität.«

Damit waren diese Dinge für die meisten von ihnen uninteressant. Aber das Haus Martha würde natürlich an das Stromnetz angeschlossen sein.

Sie stellten fest, dass die Preise außerordentlich günstig waren.

»Das ist beim Ehrhardt im Laden alles viel teurer«, entrüstete sich Alma, woraufhin die Nachbarinnen beschlossen, in Zukunft nur noch auf diese neumodische Art einzukaufen.

»Das geschieht dem alten Gauner recht«, sagte Marthas Mutter befriedigt.

Weil nur ein Bestellformular dabeilag, bildeten sie eine Kaufgemeinschaft. Clara notierte Wünsche und Preise, es wurde gerechnet, überlegt und noch etwas mehr gewünscht.

Am nächsten Morgen wollte sie den Zettel zur Post bringen.

»Welch wunderbare Art einzukaufen«, freute sich Martha. »Wir müssen dafür nicht einmal die warme Stube verlassen. Was für eine bequeme Zukunft vor uns liegt.«

Für Alma bedeuteten die neuen Zeiten Abschied von den Feldern, dem Bachlauf und von ihrer Tochter. Clara hatte sich mit Bruno verlobt und würde nicht mit in das Haus im Kurviertel ziehen.

Der kleine Hans wurde noch in der dunklen Bergmannskate von Marthas Mutter geboren. Am nächsten Tag zogen sie um. Alma packte die letzten Sachen auf einen Handwagen und setzte Rudolf obendrauf. Martha hatte in dem neuen Wunderkatalog einen Kinderwagen bestellt, den Wilhelm nun hinter sich herzerrte. Die teure Anschaffung ließ sich im Schnee beim besten Willen nicht schieben, und er zweifelte an ihrer Sinnhaftigkeit. Die Straßen im Kurviertel waren jedoch befestigt und geräumt, sodass der Kinderwagen plötzlich wie von allein rollte. Hinter allen Fenstern brannten die Kerzen in den Leuchtern, an denen man die Kinderzahl ablesen konnte.

Das Haus Martha erkannten sie schon von Weitem. Der Name stand gut sichtbar am Giebel, und Wilhelm hatte darunter eine Sonnenuhr angebracht. Er öffnete die Tür für seine Familie und hob Martha über die Schwelle.

Es war ungewohnt, dass er sich beim Eintreten nicht mehr bücken musste. Rudolf riss sich von Alma los und rannte hinein. Martha drehte sich zu ihrer Schwiegermutter um und zog sie ebenfalls ins Haus.

»So ein Steinhaus ist für die Ewigkeit«, behauptete Wilhelm stolz. »Hier wird unser Rudolf noch mit seinen Enkeln wohnen.«

11. Schatzsuche

September 2019

Luisa fuhr die schmale Straße in den Poppenwald hinein. Der Weg führte unter dem gemauerten Bogen der Bahnbrücke hindurch, die die Zwickauer Mulde überspannte, und folgte dem Fluss. Auf halber Strecke entdeckte sie das Dienstauto ihres Kollegen und hielt in einer kleinen Einbuchtung daneben.

Sie streckte sich und atmete die feuchte Luft ein, die vom Wasser aufstieg. Die Buchen trugen schon ihr Herbstlaub, Blätter segelten gemächlich an ihr vorbei. An den felsigen Vorsprüngen wuchs Moos. Sie überlegte, ob sie am Wochenende Pilze suchen sollte.

In diesem Moment rief ihre Großmutter an. Der Klingelton störte die Stille.

»Hier sind wieder solche, die mit den Leuten reden wollen«, berichtete sie aufgeregt.

»Wen meinst du?«, fragte Luisa. »Zeugen Jehovas?«

»Nein«, sagte ihre Großmutter unwillig. »Die Schatzsucher.«

Luisa schnaufte. »Hier haben die auch schon wieder Chaos angerichtet.«

Die Schatzsucher kamen in regelmäßigen Abständen ins Erzgebirge und suchten dort in den stillgelegten Schächten und Gruben nach verstecktem Nazigold, geraubten Kunstschätzen und natürlich nach dem verschwundenen Bernsteinzimmer. Immer wieder gab es neue Gerüchte über den Verbleib. Sie betrieben die Suche wie eine Schnitzeljagd. Jedes Mal strolchten sie durch den Ort, versuchten mit den Alten ins Gespräch zu kommen und Hinweise zu finden. Irgendwann würden ihnen die Leute ausgehen, die das Ende des Krieges noch selbst erlebt hatten. Aber vermutlich würden sie auch dann nicht damit aufhören.

Wenn sich die Schatzsucher einbildeten, eine Spur gefunden zu haben, nahmen sie wie Bluthunde die Witterung auf. Sie kletterten in alte Bergwerksstollen, öffneten verplombte Schächte oder gruben metertiefe Löcher in den Boden des Poppenwaldes. Diesmal waren sie bis in einen verborgenen Stollen vorgedrungen und hatten mit ihren Buddeleien einen Tagesbruch verursacht.

Luisa beendete das Telefonat mit ihrer Großmutter und begrüßte ihren Kollegen, dem sie in den Wald folgte. Der Boden war weich und modrig. Ihre Stiefel versanken so tief darin, dass Blätter in den Schaft drangen.

Der Bereich um den eingestürzten Stollen war mit Flatterbändern zwischen den Bäumen abgesperrt. Der Rand sah wenig vertrauenswürdig aus.

Luisa hielt respektvollen Abstand und blickte hinunter. »Hat es Verletzte gegeben?«, wollte sie wissen.

Ihr Kollege schüttelte den Kopf. »Ich glaub nicht. Als die Grubenwehr gerufen wurde, waren die längst verschwunden. Anzeige ist auch schon raus.« Er warf einen besorgten Blick in die Tiefe. »Meinst du, wir sollten stochern, ob da jemand drunterliegt?«

»Nein«, sagte Luisa entschieden und trat einen Schritt zurück. »Ist nicht unsere Aufgabe.«

Sie hatte Schwierigkeiten, einen soliden Standpunkt für das Stativ zu finden. Gemeinsam vermaßen sie die Bescherung. Luisa überlegte, ob sie noch die kleine Buche retten sollten, die über dem Abgrund hing. Sie ließen es aber, weil sie nicht ebenfalls abstürzen wollten.

»Ob sie hier was gefunden haben?«, fragte sie.

Er zuckte mit den Achseln. »Ich bin ja selbst im Jagdfieber und hab schon sämtliche Kontakte gefragt, aber es scheint nicht so.«

Luisa sah ihn überrascht an. »Glaubst du wirklich, die

Nazis haben ihre Schätze in einem unserer alten Stollen versteckt?«

»Na ja«, meinte der Kollege, »es gibt schon Hinweise darauf. Und irgendwo muss das Zeug doch sein. Es wird sich ja nicht in Luft aufgelöst haben. Nichts auf der Welt kann verschwinden.«

Luisa lachte. »Du redest schon wie meine Großtante Irma.«

Der Kollege drohte ihr im Scherz mit der Faust. »Geht es immer noch um den verschwundenen Bergmann?«, fragte er.

Sie hatte ihm bei ihrer letzten Fahrt davon erzählt und nickte nun bestätigend. »Ich würde das so gern für sie rausfinden. Irma ist schon sehr alt. Ich hab das Gefühl, jeder Tag zählt. Weißt du, ob es bei uns noch Personalakten von der allerersten Wismut gibt?«

Er schüttelte den Kopf. »Die liegen in Chemnitz und Berlin. Und wer weiß, wo noch. Bei der Auflösung der Betriebe sollen Wismut-Mitarbeiter sogar Akten mit nach Hause genommen haben.« Während Luisa Fotos von der Kontur des Bruchs aufnahm, gab er zu bedenken: »Vielleicht ist der einfach in den Westen abgehauen und dann weiter nach Amerika.«

Luisa seufzte und dachte, dort wäre Rudolf Steiner vermutlich noch schwieriger zu finden als unter der Erde des Erzgebirges.

Sie packten zusammen und fuhren in getrennten Autos zu dem anderen Tagesbruch mitten in Bad Schlema, um dort die Fortschritte zu dokumentieren.

In der kleinen Straße arbeitete sich ein Bagger in zehn Metern Tiefe voran. Er suchte nach festem Gestein, in dem sie eine Betonplombe verankern konnten. Inzwischen hatte sich ein weiterer Hohlraum im Garten aufgetan. Die Frau aus dem Haus am Abgrund machte sich Sorgen, dass noch mehr einbrechen würde.

»Im Wetterbericht haben sie schon wieder Regen angesagt«, jammerte sie. »Womöglich rutscht uns das ganze Haus ab. Wir dürfen im Moment gar nicht rein. Können Sie das Loch nicht einfach zuschütten?«

»Wir wissen leider nicht, was drunter ist«, sagte Luisa. »Da müssen wir vorher Probebohrungen machen und brauchen Gutachten.«

Über dem Hohlraum war eine Tagesbühne angebracht, damit sie sich von oben gesichert hinablassen konnten.

Luisa stieg in ihre Schutzkleidung und schaltete die Lampe am Helm ein. Dann seilte sie sich in die Tiefe ab und sah sich um. Ächzend folgte ihr Kollege und setzte mit einem dumpfen Geräusch auf dem Boden auf. Es war eine Öffnung zu einem alten Stollen entstanden. Zwei Lichtkegel drangen in die Dunkelheit einer Höhle. Luisa fand ein abgenutztes Eisen.

»Die Schatzsucher wären begeistert«, scherzte ihr Kollege.

Wenn es nichts Wertvolles war, nahm Luisa normalerweise einen Fund wie diesen für ihren Vater mit, um ihm eine Freude zu machen. Die Scherben einer Froschlampe, ein zerbrochenes Tscherpermesser, ein zerbeulter Henkelmann. Manchmal fragte sie sich, wer diese Dinge verloren hatte. Würde sie es merken, wenn sie auf einen Gegenstand stieß, der einmal Rudolf Steiner gehört hatte?

Nachdem sie alle Arbeiten beendet hatten, fuhr Luisa noch schnell den Gleesberg hinauf. Ihre Großmutter hatte bei einem weiteren Anruf behauptet, den Ordner mit den Suchanfragen gefunden zu haben.

Und die Sache diesmal abzukürzen, ging Luisa gar nicht erst ins Haus, sondern nahm den Ordner an der Tür entgegen und bedankte sich.

»Sag mal, Oma«, fragte sie, »könnte Onkel Rudolf nicht auch einfach in den Westen und dann ins Ausland gegangen sein? Wäre das wirklich so unwahrscheinlich?«

Ihre Oma lachte. »Na, da müsstest du aber euch Steiners

besser kennen. Ich hab ja bloß eingeheiratet. Und grad deswegen weiß ich eine Sache genau. Niemand, der auch nur einen Tropfen Blut von Wilhelm Steiner in sich hat, würde jemals gehen, ohne sich zu verabschieden.«

Luisa saß zu Hause in ihrer Dachgeschosswohnung am Hang des Klosterbergs, trank Tee und blätterte den Ordner durch. *Rudolf Steiner* stand außen auf dem Pappdeckel.

Im Inneren fand sie, säuberlich in Plastikhüllen verpackt und abgeheftet, einen alten Schachtausweis und eine Urkunde aus dem Jahr 1990, durch die er für tot erklärt worden war. Als Todeszeitpunkt war der Tag seines Verschwindens eingetragen.

Sie betrachtete das Passbild auf der braunen Klappkarte mit der kyrillischen Schrift. Sie konnte nur die wenigen lateinischen Buchstaben darauf lesen. *Objekt Nr. 02.*

Rudolf hatte – wohl extra für dieses Foto – versucht ernst zu blicken und sich eine verwegene Haartolle gekämmt. Luisa war sicher, dass sie ihm sofort nach dem Drücken des Auslösers zurück ins Gesicht gefallen war. Und sie vermutete, dass er gleich darauf wieder grinsen musste. Man konnte schon den verräterischen Schatten im Mundwinkel sehen. Er war jünger als Luisa auf diesem Foto und auch zum Zeitpunkt seines Verschwindens. Seine Schultern steckten in einer Wattejacke. Mehr Informationen gab das kleine Passbild nicht her.

Hinter den Klarsichthüllen befanden sich zahlreiche Schreiben, die Luisas Urgroßvater Wilhelm im Laufe der Jahre verfasst hatte. Sie entdeckte einen zweisprachigen Brief an den Generaldirektor der Sowjetischen Aktiengesellschaft Wismut. Ebenfalls auf Russisch und Deutsch war ein Schreiben an die sowjetische Verwaltung des Objekts 02 der SAG Wismut verfasst. Luisa fand einen Briefwechsel mit der Bezirksverwaltung Karl-Marx-Stadt des Ministeriums für Staatssicherheit der DDR. In seiner Verzweiflung hatte Rudolfs Vater schließlich einen Bittbrief an Wilhelm Zaisser persönlich geschrieben, den Minister für Staatssicherheit der DDR, und zum Schluss sogar an den Präsidenten der Republik, Wilhelm Pieck. Die Antworten darauf waren nichtssagend, ähnelten einander und schienen aus feststehenden Bausteinen zusammengesetzt. Im letzten Rückschreiben wurde behauptet, Rudolf Steiner aus Oberschlema sei ein Republikflüchtling. Danach hatte sein Vater wohl aufgegeben.

Es folgten Irma Steiners Anfragen nach der Wende. Sie hatte sich an das Rote Kreuz gewandt und an das Archiv für die Unterlagen der Staatssicherheit. Luisa stolperte beim Lesen über die persönlichen Formulierungen, die ihre schroffe Großtante benutzt hatte. Die Briefe waren immerhin an Ämter gerichtet, ohne einen direkten Ansprechpartner.

Ich suche nun schon seit Jahren verzweifelt nach meinem lieben Bruder Rudolf. Ich flehe um eine Antwort.

Irma Steiner hatte Worte geschrieben, die Luisa noch nie von ihr gehört hatte.

Sie nahm den Schachtausweis aus der Hülle und steckte ihn an die Wandtafel neben ihrem Schreibtisch. In einem Fach bewahrte sie Dokumentationsfotos auf, die sie immer machen musste, wenn ein Projekt abgeschlossen war. Sie suchte ein Bild von der fertig sanierten Halde 38 und klemmte es daneben.

Da hatte sie nun einen Ort und einen Zeitpunkt zu Rudolfs Verschwinden, und dennoch war beides ungewiss.

Sie schloss die Mappe und öffnete das Mailprogramm auf dem Computer. Nach einem freundlichen Anschreiben tippte sie alle Daten ein, die sie über Rudolf Steiner wusste, erklärte den Fall und ihr Verwandtschaftsverhältnis zu ihm. Die Anfrage schickte sie an das Bundesarchiv in Berlin und an das Sächsische Staatsarchiv in Chemnitz. Vielleicht war in den alten Personalakten und Unfallprotokollen ein Hinweis auf Rudolf Steiner zu finden. Sie hoffte für Irma, dass nichts zum Vorschein kam, was das Andenken ihres Bruders beschädigen würde. Aber selbst wenn es so war, alles schien besser als Ungewissheit.

Eigentlich war es überall das Gleiche. Es genügte nicht, einfach ein bisschen Füllmasse darauf zu schütten und zu hoffen, dass sich kein weiterer Abgrund auftat. Man musste die Ursache finden. Erst dann wurde alles wieder gut.

12. Palmen und Affen

Juli 1933

Die Fichten auf der Hochebene spiegelten sich im Wasser des Bergsees und ließen es blaugrün schimmern. Die Luft war feucht und schwer vom Harzduft. Obwohl die Farbe des Himmels bedrohlich wirkte, strahlte die Sonne, und niemand schien das heraufziehende Unwetter zu bemerken. Kreischen und Jauchzer hallten durch die Stille des Waldes. An den Masten vor dem neuen Strandbad Bergsee in Neustädtel bei Schneeberg flatterten bunte Fahnen.

Schlanke Sportwagen und chromglänzende Coupés reihten sich auf dem Parkplatz davor aneinander. Man sah den Herrschaften, die ausstiegen, gleich an, dass sie Städter sein mussten und aus dem Kurbad herübergekommen waren. Die Männer trugen Knickerbocker, rauchten Zigarillos und schlenderten in Gruppen zum Bootsverleih hinüber. Über die lange Promenade spazierten Damen in weißen Leinenhosen. Ein Windstoß führte dazu, dass sie ihre kecken Matrosenhütchen festhalten mussten.

Die Steiners konnten von einem Auto nur träumen und waren mit dem Zug hergekommen. Martha und Wilhelm verließen gerade die Umkleidekabinen. Davor schnaufte Alma, umgeben von einem Berg Decken und Taschen, und versuchte die Kinder zu bändigen.

Martha beobachtete die vorüberflanierenden Damen. Der preußische Zwickelerlass schien sie nicht im Geringsten zu interessieren. Sie zeigten ihre freien Rücken, und bei manchen blitzte sogar ein Streifen der nackten Bauchhaut hervor. Eine von ihnen trug über einem eng sitzenden Einteiler einen Gürtel aus Lackleder. Martha knotete das Tuch ab, mit dem sie ihren Bubikopf vor dem Wind schützte, und schlang es sich um die Taille. Dann krempelte sie die kurzen Hosenbeine ihres Badeanzugs nach innen.

Wilhelm hatte ebenfalls einen Schwimmanzug an. Es schien ihn nicht besonders zu interessieren, dass modebewusste Männer neuerdings kurze Badehosen trugen.

Ihn beschäftigte etwas anderes. Er sah zum Wasser hinüber und schüttelte verwundert den Kopf. »Wenn man sich überlegt, dass der Filzteich plötzlich ein Strandbad ist.«

»Was würde dein Vater zu so einer Verrücktheit sagen?«, pflichtete Alma ihm bei.

Der Filzteich war eigentlich ein großer Stausee und hatte bis zum vergangenen Jahr ausschließlich dem Bergbau gedient. Sein Wasser war über ein System von Gräben zu den verschiedenen Gruben geleitet worden und hatte Maschinen angetrieben. Inzwischen besaßen die Förderanlagen Dieselmotoren, oder sie hatten den Betrieb eingestellt, weil die Erzvorräte erschöpft waren.

Auf der Wiese breitete Martha die Decken aus. Wilhelm pfiff die beiden Jungen zurück, die schon auf dem Weg zum Wasser gewesen waren. Alma sortierte den Proviant, der aus Broten, Äpfeln und Tee bestand.

Martha zwängte den Kopf des fünfjährigen Hans unter eine Badekappe. Er heulte, weil das Gummi an seinen Haaren ziepte.

Wilhelm versuchte ihn zu trösten. »Ein Bergmann weint doch nicht«, sagte er und wischte ihm die Tränen aus dem verschmierten Gesicht.

Rudolf, der zwei Jahre älter war, beobachtete das genau. Als er an die Reihe kam, ließ er alles ohne Klagen über sich ergehen. Zum Schluss wurden die beiden aufgeregten Jungen in Schwimmhilfen aus Korkplatten geschnürt.

Inmitten dieses Trubels blieb eine Person die Ruhe selbst. Es war die Jüngste der Geschwister, Irma. Wie ein kleiner Buddha thronte sie auf der Decke und lutschte an einem

Zuckerstück, das sie von ihrer Großmutter bekommen hatte. Sie war etwas über ein Jahr, und während andere Kinder in diesem Alter bereits die ersten Schrittchen wagten, krabbelte Irma nicht einmal.

»Meinst du, das wird noch?«, fragte Martha ihren Mann.

Wilhelm, der davon überzeugt war, dass es auf der ganzen Welt kein vollkommeneres Kind als Irma gab, beruhigte sie. »Das liegt nur daran, dass ihr die Brüder immer alles bringen. Sie ist einfach klug.«

Und tatsächlich holte Hans in diesem Moment für sie einen Apfel, nach dem sie die Hand ausgestreckt hatte, der aber außerhalb ihrer Reichweite lag. Danach kam Rudolf, schenkte ihr einen Stein und drückte einen Kuss auf das flusige Haar, das ihr die Mutter jeden Morgen zu einer Tolle auf dem Oberkopf zusammensteckte. Irma untersuchte den Kiesel mit ihrem Mund.

»Siehst du?«, sagte Wilhelm. »Sie hat schon Interesse an Gestein.«

Martha scherzte: »Da wird wohl am Ende ein Bergmann aus ihr werden.«

Sie mussten beide über diese unmögliche Vorstellung lachen.

Kurz darauf stießen Clara und Bruno zu ihnen, sie waren mit dem Motorrad gekommen. Er trug eine dieser modernen Badehosen, die auf der Vorderseite einen Gürtel mit Schnalle vortäuschten. Clara schützte ihren Kopf mit einem ausladenden Strohhut.

Sie ließ sich neben Martha auf die kratzige Pferdedecke fallen und zog sich den Hut übers Gesicht. »Wie gut, dass ich schon verheiratet bin«, sinnierte sie in spöttischem Tonfall. »Das neue Ehestandsdarlehen hätte meinen Bruno womöglich in Versuchung geführt.«

Unter dem vor Kurzem ernannten Reichskanzler Adolf Hitler war soeben ein Gesetz erlassen worden. Das versprach frisch verheirateten Ehemännern einen Gutschein von bis zu tausend Reichsmark, vorausgesetzt, die Braut gab nach der Hochzeit ihre Berufstätigkeit auf.

Clara richtete sich wieder auf und suchte etwas in ihrer Strandtasche. »Du solltest sehen, wie sie das Kurhaus umgebaut haben, Martha. Es ist eine Pracht.« Sie rief den Kindern zu: »Guckt mal, was ich euch von dort mitgebracht habe.«

Sie wedelte mit einem gefalteten Päckchen herum. Es war ein Wasserball mit einem Werbeaufdruck vom Radiumbad. Zwei schützende Hände umfassten ein strahlendes Element. Clara pustete den Ball auf und rannte damit zum Wasser, die beiden Jungen folgten ihr jauchzend.

Mitten im See stand ein Ungetüm aus Metall, eine Wasserrutsche. Bruno wagte es als Erster, die meterhohe Treppe hinaufzuklettern, und stürzte sich mit Schwung ins kühle Nass.

Martha nahm die kleine Irma auf den Arm. Zusammen mit ihrer Schwiegermutter beobachtete sie vom Ufer aus das wilde Treiben.

Alma erschien das tiefe Wasser gefährlich. »Dass die Kinder nur nicht ersaufen.«

Aber Martha beruhigte sie. »Ihr Vater passt doch auf sie auf. Solang Wilhelm bei den Kindern ist, wird ihnen niemals etwas Schlimmes passieren.«

Das überzeugte ihre Schwiegermutter. »Dass es so ein Vergnügen auch für Leute wie uns gibt«, staunte sie. »Hier mischt sich ja alles. Die feinen Herrschaften, die armen Schlucker und solche wie wir.«

»Das ist die neue Zeit«, stellte Martha fest. »Die Nationalsozialisten tun was für die Arbeiter.«

Alma nickte. »Ich denke, es ist gut, dass ich die gewählt habe. Weil sie den Frieden versprochen haben. Es sind schon genug Männer im Berg geblieben. Da müssen sie nicht auch noch im Feld bleiben.«

»Ich weiß nicht«, sagte Martha. »Man hört so Sachen.«

»Was denn für Sachen?« Alma sah sie verwundert an. »Seit wann gibst du etwas auf Tratscherei?«

Martha zog die Augenbrauen zusammen und senkte ihre Stimme. »Es soll jetzt ein Konzentrationslager geben. In der alten Metallwarenfabrik beim Türkschacht in Zschorlau. Da sperren sie die Politischen ein. Die Marxisten und die Zeugen Jehovas.«

Alma winkte beruhigt ab. »Zum Glück ist keiner von uns politisch.«

Martha beugte sich hinab und ließ die kleine Irma mit den Füßen im Wasser plantschen. »Du hast recht«, sagte sie zu ihrer Schwiegermutter. »Wir haben genug eigene Sorgen, jetzt, wo sie am Kurhaus auch noch ein großes Hotel anbauen.«

Als die Kinder begannen, im kühlen Wasser zu frieren, trug Wilhelm eins links, eins rechts zurück auf die Decke, wo sie sich auf die Brote stürzten.

Bruno unterhielt alle mit seinem Daumentrick. Rudolf hatte den schnell durchschaut, aber Hans suchte überall nach dem verschwundenen Daumen.

»Der liegt immer noch in Hohenstein-Ernstthal«, behauptete Bruno, und die Erwachsenen lachten.

In diesem Moment fielen die ersten Regentropfen, gleich darauf donnerte es. Und damit endete der Sonntagsausflug.

Nie waren sie lieber nach Hause zurückgekehrt als in diesen Jahren. Im Vorgarten begrüßten sie Pfingstrosen und Hortensien, die Martha gepflanzt hatte. Auf den kleinen Tisch im Eingangsbereich stellte sie immer eine Vase mit Blüten, deren Duft jeden beim Eintreten empfing.

Die Fremdenzimmer besaßen große Fenster, die Räume waren hell und in Pastellfarben gestrichen, an den Wänden hingen Fotografien vom Schlematal, und auf den Böden lagen Teppiche. Es gab eine Zentralheizung, die vom Keller aus versorgt wurde, mit Holz verkleidete Heizkörper und sogar Innentoiletten. Im Untergeschoss war eine Diätküche eingerichtet, in der Martha mithilfe einer Küchenwaage und eines speziellen Kochbuchs sämtliche Spezialwünsche erfüllen konnte.

Die Familie wohnte im Dachgeschoss, die beiden unteren Etagen waren für die Gäste vorgesehen. Oben waren die Möbel alt, aber umso vertrauter. Im Flur standen Marthas Klöppelgestell, Wilhelms Kiste mit seinen begonnenen Schnitzarbeiten und ein Schaukelpferd.

Alma hatte sich nur langsam an das neue Fremdenheim gewöhnt. Hier gab es keine Hutzenabende, und die Leute schlossen ihre Türen ab. Das Haus stand so dicht zwischen anderen, dass sie hören konnte, wenn die Nachbarin mit ihrem Mann schimpfte. Sie durfte beim Treppensteigen nicht ächzen, um die Kurgäste nicht zu stören.

Wenn es sich Alma recht überlegte, gab es eigentlich nur eine Sache, die ihr besser gefiel als in der alten Bergmannskate. Sobald es dämmerte, lief sie durchs Haus und betätigte in den Fluren und im Lesezimmer die Lichtschalter. »Ich kümmer mich um die Elektrizität«, verkündete sie dann lauthals und zog ein wichtiges Gesicht.

Sie saßen zusammen in der Diätküche und zerbrachen sich den Kopf. In einer Woche würden alle Gäste abreisen, und sie bangten, ob neue kämen. Wilhelms größte Sorge war der Kredit, den sie noch auf viele Jahre abzahlen mussten.

»Wir brauchen eine Idee, wie wir die Stammgäste binden«, brummte er. »Wenn erst einmal das große Kurhotel steht, ist es zu spät.«

Martha war die Bücher durchgegangen und stellte betrübt fest: »Aber es bleibt nie etwas übrig für Extravaganzen.«

Alma starrte vor sich hin und wünschte sich wieder einmal zurück in ihre Bergmannskate mit der Kuh und dem

Apfelbaum. Behutsam streichelte Martha ihre Hand und versprach, dass ihnen ganz sicher etwas einfallen würde.

Als sie sich wenig später im Badezimmer mit ihrer Spezialcreme einbalsamierte und vor sich hin sang, wusste Wilhelm, welche Extravaganz sie den Gästen bieten konnten, die nichts kostete. Martha war von seiner Idee sehr angetan.

Zusammen mit Bruno holte Wilhelm alte Bretter vom Bahnhof in Niederschlema und zimmerte ein kleines Podest in die Ecke des Lesezimmers. Das sollte die Bühne sein, auf der Martha die Gäste mit erzgebirgischen Volksliedern unterhalten würde.

Alma brauchten sie für die zweite Stimme. Sie ließ sich überreden mitzusingen, aber nur aus dem Hintergrund. Mit ihrem krummen Finger zeigte sie auf das Podest und sagte: »Da 'nauf stell ich mich fei nicht.«

Martha hängte Rudolf zwei große Pappschilder um, die mit einer Schnur verbunden waren. Eins baumelte nun auf seinem Bauch, das andere auf dem Rücken. Sie hatte Plakate daraufgekleistert, auf denen stand: *Billige Zimmer mit Kultur.*

Dann wandte sie sich Hans zu. »Auf dem Hinweg musst du den Handwagen allein ziehen. Aber zurück hilft dir dein Bruder.«

Alma spuckte auf einen Kamm und glättete beiden Jungen die Haare. Martha fühlte nach der Paketschnur, die Rudolf über die Schultern lief. »Drückt es sehr?«, fragte sie.

Er schüttelte den Kopf. »Ein Bergmann jammert nicht«, erklärte er. Sie hatten einen wichtigen Auftrag, und den würden sie erfüllen.

»Eilt euch!«, rief Alma ihnen nach. »Der Fernzug kommt bald an.«

Vor dem Bahnhof warteten schon zahlreiche Kofferträger, die Pensionsgäste in ihre Fremdenheime locken wollten. Als der Zug eintraf und sich ein Strom von Menschen auf den Vorplatz ergoss, standen die beiden Jungen verschüchtert am Rand und wagten es nicht, jemanden anzusprechen. Sie hofften, dass ein Kurgast ihr schönes Schild sehen würde und sich von allein nach einem billigen Zimmer mit Kultur erkundigen würde. Doch niemand hielt an, und es kamen nur noch einzelne Reisende heraus.

»Den Nächsten, der vorbeigeht, fragen wir«, beschloss Rudolf und Hans nickte.

Er zog seine Schuhe aus, damit er ein wenig ärmer wirkte, und sagte: »Ich mach ein ganz trauriges Gesicht und sag, dass wir sonst verhungern.«

In diesem Moment trat eine exotisch wirkende Gesellschaft aus dem kleinen Bahnhofsgebäude. Männer mit weißen Gewändern, gepflegten Bärten und Tüchern, in ihrer Mitte einer mit Turban und goldglänzender Uniform.

Rudolf und Hans stürmten auf ihn zu und schafften es tatsächlich, die ungewöhnlichen Herrschaften zum Haus Martha zu lotsen. Die zwei riesigen Schrankkoffer passten allerdings nicht in ihren kleinen Handwagen. Dort stellten die Gäste nur einen geheimnisvollen, mit Tüchern verhüllten Gegenstand ab. Die Koffer mussten die beiden Diener schleppen.

Die Kinder zogen den Wagen mit der seltsamen Fracht gemeinsam und bemerkten unterwegs, dass sich etwas darin rührte. Gleich schlossen sie Wetten ab, was es wohl sein mochte.

»Ich weiß es, das ist ein Hund«, behauptete Rudolf.

Hans hielt dagegen: »Es ist sicher ein Vogel.«

Sie wagten es nicht, hineinzulugen. Womöglich führten diese Reisenden aus dem fernen Land eine giftige Schlange mit sich?

Zu Hause wurden die Kinder ordentlich gelobt, weil sie ihre Sache so gut gemacht hatten. Ihr erster potenzieller

Stammgast war ein persischer Prinz. Er zahlte im Voraus und belegte mit seinem Gefolge sämtliche Zimmer im Haus. Die Steiners hatten für die nächsten vier Wochen ausgesorgt.

Neben der Dienerschaft führte der Adlige seine Haustiere mit sich. Es stellte sich heraus, dass es sich bei dem verhüllten Gegenstand um einen Käfig handelte, in dem zwei Kapuzineräffchen herumturnten. Die Kinder durften sie streicheln und mit Obst füttern und hätten sie am liebsten mit in ihre Betten genommen.

Martha musste sich nun nicht nur um die ausgefallenen Speisewünsche des Prinzen kümmern, sondern auch um die Gelüste seiner Tiere: Nüsse, Obst, Eier und Hühnchenfleisch. Die geforderten Heuschrecken fingen Rudolf und Hans auf den Feldern.

Am Abend zogen die Frauen ihre Volkstrachten an. Wilhelm hatte einen Zither spielenden Bergbruder um Unterstützung gebeten, der sich mit Alma an die Seite setzte. Martha stieg auf das kleine Podest, und als sie unter ihren Füßen das Holz spürte, das Wilhelm bearbeitet hatte, schwand ihre Nervosität. Sie gab dem Bergbruder ein Zeichen, und zusammen sangen sie: »Arzgebirg, wie bist du schie!«

Am Ende verbeugte sie sich und zeigte unter dem Beifall auf ihre Schwiegermutter, die sich versteckte.

Der persische Prinz war so begeistert, dass er seinen Dolmetscher zu Martha schickte. Der ließ ihr übermitteln: »Mein Herr ist entzückt von dir. Er möchte dich in seinen Palast zu seiner Unterhaltung mitnehmen. Du bekommst eine reiche Belohnung.«

Aus der Zimmerecke lächelte ihr der Prinz erwartungsvoll zu.

Martha errötete. »Das ist freundlich. Richten Sie bitte aus, ich fühle mich geehrt.« Dann setzte sie hinzu: »Aber die Antwort ist Nein.«

Der Dolmetscher guckte überrascht und drängte: »Du könntest eine große Künstlerin sein. Würde dir das nicht viel bedeuten?«

»Viel ist nicht genug«, antwortete Martha. »Ich habe jemanden, der mir alles bedeutet.«

Mit diesen Worten ging sie zu Wilhelm, küsste ihn auf die Wange und behauptete, der Dolmetscher habe sich nach dem Wetter erkundigt.

Ihre Absage hatte keine Konsequenzen. Die Gesellschaft blieb die volle Zeit, die sie bezahlt hatte. Bei Sonnenschein kletterten die Affen an einer langen Leine oben auf dem Balkon herum, balancierten über der Brüstung und bewarfen die Leute mit Nussschalen. Aus diesem Grund wurde das Haus Martha sogar in der Bade- und Kurzeitung erwähnt, die jeden Freitag erschien. Wilhelm und Martha freute es. Sie konnten Werbung gebrauchen, denn die Konkurrenz war groß.

Die Kurgesellschaft hatte es geschafft, vom Staat einen Förderungskredit zu bekommen. Das Radiumbad Oberschlema war mittlerweile über die Landesgrenzen hinaus bekannt, und obwohl auch andere Kurbäder Radonwasser nutzten, schienen nur die Heilerfolge von Oberschlema an ein Wunder zu grenzen. Hier sollte daher die modernste Heilstätte Europas entstehen und das von den Nationalsozialisten beherrschte Deutschland mit Glanz und Radiumschein repräsentieren.

Das bestehende Kurhaus wurde um einen Bäderflügel und ein Hotel erweitert, dessen Wahrzeichen eine große, moderne Uhr war, die nur aus Indizes und Zeigern bestand. Es gab Restaurants, in denen Diätspeisen auf Meissener Porzellan serviert wurden, Telefonzellen, einen Lesesaal, Schreibzimmer und einen Saal für Vergnügungen. Überall blitzte Messing, edle Hölzer verbreiteten ihren Duft nach Harz und Öl, und Absätze klackerten über schwarz-weiße

Marmorböden, bis sie von hochflorigen Teppichen gedämpft wurden.

Auch die Parkanlagen hatten sich verändert. Helle Kieswege führten zu einem Konzertplatz mit Musikpavillon. Kiefernhecken und Rosenbeete dufteten, und zwischen den Parkbänken standen gewaltige Palmen in Kübeln. Als auch noch der persische Prinz mit seinen Affen durch den Park wandelte, konnte man meinen, in der Karibik zu sein.

Wenn Clara zur Arbeit ging, dachte sie jedes Mal, dass alles genauso geworden war, wie sie es sich damals bei der ersten Verkostung des Radonwassers vorgestellt hatte. Es gab prächtige Gebäude, Palmen und exotische Tiere.

Und doch war Oberschlema nicht so mondän wie die Kurorte auf Sylt. Hier kamen die Leute nicht her, um sich zu zeigen, hier wurden sie geheilt. Mächtige Kriegsherren, berühmte Schauspielerinnen, erfolgreiche Sportler und sogar die Mutter von Hitlers Stellvertreter kamen leidend nach Oberschlema und reisten genesen wieder ab.

Clara arbeitete noch immer im Kurhaus, wenn auch nicht mehr als Bademädchen. Sie verkaufte nun in einem der eleganten Läden in der Einkaufspassage Andenken, Geschenke und Bücher.

Bei schlechtem Wetter konnten die Kurgäste direkt im Haus einen Schaufensterbummel machen und sich von Badekleidung, Schmuck und anderen Luxusartikeln locken lassen.

Clara packte die neuen Lieferungen aus, um sie in die Regale zu sortieren, und entdeckte ein entzückendes Spielzeug. Es war ein Nachziehhund der Firma Langbein. Er stand auf einem Brettchen mit Rädern, hatte eine gestickte Nase und ein rotes Ledergurtband. Clara konnte nicht widerstehen. Sie kaufte den kleinen Foxterrier selbst.

Wilhelm war im Kurhaus inzwischen für die Wartung der Badeanlagen zuständig und überprüfte regelmäßig die Aktivität des Wassers. Er musste außerdem die Pumpe und das Schlauchsystem kontrollieren, mit dem das Radonwasser heraufgeleitet wurde.

Eines Tages kamen Gäste aus der noch jungen Sowjetunion nach Oberschlema. Sie nahmen zunächst Heilbehandlungen in Anspruch, verwickelten die Bademädchen in gebrochenem Deutsch in Gespräche und taten, als hätten sie an der Architektur des Hauses Interesse. In der Badempfangshalle mit dem halbrunden Tresen ließen sie sich die schmückenden Glasbilder erklären. Ganz unauffällig arbeiteten sie sich bis zum technischen Bereich vor.

Zunächst war Wilhelm stolz, dass sich diese Ausländer für seine Arbeit interessierten, und erklärte ihnen bereitwillig die verschiedenen Ventile und Zuläufe. Ganz beiläufig fragten sie nach der Herkunft des Heilwassers. Als sie hörten, dass er Bergmann war und das Gangsystem direkt unter ihnen wie seine Westentasche kannte, wurden ihre Fragen bohrender, und Wilhelm fühlte sich zunehmend unwohl. Sie wollten unbedingt das Gestein sehen, aus dem die Wunderquelle entsprang. Nur ein kleiner Ausflug in die Tiefe, ganz inoffiziell. Wilhelm war die Sache nicht geheuer, und er weigerte sich.

Kaum waren die angeblichen Kurgäste aus der Sowjetunion weg, eilte er zu Clara in den Laden und berichtete ihr davon.

»Du hast die Russen nicht runtergelassen?«, fragte sie. »Ist das nicht schrecklich unhöflich? Wir sollen den Kurgästen doch alle Wünsche erfüllen.«

»Mir kam das komisch vor«, erklärte Wilhelm. »Die haben mich die ganze Zeit über die Pechblende ausgefragt. Ich glaube, die wollten spionieren.«

Clara überlegte und gab ihm recht. »Die Heilkraft von unserem Wasser übertrifft die der anderen Bäder bei Weitem. Ganz sicher waren die von der Konkurrenz.«

Gemeinsam verließen sie das Kurgebäude und liefen durch den Park. Unter den Rosensträuchern duckten sich Funkien mit panaschierten Blättern. Die hellen Kieswege wurden von überquellenden Blaukissenpolstern begrenzt.

»Wie schön hier alles geworden ist«, seufzte Clara. »Der Park wird mir am meisten fehlen.«

»Gehst du weg?«, fragte Wilhelm erschrocken.

Sie lachte. »Nein. Aber wir erwarten nun auch endlich ein Kind.«

Wilhelm legte den Arm um seine Schwester und drückte sie voller Freude an sich.

An diesem Tag begleitete Clara ihren Bruder nach Hause, um das im eigenen Laden erstandene Spielzeug zu überreichen. Die drei Kinder der Steiners waren sofort vernarrt in den Nachziehhund, den ihre Tante mitbrachte. Clara stellte ihn gut sichtbar vor Irma auf den Boden. Die Kleine streckte sich, konnte ihn aber nicht erreichen.

Sofort sprang Rudolf dazu und wollte ihr das Spielzeug geben. Seine Tante hielt ihn zurück. »Lass einmal«, bat sie. »Vielleicht schafft sie es allein.«

Irma ächzte und fiel um. Diesmal wollte Hans ihr helfen, aber auch er wurde daran gehindert. Die Kleine gab ein paar klägliche Laute von sich und drehte sich auf den Bauch. Sie zog die Beine an, stützte sich mit den Händen ab, schob ihr Windelhinterteil hoch und stand plötzlich. Fassungslos hielten alle den Atem an. Irma tappte einen Schritt nach vorn und fiel hin. Aber das genügte schon, um das Spielzeug mit den Fingerspitzen zu erreichen. Sie zerrte es zu sich heran und drückte selig ihr Gesicht an die flauschige Schnauze.

Martha und Wilhelm standen Arm in Arm da und konnten das Wunder kaum glauben. Clara behauptete seitdem, dass Irma ohne sie niemals laufen gelernt hätte.

Der Spielzeughund wurde Irmas ständiger Begleiter. Wenn sie ihren Brüdern nachrannte, die um die Häuser flitzten, zerrte sie ihn immer hinter sich her. Oft fiel er dabei um und wurde einfach mitgeschleift.

Martha sah es nicht gern, wenn die Kinder an der Straße spielten. Die Autos rasten so schnell in den kleinen Ort hinein, dass es schon zahlreiche Unfälle gegeben hatte und der Bürgermeister ein mahnendes Transparent über die Straße spannen ließ. *Kurort! Langsam fahren!*

Also mussten die Kinder den Nachbargarten erkunden. Die Brüder fanden dort Fallobst und Irma eine Freundin. Das Nachbarsmädchen zeigte lebhaftes Interesse an dem Nachziehhund. Es wollte ihn aber nicht wie Irma untersuchen und auseinandernehmen, sondern füttern und sein Fell bürsten.

Das Kind war einen halben Kopf größer als Irma, hatte eine entzückende Stupsnase und hieß Gretchen. Die beiden wurden unzertrennlich.

Am Abend, als die Kinder schliefen und alle Arbeit erledigt war, saßen sie zusammen in der Diätküche, und Wilhelm las aus dem *Erzgebirgischen Volksfreund* vor. Alma hatte Tee gekocht, und Martha strickte ein Mützchen für Irma.

»Nun hört einmal, was hier wieder in der Zeitung steht«, sagte Wilhelm amüsiert. »Die Amerikaner untersuchen die Ausscheidungen der Arbeiter, die mit Radium zu tun haben.«

Alma guckte pikiert. »Und so eine Schweinerei drucken die in der Zeitung?«

»Warum machen die so etwas?«, wunderte sich Clara. »Wozu soll das gut sein?«

Wilhelm blickte von der Zeitung auf. »Hast du das nicht mitbekommen? Dieser amerikanische Sportler, der vor einiger Zeit gestorben ist, weil er zu viel Radithor getrunken hat?«

Radithor war eine radiumhaltige Tinktur, die jahrelang gegen alle möglichen Schmerzen und Leiden verschrieben worden war.

Martha schüttelte nachdenklich den Kopf. »Davon haben die Kurgäste nichts erzählt.«

»Dem Mann ist der Kieferknochen rausgefallen«, erklärte Wilhelm. »Einfach so. Wie bei einem Gerippe. Erst die Zähne, dann der Kiefer.«

»Das ist ja grauenhaft«, flüsterte Martha, und Alma rügte ihren Sohn: »Heb dir die Schauergeschichten für Gewitternächte auf.«

Wilhelm verteidigte sich. »Aber das stand in der Zeitung. Und die Frauen in der Uhrenfabrik, die mit den Radiumleuchtfarben hantieren, sind auch gestorben.«

Alma wackelte besorgt mit dem Kopf. »Und was heißt das für uns? Müssen die nun das Radiumbad schließen, weil alle sterben?«

Wilhelm winkte ab. »In unserem Wasser ist doch kein Radium drin. Wenn es durch die Pechblende fließt, nimmt es sich nur das Radongas mit. Du kannst unbesorgt sein.«

»Und was ist mit der Pechblende selbst?«, fragte Martha bang.

»Die soll gefährlich sein«, erklärte Wilhelm. »Aber so was haben wir hier ja nicht im Haus.«

Martha war leichenblass geworden. Ihre Hände zitterten. Sie lief nach oben ins Badezimmer, ohne auf die schlafenden Kurgäste Rücksicht zu nehmen, holte die kleine Blechdose, rannte hinaus, immer weiter bis zu den Feldern, an dessen Rändern sie einmal gewohnt hatten, und warf die Dose mit der Pechblende in hohem Bogen in die Nacht.

13. Die Freundinnen

September 2019

Luisa lief durch den Richard-Friedrich-Park am Fuß des Gleesbergs. Er war nach dem Erforscher der Schlemaer Grubenwässer benannt worden. Früher hieß die kleine Grünanlage Clara-Zetkin-Park. Und davor war dies ein Teil der Hindenburganlagen gewesen, die sich bis hinunter zum Kurhaus erstreckt hatten. Vielleicht, so überlegte Luisa, sollte man nur noch Blumennamen vergeben, damit nicht immer wieder die Stadtpläne und Geschäftsbriefbögen geändert werden mussten.

Rhododendronpark wäre ein schöner Name, dachte sie. Die uralten Büsche am Rand blühten im Sommer leuchtend pink und strahlend weiß. Es gab einen Goldfischteich, über den eine Brücke führte, und dahinter eine romantische Steingrotte. Die weit ausladende Krone eines Baumes warf Schatten auf das, was von den einstmals prächtigen und weitläufigen Parkanlagen übrig geblieben war.

Luisa befand sich auf dem Weg zu ihrer Großtante Irma. Seit dem letzten Besuch hatte sich die alte Dame nicht mehr bei ihr gemeldet. Das beunruhigte Luisa nicht, wäre etwas passiert, hätte sich das in Windeseile verbreitet. Es wunderte sie nur. Eine ganze Woche lang hatte es keine Klagen über Streuselkuchen ohne Füllung oder die schwindelerregende Hochlage des Zimmers gegeben.

In ihrer Tasche trug Luisa einen Umschlag. Es war das Ergebnis ihrer Anfragen. Die eine in Chemnitz hatte nichts ergeben, aber im Bundesarchiv hatte sie selbst in einem Recherchesystem suchen und Antrag auf Einsicht stellen dürfen. An ihrem freien Tag war sie nach Berlin gefahren, um alte Wismut-Akten aus den Jahren 1951 bis 1953 zu durchsuchen. Sie hatte sich Papierberge vorgestellt, aber das, was auf dem Leseplatz für sie bereitlag, erschien ihr mager. Längst waren nicht alle Wismut-Akten an das Bundesarchiv übergeben worden. Und die schon vorhandenen waren erst teilweise erschlossen.

Luisa hatte Vermerke über die Sonderrationen für Schwerstarbeiter, Protokolle medizinischer Untersuchungen, Zettel der Wäscherei durchgelesen. Immer wieder stieß sie auf maschinengetippte Blätter mit kyrillischen Schriftzeichen. Von ihrem Vater, der etwas Russisch konnte, hatte sie sich die Schreibweise von Rudolf Steiners Namen transkribieren lassen. Die Buchstaben sahen für sie wie Käfer aus, und die Vergleiche waren mühsam. Es fühlte sich an wie das Stochern in einem Heuhaufen, der gar keine Stecknadel enthielt.

Und so schien es ihr fast wie ein Wunder, dass sie dennoch auf seinen Namen gestoßen war. Nachdem Rudolf Steiner ihr manchmal wie ein Geist vorgekommen war, wusste sie nun wenigstens, dass er wirklich bei der Wismut gearbeitet hatte.

Aber sie hatte nur eine Erwähnung gefunden, keinen Hinweis auf sein Verschwinden. Vielleicht verbarg sich die Wahrheit darüber im Zwischenreich der unerschlossenen Akten.

Nirgendwo im Seniorenheim war Irma zu finden. Luisa lief durch alle Etagen. Die Großtante war nicht in ihrem Zimmer, nicht auf der Terrasse und auch nicht unten im Innenhof. Schließlich fragte Luisa die nette Küchenhilfe, die einen Teewagen über den Gang schob.

»Die Irma?«, antwortete sie. »Die ist bestimmt wieder bei ihrer Freundin.« Sie zeigte auf eine Zimmertür. An dem kleinen Briefkasten stand *Gretchen Meus*.

Luisa zögerte. Sie hatte diesen Namen noch nie gehört, freute sich aber, dass ihre Großtante endlich Anschluss gefunden hatte.

Auf ihr vorsichtiges Klopfen tönte es von drinnen zweistimmig: »Herein.«

Zwei erwartungsvolle Gesichter strahlten sie an. Irma saß neben einer Frau ähnlichen Alters. Auf ihrem Schoß lag ein aufgeschlagenes Fotoalbum.

Als Irma entdeckte, wer hereinkam, rief sie: »Guck, Luisa! Das ist meine Freundin Gretchen.«

Es gab wohl niemanden auf der Erde, zu dem dieser Name weniger gepasst hätte. Gretchen war eine große, kräftige Person mit Kurzhaarschnitt und einer breitgedrückten Nase. Darunter lag der Schatten eines Damenbartes. Es schien, als wäre sie in ihrer Jugend in einen Boxkampf verwickelt gewesen.

Luisa umarmte ihre Großtante. »Das ist aber schön, dass du hier eine neue Freundin gefunden hast.«

Gretchen kicherte. »Ich bin nicht neu.«

Und Irma stellte klar: »Wir sind schon von Kindesbeinen an Freundinnen.«

Gretchen nickte eifrig. »Seit einer Woche bin ich hier. Was meinst du, wie ich gestaunt hab, meine beste Freundin in der Alten Gleesbergschule zu finden.«

Luisa durchsuchte ihr Gedächtnis nach dem Namen Gretchen Meus. Sie war sicher, den noch nie gehört zu haben. Sie hatte geglaubt, alle Freunde ihrer Großtante zu kennen, ehemalige Arbeitskolleginnen, Musiker aus dem Spielmannszug und Leute aus der Bergbrüderschaft von Bad Schlema.

»Wir sind uns nie begegnet, oder?«, erkundigte sie sich.

Die beiden schüttelten den Kopf und zeigten auf ein Bild im Fotoalbum. Zwei Zopfmädchen auf den Treppenstufen des Hauses Martha. Ein ramponierter Nachziehhund verdeckte ihre Füße.

»Das ist mal schön, ein junges Gesicht zu sehen«, wandte sich Gretchen an Irma. »Nicht bloß immer die alten. Das macht einen verrückt, wenn man früher mit Kindern zu tun hatte.«

Irma zuckte mit den Schultern. »Sabbern tun die alle.« Dann erklärte sie: »Gretchen war Kindergärtnerin.«

»Krippentante«, wurde sie verbessert.

Sie erzählten, dass sie Nachbarinnen und Schulkameradinnen gewesen seien. In den Anfangsjahren hatten die beiden sogar zusammen bei der Wismut gearbeitet.

Gretchen kicherte. »Bei uns kriegten ja alle Spitznamen. Und wir hatten sogar einen gemeinsamen. Zwerg Nase!«

Die kleine Irma und Gretchen mit der Boxernase prusteten vor Lachen. »Wir waren mal unzertrennlich«, beteuerten sie einhellig.

»Aber irgendwann haben wir uns aus den Augen verloren«, erklärte Gretchen, nachdem sie sich wieder beruhigt hatte.

»Nein«, widersprach Irma. »Wir waren uns nimmer grün.«

Mit einem ärgerlichen Knall klappte Gretchen das Album zu. Es staubte. Schon lange schien niemand mehr hineingesehen zu haben. »Weil du eifersüchtig warst«, sagte sie spitz.

Sie stand auf und ging, auf einen Stock gestützt, zu den Toiletten. Auch mit gebückter Haltung war sie immer noch sehr groß.

»Warum bist du eifersüchtig gewesen?«, fragte Luisa ihre Großtante amüsiert, aber die winkte ab.

»Das bildet die sich bloß ein.«

Luisa konnte sich ein Grinsen kaum verkneifen. Dann wurde sie wieder ernst und holte den Umschlag aus ihrer Tasche. Sie wollte Gretchens Abwesenheit nutzen und Irma die Kopie zeigen, die sie im Bundesarchiv angefertigt hatte.

Diese las aufmerksam. Ihrem Gesicht war keine Regung anzumerken.

»Das ist alles, was ich bisher über deinen Bruder gefunden habe«, erklärte Luisa. »Leider sind dort noch nicht alle Akten bearbeitet.«

Es war eine mit Schreibmaschine getippte Empfehlung für die Weiterbildung von Rudolf Steiner, datiert auf den März 1951. Seine hohe Arbeitsmoral wurde gelobt, die Sonderschichten wurden erwähnt. Sein Brigadier beschrieb ihn als verantwortungsbewussten Bergmann.

Das Blatt in Irmas Händen zitterte. »Er war ein guter Junge«, sagte sie. »Viel pflichteifriger als wir anderen zwei.«

Aus dem Bad drangen die Geräusche der Spülung. Gretchen kehrte zurück, und Irma schob ihr wortlos das Papier hin.

»Oh«, sagte Gretchen enttäuscht. »Ich hab gehofft, sie findet mehr heraus.« Wie es schien, war sie bestens im Bilde. Behutsam strich sie über die Beurteilung. Es wirkte merkwürdig unbeholfen, vielleicht lag es an ihren großen Händen. »Er war so ein guter Mann.«

»Sie kannten Rudolf?«, fragte Luisa.

»Natürlich.« Gretchen seufzte. »Wir waren doch Nachbarn.«

Irma bat ihre Großnichte, beim nächsten Mal den Ordner mit den Suchanfragen zu ihrem Bruder mitzubringen. »Gretchen will das gern einmal lesen«, erklärte sie. »Wir haben ja sonst nichts zu tun.« Sie fasste nach Luisas Arm und bat: »Aber du gibst nicht auf, nicht wahr? Du findest endlich raus, was passiert ist. Du hast es versprochen.« Ihr Griff war hart, und Luisa konnte sich vorstellen, mit welcher Kraft sie früher die Schalthebel ihrer Fördermaschine bedient hatte.

»Ich suche weiter«, versicherte sie, ohne eine Ahnung zu haben, wie sie das anstellen sollte.

Beim Abschied umarmte sie ihre Großtante und sagte zu Gretchen: »Es ist wirklich ein Glück, dass ihr euch hier wiedergefunden habt. Tante Irma hatte sich doch ein wenig fremd gefühlt.«

Irma protestierte, aber Gretchen nickte verständnisvoll. »Das nennt man Eingewöhnungszeit. War bei uns in der

Kinderkrippe auch so. Spätestens nach einem Vierteljahr wollten die gar nicht mehr nach Hause.«

Nachdenklich verließ Luisa das Seniorenheim und lief den Gleesberg hinab. Ihre Großtante hatte robust gewirkt. Aber würde sie das Ergebnis der Suche nach ihrem Bruder noch erleben? Es konnte Jahre dauern, bis alle Akten im Bundesarchiv gelandet, erfasst, in die Datenbank eingelesen und klassifiziert waren, sodass man darin einen Hinweis finden konnte. Wenn dort überhaupt einer war. Vielleicht hatte jemand alle Spuren verwischt. Womöglich sogar Rudolf Steiner selbst.

Es schien, als wäre einfach zu viel Zeit vergangen. Der Bereich der Schachtanlage 38 war längst saniert und ausgebaut worden, Luisa war selbst unten gewesen. Da gab es keine unentdeckten Gangstrecken, keine alten Querschläge, die noch nicht untersucht worden waren. Die Grubenrisse dazu konnte sie bald aus dem Gedächtnis nachzeichnen. So oft hatte sie die inzwischen auf dem Computer betrachtet.

Aber sie hatte nur die digitalen Risse studiert. Sie beschloss, sich im Archiv der Markscheiderei die Originale anzusehen. Vielleicht gab es dort irgendein Detail, das nicht erfasst worden war.

14. Für eine Extraportion Milch

August 1939

»Laufen!« Die Jungen an den langen Gummiseilen links und rechts vor dem Segelflugzeug setzten sich in Bewegung. Die Seile spannten sich wie bei einem riesigen Katapult. Rudolf hockte in dem kleinen Flieger aus Sperrholz, bereit zum Abschuss. Er blickte nach vorn auf die rennenden Gummihunde, einer davon war sein Bruder Hans. Es waren acht Jungen, auf jeder Seite des Flugzeugs vier, die den Hang am Grunertberg in Niederschlema hinunterrannten.

Rudolfs Hände lagen auf dem hölzernen Steuerknüppel. Vor Aufregung waren sie schweißnass, und er wischte sie an dem kakifarbenen Blouson ab, den er trug. Nur keinen Fehler machen! Die Schiffchenmütze und das schwarze Halstuch hatte der junge Pilot vorsichtshalber abgelegt.

Rudolf war es egal gewesen, dass sie in die Hitlerjugend hatten eintreten müssen. Das war eben der Preis, damit man in der Fliegerortsgruppe Niederschlema mitmachen durfte. Außerdem hatten sie ihn und seinen Bruder mit einer Skihose und dem Braunhemd gelockt.

Wochenlang hatte die Gruppe in dem kleinen Hangar gemeinsam gesägt und gebaut. An den Abenden entzündeten sie Lagerfeuer und sangen Lieder, über deren Texte sie nicht nachdachten. Anfangs ließen sie hölzerne Modelle durch das Tal fliegen. Dann wurden die Gleitflieger immer größer, bis sie sich schließlich an den Zögling 25 gewagt hatten.

Nach monatelanger Arbeit war er endlich fertig geworden. Für den Gummiseilstart hatten sie Knoten üben müssen: Palstek, Webleinstek. Sie lernten, die Modelle zu steuern, befassten sich mit Thermik und den verwendeten Kommandos. Und als sie endlich alles gebaut und gelernt hatten, brauchten sie nur noch auf das perfekte Wetter und ideale Hangaufwinde zu warten, damit der Flug vielleicht sogar eine ganze Minute dauerte.

»Los!«

Die beiden Jungen am Rumpf des Holzgleiters gaben das Halteseil frei. Im selben Moment sauste das Flugzeug nach vorn und hob ab. Rudolf wurde in den Sitz gepresst, Angst und Freude schossen ihm durch den Magen, und der Flugwind riss an seinen Haaren. »Köpfe einziehen, ihr Gummihunde!«, schrie er.

Die Jungen am Zugseil liefen weiter, bis sie den Schatten über sich spürten und der Flieger dicht über ihnen hinwegglitt. Erst als sich das Gummiseil löste, konnten sie stehen bleiben und verschnaufen.

In einem eleganten Bogen segelte der Gleiter das Tal entlang, im Windschatten des Hammerbergs. »Frei!«, schrie Rudolf. »Ich bin frei!«

Wie der Paradiesgarten, den sein Vater immer in die Weihnachtsstube stellte, breitete sich die Landschaft unter ihm aus. Winzige Häuser, Menschen und Tiere, die Lichtlöcher, deren Huthäuser wie an einer Schnur aufgereiht wirkten, und die sanft gewellten Berge, die das Tal umgaben.

Und dann war das Abenteuer vorüber. Rudolf setzte heftiger auf dem Boden auf als geplant und schlitterte auf den Holzkufen vorwärts. Er widerstand der Versuchung, mit seinen Füßen abzubremsen. Vor Kurzem hatte sich einer aus ihrer Gruppe dabei beide Beine gebrochen. Der Gleitflieger rutschte erst über eine Wurzel und krachte dann gegen einen Baum.

Hans rannte besorgt zu ihm hin. »Hast du dir was getan?«

»Bloß eine Schramme.« Der Bruder winkte großspurig ab. »Nicht der Rede wert.«

Es war aber doch der Rede wert, denn nun mussten sie das Flugzeug ein paar Wochen lang reparieren, bevor der Nächste aus ihrer Gruppe in die Luft gehen konnte.

Zu Hause beim gemeinsamen Abendessen mit der Familie erzählten die Brüder begeistert von ihrem Abenteuer.

»Wir Gummihunde sind wie verrückt gerannt«, rief Hans.

Und Rudolf prahlte: »Ich bin wie ein Adler geflogen.«

Hans sprang auf, breitete die Arme aus und imitierte den Segelgleiter. Seine Schwester Irma rutschte ebenfalls vom Stuhl und ahmte ihn nach. Sie war bald sieben und bewunderte beide Brüder grenzenlos.

»Benehmt euch manierlich«, ermahnte Martha die Kinder.

Hans ließ sich auf den Boden fallen. »Und dann ist er abgestürzt.«

Irma lachte, und Rudolf wehrte sich: »Stimmt ja gar nicht. Fliegen kann ich gut. Vielleicht schicken sie mich zur Segelfliegerschule an die Wasserkuppe in der Rhön.«

Dort wurden die Jungen auf großen Schulgleitern ausgebildet, die sich wesentlich länger in der Luft hielten.

Marthas Miene gefror. »Das erlaub ich nie und nimmer.«

Rudolf stampfte mit dem Fuß auf. »Aber ich will fliegen!«

»Es ist besser, wenn du so was nicht lernst«, sagte Wilhelm ernst. »Man weiß nicht, was kommt. Am Ende setzen sie dich in einen Jagdbomber.«

Rudolf zog ein wütendes Gesicht.

Seine Großmutter Alma sprang ihm bei. »Lasst dem Jungen doch seine Freude. Unser Reichskanzler hat bei der Wahl versprochen, es bleibt Frieden.« Sie konnte sich beim besten Willen nicht vorstellen, dass ein Mann, der so ein akkurates Bärtchen trug, lügen würde.

Abends, als Martha und Wilhelm allein in ihrer Schlafkammer lagen, sagte er: »Vielleicht müsste ich auch in die Partei eintreten, damit sie uns in Ruhe lassen?«

Martha schüttelte entschieden den Kopf. »Aus unsrer Familie ist noch nie jemand in irgendeine Partei eingetreten. Wie kommst du nur auf so eine Idee?«

»Die Stimmung ist nicht gut drüben im Kurhaus«, erklärte er. »Der große Gauleiter von Sachsen, der Mutschmann, ist wieder einmal da. Er stolziert überall rum und schreit die Bademädchen an.«

Dennoch war Martha der Meinung, sich lieber rauszuhalten.

»Unser Bürgermeister hat auch versucht, neutral zu sein«, berichtete Wilhelm. »Und dann ist die Oberschlemaer SA vors Rathaus gezogen und hat ihn und seine Familie drangsaliert.«

»Das lässt sich doch nicht vergleichen. Wir sind zum Glück kleine Lichter. Für uns interessiert sich keiner.«

Er legte sein Gesicht in ihre Halsbeuge, atmete ihren Duft ein, und allmählich beruhigte er sich.

Sie strich ihm über den Kopf. »Lass uns nicht so viel grübeln«, flüsterte sie. »Wir sollten uns ein paar schöne Tage mit den Kindern machen. Schlecht werden sie von ganz allein wieder.«

Er nickte und strich ihr die Haare aus dem Gesicht. Dabei stutzte er und fragte: »Hast du dich gestoßen?«

Sie befühlte ihre Stirn, auf der sich eine leichte, raue Erhebung ertasten ließ. »Bestimmt. Aber es tut nicht weh.«

Am nächsten Tag gingen sie alle ins neue Kino. Das lag im Kurviertel neben der Sparkasse und zeigte nachmittags Märchenfilme.

Die Kinder setzten sich vorsichtig in die weichen Kinosessel, als wären sie bei einer peniblen Tante zu Besuch. Als der Gong ertönte, fuhren sie hoch und beobachteten fasziniert, wie die Lichter an den Wänden allmählich verblassten, bis es für einen Moment stockfinster im Saal war. In der Dunkelheit fühlte Martha erneut über ihre Stirn, doch bevor sie weiter darüber nachdenken konnte, begann der Film.

Es war der erste deutsche Tonfilm, und so konnten sie klar und deutlich hören, wie am Ende dem siegreichen Gestiefelten Kater gehuldigt wurde: »Heil dem Kater Murr!«

Als sie aus der Dunkelheit nach draußen ins grelle Sonnenlicht tappten, schmerzten Wilhelms Augen wie damals, wenn er aus dem Schacht ausgefahren war. Einen Moment schloss er die Augen. Als der kleine Bus hupte, der neuerdings die Kurgäste herumkutschierte, kehrte er zurück in die Gegenwart.

An der Oberschlemaer Post startete gerade die Postkutsche, gezogen von zwei Pferden. Diese neue Attraktion war für die ganze Saison restlos ausgebucht. Irma rannte los, hängte sich hinten an den Gepäckkasten und ließ sich ein paar Meter mittragen, bevor ein Mitarbeiter aus der Postkutschenremise gerannt kam und sie verscheuchte.

Längst reisten nicht mehr nur alte und gebrechliche Dauergäste nach Oberschlema. Zahlreiche Tagesausflügler flanierten durch den Kurpark, setzten sich auf die Bänke in den Schatten der Palmen, lauschten den Konzerten, bevölkerten die Cafés und tanzten am Abend im Kursaal über den von unten beleuchteten Glasboden. Es schien, als wollten sich alle noch einmal ins Vergnügen stürzen, ein letztes Mal unbeschwert sein.

Kurz darauf wurden die Waren rationiert und Lebensmittelkarten ausgegeben. Auch Kleidung und Kohle gab es nur noch auf Bezugsschein.

»Wir hätten in unserer bescheidenen Hütte am Schlemabach bleiben sollen«, lamentierte Alma. »Nun haben wir keine Kuh mehr und kein Feld und keinen Apfelbaum und sind auf das angewiesen, was die uns zuteilen.«

Martha studierte die Grammzahlen von Brot, Fleisch und Fett. Sie war eine erfahrene Hausfrau und überschlug im Kopf, wie weit sie damit kommen würden.

»Wir haben beim Neunerlei auch in diesem Jahr keine einzige Speise komplett aufgegessen«, beruhigte Wilhelm seine Mutter. »Also wird es uns an nichts mangeln.«

Martha fasste die knochigen Hände ihrer Schwiegermutter und versprach: »Wir reißen die Sträucher im Vorgärtchen raus und bauen Spinat an. Und im Frühjahr setzen wir Kartoffeln.«

Die winzige Wiese hinter dem Haus, auf der ein Gartentisch und Stühle standen, war für die Kurgäste reserviert. Die tranken dort ihren Nachmittagskaffee und erholten sich.

Am Freitag brachte Martha die Zeitung ins Haus. Nachdem das *Auer Tageblatt* verboten worden war, blieb ihr nichts anderes übrig, als ihren Gästen den *Völkischen Beobachter* auf den Frühstückstisch zu legen. Sie stellte in der Diätküche die Tabletts zusammen und wollte die Zeitung dazulegen, als ihr Blick auf die Schlagzeile fiel. In fetten Frakturlettern stand da: *Der Führer verkündet den Kampf für des Reiches Recht und Sicherheit.*

Alma sah ihr über die Schulter. »Was heißt das? Kann sich der Mann nicht klarer ausdrücken?«

»Krieg«, sagte Martha, und ihre Stimme klang brüchig. »Es bedeutet Krieg.«

Wilhelm gehörte zu den Ersten, die einberufen wurden.

Am Abend bevor er einrücken musste, saßen sie zusammen oben in ihrem Wohnzimmer. Die Kurgäste unten hatten den Radioapparat bis zum Anschlag aufgedreht, beschwingte Musik dröhnte herauf.

Martha hatte alle ordentlich angezogen, damit sie ein schönes Bild vom letzten gemeinsamen Abend vor Augen behielten. Alma wischte sich ununterbrochen die Tränen mit einem schmutzigen Taschentuch ab. Martha versuchte der Kinder wegen, tapfer zu sein.

Irma vergewisserte sich: »Aber zu Weihnachten bist du zurück, ja, Vati? Dann gehen wir wieder zum Anlichteln auf den Auer Markt, wenn sie die große Pyramide anschieben.«

Wilhelm atmete tief ein. »Ich hoffe es. Und falls nicht, denken wir aneinander, und ich schreib euch einen Brief.«

Irma war mit dieser Auskunft nicht zufrieden. »Aber wenn ich im Frühjahr in die Schule komm, dann bist du ganz sicher da, nicht wahr?«, bohrte sie weiter nach.

Wilhelm tauschte einen Blick mit Martha. Zögernd gab er zu: »Ich weiß es nicht, mein Mäd.«

Irma begann zu weinen. »Du musst aber da sein! Du hast versprochen, dass du dann mit mir das Lesen im Bergbaualbum übst.«

Nun wurde es Hans zu bunt. »Hör auf zu heulen. Du musst ja nicht in den Krieg ziehen.«

Wilhelm stand auf und holte sein *Album für Freunde des Bergbaus.* »Die Mutti liest euch daraus vor.«

»Sie war ja nie im Berg«, begehrte Irma auf. »Sie kennt die schönen Geschichten überhaupt nicht.«

Rudolf strich ihr übers Haar. »Wir kennen sie doch inzwischen alle auswendig. Wir erzählen sie uns gegenseitig.«

Sie fassten einander an den Händen und blieben so lange sitzen, bis unten die Musik verstummte und alles still war.

Martha brachte Wilhelm allein zum Bahnhof, damit die Kinder nicht sehen mussten, wie er in Uniform davonfuhr. Sie legte ihre Stirn an seine, ihre Nase passte genau in die tiefe Kuhle über seiner Nasenwurzel.

»Vielleicht hab ich Glück und verlier nur mein Bein und nicht mein Gesicht«, sagte er zu ihr.

Sie nahm sein Gesicht in ihre Hände und sah ihm wie damals vor dem Lazarett fest in die Augen. »Ich werde dich immer ansehen können, Wilhelm. Hauptsache, du kommst wieder.«

Sie spürte eine nie gekannte Furcht aufsteigen. Es war die alte Urangst der Bergmannsfrau, dass der Geliebte nicht zurück ans Licht kommt.

Als er einsteigen musste, drängte er sich zum Fenster durch, um ein letztes Mal ihre Hand zu halten. »Du sollst tapfer sein, Martha!«, rief er ihr zu.

Der Zug fuhr an, und sie lief mit, weil sie ihn nicht loslassen wollte.

»Ich bin eine Bergmannsfrau!«, schrie sie ihm nach. »Neuer Tag bringt neue Hoffnung!«

Und dann entriss ihr der schneller werdende Zug seine Hand.

Als Martha am Abend allein ins Schlafzimmer ging, schien es ihr, als wäre mit Wilhelm das Licht verschwunden. Die Kugellampen im Kurpark, die sie sonst immer vom oberen Fenster aus gesehen hatte, leuchteten nicht mehr. Die Autos, die vorüberfuhren, hatten ihre Scheinwerfer zu einem schmalen Spalt verdunkelt und fuhren langsam, fast geräuschlos. Auf der Außenterrasse, wo sich die Raucher versammelten, hatte sie sonst immer die winzigen, rhythmisch aufglimmenden Pünktchen der Glut gesehen. Jetzt verbargen sie den Lichtschein ihrer Zigaretten in der hohlen Hand. Und auch die großen Fenster des Kurhauses blieben finster. Wie gern hatte sie die Schemen der Menschen dahinter beobachtet. Nun war die Verdunklung heruntergezogen.

Dabei lief der Betrieb im Radiumbad weiter. Zwar waren die jungen Ärzte an die Front abkommandiert worden, die Züge fuhren nur noch unregelmäßig, und die Gäste wurden aufgefordert, ihre eigenen Kartoffeln mitzubringen, aber dennoch strömten noch immer jeden Tag Hunderte Heilung Suchende ins Kurhaus.

Im April, zu Irmas Einschulung, war noch immer Krieg, und Wilhelm schrieb aus Belgien: *Wir sind in einem Dorf, das ganz verlassen ist. Ich habe heute 13 Eier gegessen, und überhaupt gibt es hier alles im Überfluss. Es ist verrückt, weil ich weiß, wie knapp es bei euch ist.*

Irma ging gemeinsam mit Gretchen von nebenan zur Schule. Jeden Morgen wartete das Nachbarsmädchen schon am Zaun auf sie. Die beiden lernten in derselben Klasse und teilten sich eine Bank. Irma bewunderte das weiche Haar und die feinen Gesichtszüge ihrer Freundin.

Der Unterricht fand in Behelfsräumen statt, denn die Oberschlemaer Schule, die gerade renoviert und fertiggestellt worden war, diente als Reservelazarett.

Auch auf dem Dach des Kurhotels wehte nun die Fahne des Roten Kreuzes. Das brachte für die privaten Fremdenheime in Oberschlema eine unverhoffte Schwemme an Pensionsgästen. Der Kurbetrieb im Radiumbad lief schließlich weiter, und die Leute mussten irgendwo untergebracht werden.

Nachdem die Versorgungslage im nächsten Winter noch schlechter geworden war, begannen Martha und Alma im Frühjahr darauf auch den kleinen Garten hinter dem Haus umzugraben. Sie rissen die Rosen und den falschen Jasmin heraus, rodeten die Sträucher und suchten unter der Erde die Rhizome der Pfingstrosen. Sie konnten es sich nicht mehr leisten, den Kurgästen eine Erholungsoase zu bieten.

Um an Sämereien zu kommen, lief Martha zur Fremdenzimmervermittlung vor dem Rathaus und rief den wartenden Kurgästen zu, dass sie Zimmer im Austausch gegen Gemüsesamen vermieten würde. Ein pensioniertes Gärtnerpaar meldete sich. Sie ließen sich eine Kiste mit Samen für Rüben, Bohnen, Pastinaken und Zuckerrüben nachschicken, und beide Seiten waren am Ende hochzufrieden.

Der Gemüsegarten hinter dem Haus rettete sie über den Winter.

Im darauffolgenden Frühjahr fuhr der Bus nur noch sporadisch, mehrere Bäckereien mussten schließen, und die Kurzeitung für das Radiumbad wurde eingestellt. Es gab weder Fahrer noch Bäcker und erst recht kein Papier mehr.

Es schien, als wollte der Krieg niemals enden. Rudolf war nun siebzehn, und Martha ahnte, dass es nur eine Frage der Zeit war, bis sie seine Einberufung im Briefkasten finden würde.

Die Arbeit in der Steinkohle war längst keine Garantie mehr für eine Unabkömmlichkeitsstellung. Marthas Schwager Christian hatten sie auch geholt. Wilhelm schrieb sie in ihren Briefen nichts von dieser großen Sorge, damit er sich nicht wegen seiner Hilflosigkeit quälen musste. Und weil sie wusste, dass er ihr eitel Sonnenschein nicht abnehmen würde, berichtete sie ihm von Irmas Kummer. Das Mädchen hatte so fleißig das Schreiben gelernt, aber nachdem Sütterlin verboten worden war, mussten die Kinder alle noch einmal die neue Schrift lernen. Irma tat sich schrecklich schwer damit.

An einem nasskalten Herbstabend im Jahr 1943 kamen Clara und Bruno im Haus Martha vorbei. Seit sie selbst ein Mädchen hatten, waren sie meistens beschäftigt, und sie sahen einander seltener.

Irma saß am Esstisch und machte Hausaufgaben mit der verhassten Schrift. Ihre Großmutter und Hans beaufsichtigten sie und gerieten in einen Disput. Alma hatte das während ihrer Schulzeit nicht auf diese Weise gelernt. Die anderen saßen auf Sesseln und Sofa und sprachen über die drohenden Einberufungen. Bruno war wegen seines Daumens zu Beginn ausgemustert worden.

»Ich verlass mich da nicht mehr drauf«, erklärte er. »Die ziehen in ihrer Verzweiflung schon die Alten und die Kinder ein. Da werden sie auch bald die Krüppel in den Krieg schicken.«

»Wir haben zum Glück nur ein Mädchen«, sagte Clara. »Aber um Rudolf sorg ich mich sehr.«

Martha hatte den Arm um ihren Ältesten gelegt und fragte verzweifelt: »Was können wir denn machen?«

»Ich geh nach Schlesien«, erklärte Bruno. Er sah sich zum Esstisch um, die anderen waren noch mit Schulaufgaben beschäftigt. Irma wischte soeben wütend ihre Schiefertafel mit dem Ärmel blank. Das Schriftbild gelang ihr einfach nicht. »Die Organisation Todt sucht für Schlesien Männer mit Bergbauerfahrung«, berichtete er weiter.

Von dieser Bauorganisation für militärische Anlagen hatte Martha nie etwas gehört. Sie sah Bruno verständnislos an. »Und warum?«

Er beugte seinen Kopf weiter vor und senkte die Stimme. »Wir sollen im Eulengebirge etwas Unterirdisches bauen. Keiner weiß Genaues.«

»Nimm den Rudi mit! Ich bitte dich«, sagte Martha hastig.

Bruno sah sie zweifelnd an. »Er ist kein Bergmann. Und erst siebzehn.«

»Nimm ihn mit, ich flehe dich an«, wiederholte Martha flüsternd. »Als Kanonenfutter ist er auch alt genug. Versuch es wenigstens.«

Tatsächlich gelang es Bruno, seinen Neffen in der Organisation mit dem nichts Gutes verheißenden Namen unterzubringen.

Rudolf blätterte stolz durch sein nagelneues Dienstbuch. Er trug nun eine olivgrüne Uniform und eine Armbinde mit Hakenkreuz und der Aufschrift *Org. Todt.*

Der reguläre Zugverkehr nach Schlesien war längst eingestellt worden. Sie ratterten mit einem Sondertransport Richtung Breslau. Ihre Endstation sollte Waldenburg im fernen Eulengebirge sein. Seit Stunden fuhren sie in einem Güterzug ostwärts, raus aus dem Erzgebirge, bald ließen sie Sachsen hinter sich. Rudolf war noch nie weiter als bis Schneeberg gekommen. Bei den kurzen Zwischenhalten sah er fremde Bahnhöfe und Stadtsilhouetten, er roch den Rauch aus Fabriken, und er blickte jungen Frauen mit Baskenmützen und in Hosen hinterher.

Sein Onkel Bruno hatte Rudolf als Bergmann ausgegeben und ihm während der stundenlangen Fahrt die wichtigsten Sachen erklärt, damit er bei der Arbeit nicht auffallen würde. Bruno hatte den leeren Daumen seines Handschuhs mit einem Taschentuch ausgestopft. Er fürchtete, zurückgeschickt zu werden, wenn einem der Vorgesetzten seine Behinderung auffiel.

Das letzte Stück des Weges marschierten sie in Kolonnen durch den Wald am Wolfsberg. Rudolf und Bruno gehörten zu den wenigen Freiwilligen. Die meisten waren Zwangsarbeiter in gestreifter Häftlingskleidung und Ostarbeiter, erkennbar an ihren Aufnähern. Bruno zündete sich eine Zigarette an und musterte die vorbeilaufenden Männer. Alle waren unterernährt und ohne Muskelmasse.

»Das wird schwierig«, sagte er.

Während die Freiwilligen in Häusern in Wüstewaltersdorf bei deutschen Familien einquartiert waren und dort bestens verpflegt wurden, lebten die Zwangsarbeiter direkt an der Baustelle in provisorischen Holzbaracken, die als Außenstelle des KZ Groß-Rosen zählten.

Die Arbeiten waren wie in einem Ameisenhaufen koordiniert. Es mussten Straßen befestigt werden, auf denen tonnenweise Baumaterial herangefahren wurde. Gräben für Fundamente sollten ausgeschachtet und Stollen in den Berg getrieben werden.

Rudolf und Bruno waren für die Schießarbeit zuständig, denn den Zwangsarbeitern wollte man keinen Sprengstoff anvertrauen. Sie arbeiteten parallel nebeneinander und bohrten mit Flottmann-Bohrhämmern die Löcher für die Ladungen. Bruno maß die Länge der Zündschnur für den Sicherheitsabstand genau aus und entfachte den Sammelzünder mit seiner Karbidlampe. Das herausgesprengte Geröll mussten später die Zwangsarbeiter wegschaufeln. Die großen Brocken schleppten sie mit der Hand. Auf diese Weise trieben sie den Stollen voran. Manchmal kam der Markscheider vorbei und prüfte, ob die Richtung stimmte.

Rudolf sah neugierig zu, wie die Kompassnadel rotierte, und fragte: »Was wird das, wenn wir fertig sind?«

Der Vermessungsingenieur hob die Schultern. »Keine Ahnung. Höchste Geheimhaltung.«

Jeder der beteiligten Ingenieure bekam nur einen Teilplan ausgehändigt. Niemand kannte das große Ganze des Geheimprojekts Riese.

Als der Ingenieur weg war, sagte Bruno: »Wir sollen keine Fragen stellen. Ich schätze, es wird ein Bunker zur Lagerung von Waffen.«

»Dann werden es aber gewaltig viele Bunker«, bemerkte Rudolf. Ihm war aufgefallen, dass es mehrere Baustellen und Vortriebe im Umkreis von einigen Kilometern gab.

»Du solltest lieber die Gusche halten«, wies Bruno ihn zurecht. Und als er mitbekam, dass Rudolf unbedarft einen der Gefangenen ansprach, setzte er hinzu: »Und vor allem nicht mit denen reden.«

Rudolf erkannte seinen Onkel nicht wieder. Was war aus dem lustigen Bergbruder geworden, der ständig seinen Daumentrick vorführte? »Im Zug hast du mir aber erklärt, dass die Bergleute unter Tage Brüder sind und einander ihr Leben anvertrauen.«

»Wir sind nicht unter Tage«, herrschte ihn Bruno an und begann zu schwitzen. »Hier stehen überall Wachen. Halt dich an die Scheißregeln, dann kommen wir beide irgendwann wieder heim.«

Rudolf schwieg eine Weile. »Aber wenn wir unter Tage sind? Verlassen wir uns dort aufeinander?«, fragte er dann weiter.

Bruno machte eine Kopfbewegung, die sich als Zustimmung deuten ließ. »Rede vorsichtshalber trotzdem nicht mit denen«, sagte er und fügte versöhnlich hinzu: »Man braucht keine Worte unter Brüdern.«

Der Stollen fraß sich immer tiefer in den Berg hinein. Das Tageslicht hinter sich konnten sie nicht mehr sehen. Die Karbidlampen warfen flackernde Schatten auf ihre Gesichter. Inzwischen hatten sie Schienen verlegt, und Zwangsarbeiter schaufelten das Geröll in Hunte.

Rudolf bereitete sich auf die Bohrung vor. Er holte aus seiner Kitteltasche einen Kanten Brot und pulte darin herum. Den Teig steckten sie sich immer als Lärmschutz in die Ohren. In diesem Moment traf sein Blick den eines der Zwangsarbeiter. Der war noch ein Junge, genau wie Rudolf. Er guckte schnell zu seinem Onkel, der beschäftigt war, dann hinter sich. Bruno hatte schon den Bohrhammer platziert und begann mit dem Vortrieb. Ohrenbetäubender Lärm hallte durch den Stollen. Rudolf machte einen Schritt nach vorn, tat, als wollte er das Geleucht abstellen, und schob dem Jungen seinen Brotkanten in die Jackentasche. Die fremde Hand schnappte zu wie eine Falle und hielt seinen Arm fest. Rudolf bekam Panik, er spürte, wie der andere zitterte, aber da ließ er auch schon wieder los. Ohne ihn anzusehen, griff Rudolf nach dem Bohrhammer und arbeitete weiter.

Er wusste, er hatte etwas Falsches getan. Aber es fühlte sich nicht so an. Er dachte an seine Mutter im Oberschlemaer Kurviertel und war ganz sicher, sie würde ihn dafür nicht tadeln.

Am Rand des Kurviertels stand das sogenannte Radiuminstitut. Es war eine Außenstelle des Kaiser-Wilhelm-Instituts für Biophysik, in dem über die heilsame Wirkung des

Radonwassers geforscht wurde. Die Wissenschaftler befassten sich aber auch mit Strahlenschutz, untersuchten Bergleute, die an der Schneeberger Krankheit litten, und machten Messungen in den umliegenden Gruben.

Aber je länger der Krieg andauerte, umso hartnäckiger mehrten sich die Gerüchte im Ort, dass in dem Institut auch Kriegsforschungen und Menschenversuche durchgeführt würden.

An diesem Tag wollte Martha mit ihrer Tochter Irma auf den Gleesberg, um Holz zu sammeln. Sie liefen am Kurhaus vorbei und kreuzten danach das Radiuminstitut.

Ein älterer Herr stand davor, einer der letzten Badeärzte. Martha kannte ihn durch ihre Arbeit als Bademädchen und grüßte freundlich.

Er fing ein Gespräch an: »Wir suchen noch ein paar Probanden für eine kostenlose Heilbehandlung in unseren Laborräumen. Du bist wunderbar geeignet.«

»Ich weiß nicht«, sagte Martha verunsichert und wäre gern weitergeeilt. Es schien ihr aber unhöflich, diesem Mann, der ihr früher die Anweisungen für die Kurbehandlungen erteilt hatte, eine Bitte abzuschlagen. Zum Glück fiel ihr eine Ausrede ein. »Es geht leider nicht«, beteuerte sie. »Ich kann ja meine Tochter nicht allein lassen.«

Der Badearzt betrachtete Irma und fragte: »Wie alt bist du denn?«

»Ich bin schon zwölf«, behauptete sie, obwohl sie erst elf war.

»Kann auch mitkommen«, entschied der Arzt.

Martha zögerte noch. »Wie lang dauert es denn? Meine Schwiegermutter wartet sicher.«

Sie bekam erklärt, dass sie über mehrere Wochen täglich kommen, Bäder nehmen, inhalieren und Radonwasser trinken sollten.

»So viel Zeit hab ich aber wirklich nicht«, versicherte Martha.

Daraufhin versprach der Badearzt: »Sie kriegen auch eine Extraportion Milch als Entschädigung.«

Mutter und Tochter tauschten einen schnellen Blick. Sie hatten seit Ewigkeiten keine Milch mehr bekommen.

»Jedes Mal?«, fragte Martha.

Der Badearzt nickte.

»Nur wenn wir beide eine Portion kriegen«, forderte sie.

Auch das versprach er ihr und führte sie in einen Laborraum im Inneren des Instituts.

Martha und Irma hielten einander an den Händen, die Apparaturen auf den Tischen schüchterten sie ein. Wozu dienten all diese mit Schläuchen verbundenen Zylinder, Reagenzgläser, Feinwaagen und die unzähligen braunen Flaschen?

Eine junge Krankenschwester erschien, um ihnen Blut abzunehmen. Martha wagte nicht, zu protestieren. Sie wollte auf keinen Fall die Extraportion Milch gefährden. Irma weinte ein wenig, als die Nadel in ihren Arm stach, beruhigte sich aber schnell, weil die Schwester ihr einen Glasbehälter zeigte, in dem Labormäuse herumrannten.

Der Arzt versprach, dass nicht jedes Mal Blut abgenommen würde, nur ab und zu, um zu sehen, wie die Behandlung wirke. Dann kam er Marthas Gesicht näher und betrachtete ihre Stirn. Die seltsame Stelle war nicht größer geworden, aber auch nicht verschwunden. Er stellte ihr unzählige Fragen, und sie war stolz, dass sie alle beantworten konnte. Danach mussten sie durch eine andere Tür gehen.

»Wir werden den Raum nun mit Radonemanation füllen«, erklärte der Arzt. »Ganz ruhig und gleichmäßig atmen. Ihr könnt inzwischen etwas lesen.« Er zeigte auf einen Stapel Bücher und verließ den Raum.

»Warum geht er raus?«, fragte Irma und begann im Zimmer umherzulaufen. Sie entdeckte, dass die Fenster mit Gummi abgedichtet waren und die Griffe fehlten. Das Geräusch einströmender Luft ertönte.

»Drüben im Kurbad müssen die Leute teuer für so was bezahlen. Und wir kriegen es umsonst«, erklärte Martha ihrer Tochter.

»Und noch dazu bekommen wir eine Extraportion Milch«, freute sich Irma.

Als sie eine Stunde später zusammen auf den Treppenstufen vor dem Eingang des Instituts hockten, hielt jede eine braune Radonwasserflasche in der Hand, auf der *Hindenburgquelle* stand. Sie war bis zum Rand gefüllt mit Milch.

Irma kostete vorsichtig ein Schlückchen und stieß einen glücklichen Seufzer aus. »Ach, schmeckt die gut!«

»Den haben wir fei schön übers Ohr gehaun«, versicherte Martha. Und dann mussten sie lachen und konnten gar nicht mehr aufhören.

15. Die Spur

September 2019

Mit beiden Händen fasste Luisa die Griffe des Kartenschranks und zog das riesige Fach gleichmäßig auf, damit es sich nicht verkantete.

Das alte bergmännische Risswerk befand sich in der Markscheiderei im Zechenhaus vom Schacht 371. Während andere Institutionen umbenannt worden waren – Kindergarten, Bergschule, Arbeitsamt –, hatte die Markscheiderei ihren angestammten Namen behalten dürfen, dessen Bedeutung nur noch die Eingeweihten verstanden.

Die riesigen Papierbögen mit den Grundrissen des Schachts 38 waren auf Platten aufgebracht worden. Luisa legte sie auf einen großen Tisch und beugte sich mit einer Lupe darüber. Hier konnte sie nicht alles mit einer einzigen Bewegung vergrößern wie am Computer.

Ähnlich einer Straßenkarte breitete sich vor ihr ein Liniengewirr aus, ein Netz von Feldstrecken und Querschlägen. Sie hatte schon Risse von wildem Bergbau gesehen, auf denen die Gänge nur eine Armlänge voneinander entfernt lagen. Es war kein Wunder, wenn dort etwas nach unten durchbrach. Für jede Sohle in den unterschiedlichen Ebenen bis in fünfhundert Metern Tiefe gab es einen solchen Grundriss, außerdem Seigerrisse, die Schnittzeichnungen des Schachts. Alles war säuberlich auf Platten aufgebracht worden, und Luisa fand nichts, was sie nicht schon auf ihrem Computer gesehen hätte.

Sie räumte die Risse zurück in den Kartenschrank und prüfte, ob es zu diesem Schacht einen Ordner mit Nachträgen gab.

Es existierten sogar mehrere. Hier waren die Dokumente gefaltet abgelegt worden. Einer der Hefter enthielt ein Sammelsurium. Sie fand die technische Zeichnung des Fördergerüstes, Anweisungen zum Holzausbau des Schachts, eine Karte vom oberflächennahen Abbau. An manchen Blättern entdeckte sie durch Rost angebackene Büroklammern, die Zettel festhielten. Und plötzlich sah sie seinen Namen: *Steiner, Rudolf – MGB übergeben.*

Die Notiz stand auf einem Papierfetzen, jemand hatte sie mit Bleistift daraufgekritzelt.

Ihr Pulsschlag klopfte in den Fingerspitzen, als sie den Zettel berührte. Dann fühlte sie Enttäuschung. Es war wieder nur ein Nachweis seiner Existenz. Jemand hatte Rudolf Steiner ein Ding übergeben, das mit MGB abgekürzt wurde. Sie fotografierte den Zettel und beließ ihn im Ordner.

Vielleicht wusste ihre Großtante, was diese Abkürzung bedeutete.

Es war ein sonniger Herbsttag mit überraschend milden Temperaturen. Luisa hatte mit ihrem Kollegen den Abschluss der Arbeiten am Tagesbruch dokumentiert. Sie hatten sich an einer Bude Bratwurst und Kaffee geholt und machten Mittagspause. Gemächlich schlenderten sie die Floßgrabenpromenade entlang und setzten sich auf eine Bank vor dem alten Radiuminstitut. Dort befand sich inzwischen der Verwaltungssitz der Kurgesellschaft. Das ehemalige Institut stand am Rande des Parks. Es war um Haaresbreite der Katastrophe entgangen.

Luisa biss in ihre Bratwurst, kaute und schluckte herunter. »Weißt du, was MGB ist?«, wollte sie dann von ihrem Kollegen wissen und trank einen Schluck Kaffee. »Ein Gerät vielleicht? Ich denke, das B steht für Bohrhammer. Ich kenne aber nur die Flottmann-Bohrhämmer.«

Ihr Kollege zuckte mit den Schultern. »Maschinengroßbau? Guck doch im Abkürzungsverzeichnis nach. Da stehen zwar nicht alle, aber vielleicht hast du Glück.«

Das hatte sie bereits getan und nichts Sinnvolles gefunden, daher tippte sie den Begriff nun in die Suchmaschine ihres Telefons ein. Als sie den obersten Treffer las, guckte sie ihren Kollegen verwirrt an. »Das war die sowjetische Staatssicherheit.« Hastig suchte sie das Bild, das sie von dem Zettel gemacht hatte, und zeigte es ihm.

Er kratzte sich nachdenklich das Kinn. »Luisa, du weißt schon, was das heißt, oder?«

Sie schüttelte den Kopf. »Ich hab keine Ahnung.«

»Ich kenne noch die Erzählungen von den älteren Kollegen«, berichtete er. »Da ist vieles Legende, aber wenn dein Onkel der sowjetischen Staatssicherheit übergeben wurde, dann ist es möglich, dass er in die Sowjetunion verschleppt wurde.«

War das die Spur, nach der sie gesucht hatte? Und warum fühlte es sich dann nicht befriedigend an? Plötzlich wäre ihr seine Flucht ins ferne Amerika lieber gewesen.

Eine Gruppe von Kindern rannte durch den Park. Sie hatten sich Ballons an die Arme gebunden und taten, als könnten sie fliegen. Alles war friedlich, und das, was ihr Kollege erzählt hatte, schien Luisa unvorstellbar. Aber zu Beginn der Fünfzigerjahre waren in diesem Ort viele unvorstellbare Dinge geschehen.

»War so etwas denn erlaubt?«, fragte sie.

Der Kollege lachte über ihre Naivität. »Die Wismut betrieb militärischen Bergbau und war zu Beginn eine rein sowjetische Aktiengesellschaft. Wer diesen Boden betrat, befand sich auf dem Gebiet der Sowjetunion und unterlag deren Gerichtsbarkeit.«

Luisa fiel ein, dass im Regal ihrer Großtante neben Schalmei und Mineralien eine Matrjoschka stand. »Aber warum sollte Rudolf in die Sowjetunion verschleppt worden sein?«, fragte sie ratlos. »Er war ein einfacher Bergmann, kein Wissenschaftler oder Erfinder.«

»Na ja«, erklärte ihr Kollege, »wer damals Sabotage betrieben hat, war schnell weg.«

Luisa runzelte die Stirn. Sie dachte an Rudolfs Bild im Schachtausweis und die Einschätzung seines Brigadiers. Sie verspürte das Bedürfnis, ihn verteidigen zu müssen. »Ich bin sicher, er war ein lieber, anständiger Kerl«, sagte sie mit Nachdruck.

Der Kaffee war ausgetrunken, die Bratwurst gegessen und ihre Mittagspause beendet. Sie standen auf und gingen zurück zum Auto.

»Weißt du, das hat damals keinen interessiert«, erzählte ihr Kollege beim Einsteigen. »Manchmal gab es eine Havarie, und sie haben einen Sündenbock gebraucht.«

»Angenommen, du hast recht«, sagte Luisa und ließ den Motor an. »Wohin hätte man ihn gebracht?«

»1951? Also Stalinzeit. Er könnte in ein sowjetisches Arbeitslager gekommen sein. Da gab es viele, Kasachstan, Sibirien, Ferner Osten.«

»Hätte er dann nicht irgendwann zurückkommen müssen?«, fragte sie, während sie durch Niederschlema zurück zum Zechenhaus des Schachts 371 fuhren.

»Nur wenn er das überlebt hat. Das wirst du leider nicht mehr rausfinden.«

»Aber ich muss!«, stellte sie klar.

Zu Beginn ihrer Suche hatte Luisa eine wohlige Vorstellung im Kopf gehabt. Sie sah sich mit ihrer Großtante am Straßengraben eines kleinen Weges stehen, ähnlich dem Ort, an dem gerade der Tagesbruch geschlossen worden war. Dort wäre die Stelle gewesen, in der in dreihundert Metern Tiefe Irmas Bruder ruhte. Sie hätte mit ihr einen Wildrosenschössling gepflanzt, der sich ausbreiten sollte. Es wäre der Ort gewesen, an dem Irma Steiner Frieden finden konnte.

Aber es schien diesen Ort nicht zu geben. Wie würde Luisas Großtante reagieren, wenn sie erfuhr, dass ihr Bruder vielleicht elend in einem sibirischen Straflager zugrunde gegangen war?

An ihrem Bürocomputer sollte Luisa eigentlich die Abschlussdokumentation fertigstellen. Stattdessen las sie einen Artikel über das Straflager Workuta. Wenn ihre Großtante solche Berichte las, und sie würde sie lesen, sobald sie etwas von einem Gulag hörte, bekam sie einen Herzinfarkt. Luisa beschloss, ihr noch nichts Genaues zu erzählen und sie schonend und behutsam auf diese Möglichkeit vorzubereiten. Sie stellte eine Anfrage an die deutsche Botschaft in Moskau und versprach sich nicht viel davon.

Am Nachmittag wurde sie nicht fertig mit ihrer Arbeit und musste länger im Büro bleiben. Die Überstunden schrieb sie nicht auf.

Nachdem sie ihren Bericht endlich abgeschlossen hatte, fuhr sie zurück nach Bad Schlema, den Gleesberg hinauf zum Seniorenzentrum. Diesmal fand sie die Freundinnen, die unzertrennlich schienen, in Irmas Zimmer.

»Es gibt leider nichts Neues«, sagte Luisa. »Aber ich hab dir eine Salami von der Fleischerei in Hartenstein mitgebracht, Tante Irma.«

Irma führte die Wurst wie eine gute Zigarre unter ihrer Nase entlang. »Das ist was Solides«, freute sie sich. »Und ich kann die Scheiben so dick schneiden, wie ich will. Die sparen hier immer.«

»Das ist gar nicht wahr«, widersprach Gretchen. »In der Küche geben sie dir so viele Scheiben, wie du willst.«

»Aber nur dünne.« Irma holte ein Taschenmesser aus ihrem Nachttischschrank, klemmte die Wurst vor ihren Busen und säbelte ein stolzes Stück ab.

»Sagt mal«, fragte Luisa. »Wie habt ihr euch damals eigentlich mit den Sowjets verstanden?«

»Warum fragst du?«, wollte Irma misstrauisch wissen und hörte auf zu kauen.

Gretchen war gesprächiger. »Am Anfang waren die überall. Aber nachher hatten wir mit den Russen nichts weiter zu tun.«

»Du sollst nicht immer ›Russen‹ sagen«, unterbrach Irma sie ärgerlich. »Das hieß ›Sowjets‹. Und es waren Usbeken, Aserbaidschaner, Letten, Ukrainer und was weiß ich noch alles.«

»Aber die Russenkasernen«, regte sich Gretchen auf. »Die hatten Zeitungen an den Fenstern kleben statt Gardinen, und es stank im Umkreis von drei Kilometern nach Knoblauch und Kohl. Die Offiziersfrauen haben früh unsre Läden leer gekauft, und wenn wir von der Schicht kamen, gab es nichts mehr. Dabei hatten die ihr eigenes Russenmagazin.«

Irma gab ihrer Freundin einen groben Schubs. »Du sollst die nicht immer ›Russen‹ nennen.«

»Haben Sie die sowjetischen Kinder auch in Ihrer Krippe betreut?«, erkundigte sich Luisa.

Gretchen schüttelte den Kopf. »Jetzt sag doch nicht immer Sie zu mir.«

Luisa stand auf und holte die Matrjoschka vom Regal. Sie war leuchtend bunt bemalt. Irma nahm die Holzpuppe auseinander, und Gretchen setzte die Hälften der einzelnen Püppchen im Inneren wieder zusammen. Am Ende standen sieben rotwangige Babuschkas wie die Orgelpfeifen in einer Reihe.

»Die hab ich mal meiner Tochter geschenkt«, erzählte Irma. »Aber ihr hat so was nie gefallen.« Sie steckte die Puppen wieder ineinander.

»Die Russen waren sehr kinderlieb«, erinnerte sich Gretchen.

Und Irma, die es aufgegeben hatte, sie zu verbessern, bestätigte: »Ja, das waren sie wirklich.«

Sie hatte die Sowjets eindeutig gerngehabt. Das erschwerte Luisas Vorhaben der schonenden Vorbereitung auf sowjetische Straflager.

Zu Hause fand sie zu ihrer Überraschung eine freundliche Antwort der deutschen Botschaft. Ihr wurde empfohlen, sich an die Militärstaatsanwaltschaft in Moskau zu wenden.

Sie verfasste ein Schreiben auf Deutsch und Englisch und ließ es durch ein Programm zusätzlich ins Russische übersetzen.

Nachdem sie ihre Anfrage abgeschickt hatte, fürchtete sie sich vor der Antwort.

16. Niemandsland

September 1944

Die dunkle Jahreszeit stand vor der Tür, und Martha fragte sich, wer in der Dämmerung nun die Elektrizität einschalten sollte. Vor Kurzem war Alma gestorben. Die Extraportion Milch, die Martha ihr täglich nach dem Besuch des Radiuminstituts eingeflößt hatte, konnte sie nicht retten. Und auch der Bergmannsschnaps, mit dem es Clara versuchte, hatte sie nicht am Leben gehalten.

Der Krieg dauerte an, und noch immer kamen Kurgäste nach Oberschlema. Aber sie wollten mit Lebensmittelkarten bezahlen, für die man längst nichts mehr bekam. Martha bereitete es genug Mühe, Essen für ihre Kinder zu organisieren. Sie konnte nicht noch Fremde versorgen und nahm keine Kurgäste mehr auf. Sie hätte ohnehin keine Zeit dafür gehabt. Sie und Clara waren, wie die meisten Frauen, verpflichtet worden, in einem Rüstungsbetrieb zu arbeiten.

Der schwarze Montag über dem Erzgebirge begann mit Herbstsonne und ungewöhnlich milden Temperaturen.

Martha und Clara waren an diesem Tag in Schneeberg. Sie saßen mit zahllosen anderen Frauen an langen Bänken in einer Metallwarenfabrik, hörten sich Durchhalteparolen an, die aus dem Volksempfänger dröhnten, und schraubten Munition zusammen.

Stolz verkündete der Nachrichtensprecher, dass die deutsche Abwehr zahlreiche US-Bomber über dem böhmischen Schmiedeberg abgeschossen habe.

Im Gegensatz zu dieser Erfolgsmeldung standen die Gerüchte, die sich plötzlich unter den Frauen verbreiteten. Es hieß, Oberwiesenthal, Crottendorf und Rittersgrün seien bombardiert worden. Auch auf Chemnitz sei ein Regen aus Brandbomben niedergegangen. Und der Buchhalter berichtete von deutschen Jagdfliegern, die über dem Kamm des Erzgebirges abgeschossen worden und in die Wälder gestürzt seien.

Der Krieg, der bisher das Erzgebirge verschont hatte, war bei ihnen angekommen.

Es gab keinen regulären Schulunterricht mehr, stattdessen wurden die Klassen von Irma und Hans in den frühen Morgenstunden zum Rübenziehen geschickt. Die Lehrer nutzten die Gelegenheit gleich für Deckungsübungen, falls Tiefflieger auftauchten.

Die Kinder waren eifrig mit den Rüben beschäftigt, nur Irma und Gretchen schwatzten miteinander. Unvermittelt blies der Musiklehrer in ein Kazoo und ließ ein brummendes Geräusch ertönen. Sofort warfen sich die Kinder in die Ackerfurchen.

»Irma, Gretchen, ihr seid raus«, sagte er. »Wenn die zum Tiefflug ansetzen, ist es zu spät. Ihr müsst in Deckung gehen, sobald ihr den ersten Ton hört. Nicht noch mal umdrehen und in der Luft rumgucken.«

Im Dezember wurde das Projekt im Radiuminstitut unvermittelt abgebrochen. Vergebens bettelte Martha den Badearzt an, die Versuche fortzusetzen.

»Wir brauchen aber die Milch«, jammerte sie. »Sehen Sie doch das Mädchen an.«

Der Arzt strich der hohlwangigen Irma übers Haar und sagte bedauernd: »Ich kann das nicht länger verantworten.«

»Das ist mir egal«, rief Martha verzweifelt. »Ich mach alles. Aber das Kind verhungert mir ja.«

Der Badearzt füllte ihr ein letztes Mal die Flaschen und schob sie hinaus. Als Martha am nächsten Tag doch noch einmal zum Institut ging, war er weg, an der Front.

Obwohl in den Zeitungen nichts darüber berichtet wurde, wussten alle, dass sich die Gefechtslinie näherte. Vom Westen kamen die Amerikaner, und im Osten rückten die Sowjets vor. Das Wettrennen um Berlin hatte begonnen, und das Erzgebirge lag genau zwischen den Fronten.

Und dennoch kam der Frühling. An einem Sonnabendnachmittag im April grub Martha den Garten hinter dem Haus um, und Irma säte die letzten Zuckerrüben.

Gretchens Mutter sah über den Zaun und berichtete, dass die Gefangenenlager aufgelöst würden. »Da zieht ein endloser Zug von Sträflingen die Straße lang und biegt Richtung Niederschlema ab. Die kommen aus Mülsen und sollen nach Prag.«

Der Nachbar von der anderen Seite mischte sich ein: »Da kommen die nie an. Die können fei nimmer laufen.«

Die Menschen aus den geräumten Konzentrationslagern waren mehr tot als lebendig, abgemagert zu Skeletten und geschwächt von schweren Krankheiten.

Plötzlich hörten sie Schüsse. Martha verharrte. Irma sah ihre Mutter fragend an. »Das werden doch nicht etwa die Russen sein?«

»Du gehst ins Haus und versteckst dich«, befahl Martha und lief nach vorn auf die Straße.

Ein Junge kam gerannt, sie hielt ihn auf.

»Was ist denn da los?«, wollte sie wissen.

»Die erschießen die Sträflinge auf dem Sportplatz«, berichtete er atemlos. »Da liegen schon lauter Leichen.« Dann rannte er weiter.

Aus dem Kurhaus gegenüber schoben Dienstmädchen die großen Kübel mit den Palmen nach draußen. Erneut knallte ein Schuss, noch einer, immer wieder. Nachdem alle Palmen in den Kurgarten geräumt worden waren, setzten sich die Gäste auf die Bänke darunter und ließen sich die Sonne ins Gesicht scheinen. Sie hatten sich wohl an das regelmäßige Knallen gewöhnt und sahen nicht einmal mehr auf, wenn der nächste Schuss fiel. Erst als die Dämmerung einsetzte, wurde es still.

Am folgenden Tag erfuhr Martha, dass man die Toten in den alten Grubenbau der Osterlamm-Fundgrube geworfen hatte. Und als der Schacht bis oben hin voll war, warfen sie die restlichen Leichen in eine eingesunkene Grube direkt daneben und verscharrten sie, damit keiner der Kurgäste zufällig darauf stoßen würde.

Martha erzählte ihrer Tochter nichts davon. Es kam ihr so vor, als wäre die Welt in zwei Hälften geteilt, und beide erschienen ihr gleichermaßen grauenhaft.

Die Sonne strahlte vom Himmel, und Irma hatte sich ans Fenster gesetzt. Sie war allein im Haus, las in dem Buch *Der Trotzkopf* und summte dabei. Ihre Mutter arbeitete wieder drüben in Schneeberg. Ihr Bruder Hans hatte mit seinen siebzehn Jahren die Einberufung bekommen und war in ein Lager für die Grundausbildung geschickt worden.

Irma war nicht bang um ihn. Sie zündeten doch immer das Mettenlicht an, und bisher hatte es geholfen. Der Vater schrieb Briefe aus Holland, und Rudolf schickte Karten aus Schlesien.

Auch an den Fliegeralarm hatte sich Irma gewöhnt. Im Schlematal war bisher keine einzige Bombe gefallen.

Als am späten Vormittag die Sirenen aufheulten, las sie in aller Seelenruhe noch die Seite zu Ende. Dann hängte sie sich einen Stoffbeutel um den Hals, den ihr die Mutter für solche Fälle zusammengepackt hatte. Darin waren die wichtigsten Sachen der Familie: Ausweise, Fotos und das *Album für Freunde des Bergbaus.*

Die Straße lag wie ausgestorben da. Nun wurde es Irma doch ein wenig unheimlich. Als plötzlich zwei Tiefflieger auftauchten, rannte sie zum Luftschutzkeller des Kurhauses. An der Tür drehte sie sich noch einmal um und sah die Bomber über Schneeberg kreisen.

Martha und Clara, die zu dieser Zeit in der Metallwarenfabrik in Schneeberg arbeiteten, konnten keine Sirenen hören, denn in der ganzen Stadt war der Strom ausgefallen. Gerade machte das Gerücht die Runde, dass die Amerikaner Leipzig besetzt hätten.

Plötzlich läutete die kleine Bergglocke der Kirche St. Wolfgang Sturm. Die großen weit tönenden Glocken waren als Metallspende für die Rüstung abmontiert und verschickt worden. Martha und Clara sahen sich ratlos um. An den Sortiertischen erstarb das Geschwätz, das metallische Klappern der Geschosshülsen verstummte. In der Stille hörten sie tiefes Flugzeugdröhnen.

Plötzlich kamen die ersten Einschläge, ohrenbetäubendes Krachen, so nah, dass der Boden bebte. Martha sprang auf, griff nach Claras Hand und riss sie mit hinaus.

»Das gilt uns«, schrie sie. »Die wollen die Munitionsfabrik hochgehen lassen.«

Sie rannten so weit wie möglich weg, warfen sich irgendwann auf den Boden, hielten sich aneinander fest, und jede versuchte den Kopf der anderen mit ihren Armen zu schützen.

Die aus dem Flugzeug fallenden Bomben glitzerten in der Sonne und gingen wie ein Regen auf die Stadt nieder. Sie schlugen im Fürstenhaus ein und in der Methodistenkirche, ganze Wohnblöcke fielen wie Kartenhäuser in sich zusammen, ein Feuersturm fegte über Markt und Fürstenplatz. Die Bordkanonen schossen in die Gassen und Seitenstraßen.

Als der Angriff vorbei war, liefen die Menschen los, um die Verschütteten aus den Kellern zu befreien. Martha zog eine Frau aus einem Kellerloch heraus, Clara nahm zwei Kinder entgegen, die von unten heraufgereicht wurden. Sie waren vollständig mit Staub bedeckt. Das eine brüllte wie am Spieß, das andere starrte apathisch vor sich hin. Die Schneeberger Feuerwehr rückte an, und mitten in diesem

Durcheinander hörten sie schon die nächsten Tiefflieger. Sie kreisten über der Stadt und feuerten aus ihren Bordwaffen Phosphorgeschosse, die alles in Brand setzten. Die Menschen stoben auseinander und versuchten die Luftschutzkeller zu erreichen. Clara warf die Kinder zurück in das Kellerloch, sprang hinterher und fing Martha auf, die ihr folgte.

Als sie wieder aus ihrem Versteck kriechen konnten, war die Stadt in riesige Wolken aus Staub und Rauch gehüllt. Giftige Phosphordämpfe breiteten sich aus, überall brannte es, und der Wind trieb die Flammen vor sich her. Aus der Ferne näherte sich ein Martinshorn, die Wehren der umliegenden Orte eilten zu Hilfe.

»Wenigstens St. Wolfgang ist verschont geblieben«, sagte Clara, denn die Kirche stand scheinbar unversehrt inmitten der Zerstörung.

Doch im Inneren fraß sich bereits Phosphor durch das Gebälk und entzündete sich an mehreren Stellen. Erst als aus dem Dachstuhl Flammen schlugen, war es von außen sichtbar. Bald brannten Orgel und Kirchengestühl, Archiv und Bibliothek. Die Löschversuche waren vergebens, Helfer retteten noch die Bilder des Lucas-Cranach-Altars und den Taufstein, dann war das Feuer überall, und die Balken stürzten herab. Die bunten Kirchenfenster wurden durch die Flammen im Inneren erleuchtet, und die Farben erstrahlten in böser Schönheit. Dann zersprangen sämtliche Scheiben, und der plötzlich einströmende Sauerstoff gab dem Feuer eine neue zerstörerische Kraft.

Clara und Martha rannten in der Dunkelheit weg von Schneeberg. Hinter ihnen, hoch oben über der Stadt, loderte der Kirchturm wie eine Fackel. In Oberschlema verabschiedete sich Clara mit einem flüchtigen Wangenkuss und hastete weiter nach Niederschlema.

Als Martha ins Haus kam, rief sie Irma, aber sie antwortete nicht. Sie fand das Mädchen in der Diätküche. Unbeweglich saß sie im Dämmerlicht unter der Luftschutzlampe, deren Glas geschwärzt war und nur einen schmalen Lichtpunkt aussandte. Ihre Hände lagen auf der Tischplatte und zitterten. Vor ihr stand ein Tellerchen mit einer erstarrten Wachspfütze, in der ein Docht ertrunken war. Sie hatte den Rest des letzten Mettenlichts aufgebraucht.

»Ich dachte, nun bin ich ganz allein auf der Welt«, flüsterte sie. »Ich dachte, ihr wärt in Schneeberg verbrannt.«

In dieser Zeit verschwanden immer wieder Leute. Plötzlich war der Gemischtwarenladen verriegelt und verschlossen, in dem Martha und Clara sonst einkauften.

»Den haben sie abgeholt!«, rief ihnen eine Frau zu, die im Haus oben aus dem Fenster guckte. »Wegen staatsfeindlicher Hetze.«

»Was meinst du, wer das war?«, flüsterte Martha ihrer Schwägerin zu. »Wer hat den armen Mann denunziert?«

»Ich weiß nicht«, sagte Clara und zog ihr Tuch enger, weil es sie fröstelte. »Vielleicht hat da jemand einen bequemen Weg gesehen, seine Konkurrenz auszuschalten.«

Zu Hause zog Martha ihre Tochter zu sich heran. »Wir reden mit keinem mehr. Hörst du?«

Irma guckte sie verständnislos an. »Aber mit Gretchen darf ich doch noch sprechen, oder?«

Martha wusste, dass der Vater der kleinen Nachbarin ein strammer Nazi war. »Trau keinem, der nicht zu unserer Familie gehört«, sagte sie eindringlich zu ihrer Tochter. »Wir müssen nur noch das Ende vom Krieg überstehen, dann wird alles wieder gut.«

Aber Irma wollte nicht einfach dasitzen und warten. »Wir könnten eine weiße Fahne auf unser Haus stecken«, schlug sie vor. »Dann ist der Krieg aus, weil wir uns ergeben.«

»Um Himmels willen«, flüsterte Martha. »Sag das bloß nicht laut. Und schon gar nicht zu Gretchen. Die SS erschießt Leute für weniger.«

Im *Erzgebirgischen Volksfreund* hatte sie gelesen, dass die Ratsherren alle Häuser, aus denen weiße Fahnen hingen, dem Erdboden gleichmachen würden. Und wer es dennoch versuchte, den wollten sie erschießen.

Geschossen wurde wegen allem Möglichen. Fahnenflucht, Urkundenfälschung, Mitgefühl – es gab immer einen Grund.

Danach kamen die ersten Flüchtlinge aus Schlesien. Das Wenige, das sie mitnehmen konnten, lag in Säcken auf Pferdewagen. Ausgehungert, durchgefroren, verlaust, die Kinder krank. Martha nahm zwei Familien auf, die unten in den Gästezimmern wohnen sollten. Sie berichteten, dass die Rotarmisten Breslau eingeschlossen hätten.

Rudolf und Bruno ahnten nichts vom Vorrücken der Roten Armee. Sie waren völlig abgeschnitten von Informationen und trieben ihren Stollen jeden Tag ein Stück weiter in den Berg hinein. Die Zwangsarbeiter, die ihnen zugeteilt wurden, wechselten täglich. Wenn zufällig wieder der Junge mitkam, dem Rudolf den Brotkanten zugesteckt hatte, war er für eine Weile beruhigt, dass dieser noch lebte. Dann reichte Rudolf im Schutz der Dunkelheit heimlich sein Brot weiter, und die fremde Hand klammerte sich kurz an seine.

Ab und zu kam der Vermessungsingenieur vorbei, guckte auf seine Karte, maß, prüfte und stellte eines Tages fest: »Ab jetzt wird nicht mehr geschossen. Wir sind kurz davor.«

»Wovor?«, wollte Rudolf fragen, aber er biss sich auf die Lippen. In den letzten Monaten hatte er viel gelernt. Vor allem das Schweigen.

Er schulterte den Bohrhammer und setzte ihn auf dem Gestein an. Lärm erdröhnte, die Vibrationen zerrten an seinen Gelenken. Kurz darauf rutschte die Bohrstange ins Freie. Dahinter schimmerte Licht.

Rudolf blies den Erzstaub vom Bohrloch und sah hindurch. Er blickte in eine riesige hohe Halle, von der weitere Gänge wegführten. Es wirkte auf ihn inmitten der Dunkelheit und Enge wie ein prächtiger Palast. Im Eulengebirge war ein unterirdisches Netz aus Gängen entstanden. Sie waren gleichzeitig an verschiedenen Stellen im Wald angelegt worden und trafen hier aufeinander. Arbeiter verschalten die Wände und brachten Beton auf. Überall standen schwer bewaffnete Wachleute und sicherten das Geheimprojekt Riese.

Schnell nahm Rudolf den Bohrhammer wieder auf, damit sie die Öffnung erweitern und den Durchmesser nach Plan vergrößern konnten. Er glaubte endlich zu durchschauen, was sie hier taten. Sie bauten zusammen mit zwanzigtausend anderen Menschen an einer gigantischen unterirdischen Stadt für den Führer. Hier entstanden ein Straßennetz und riesige Hallen mit Wohnungen und Arbeitsräumen, Produktionsstätten und Lagerhallen für Lebensmittel und Waffen.

Anfang Mai kam Unruhe in das Dorf Wüstewaltersdorf. Es war durchgesickert, dass die Rote Armee Berlin eingenommen hatte und nun Richtung Erzgebirgskamm vorrückte. Hals über Kopf verließen die deutschen Einheimischen den Ort.

Rudolf und Bruno wurden in den Morgenstunden vom Truppführer aufgefordert, unverzüglich ihre Bündel zu packen und auf bereitstehende Lastwagen zu steigen.

»Aber wir sind noch nicht fertig mit der Arbeit!«, rief Rudolf.

»Wir kommen wieder und beenden unser Werk«, war die zackige Antwort.

Als sie losfuhren, entdeckte er die Männer vor der Holzbaracke des kleinen Gefangenenlagers nahe dem Stollen. Sie standen in einer dichten Reihe hinter Stacheldraht und beobachteten ungläubig, wie alle abfuhren, auch ihre Bewacher. Rudolf suchte den Jungen, der immer sein Brot bekommen hatte. Aber die Männer sahen aus der Ferne alle gleich aus in ihrer Sträflingskleidung und mit den hohlen Wangen, die ihre Augen unnatürlich groß erscheinen ließen.

Der Lastwagenkonvoi, in dem Rudolf und Bruno saßen, war der Front immer einen Tag voraus. Kurz vor Dresden wurden sie vom Volkssturm angehalten. Der Bauführer diskutierte über die Errichtung von Panzersperren und gab schließlich die Mitteilung, dass die Fahrt hier zu Ende sei.

Bruno und Rudolf beschlossen, weiter ins Erzgebirge zu laufen. Zuerst aber schlugen sie sich ins Gebüsch und zogen ihre eigenen schwarzen Arbeitskittel an.

»Was machen wir mit den Dienstbüchern?«, fragte Rudolf.

Bruno antwortete nicht. Er riss die Seite mit seinem Namen heraus und aß sie auf. Rudolf machte es ihm nach. Den Rest der Bücher ließen sie zusammen mit den olivgrünen Uniformen und der Armbinde im Gebüsch zurück.

Obwohl ihr schwante, dass der Krieg verloren war, setzte Irmas Lehrerin den Unterricht streng nach Plan fort. Und der sah vor, dass sie Kräuter für Heer und Heimat sammeln sollten. Jemand hatte den Musiklehrer denunziert, weil er auf dem Kazoo gespielt hatte, das doch als sogenanntes undeutsches Instrument an der Schule verboten war. Die Lehrerin hingegen hatte noch niemals gegen die Vorschriften verstoßen und konzentrierte sich auf Arnika und Kamille, Baldrian, Waldmeister und Mädesüß.

»Wir müssen uns noch mehr anstrengen«, versuchte sie ihre Schülerinnen anzuspornen. »Ich bin mir sicher, unsere Klasse gewinnt auch in diesem Jahr den Sammelwettbewerb. Die verwundeten Soldaten in den Lazaretten brauchen unsere Hilfe.«

An diesem Tag schwärmten die Kinder mit ihren Körben in den Poppenwald aus. Die Wege im Mischwald waren steil und gewunden, der Filz aus Laub wurde von felsigen Spitzen durchstoßen. Irma stromerte mit ihrer Freundin Gretchen weitab von den anderen, damit sie Stellen fanden, die noch nicht abgegrast waren. Sie folgten einem Hohlweg, der tief in den Laubboden eingesunken war, begutachteten ein Pflänzchen und überlegten, ob es sich wirklich um Scharbockskraut oder giftige Haselwurz handelte. In diesem Moment hörten sie Motorenlärm und duckten sich ins Unterholz. Mehrere mit großen Holzkisten beladene Lkw der Wehrmacht fuhren durch den Wald, dazwischen ein offener Jeep.

»Das war doch der dicke Gauleiter Mutschmann«, wunderte sich Irma. »Der versteckt bestimmt sein Zeug vor den Russen.«

Gretchen hatte ihn auch erkannt. »Wo will der denn hin mit den Kisten? Dort kommt doch nur noch der Fluss.«

Sie sahen den Autos nach, auf deren Ladeflächen die Holzkisten schwankten.

»Was da wohl drin sein mag?«, fragte Irma.

»Ich hab gehört, da hinten wär ein Sauerkrautlager«, antwortete Gretchen. Ihr Eltern benutzten dieses Wort als Code für einen Geheimstollen.

Die Mädchen kicherten. »Bestimmt will der dicke Mutschmann sein Sauerkraut vor den Russen verstecken.«

Nachdem der Unterricht komplett eingestellt worden war, verließen die Steiners das Haus Martha nicht mehr und wechselten sich bei der Fensterwache ab. Unten zogen Ströme von Menschen vorbei, die aus den Städten in die Berge flüchteten. Hinzu kamen die französischen Zwangsarbeiterinnen, die im Kurheim hatten arbeiten müssen, Soldaten, die ihre Waffen und Uniformen in die Felder geworfen hatten, und herrenlose Hunde.

»Ich begreif es nicht«, sagte Martha, als sie mit Irma beim Frühstück saß, das aus einem Brennnesseltee und Sonnenblumenkernen bestand. »Über den Zwickauer Markt patrouillieren die Amerikaner, und in Dippoldiswalde weht die rote Fahne aus dem Kirchturm.«

»Vielleicht sollten wir uns auf den Einmarsch vorbereiten, damit man uns verschont«, schlug Irma vor. »Wir könnten eine Flagge mit einem roten Stern malen.«

»Um Gottes willen. Was ist, wenn uns der Amerikaner einnimmt?«, fragte Martha und seufzte.

»Pest oder Cholera. Eins von beiden wird uns schon treffen.«

Aber weder die Amerikaner noch die Sowjets kamen, und dennoch war am nächsten Tag der Krieg aus.

Oberschlema blieb wie Schneeberg, Oelsnitz und Schwarzenberg von den Alliierten umschlossen und unbesetzt. Sie befanden sich nun im Niemandsland. Es gab kein Aufatmen wie in anderen Städten, keine Befreiung, kein Siegesgeschrei und kein letztes Aufbäumen der Wehrmacht.

Am ersten Friedensabend kam Clara mit ihrer Tochter vorbei. Sie setzten sich alle zusammen an den Küchentisch, hielten einander an den Händen und hofften, dass die Männer unversehrt in die Heimat kamen.

Kurz darauf trafen die ersten Kriegsrückkehrer ein. Tagelang standen die Frauen im Vorgärtchen und suchten nach den vertrauten Gesichtern.

Und dann kamen sie! Zuerst Rudolf und Bruno und kurz darauf Hans, der Glück gehabt hatte, weil er nicht mehr zum Fronteinsatz geschickt worden war. Clara und Bruno kehrten mit ihrer Tochter in ihre Wohnung in Niederschlema zurück.

In der ersten Nacht nach der Heimkunft schliefen die Steiners alle zusammen im großen Ehebett, weil sie sich nicht voneinander trennen konnten. Keiner von ihnen sprach, sie wollten sich bloß spüren.

Nur Wilhelm fehlte. Er kam nicht am nächsten Tag und auch nicht am übernächsten.

Martha stand weiter im Vorgarten und wartete. Manchmal, wenn ein Heimkehrer vorbeilief, sprach sie ihn an, aber niemand konnte ihr Auskunft geben.

Obwohl der Krieg beendet war und das sogenannte Dritte Reich nicht mehr existierte, saßen in Oberschlema die scharfen Funktionäre weiter auf ihren Posten und in den Ämtern. Und weil noch immer keine der beiden Besatzungsmächte kam und ihnen sagte, was sie machen sollten, ergriffen sie selbst die Initiative. Ein antifaschistischer Aktionsausschuss von Bürgern holte sich den Rathausschlüssel. Er verhaftete die aktiven Nationalsozialisten und schaffte sie mit dem Lkw über die Demarkationslinie nach Annaberg und übergab sie den Sowjets. Und wieder gab es einige, die bei dieser Gelegenheit gleich ein paar alte Rechnungen beglichen.

Sozialdemokraten und Liberale übernahmen die wichtigen Posten in der Stadt. Der Ausschuss sammelte sämtliche Waffen ein, kümmerte sich um die Lebensmittelversorgung und schützte die Leute vor Plünderern. In den Wäldern lauerten noch immer besiegte versprengte Truppen, und Martha verbot Irma, in den Poppenwald zu gehen.

Zweiundvierzig Tage lang blieben sie sich selbst überlassen. Die Telefonleitungen waren gekappt, die Post kam nicht mehr, es gab kein Geld, und die neue Währung bestand aus Zigaretten und Salz. Es schien, als lebten sie auf einer Insel. Sie räumten das Wehrmachtslager in der ehemaligen Buntpapierfabrik aus und nahmen sich Stoffe, Nähgarn, Fallschirmseide, Uniformfilz. Sie gaben ihren Straßen die eigentlichen Namen zurück, sodass aus der Adolf-Hitler-Straße wieder die Hauptstraße wurde. Sie holten den alten Kurdirektor zurück und auch ihren Bürgermeister. Der Ort hatte keinen einzigen Kriegsschaden, und der

Kurbetrieb lief, als wäre niemals etwas geschehen. Es hätte sich anfühlen können wie ein böser Traum, wenn nicht der Sportplatz gewesen wäre. Man konnte genau sehen, wo das Blut in die Erde gesickert war, denn dort schoss das Gras ungewöhnlich saftig in die Höhe.

Zweiundvierzig Tage warteten Martha und ihre Kinder auf ein Lebenszeichen von Wilhelm.

Am dreiundvierzigsten Tag zogen sich die amerikanischen Truppen aus Westsachsen zurück bis nach Bayern, und die Rote Armee marschierte in Oberschlema ein.

Am vierundvierzigsten Tag wurde wieder die Post ausgetragen, und Martha erhielt eine Karte von Wilhelm. Er war am Leben und befand sich in Kriegsgefangenschaft in Holland.

17. Ein fernes Ziel

Oktober 2019

Seit Luisas Anfrage an die Militärstaatsanwaltschaft in Moskau waren vier Wochen vergangen. In der Zwischenzeit hatte sie viele Überstunden machen müssen und an einem mehrtägigen Motivationstraining in Chemnitz teilgenommen. Ihr Auto war mit einem Marderschaden in Hartenstein liegen geblieben, und die Proben für die Bergparade hatten begonnen. Daher fiel ihr erst in einem ruhigen Moment auf, dass sie noch keine Antwort aus Moskau bekommen hatte.

Ihr Kollege behauptete, so etwas könne Monate oder gar Jahre dauern, wenn überhaupt eine Reaktion käme. So viel Zeit würde ihre Großtante vielleicht nicht mehr haben.

In Luisas Kopf huschte seitdem eine Idee herum. Zuerst war diese nur vage und kam ihr selbst versponnen vor. Aber je länger sie darüber nachdachte, umso logischer erschien sie ihr.

Sie nahm sich vor, die Sache mit ihren Eltern zu besprechen. Von der Notiz und der Spur in die Sowjetunion hatte sie ihnen längst erzählt. Auch dass sie den Hinweis auf ein Straflager Tante Irma so schonend wie möglich beibringen wollte. Bisher war sie mit ihren Versuchen allerdings jedes Mal gescheitert. Vielleicht lag es an Gretchen, dass sie immer vom Thema abschweiften. Sobald diese auf die Anfangsjahre der sowjetischen Besatzung zu sprechen kam, schwelgten die beiden alten Freundinnen gleich in Erinnerungen an eine Zeit, die vor dem Verschwinden von Rudolf Steiner lag.

Ihre Großtante fasste es beim vorletzten Besuch so zusammen: »Wir waren jung, der Krieg war vorbei, und Gretchens Nase war noch heil.«

Luisa hatte es nicht fertiggebracht, danach über Zwangsarbeit, drakonische Strafen und den Terror zu sprechen, der Rudolf Steiner vermutlich widerfahren war. Es kam ihr so vor, als wäre das Thema des verschollenen Bruders durch die Anwesenheit der Freundin verblasst, aber sie irrte sich.

Nach dem letzten Besuch hatte ihr die Großtante beim Abschied mit eisenhartem Griff die Hand gedrückt und gesagt: »Ich verlass mich auf dich.«

Luisa wusste genau, was sie meinte.

Sie saß bei ihren Eltern im Wohnzimmer. Es war ebenso klein wie die anderen Räume. An der Wand hinter dem grauen Ledersofa hingen Bilder von Familienmitgliedern in der schwarzen Bergmannsuniform der Wismut, Luisa mit ihrer Bergkapelle beim Zug durch Bad Schlema, Luisas Vater als Hauer bei der Arbeit. Eine riesige moderne Bogenlampe lehnte sich über die Sitzecke und sorgte dafür, dass sich jeder beim Aufstehen daran stieß.

Ihre Mutter Susanne hatte Tee gekocht, Eiersalat zubereitet und Brot gebacken. Sie schien sich auf Luisas Besuch gefreut zu haben, die sich in den letzten Wochen rargemacht hatte.

Zusammen aßen sie Abendbrot, und Luisa berichtete, dass sie noch immer auf eine Antwort aus Moskau wartete. »Und da habe ich mir gedacht, persönlich erreicht man mehr.«

Ihr Vater sah sie zweifelnd an. »Inwiefern persönlich?«

»Das hat mir gerade heute eine Freundin erzählt, die im Kindergarten arbeitet«, schaltete sich Susanne ein. »Persönliche Bewerbungen um die raren Plätze werden dort bevorzugt. Deswegen legen die Eltern süße Bilder und lustige Anekdoten über ihre Sprösslinge bei.«

Luisas Vater zog ein ungläubiges Gesicht. »Ich glaube nicht, dass sich die russische Staatsanwaltschaft mit so was bestechen lässt.«

Luisa nahm sich eine zweite Scheibe Brot und erklärte, was sie meinte. »Wir hatten gerade so ein Motivationstraining. Ziemlicher Unsinn, aber eine Sache habe ich daraus mitgenommen. Wenn ich etwas unbedingt durchsetzen will, muss ich persönlich erscheinen und mein Anliegen mit Empathie vortragen.«

Ihre Eltern sahen sich erstaunt an.

»Aber die sitzen in Moskau«, gab ihre Mutter zu bedenken.

Luisa nickte. »Richtig. Und deswegen werde ich nach Moskau fliegen. Ich erreiche garantiert mehr als ein anonymer Brief.« Weil ihre Eltern nichts dazu sagten, setzte sie hinterher: »Ich wollte schon immer mal nach Moskau. Also kann ich das Angenehme mit dem Nützlichen verbinden.«

Wolfgang ging hinaus, um neuen Tee aufzugießen.

Luisas Mutter zweifelte an der Idee. »Aber allein? Ist das ein sicheres Pflaster? Du kannst doch überhaupt kein Russisch.«

Darüber hatte sich Luisa auch schon Gedanken gemacht. Aber wozu gab es Übersetzungsprogramme? Außerdem sprachen sicher viele Russen Englisch. »Oder ihr kommt mit«, schlug sie vor. »Ihr hattet doch beide Russisch in der Schule.«

Wolfgang kam mit dem Tee zurück. »Da ist bei mir nichts hängen geblieben. Mein Vater, der konnte es halbwegs. Er musste sich ja immer mit dem Schichtrussen verständigen. Aber zu meiner Zeit waren die nicht mehr mit unten im Schacht.«

Luisa blickte zu ihrer Mutter, die eine bessere Schülerin gewesen war.

»Mich lass da raus«, wehrte Susanne ab. »Ich könnte nur in den Ferien. Über Weihnachten wollen wir ganz sicher nicht nach Moskau.«

Luisa machte es normalerweise nichts aus, allein zu reisen. Aber diesmal hätte sie sich eine Begleitung gewünscht.

»Meinst du nicht, du müsstest zuerst einmal Tante Irma fragen, ob ihr das überhaupt recht ist?«, wandte ihre Mutter ein. »Sie ist immerhin die engste noch lebende Verwandte von Onkel Rudolf.«

Luisa nickte. Daran hatte sie auch schon gedacht.

Diesmal fand Luisa ihre Großtante und deren Freundin in der Cafeteria. Vor ihnen standen Gläser, und Luisa ahnte, dass die durchsichtige Flüssigkeit darin kein Wasser war. Die beiden spielten Karten.

Als sie Luisa bemerkten, rief Gretchen erfreut: »Du kommst grad richtig, wir brauchen einen dritten Mann beim Skat.«

Luisa musste zugeben, dass sie nur Offiziersskat beherrschte.

Ihre Großtante zog ein tadelndes Gesicht. »Was bringen die euch denn heutzutage überhaupt bei?«

Luisa holte sich einen Kaffee und setzte sich zu ihnen an den Tisch.

»Weißt du«, erklärte Irma, »weil du nicht vorankommst, haben wir selbst noch einmal überlegt, was mit Rudolf passiert sein könnte.« Luisa wusste, dass sie diese Grübelei beenden musste. Doch bevor sie ihre sorgsam zurechtgelegte Einleitung loswerden konnte, fuhr ihre Großtante fort: »Er muss in die Sowjetunion gegangen sein.«

Luisa hätte sich fast an ihrem Kaffee verschluckt. »Wie kommst du auf die Sowjetunion?«, fragte sie.

»Weil es dort Goldminen gibt.«

Gretchen stützte sich auf dem Tisch ab und zog ein wichtiges Gesicht. »Mir ist eingefallen, dass Rudolf gesagt hat, er würde gern einmal in einer Goldmine arbeiten«, erklärte sie eifrig. »Und da gab es damals die Zod-Goldmine in Armenien.«

Luisa dachte an einen Bericht über sowjetische Goldminen in Kolyma. Die Strafgefangenen hatten unter unmenschlichen Bedingungen arbeiten müssen. Die Straße, die dorthin führte, war ein Friedhof, gesäumt von den Knochen der Inhaftierten. »Ich denke auch, dass er in die Sowjetunion gekommen ist«, sagte sie schließlich ernst.

Die beiden alten Damen legten ihre Karten hin, runzelten die Stirn und warteten.

»Aber ich glaube nicht, dass er freiwillig dort war«, fuhr Luisa fort.

Irma sah sie aufmerksam an. »Was hast du herausgefunden?«

Luisa holte ein Papier aus ihrer Tasche. *Rudolf Steiner – MGB übergeben.* Sie hatte das Foto der Notiz ausgedruckt und erzählte, wo sie es entdeckt hatte.

Irma sah auf das Blatt und schob es wortlos zu ihrer Freundin hinüber. Beide schienen diese Abkürzung zu kennen. Sie tranken einen kräftigen Schluck aus ihren Gläsern, was Luisas Vermutung über deren Inhalt bestätigte.

»Ich wusste immer, dass ihm etwas Schlimmes passiert ist«, flüsterte Irma mit rauer Stimme. »Er wäre nie einfach abgehauen.«

Luisa war dankbar, dass Gretchen erst einmal nichts sagte und nur beruhigend die Hand ihrer Freundin tätschelte. Sie berichtete von ihrer Anfrage an die Militärstaatsanwaltschaft und der langen Bearbeitungszeit. »Deshalb habe ich überlegt, nach Moskau zu fahren und zu versuchen, dort Akteneinsicht zu bekommen. Es wäre eine Chance, endlich herauszufinden, was passiert ist«, schloss sie.

Sie dachte an das Bild im Schachtausweis, an den jungen Mann darauf, der vor so vielen Jahren spurlos verschwunden war und den seine Schwester niemals vergessen hatte. »Also, was meinst du, Tante Irma? Wollen wir den Versuch wagen?«

»Das muss ich erst verdauen«, sagte Irma und stürzte den Rest ihres Glases hinter. »Dann liegt mein Bruder vielleicht nicht einmal in Heimaterde.«

Irma hatte sich zwar Zeit zum Nachdenken erbeten, aber Luisa war sicher, dass sie dem Plan zustimmen würde.

Den Abend verbrachte sie damit, das Visum für Russland zu beantragen und nach einem guten Simultanübersetzungsprogramm für ihr Telefon zu suchen. Das Hotel und die Flüge wollte sie erst buchen, sobald sie das Visum und den Segen ihrer Großtante besaß. Es würde keine Vergnügungsreise werden, und dennoch freute sie sich darauf. Sie wollte Irma endlich Gewissheit verschaffen. Als sie damals ihre Arbeit bei der Wismut GmbH begonnen hatte, wurde gerade die Sanierung im Borbachtal abgeschlossen. Es hatte sich ähnlich wichtig angefühlt. Sie würde etwas Gesundheitsschädliches aufarbeiten und in Ordnung bringen.

Als sie am nächsten Tag wieder ins Heim kam, saßen Irma und Gretchen zusammen an dem kleinen Tisch in der Leseecke des Seniorenheims und durchstöberten einen Städtebildband. An den Zwiebeltürmen auf dem Hochglanzbild erkannte Luisa gleich, um welche Stadt es sich handelte, und musste lächeln.

»Sie hatten keinen Reiseführer hier in der Heimbücherei«, erklärte Gretchen, und Irma fügte hinzu: »Die haben überhaupt ziemlich wenig hier.«

»Also bist du einverstanden mit der Reise und den Nachforschungen, Tante Irma?«, vergewisserte sich Luisa.

Die beiden blickten sie sehr ernst an und erklärten unisono: »Wir finden das gut.«

Luisa zog sich einen Stuhl heran und setzte sich zu ihnen. »Es ist nicht gesagt, dass ich etwas rausfinde. Aber es ist eine Chance.«

Irma stimmte ihr zu. »Ich hab die ganze Nacht darüber nachgedacht. Und ich denke, das bin ich unseren Eltern schuldig.«

Gretchen erklärte feierlich: »Wir unterstützen deinen Plan.«

Luisa war gerührt, dass selbst die alte Freundin ihrer Großtante dahinterstand. »Ich denke, es ist das Richtige. Für Rudolf, für dich, Tante Irma, für meinen Opa, für die Familie.«

»Wann geht es los?«, erkundigte sich Irma.

Luisa hob ein wenig unschlüssig die Schultern. »Zwei, drei Wochen dauert es sicher noch. Es hängt mit dem Visum zusammen. Wenn ich das habe, buche ich sofort die Flüge.«

»Wir fliegen nicht«, stellte Irma klar. »Du musst Zugtickets kaufen.«

Luisa guckte ihre Tante ungläubig an. »Was meinst du mit *wir*? Willst du etwa mitkommen? Aber das geht nicht.«

»Und warum nicht?«, wollte Irma wissen. »Rudolf ist mein Bruder, und ich habe ein Recht darauf zu erfahren, was mit ihm passiert ist. Es ist wichtig für mich.« Ihr Tonfall ließ keinen Widerspruch zu.

Luisa machte dennoch einen kläglichen Versuch. »Aber so eine lange Reise wird zu beschwerlich für dich sein.«

Irma schnaufte verächtlich. »Was soll an einer Reise beschwerlich sein? Ich hab über vierzig Jahre bei der Wismut im Bergbau gearbeitet. *Das* war beschwerlich.«

Luisa atmete tief ein und aus. Sie versuchte sich an irgendetwas für diese Situation Hilfreiches aus dem Motivationstraining zu erinnern. Andererseits: Hatte sie sich nicht eine Reisebegleitung gewünscht? Hier war sie. Sie kannte ihre Großtante gut genug, um zu wissen, dass sie immer ihren Kopf durchsetzte. »Also gut«, gab sie sich geschlagen. »Dann kommst du halt mit, Tante Irma.«

»Wir«, wurde sie von ihr verbessert. »Wir kommen mit.«

Das ging Luisa nun wirklich entschieden zu weit. Gretchen war nett und tat ihrer Großtante gut. Aber sie fuhren nicht auf eine Kaffeefahrt. »Nichts für ungut, Gretchen«, entschuldigte sich Luisa bei ihr. »Wir werden einen anderen Ausflug zusammen machen. Aber das hier ist eine Familienangelegenheit.«

»Ja, eben drum«, sagte Irma kategorisch. »Gretchen war die Verlobte meines Bruders. Sie gehört zur Familie.«

18. Die wilden Jahre

September 1948

Martha stand vor dem Spiegel im Schlafzimmer und betrachtete sich eingehend. So konnte sie Wilhelm unmöglich nach dieser langen Zeit entgegentreten!

Ihr braunes Haar war von weißen Strähnen durchzogen. Das Kleid mit dem Blümchenmuster schien zu groß und hing unförmig an ihr herab.

Die seltsame Stelle auf der Stirn hatte sich deutlich vergrößert und war rötlich blau verfärbt. Martha strich darüber und fühlte eine Geschwulst unter der Haut.

Durch die Gardinen fiel ein Muster aus Licht. Sie zog die zerschlissene Spitze zur Seite, um sich besser betrachten zu können. Nun wirkte alles noch schlimmer.

Hektisch fingerte sie in ihrem Nachttischfach herum. Sie ertastete ihre alte Puderdose, die sie vor langer Zeit nach einem Auftritt im Freilichttheater von einem Verehrer geschenkt bekommen hatte. Sie roch den Duft und dachte an jenen Abend, an dem sie den Puder zum letzten Mal benutzt hatte. Sie war mit Wilhelm hinüber ins Kurhaus gegangen, weil dort im großen Saal die Alberti-Mädels aufgetreten waren, dreißig junge Frauen, die Instrumente spielten, sangen und tanzten.

Jetzt tanzte im Kurhaus gegenüber niemand mehr. Der Bergbau war zurück in Oberschlema.

Hinter dem dreiflügeligen Gebäude wuchs eine Abraumhalde. Die Blumen in den Kästen auf der Terrasse waren von der Sonne verbrannt, die hohen Fensterscheiben blind. Den Bänken im Kurpark fehlten die Sitzbretter, sie hatten sich im letzten Winter in Feuerholz verwandelt. Die meterhohen Palmen, die niemand mehr ins Haus geräumt hatte, waren beim ersten Frost erfroren. Die Kieswege durchzogen Schürfgräben, in denen sowjetische Geologen mit Kopfhörern und Messgeräten umherwanderten und die radioaktive Strahlung überprüften. Im Hotel Erzgebirgischer Hof standen Kompressoren, die Tag und Nacht ohrenbetäubenden Lärm verbreiteten. Die Hindenburgquelle war eilig in Karl-Marx-Quelle umbenannt worden, und die Bismarckquelle trug nun den Namen von Friedrich Engels. Aber es hatte nichts genützt, beide Radonquellen waren versiegt. Im Kurhotel verweilten keine Heilungssuchenden mehr, sondern die sowjetische Bergbauverwaltung einer neuen sowjetischen Aktiengesellschaft. Sie hatte sich den Tarnnamen Wismut gegeben. In Wahrheit wurde Uran abgebaut für das sowjetische Atomprogramm.

Martha stellte fest, dass Puder ihre Stirn nicht retten konnte, und blieb verzweifelt vor dem Spiegel stehen.

Geräuschvoll öffnete sich die Tür, und Irma schlüpfte herein. Mit einem Blick begriff sie, was das Problem war. Sie holte die große Küchenschere und schnitt ihrer Mutter kurzerhand einen Pony. In den Ledergürtel stach sie ein weiteres Loch und zog ihn enger. Sie nahm das kleine Barett ab, das sie auf dem Kopf trug, und steckte es in Marthas Haar fest. Zufrieden sagte sie: »Du siehst schön aus, Mutti.«

Als Martha die Treppe hinunterlief, wäre sie beinahe gestürzt. Auf den Stufen lagen Stiefel und Werkzeug, es stank nach Urin.

Die beiden Vertriebenenfamilien aus Schlesien, die bisher im Untergeschoss gewohnt hatten, waren von den Rotarmisten ausquartiert worden und hausten nun in einer Scheune. Stattdessen waren Arbeiter gekommen. Aus dem ganzen Land hatte die Besatzungsmacht Männer zum Uranbergbau verpflichtet, der nicht beim Namen genannt werden durfte. Es waren vor allem ehemalige Nationalsozialisten, die sonst niemand einstellen wollte, Exildeutsche, die keine Heimat mehr hatten, und Arbeitslose, denen die Lebensmittelkarten entzogen wurden, wenn sie sich weigerten. Es kamen aber auch Freiwillige. Nirgendwo wurde man in dieser Zeit des Hungers so gut versorgt wie bei der Wismut. Das lockte Verzweifelte und Glücksritter an. Die Einwohnerzahl hatte sich innerhalb kurzer Zeit verdoppelt, und Oberschlema wurde beherrscht von einem wilden, verwegenen Haufen.

Die acht Arbeiter, die im Haus Martha wohnten, brüllten sich in fünf verschiedenen Sprachen und Dialekten an. Ihr Temperament ließen sie aneinander und am Mobiliar aus.

Dass die Steiners selbst noch im Dachgeschoss wohnen durften, verdankten sie allein der Tatsache, dass Irma und Hans mittlerweile ebenfalls für die SAG Wismut arbeiteten.

Der riesige Leipziger Hauptbahnhof war nur noch eine Fassade. Die Hallen dahinter waren verschwunden, der Querbahnsteig befand sich unter freiem Himmel. Von den Glasüberdachungen der Gleise waren nur die Stahlskelette geblieben. Aber die Züge fuhren, und mehr fand Martha nicht wichtig.

Sie stand in einer riesigen Menge von Müttern, Ehefrauen und Kindern, manche waren mit Handwagen gekommen. Es herrschte eine fast gespenstische Anspannung, die sich plötzlich in lauten Jubelschreien löste. Der Zug, geschmückt mit Blumen und Wimpeln, fuhr in die Halle ein, die nur noch in ihren Erinnerungen existierte. Die heimkehrenden Kriegsgefangenen hingen mit ihren Oberkörpern aus den schmalen Fenstern der Waggons heraus, überall winkten zum Himmel aufgereckte Arme.

Als Martha die Masse der Rückkehrer sah, alle in graugrünen Uniformen, die Gesichter seltsam leer, fürchtete sie, Wilhelm und sie könnten einander nicht finden.

Ganz still stand sie da und wartete. Um sie herum fielen sich Menschen in die Arme, weinten und lachten, stießen sie zur Seite. Der Bahnsteig leerte sich, es blieben nur noch ein paar Frauen mit Schildern von Vermissten.

Plötzlich entdeckte sie Wilhelm. Auch er stand wartend da, in der Gewissheit, dass sie kommen würde. Sein Haar war nach hinten gestrichen, und er hatte das Käppi unter eine der Schulterklappen geschoben. Als er sie sah, kam er langsam auf sie zu. Die letzten Schritte rannten beide und fielen einander in die Arme. Unter dem fremden Geruch nach Desinfektionsmitteln nahm Martha den vertrauten Duft wahr. Seine Stirn war ein wenig höher, die Linien in seinem Gesicht waren ausgeprägter, aber sie entdeckte kein einziges weißes Haar. Martha untersuchte seine Hände, die Finger, berührte seine Beine, kontrollierte die Ohren und sah nach, ob auch noch wirklich alles an ihm dran war.

Eine Frau drehte sich unter Freudentränen zu ihr um und sagte: »Das ist das höchste Glück der Erde, dass wir unsere Söhne zurückhaben, nicht wahr?«

Martha schoss die Röte ins Gesicht, aber Wilhelm maß der Bemerkung keine Bedeutung bei. Er betrachtete Martha ganz aufmerksam und stellte irritiert fest: »Du hast die Haare anders.«

Etwas später saßen sie einander im Regionalzug nach Schneeberg gegenüber und hielten sich an den Händen.

»Erschrick nicht, wenn du heimkommst«, bereitete Martha ihn vor. »Es ist alles anders.«

Noch immer hieß die Haltestelle Radiumbad Oberschlema.

Als Wilhelm aus dem Zug stieg, glaubte er, sie hätten sich in der Station vertan. Der saubere, verschlafene Kurort, in dem bei seiner Abreise gut gekleidete ältere Herrschaften mit Spazierstöcken flaniert waren, hatte sich in einen Hexenkessel verwandelt.

Es war gerade Schichtwechsel. Eine verdreckte Masse stürmte den Bahnsteig, und einige der Männer rempelten

Martha an. Wilhelm wollte sie beschützen, bekam sofort einen Schlag in die Magengrube und wurde in eine Prügelei verwickelt. Als der Schaffner einen Pfiff ertönen ließ, um den Kampf zu beenden, löste sich die Meute von Wilhelm und stürzte sich auf den Beamten. In diesem Moment fuhr der heillos überfüllte Zug aus Zwickau ein. Die Schläger ließen vom Bahner ab und rannten zum Gleis. Die ankommenden Arbeiter standen auf den Trittbrettern und klammerten sich an den Türgriffen fest, andere saßen sogar auf den Dächern. Es fand ein fliegender Wechsel statt, einige sprangen bereits ab, bevor der Zug hielt. Und schon wieder gab es Gerangel um den letzten Millimeter Platz.

Die Ankommenden hetzten zu ihren Schächten. Wer zu spät zur Seilfahrt erschien, kam nicht mehr nach unten, denn danach wurde nur noch Erz gefördert.

Obwohl schon mehrfach zur Abfahrt gepfiffen worden war, kletterten immer wieder Neuankömmlinge auf den Zug. Weil nirgendwo mehr Platz war, hockten sie sich auf die Puffer. Wann der Zug abfuhr, entschieden die Bergmänner und nicht der Schaffner.

Endlich setzte sich die Lokomotive in Bewegung, und der Bahnbeamte klopfte seine Uniform sauber.

Wilhelm hob ihm die Dienstmütze auf. »Ist das jetzt immer so hier?«, wollte er wissen.

Der Beamte nickte. »Gestern ist einer zwischen die anfahrenden Waggons gekommen«, berichtete er. »Den haben wir hinterher abgekratzt.«

Martha holte ein Taschentuch heraus und verarztete Wilhelms Lippe, die aufgeplatzt war. Zum ersten Mal, seit er zurückgekommen war, zeigte er den Anflug eines Lächelns. »Mir scheint, sie haben einen reichen Fund gemacht bei uns.«

Die ganze Zeit hatte er sich den Kopf zerbrochen, was er nun mit sich anfangen sollte. Und da hing die Lösung in Form eines Plakats direkt neben dem Fahrkartenschalter. *Wir brauchen dich! Melde dich freiwillig zum Erzbergbau. Die Wismut AG sucht Männer zwischen 18 und 55 Jahren.*

Draußen vor dem Bahnhof patrouillierten Rotarmisten. Martha musste ihre Kennkarte mit dem Sonderstempel vorzeigen, um nachzuweisen, dass sie hier wohnte und das Gebiet betreten durfte. Sie diskutierte mit Händen und Füßen wegen Wilhelm, der nur seinen Entlassungsschein als Kriegsgefangener dabeihatte. Aber da kamen schon Irma und Rudolf angerannt und fielen ihrem Vater um den Hals. Mit Tränen und russischen Brocken, die sie aufgeschnappt hatte, schaffte es Irma, den Soldaten davon zu überzeugen, dass ihr Vater hier wohnte. Sie durften passieren.

Erst jetzt bot sich dem staunenden Wilhelm ein Blick auf seinen Heimatort. Überall ragten hölzerne Fördertürme zwischen den Häusern auf, in den Gärten wuchsen Halden. Um die Schächte herum standen Bretterzäune, davor patrouillierten bewaffnete Rotarmisten. Es gab Wachtürme, auf denen Sowjetsoldaten Ausschau hielten, Militärfahrzeuge krachten durch tiefe Schlaglöcher, eine hölzerne Förderbrücke warf Gesteinsbrocken auf einen riesigen Abraumkegel. Über dem Ort lag eine Wolke von Staub, Lärm und Abgasen.

»Stell dir vor, Vati«, berichtete Irma, »direkt unter dem Kurhaus haben sie eine Erzader gefunden!«

Irgendwo ertönte eine dumpfe unterirdische Explosion.

»Die Russen sprengen sich durch die Gegend«, erklärte Martha.

»Und die Schachter graben ohne Plan drauflos«, sagte Rudolf. »Sieben Jahre hat deine Ausbildung gedauert, und die bilden sich ein, nach zwei Wochen alles zu wissen.«

»Und die fördern Wismut-Erz?«, erkundigte sich Wilhelm.

Irma grinste. »Heißt es. Doch wir sind ja nicht dämlich. Das können die vielleicht einem Friseur erzählen, den sie hierhergeschleift haben zum Buckeln, aber nicht mir.«

Wilhelm sah seine Tochter erstaunt an. Sie fluchte wie ein Bergmann.

Rudolf erklärte: »Ich seh doch, was wir fördern. Das ist das Uran in der Pechblende, worauf die scharf sind.«

»Sei bloß still!«, zischte Martha.

Sie verstummten und senkten den Blick, als sie an einem Sowjetsoldaten mit Sturmgewehr vorbeikamen. Aber er sicherte nur das Munitionslager mit dem Dynamit für die Sprengungen unter Tage.

Nach all der Zeit und der im Krieg verlorenen Unschuld erschien es Wilhelm wie ein unverdientes Glück, in das Haus Martha zu kommen.

Es war dämmrig im Flur, und es roch nach dem Schweiß fremder Männer und Fäkalien. Ihre ungebetenen Gäste hatten die Holztreppe beschädigt, Lappen in die Toilette gestopft und betrunken den Lampenschirm zerschlagen.

Aber oben im Dachgeschoss war alles geblieben, wie er es verlassen hatte, mit den vertrauten Möbeln und dem Klöppelgestell. Nur seine Mutter war nicht mehr in ihrer Kammer.

»Ich weiß, es ist schlimm«, entschuldigte sich Martha. »Dabei haben wir noch Glück, dass wir nicht zum sowjetischen Sektor gehören.«

Wer sein Haus am Gleesberg gehabt hatte, bekam zuerst sowjetische Einquartierungen und wurde dann kurzerhand selbst ausquartiert. Das Viertel mitsamt der Parkanlage, dem Goldfischteich und der Grotte wurde mit einem Bretterzaun umschlossen und zum sowjetischen Sektor erklärt. Dort wohnten mittlerweile die Offiziere und Spezialisten aus der Sowjetunion.

»Wir sind nun besetztes Gebiet«, sagte Wilhelm nachdenklich. »Erst haben wir denen alles weggenommen, jetzt nehmen die uns alles weg.«

Das erste Abendessen fühlte sich seltsam an. Es war, als säße außer ihnen noch ein unsichtbarer Fremder am Tisch, auf den sie Rücksicht nehmen mussten und vor dem sie nicht zu vertraulich sein wollten. Martha redete sich ein, dass einfach nur Hans fehlte. Er arbeitete inzwischen im Lugau-Oelsnitzer Steinkohlerevier im Kaiserin-Augusta-Schacht, der nun Karl-Liebknecht-Schacht hieß, und würde erst am Wochenende zu ihnen kommen können.

Sie stellte Kartoffeln und Wurst auf den Tisch und beobachtete Wilhelm. Sie wartete auf den vertrauten Blick des stummen Einverständnisses, den sie sich früher beim Essen immer zugeworfen hatten. Aber er sah nur auf die Blutwurst und die Kartoffeln.

Nachts im Bett warf er sich unruhig hin und her. »Hoffentlich kannst du schlafen«, sorgte sich Martha. »Die Kompressoren machen solch einen Krach.«

»Das ist es nicht. Die Matratze ist so weich«, klagte Wilhelm.

Er stand auf und legte sich auf den nackten Dielenboden. Im Licht der Arbeitsscheinwerfer, die vor ihrem Fenster die Nacht zum Tag machten, konnte sie ihn sehen. Wie ein Fötus lag er zusammengerollt. Sie hatte ihn schon einmal in dieser Haltung gesehen. Da war sie acht Jahre alt gewesen, und ihre Freundin Clara hatte voller Stolz das neugeborene Brüderchen zeigen wollen.

Mit ihrer Decke kroch sie zu ihm auf den Boden. Sie schlang die Arme um ihn und flüsterte: »Alles wird gut.«

Er schlief fast vierundzwanzig Stunden. Als im Morgengrauen wieder Schichtwechsel war, wurde er vom Geräusch der unzähligen Holzsohlen geweckt, die unter dem Fenster vorbeiklapperten. Er stand auf und erklärte, dass er sich bei den Sowjets melden wolle.

Vom Arbeitsamt wurde er zur medizinischen Tauglichkeitsüberprüfung geschickt. Dort untersuchte man ihn auf Geschlechtskrankheiten, und am Ende begab er sich zum Bergbauamt.

Im Kurhotel befand sich die Verwaltung von Objekt 02 der Sowjetischen Aktiengesellschaft Wismut. Die Straßenfront schmückte ein roter Stern. Riesige Porträts von Lenin und Stalin konkurrierten an der Fassade mit Parolen in kyrillischen Buchstaben.

Wilhelm stand einer Kommission gegenüber, die aus mehreren Deutschen und drei hochdekorierten Sowjetoffizieren in Uniform bestand.

»Freiwillig?«, fragte einer von ihnen, und Wilhelm nickte. Der Offizier blätterte in seinen Papieren. »Du Nazi?«, wollte er wissen.

Empört schüttelte Wilhelm den Kopf.

»Du SED?«, fragte der Offizier weiter.

Wilhelm guckte verunsichert. Vor zwei Jahren hatten sich die sozialdemokratische und die kommunistische Partei zur Sozialistischen Einheitspartei Deutschlands zusammengeschlossen. Aber im holländischen Lager hatte er nichts davon mitbekommen. Er war damit beschäftigt gewesen, nicht in die Luft zu fliegen, als er die Nordseeküste von deutschen Minen räumte. Er wusste also nicht, ob SED gut oder schlecht war.

Er zeigte auf seine Bergmannskleidung und erklärte: »Ich bin Bergmann. Sonst nichts.«

»Du Spion!«, brüllte der Offizier.

»Nein, bin ich nicht«, antwortete Wilhelm schlicht.

Die Deutschen begann jetzt aufgeregt darüber zu diskutieren, dass sie einen solchen Fachmann bei den ganzen Dilettanten dringend brauchen würden.

Wilhelm musste seinen Ausweis abgeben, und das fiel ihm schwer, weil er ihn gerade erst bekommen hatte. Stattdessen erhielt er einen sowjetischen Schachtausweis mit kyrillischen Buchstaben und eine Nummer. Die brauchte er, um einfahren zu können, und für sein Geleucht.

»Hier nix Deutschland«, stellte der Offizier klar. »Du jetzt in Sowjetunion.«

Und das war die reine Wahrheit, denn die sowjetische Militäradministration hatte die sächsischen Erzbergwerke zum sowjetischen Staatseigentum erklärt.

Am Sonntag kam Hans zum Abendessen. Stumm umarmte er seinen Vater. Der klopfte ihm auf den Rücken.

Wieder war es so, als säße ein unsichtbarer Schatten mit ihnen am Tisch, der sie daran hinderte, allzu vertraut miteinander zu sein. Schweigend aßen sie, ab und zu erzählte eines der Geschwister etwas Belangloses von der Arbeit.

Als es dämmerte, sprang Irma auf, drehte den Lichtschalter und imitierte Almas wichtigen Tonfall: »Ich kümmer mich um die Elektrizität.«

Ihre Brüder lachten befreit auf und sahen gleich darauf erschrocken zum Vater.

Irma bat ihn um Entschuldigung. »Wir haben uns das angewöhnt, seit Oma nicht mehr da ist.«

Und Martha erklärte: »Niemand von uns darf einen Lichtschalter drehen, ohne ihren Spruch von der Elektrizität zu sagen.«

Auf Wilhelms Gesicht zeigte sich der Anflug eines Lächelns.

Als sie fertig mit der Mahlzeit waren, stellte er resigniert fest: »Nun seid ihr zu groß für Geschichten aus dem *Album für Freunde des Bergbaus.*«

Seine Kinder protestierten heftig. Martha sprang auf und holte das Album, und kurz darauf saßen sie wie vor vielen Jahren dicht beieinander auf den Holzdielen, und Wilhelm erzählte von der Verunfallung seines Großvaters und der Arbeit als Scheidejunge.

Jeden Tag ging Wilhelm mit seinem ältesten Sohn Rudolf zum hölzernen Förderturm neben dem Lichtloch 15, mitten zwischen den Häusern von Oberschlema. Ein wild kläffender Schäferhund hetzte hinter dem Bretterzaun hin und her. Sie mussten aufpassen, dass sie ihm nicht zu nahe kamen, und hofften, der Führungsdraht würde halten. Am Tor zeigten sie dem bewaffneten Rotarmisten ihre Ausweise. Es gab weder Helme noch Handschuhe, keinen Strom unter Tage, nur rußende Karbidlampen zum Umhängen, die während der Schicht ihre Gesichter schwarz färbten. Es fehlte an allem: Schaufeln, Pickeln, Bohrhämmern, Arbeitskleidung. Vor Wilhelm lief einer im ganz normalen Anzug durch die Kontrolle, mit dem er bei einem Theaterbesuch nicht aufgefallen wäre.

Bevor sie in den Schacht einfuhren, gab es noch eine kurze Versammlung im Kompressorraum. Es wurde aber kein Gebet zum Berggeist gesprochen, wie es Wilhelm aus dem Huthaus der Fundgrube Wolfgangmaßen kannte. Stattdessen bekamen sie eine gebrüllte Standpauke, weil sie ihre Norm nicht erfüllen würden und Faulenzer und Bummelanten wären.

Als Wilhelm unten in der dunklen Feldstrecke ankam, legte er zur Begrüßung seine Hand an den nasskalten Fels.

Das Erz gewannen sie durch Sprengen oder Herausschlagen mit den Abbauhämmern. Das schwere Haufwerk mussten sie in Taschen zum Förderschacht schleppen. Der Mann im Anzug brach dabei fast zusammen.

»Ich bin Friseur«, jammerte er und zeigte anklagend seine blasigen Hände. »Die haben mich aus meinem Salon weggeholt.«

Weil sie unter Tage nur Spitznamen nutzten und sich aufeinander verließen, hießen sie jetzt nur noch Rudi, Willi und der Friseur.

Nach der Schicht mussten sie durch eine Personenschleuse steigen, in der sie mittels Geigerzähler kontrolliert wurden. Beim Friseur leuchtete die Lampe auf, und der Alarm schrillte. Unter dem Gejohle der anderen Kumpel musste er sich vor dem sowjetischen Wachpersonal splitterfasernackt ausziehen und zeigen, dass er kein Erz schmuggelte. Es lag aber nur an seinen langen Fingernägeln, unter denen sich Uranstaub gesammelt hatte.

Wer die Schleuse umging und das Schachtgelände über die Halde verlassen wollte, wurde vor ein sowjetisches Militärtribunal gestellt oder gleich erschossen.

Eigentlich hatte Irma eine Lehre in der Feinwäsche machen wollen, zusammen mit ihrer Freundin Gretchen. Mit ihren zartgliedrigen Fingern war sie äußerst geschickt beim Nähen, und sie hatte Irma vorgeschwärmt: »Dann kommen wir immer an feine Unterwäsche ran und müssen nicht mehr diese schrecklichen ausgeleierten Pumpern tragen.«

Aber dann kam ein Werber von der Wismut zu ihnen in die Schule. Er lockte die Jugendlichen mit der Schwerstarbeiterkarte, durch die sie mehr Lebensmittel bekommen würden. Das überzeugte Irma, die manchmal vor Hunger nicht schlafen konnte. Außerdem sollten sie in einem Monat dreihundert Mark verdienen.

Die Aussicht auf unvorstellbaren Reichtum stimmte auch Gretchen um. »Für das Geld kann ich mir so viel feine Wäsche kaufen, wie ich will.«

Nun arbeiteten die beiden Sechzehnjährigen in einer Schürfbrigade. Am Morgen bekamen sie Hacken und Schaufel in die Hand gedrückt und zogen zusammen mit anderen Frauen auf die Felder. Einige von ihnen waren sogenannte Blitzmädel, die von Krieg kamen und allerhand gewohnt waren. Den Weg verkürzten sie sich mit Geschnatter und Schwärmereien. Gretchen hatte sich in Irmas Bruder Rudolf verguckt und löcherte die Freundin nach seinen Vorlieben.

Auf den Feldern mussten sie breite Gräben schaufeln. Arbeitskleidung hatten sie keine bekommen. Irma trug die Bergmannshandschuhe ihres Vaters, der zu diesem Zeitpunkt noch in Gefangenschaft war. In Gretchens Familie waren alle in der Posamentenindustrie tätig gewesen, sie besaß nur dünne Spitzenhandschuhe. Nach drei Tagen fiel ihr die Haut von den Händen ab, und das rohe Fleisch wurde sichtbar.

Vier Meter mussten die Gräben in die Erde reichen, mit denen sie uranführende Gänge finden sollten. Ein sowjetischer Geologe stieg unten mit einem Geigerzähler herum, und sobald der trommelte, rückten Bergarbeiter an und begannen mit dem Abbau.

Von ihrem ersten Geld kaufte sich Gretchen auf dem Schwarzmarkt keine feine Wäsche, sondern Schutzhandschuhe. Und auch Irma musste sich eigene besorgen, als ihr Vater zurückkehrte.

Jeden Tag schüttelte Martha die Arbeitskleider von Wilhelm, Rudolf und Irma aus und atmete den radioaktiven Staub ein. Am Sonnabend nach der letzten Schicht schrubbte sie die Sachen in der Waschküche im Keller über ein Waschbrett. Mikroskopisch feine Teilchen rieben sich dabei unter ihre Haut. Sie trocknete die Wäsche auf dem Spitzboden, draußen wurde alles gestohlen. Nachts zogen Banden von Sowjetsoldaten durch die Gärten. Sogar die frisch gesetzten Kartoffeln hatten sie ihnen ausgegraben. Sie suchten vor allem nach Essbarem, weil sie viel schlechter versorgt wurden als die Bergarbeiter. Am Sonntagabend nahm Martha die trockenen Kleider ab und legte sie für ihre Familie bereit, damit zur ersten Schicht am Montag der Kreislauf erneut beginnen konnte.

An den Abenden saßen sie oben in Almas Kammer. Sie hatten sich darin eine Behelfsküche eingerichtet und den Eisschrank die Treppen hochgeschleift. Auch den Radioapparat hatten sie hinaufgerettet. Unten in der Diätküche hausten die Arbeiter. Nichts war vor ihnen sicher, und Martha nutzte dort nur noch den Herd. In Almas Kleiderschrank stapelte sich das Geschirr, und wenn es schmutzig war, spülten es die Frauen im kleinen Badezimmer.

Wilhelm und Rudolf brachten oft den Friseur mit, weil er außer ihnen keinen Anschluss hatte. Auch Gretchen saß meistens dabei und lauschte mit roten Ohren den Räuberpistolen der Männer.

Sie unterhielten sich unter Tage immer im derbsten erzgebirgischen Dialekt, um den sowjetischen Schichtleiter zu ärgern.

»Hast du gemerkt, wie dumm unser Schichtrusse geguckt hat, weil er nichts verstehen konnte?«, fragte Rudolf seinen Vater und amüsierte sich. »Der denkt jetzt, wir sind Polen.«

Sie lachten so sehr darüber, dass sie husten mussten.

Martha goss ihnen Kräutergeist ein und sagte: »Das ist gegen den Arsenstaub.«

Nur die beiden Mädchen bekamen nichts. Aber dafür schnitt ihnen der Friseur die Haare.

Martha bereitete die Brote zum Mitnehmen für den nächsten Tag und wollte sie in die Blechbüchsen packen.

»Wir dürfen unser Essen nicht mehr im Henkelmann mitbringen«, erzählte Wilhelm. »Wir sollen es in irgendetwas tragen, wo man guten Einblick hat. In einem Netz oder so.«

»Warum denn? Ist das ein russischer Aberglaube?«, fragte Martha verwundert.

Die Männer lachten. »Nee, die haben Angst, dass wir Erz nach draußen schmuggeln.«

Empört schüttelte sie den Kopf. Für einen Aberglauben hätte sie Verständnis gehabt. Aber dass Wilhelm unterstellt wurde, er könnte stehlen, das ging entschieden zu weit.

»Warum machen die so ein Brimborium darum?«, fragte der Friseur, während er in Gretchens blondes Haar Wellen drehte, aber keiner gab ihm Antwort.

Nicht einmal die Sowjets sprachen das Wort *Uran* aus. In den geheimen Dokumenten hieß es *Erz A-9*.

Am nächsten Tag erschien Rudolf zur Kontrolle vor dem Schacht mit einem alten Vogelkäfig, in den er seine Brote gelegt hatte. Er ließ das Drahtgestell vor der Nase des wachhabenden Rotarmisten baumeln und sagte grinsend: »Na? Genug Einblick? Das Türchen kann ich aber nicht aufmachen. Sonst fliegen meine Bemmen weg.«

Der Friseur, der nach wie vor seine Anzugschuhe trug, geriet an diesem Tag unter Gesteinsbrocken, die aus der sogenannten Rolle von der oberen Strecke herunterrollten.

Ein paar Tage lang wurde noch seine Nummer aufgerufen, dann nicht mehr. Sie sahen ihn nie wieder.

Es gab zahlreiche Unfälle, über die nur gemunkelt wurde. Die Leute verschwanden einfach von einem Tag auf den anderen.

Im Steinkohlerevier in Lugau, in dem Hans arbeitete, ging es geordneter zu. Dafür gab es aber weniger Geld und weniger zu essen.

Als Hans an diesem Wochenende nach Hause kam, warf er die *Tägliche Rundschau* auf den Tisch. Auf der Titelseite stand in übergroßen Lettern: *380 Prozent des Tagessolls.*

»Habt ihr das gesehen?«, fragte er.

»Da kommt man kaum drum rum«, antwortete Wilhelm und holte die *Volksstimme*. Dort lautete die Schlagzeile: *Adolf Henneckes bahnbrechende Tat.*

Auch Irma wusste davon zu berichten: »Ich war gestern mit Gretchen in den Capitol-Lichtspielen. Da haben sie es sogar in der Wochenschau gezeigt.«

Nur Martha hatte keine Ahnung, worum es ging.

»Das ist der beste Hauer von der Sowjetzone«, erklärte Irma.

Rudolf stichelte: »Ich dachte, du bist der beste Häuer bei euch, Hans?«

Sein Bruder schnaufte empört. »Das bin ich auch!« Er hatte einen roten Kopf bekommen, an seiner Schläfe schwoll eine Ader. Wütend tippte er auf Henneckes Namen. »Da könnt jetzt auch Hans Steiner stehen. Aber ich wollte das nicht.«

»Warum denn nicht?«, fragte Martha enttäuscht. Ihr hätte es offensichtlich sehr gut gefallen, den Namen ihres Sohnes in der Zeitung zu lesen.

»Mich haben die auch gefragt. Aber ich bin doch kein Normbrecher«, erklärte Hans. »Außerdem war die ganze Schicht ein großer Betrug, reine Propaganda.«

Wilhelm wurde nachdenklich und betrachtete das Bild des Hauers. Der Mann sah für ihn wie ein anständiger Bergmann und nicht wie ein Betrüger aus.

»Der hat sich vorher genau die Abbaustelle ausgesucht«, berichtete Hans. »Und unsereins muss nehmen, was kommt. Und die Bohrhämmer fallen laufend aus.«

Martha legte ihre Hand auf seine. »Ärger dich nicht, Junge.«

»Na klar ärger ich mich«, regte sich Hans auf. »Jetzt haben die unsre Norm höhergeschraubt, bloß wegen dem.«

Rudolf versuchte ihn zu überreden, zurück nach Oberschlema zu kommen. Da gab es weder Propagandaaktionen noch gestellte Pressebilder, weil alles geheim war. »Hier verdienst du ordentlich und bist wieder bei uns.«

Hans guckte aus dem Fenster. Unten randalierten die betrunkenen Arbeiter und brüllten: »Ich bin Bergmann! Wer ist mehr?«

»Ach nee«, wehrte er ab. »Das ist bei euch wie im Mittelalter. Ihr habt ja nicht mal genug Schaufeln und dann überall die Russen mit ihren Kalaschnikows. Wir dagegen haben die modernste Steinkohleförderanlage von Deutschland.«

Im Oktober brach der Damm des Schlammteiches von der Uranaufbereitungsanlage im Blaufarbenwerk. Radioaktiv verschmutztes Wasser ergoss sich in die Schächte und sickerte ins Grundwasser. Die Straßen wurden überflutet, der Schlamm breitete sich bis zum Bahnhof aus. Am schlimmsten wurde es, als er fest wurde. Die Haustüren ließen sich nicht mehr öffnen, und die Leute mussten aus den Fenstern steigen, um ihre Türschwellen freizuhacken.

Dann kamen die Ratten. Sie rannten über die Straßen, ertranken in den tiefen Wasserlöchern und fielen in die Schächte. Zu den Geräuschen der Kompressoren kam nun noch ununterbrochenes Kläffen und Jaulen, weil die Ratten den angeketteten Schäferhunden vor der Nase herumspazierten.

»Wo kommen die Viecher nur her?«, rief Martha verzweifelt und verjagte sie mit einem Besen aus der Diätküche.

»Bei uns sind zu viele Unbedarfte, die sich nicht an die Bergmannsregeln halten«, erklärte Wilhelm. »Die bringen ihr Essen mit in den Schacht. Und letztens ist uns ein Mann verschüttet worden. Den haben wir bisher nicht rausgekriegt, das lockt die Viecher auch an.«

Erschöpft lehnte sich Martha an Wilhelm.

»Bist du sehr traurig darüber, dass du das Fremdenheim nicht mehr führen kannst?«, fragte er.

Martha schüttelte den Kopf. »Ich sehe das Gute daran. Nun kannst du endlich wieder ein Bergmann sein. Ich hab immer gemerkt, wie sehr dir das fehlt.«

»Bald werden die Gruben unter dem Ort erzleer sein«, versprach er. »Dann geht der Kurbetrieb weiter, und wir renovieren das Haus.«

Er strich ihr übers Gesicht. Ihre Sommersprossen, die im Laufe der Jahre etwas größer geworden waren und miteinander verschmolzen, lösten die Linien auf und ließen ihre Züge weicher erscheinen. Behutsam küsste er sie und strich ihr das Haar aus der Stirn. Dabei bemerkte er die Geschwulst. Sie hatte immer sorgfältig den Pony darüber gekämmt und im Bett sogar ein Tuch umgebunden, um sie zu verbergen.

Wilhelm betrachtete die Stelle besorgt. »Wir müssen mit dir unbedingt zu einem Arzt gehen, Martha.«

Sie verbarg die Stirn wieder unter dem Haar und sagte: »Die haben für so eine Bagatelle doch gar keine Zeit. Jetzt, wo wegen der Ratten alle Typhus haben. Ich warte ab, bis das vorbei ist, und dann geh ich.«

19. Die Reisegruppe

Oktober 2019

»Ist sie nicht eine Schönheit?«, schwärmte Luisas Vater. Er stand im Keller und schaute andächtig nach oben. Von der Decke mit dem Gesteinsimitat hing eine alte Lampe. Blendschirm und Birne schützte ein stabiler Eisenkäfig. Es war eine originale Deckenlampe, die in einem der Wismut-Schächte gehangen hatte. »Ich hab sie im Internet aufgestöbert«, sagte er.

»Hast du mir überhaupt zugehört?«, fragte Luisa. »Die Sache mit der Verlobung hat sich Tante Irma doch bloß ausgedacht. Das haben die beiden aus dem Hut gezaubert, weil Gretchen allein langweilig ist und sie was erleben will.« Mit einer Handbewegung wehrte sie den Helm ab, den er auf ihren Kopf zu drücken versuchte. »Nicht heute, Papa.«

Ihr Vater ließ von der Bewunderung seiner Neuerwerbung ab. »Ich kenne Gretchen von früher. Aber von einer Verlobung mit Onkel Rudolf höre ich zum ersten Mal.«

Luisa nickte befriedigt.

»Das ändert aber nichts daran, dass Tante Irma offensichtlich ohne sie nicht fahren will«, gab Wolfgang zu bedenken.

Luisa machte eine verärgerte Bewegung und stieß dabei mit dem Kopf an einen Styroporfelsen.

Ihr Vater zeigte auf ein Arbeitsschutzplakat an der Wand. »Siehst du? Deswegen Helmpflicht.«

»Vielleicht war das alles eine dumme Idee«, stöhnte sie. »Wir lassen die ganze Aktion und versuchen es weiter mit schriftlichen Anträgen.«

In diesem Moment klingelte es irgendwo hinter Luisa in beträchtlicher Lautstärke. Sie entdeckte ein gusseisernes Grubentelefon an der Wand.

»Hab ich grade neu eingebaut und angeschlossen«, verkündete Wolfgang. »Auch im Internet gefunden.«

Er nahm ab und hielt Luisa die zweite Hörmuschel hin. Sie hatte einmal dazu gedient, dass man unter Tage an beide Ohren einen Hörer pressen konnte. Sonst hätte man bei dem Lärm der Bohrhämmer nichts verstanden.

Luisa vernahm die Stimme ihrer Mutter. »Wir sollten mal Familienrat abhalten. Wegen Tante Irma und der Reise. Erika will auch was dazu sagen.«

»Dann kommt runter zu uns«, forderte Luisas Vater.

Das erwies sich als schwierig. Luisas Großmutter, die ehemalige Krankenschwester, weigerte sich, den Keller zu betreten. »In das verseuchte Loch setz ich keinen Fuß!«, rief Erika aus dem Hintergrund.

»Dann müssen wir wohl ausfahren«, schlussfolgerte Wolfgang resigniert.

Luisas Großmutter hatte für sich das Ledersofa unter der Bogenlampe auserkoren.

»Ich habe gerade beschlossen«, erklärte Luisa, »dass die Moskaureise eine dumme Idee war und wir alles abblasen.«

Ihre Großmutter schüttelte den Kopf. »Das geht aber nicht, weil Irma auf jeden Fall nach Moskau will. Sie sagt, das ist das Letzte, was sie in ihrem Leben noch erreichen möchte. Verbieten kannst du ihr das nicht.«

Luisa schickte einen verzweifelten Blick an die Zimmerdecke.

»Was machen wir also?«, fragte Luisas Mutter. »Allein können wir sie schließlich auch nicht fahren lassen. Und Gretchen ist da keine Hilfe.«

Das war Luisas Stichwort, und sie regte sich erneut auf. »Was sagt ihr denn zu dieser angeblichen Verlobung mit Rudolf? Die ist doch frei erfunden. Oma, müsstest du nicht davon wissen?«

Luisas Großmutter schüttelte verunsichert den Kopf. »Mir kommt das etwas seltsam vor. Ich hab deinen Opa Hans erst durch das Unglück 1955 kennengelernt. Und da hieß es, dass Gretchens Verlobter unter den Opfern war.«

Luisa schwieg betroffen. »Armes Gretchen«, sagte sie und fühlte sich schrecklich. »Da hat sie vermutlich nach all den Jahren was durcheinandergebracht.«

Sie sah ihre Mutter an, dann den Vater und zum Schluss ihre Großmutter. Dass Gretchen offenbar ein schweres Schicksal gehabt hatte, änderte nichts an den Tatsachen. »Ich fahre dennoch nicht mit diesen beiden unhandlichen Gepäckstücken nach Moskau«, sagte sie verzweifelt. »Bitte macht Tante Irma klar, dass ich das nicht schaffe.«

Ihre Mutter stimmte ihr zu. »Du hast völlig recht, Luisa. Das geht nicht. Da passt der Betreuungsschlüssel nicht.« Luisa warf ihr einen dankbaren Blick zu, aber ihre Mutter war noch nicht fertig. »Ich denke, Michaela sollte mitfahren. So passt es. Dann hat jeder von euch eine Alte, um die er sich kümmern kann.«

»Tante Michaela soll auch noch mit?«, empörte sich Luisa. Irmas Tochter Michaela war im selben Alter wie Luisas Vater. »Willst du vielleicht ebenfalls mitkommen, Oma?«, fragte sie sarkastisch.

»Werden wir dann an einem Mittwoch weg sein?«, erkundigte sich diese.

»Natürlich«, antwortete Luisa schroff.

»Dann geht es nicht«, erklärte ihre Großmutter. »Sonst verpasse ich meine Turnstunde.«

Luisa warf einen verzweifelten Blick auf die Bogenlampe und zog sich in die Küche zurück, um ihre Tante Michaela anzurufen. Sie hatte die Hoffnung, dass die Reise an ihr scheitern würde. Michaela Steiner war zwar Künstlerin und konnte ihre Zeit frei einteilen, aber das Verhältnis zu ihrer Mutter war immer etwas unterkühlt, sodass sie sicher keine Lust auf eine gemeinsame Unternehmung hatte.

Tatsächlich gab Michaela einen abwehrenden Laut von sich. »Das klingt anstrengend«, stellte sie fest. »Ich will nicht stundenlang neben meiner Mutter im Zug sitzen.«

»Das hab ich auch gesagt«, bestätigte Luisa. »Und es kommt noch schlimmer. Stell dir vor, jetzt will außerdem die Freundin deiner Mutter mitkommen. Gretchen.«

Einen winzigen Moment herrschte verblüffte Stille auf der anderen Seite. »Gretchen kommt mit? Na, wenn das so ist … Also ich bin dabei«, sagte Michaela auf einmal mit heller Stimme.

Damit standen die Mitglieder der Reisegruppe Steiner fest: Irma, Gretchen, Michaela, und Luisa war zur Reiseleiterin befördert worden.

Um die Visa beantragen zu können, hatte sie die Ausweise der beiden alten Damen im Seniorenheim abgeholt und sich von Michaela eine Kopie ihres Passes schicken lassen. Auf der Internetseite der Visumsvermittlung tippte sie sämtliche Daten in komplizierte Formulare ein, und als sie endlich damit fertig war und alles abschicken konnte, fühlte sie sich schon völlig erschöpft.

Zur Sicherheit verglich sie die ausgedruckten Anträge noch einmal mit den Dokumenten. Sie hatte keinen Fehler gemacht, und dennoch war da ein dumpfes Gefühl, dass es irgendwo eine Unstimmigkeit gab. Ihre Tante Michaela war in einem ähnlichen Alter wie Luisas Vater Wolfgang. Luisa rief sie immer an ihrem Geburtstag Ende November an und gratulierte. Nie hatte sie sich Gedanken gemacht, in welchem Jahr die Tante geboren war, aber nun sah sie es: 1960.

Sie holte das *Album für Freunde des Bergbaus* und blätterte nach hinten zu der Liste mit den Vorkommnissen. Das Grubenunglück im Steinkohlewerk *Karl Marx*, bei dem Michaelas Vater ums Leben gekommen sein sollte, war am 22. Februar 1960 gewesen.

Luisa rechnete und schlug nachdenklich das Album zu. Sie hatte sich geirrt, das Datum war gerade so im Bereich des Möglichen. Ihre Großtante Irma hatte zum Zeitpunkt des Unglücks vermutlich nur noch nicht gewusst, dass sie schwanger war. Und der Vater ihres Babys hatte es niemals erfahren können.

Luisa fuhr zum Seniorenheim, um die Ausweise zurückzugeben. Ihre Großtante hatte schon zweimal danach gefragt und außerdem einen Ausdruck des Reiseplans verlangt.

Die Visumsvermittlung garantierte gegen Aufpreis ein Erteilungsdatum, sodass Luisa das Hotel und den Nachtzug nach Moskau buchen konnte. Weil Irma sich nach wie vor vehement weigerte, ein Flugzeug zu besteigen, hatten sie sich für diese Variante entschieden. Ihr Vater wollte sie zum Bahnhof in Berlin fahren. Die zweite Etappe der Reise war zwar lang, aber im Grunde ein Kinderspiel. Die meiste Zeit würden sie schlafen, und sie mussten nicht einmal umsteigen.

Gretchen war sichtlich aufgewühlt wegen der bevorstehenden Fahrt und hätte mit ihr gern einiges besprochen, aber Luisa fühlte sich erschöpft.

»Wir treffen uns doch ohnehin kurz vorher bei meinen Eltern«, sagte sie. »Da reden wir über alles. Ich hatte einen langen Tag und muss erst einmal nach Hause.«

»Also dass du ausgerechnet in der Hennecke-Siedlung wohnst«, rügte Irma sie.

»Die heißt doch schon lange nicht mehr so«, widersprach Luisa und hoffte, sie würde nicht wieder die Geschichte von den entgangenen Ehrungen und Reichtümern zu hören bekommen. »Das sind schöne Häuser am Hang, ich mag den Blick ins Tal.«

»Aber meinem Bruder Hans, deinem Großvater, hätte das gar nicht gefallen«, sagte Irma. »Der dreht sich bestimmt jedes Mal im Grab um, wenn du die Tür aufschließt.«

»Der ist eingeäschert worden. Der kann sich nicht umdrehen«, gab Luisa zurück.

Daraufhin wurde ihre Großtante nachdenklich. »Glaubst du, wir können Rudolf in Moskau gleich mit heimnehmen?«, fragte sie.

Luisa starrte sie fassungslos an und zweifelte einen Moment an ihrem Verstand.

Gretchen übersetzte den Gedankengang ihrer Freundin. »Sie meint, es müsste doch eine Urne mit Asche geben. Vielleicht dürfen wir die sofort mitnehmen.«

Irma strich nervös ihre Hose glatt. Die Härte aus ihrem Gesicht war verschwunden. »Er sollte in Heimaterde begraben werden«, sagte sie und guckte hilfesuchend zu Gretchen, die ihr aufmunternd zunickte. »Er hatte sein Schlematal doch so gern.«

Luisa dachte an die Straße der Knochen, die zum Straflager in Kolyma führte. Dort gab es keine Gräber, keine Urnen, keine Asche. Hilflos umarmte sie ihre Großtante. »Versprich dir nicht zu viel davon. Wir vermuten doch erst einmal nur.«

»Ich weiß ja«, versicherte Irma. Sie spannte den Kiefer an, und ihre Gesichtszüge wirkten wieder beherrscht. »Deshalb reisen wir ja hin. Und dort erfahren wir endlich, was Rudolf damals passiert ist.« Luisa wollte einwenden, dass es gar nicht sicher sei, doch Irma sprach schon weiter: »Ich weiß, dass es etwas Schlimmes war. Aber du musst mich nicht schonen. Ich bin hart im Nehmen, ich halte das aus. Ich will alles ganz genau wissen und es mir vorstellen. Damit er nicht allein war in dem Moment.«

20. Die Verlorenen

Juni 1951

Die beruhigende Stimme des Pfarrers wirkte einschläfernd auf Martha. Ihre Hände lagen entspannt auf dem Schoß, sie wartete darauf, dass die Gemeinde zum Singen aufgefordert wurde. Seit sie ein Kind war, ging sie jeden Sonntag in diese Kirche. Meistens saß sie auf derselben Holzbank ganz am Rand neben dem schmalen Bogenfenster und schaute hinaus, so wie in diesem Moment. Als sie in den Gesang einstimmte, wurde ihr bewusst, dass sich etwas verändert hatte. Sonst konnte sie immer den Wetterhahn auf dem nahe gelegenen Haus beobachten. Meistens hatte er sich im Wind gedreht, manchmal zeigte er stur nach Westnordwest. An diesem Tag konnte sie ihn überhaupt nicht entdecken, und es lag nicht an einer Halde, denn die Sicht war unversperrt. Sie fand die Regenrinne und die Traufe des Hauses, aber der Wetterhahn auf dem Dach war von ihrer Position aus unsichtbar. Als wäre die Kirche ein Stück abgesackt, was nach Marthas Ansicht ein völliges Ding der Unmöglichkeit war.

»Wir wollen nun in der Stille beten«, sagte der Pfarrer.

Aber es war nicht still, denn sie konnten die Geräusche der Kompressoren hören und spürten die Vibrationen, die von den Presslufthämmern in den Gängen unter ihnen ausgelöst wurden. Die Wismut hatte Sonderschichten gefordert, damit der Plan erfüllt wurde, sodass auch am Sonntag gearbeitet wurde.

Die Kirche lag nur einen Steinwurf entfernt von ihrem Haus. Im Vorgarten drehte sich Martha noch einmal um. Sie hatte sich wohl geirrt. Das Gotteshaus befand sich wie immer auf gleicher Höhe wie ihr eigenes Haus.

Martha stand im Badezimmer. Über die Wand daneben lief ein deutlicher Riss, aber sie bemerkte ihn nicht. Sie starrte sich selbst im Spiegel an. Ihre Stirn hatte eine bedenkliche Form angenommen. Längst konnte ihr Pony die Geschwulst nicht mehr verdecken. Wie ein Fieber kroch die Angst in ihr hoch und ließ sie schaudern.

Wilhelm trat hinter sie und legte die Hände auf ihre Schultern. Sie sahen einander im Spiegel an.

»Martha, wir müssen mit dir zum Arzt.«

Sie nickte, und eine Träne rann aus dem Augenwinkel. Die Geschwulst begann bereits ihren Blick zu beeinträchtigen. »Ich habe mein Gesicht verloren«, flüsterte sie.

Wilhelm drehte sie vom Spiegel weg und nahm sie in den Arm. »Das ist Unsinn. Wir gehen zum Arzt, und dann schneiden sie dir das weg.«

»Und wenn das nicht geht?« Ihre Stimme zitterte. Sie wusste, woher es kam. Jeden Morgen fühlte sie nach, ob ihre Zähne auch fest saßen.

»Dann bist das immer noch du«, versprach Wilhelm und versuchte ihr mit einem Scherz Mut zu machen. »Guck mich an. Guck unser Oberschlema an. Wir sind alle keine Schönheiten mehr. Hauptsache, wir haben einander.«

Sie lehnte sich an ihn und war froh, dass sie ein wenig größer war als er, sodass er nicht auf ihre Stirn sehen musste.

Rudolf, der gerade das Abzeichen *Meister der Arbeit* für vorbildliche Leistungen erhalten hatte, bekam für seine Mutter einen Termin im Wismut-Krankenhaus in Schneeberg. Die medizinischen Einrichtungen der Wismut waren viel besser ausgestattet als die anderen Krankenhäuser der DDR.

Wilhelm hatte Urlaub genommen und brachte Martha in die Klinik. Als sie mit dem Bus aus Oberschlema hinausfuhren, fühlten sie sich beklommen. Die Berge, die das Tal umgaben, waren durch die Haldenaufschüttungen gewachsen und ragten schwarz und drohend auf.

Am liebsten wäre Wilhelm geblieben, aber er wurde nach Hause geschickt und verbrachte mit Irma bange Stunden des Wartens. Sie besaßen kein Telefon und mussten sich bis zur Besuchszeit am nächsten Tag gedulden.

»Sie machen doch nur eine kleine Operation«, versuchte Irma ihrem Vater Mut zuzusprechen. »Es ist ja nicht im Kopf, sondern nur außen dran.«

Am nächsten Tag lief er zu Fuß hinüber zum Krankenhaus, weil er nicht still im Bus sitzen konnte. Wie groß war seine Erleichterung, als er seine Frau in ihrem Krankenzimmer fand.

Martha trug einen dicken Kopfverband, aber ihre lebhaften Augen wurden nicht mehr heruntergedrückt.

»Noch eine Nacht muss ich bleiben«, rief sie ihm entgegen, »dann darf ich heim.«

Wilhelm beugte sich zu ihr hinunter und hielt sich an ihr fest. »Aber was hat der Arzt gesagt?«, fragte er.

»Sie wissen es nicht genau.« Sie zuckte mit den Schultern. »Ich soll mich an der Stelle nicht stoßen, sonst ist alles wieder gut.«

Dass auf dem Röntgenbild Veränderungen an ihrem Schädelknochen festgestellt worden waren, wollte sie ihm nicht erzählen. Sie war einfach nur erleichtert, wieder richtig sehen zu können und sich nicht mehr entstellt zu fühlen.

Wilhelm nahm ihr Gesicht in die Hände und betrachtete sie lange. »Was bin ich froh. Ich hatte schon Angst, sie müssen dir den Kopf abnehmen.«

Bei dieser Vorstellung musste sie laut auflachen, und eine der sieben Zimmergenossinnen beschwerte sich.

Der Chirurg war so geschickt vorgegangen, dass die große Narbe oberhalb von Marthas Augenbrauen lag. Das Druckgefühl war weg, und sie hatte keine Schmerzen mehr. Erst durch die Fotos, die im Krankenhaus von ihr zur Dokumentation gemacht wurden, war ihr das Ausmaß bewusst geworden. Der Arzt hatte ihr ein Bild zur Erinnerung geschenkt, und Martha versteckte es in ihrem Nachttisch. Noch klebte auf ihrer Stirn ein breites hautfarbenes Pflaster, aber wenn sie den Pony darüberkämmte, fiel es kaum auf.

Als Hans am Wochenende kam, wollten sie feiern. Weil sie alle am Leben waren und beisammen sein durften. Sie waren noch einmal davongekommen.

Rudolf ließ mit Schwung einen schweren Karton auf den Tisch krachen. »Ich hab ein Stalinpaket gekriegt!«

Wer die Norm unter Tage deutlich übererfüllte, bekam von den Sowjets eine Sonderration.

Clara und Bruno, die ebenfalls gekommen waren, guckten voller Vorfreude auf den Schinken und die Wurst, die zum Vorschein kamen.

»Was für ein Glück, dass du wieder gesund bist«, versicherte Clara und umarmte Martha.

»Das haben wir nur der Wismut zu verdanken«, behauptete Rudolf. »In einem anderen Krankenhaus wäre die Mutti nicht so gut versorgt worden.«

Martha stellte den Bergmannsschnaps hin, den sie steuerfrei auf Berechtigungsschein bekamen.

Hans regte sich auf: »Jetzt müssen wir drei Prozent von unserem Lohn für den Aufbau von Berlin abgeben. Wie komm ich dazu?«

Im Oktober 1949 war aus der sowjetischen Besatzungszone die Deutsche Demokratische Republik geworden und Berlin deren Hauptstadt, die das junge Land repräsentieren musste.

»Ich sag doch: Komm zur Wismut«, lockte Rudolf seinen Bruder. »Wir kriegen den vollen Lohn, bei uns trauen die sich so was nicht.«

Tatsächlich erfuhren die Bergarbeiter bei der Wismut eine Verbesserung nach der anderen. Sie bekamen nun Gummistiefel und Arbeitskleidung, die beim Wäschetausch gereinigt wurde, und es gab zum Schichtende ein warmes Essen.

»Wir haben jetzt sogar Druckluftbohrhammer«, erzählte Wilhelm mit leuchtenden Augen. »Das sind Maschinen, sag ich euch. Die haben vielleicht eine Kraft. Wenn das mein Vater sehen könnte.«

»Und alle zehn Tage gibt es eine Prämie von den Sowjets«, prahlte Rudolf.

Bruno warf den Kopf nach hinten und sagte mit gespielter Verzweiflung: »Ja, mach mir nur das Maul wässrig. Mich haben sie nicht genommen. Zu alt und zu verkrüppelt.« Er hielt anklagend seine Hand in die Höhe. Der fehlende Daumen hatte seine Einstellung bei der Wismut verhindert. Ein Hauer musste mit links genauso gut zupacken können wie mit rechts. Deshalb arbeitete er inzwischen im Niederschlemaer Bahnhof und hatte dort immerhin eine Dienstwohnung bekommen.

Rudolf grinste. »Wir leben hier wie die Made im Speck. Wir kriegen mehr Lebensmittelmarken, als wir verfressen können.«

»Ich hab gehört«, sagte Bruno und senkte bedeutsam seine Stimme, »dass man für eine Uranprobe in Westberlin tausend Westmark bekommt. Wir könnten uns zusammentun. Ihr besorgt das Uran, ich schaff es nach drüben, und wir teilen uns die Kohle.«

»Ich bin doch nicht verrückt«, wehrte Rudolf ab. »Das wär Diebstahl und Spionage gleichzeitig.«

Und Wilhelm stellte mit Nachdruck klar: »Ein Bergmann muss ehrlich sein!«

Bruno wollte noch einen Überredungsversuch starten, aber weil Gretchen hereinkam, ließ er es.

Sie setzte sich zu ihnen an den Tisch und nahm von den Leckereien. Da sie nicht unter Tage arbeitete, hatte sie keine Chance auf ein Stalinpaket. Doch sie kam nicht nur aus diesem Grund gern vorbei.

Gretchen war wie Irma neunzehn Jahre, hatte blonde kurze Locken und hing an Rudolfs Lippen. Gebannt beobachtete sie, wie er immer wieder seine Haare zurückstreichen musste. Er hatte sie am Oberkopf ein wenig länger wachsen lassen und wie Marlon Brando in *Endstation Sehnsucht* zurückgekämmt. Endlich bemerkte er Gretchens Blicke. Zuerst grinste er verlegen, dann beobachtete er sie seinerseits. Ihm gefiel ihre entzückende Stupsnase. Ihre langen schlaksigen Glieder rührten ihn. Er lächelte sie an, und ihre Wangen röteten sich.

Im Erdgeschoss krachten die Türen, und wüstes Geschrei setzte ein.

»Nur noch zwei, drei Jahre«, versicherte Wilhelm. »Dann sind die Erzgänge unter Oberschlema leer, und wir gehen Richtung Alberoda und Hartenstein.«

»Oh, herrlich!«, rief Irma. »Und dann kehrt hier wieder Ruhe ein.«

Nachdem der Inhalt des Stalinpakets bis auf den letzten Wurstzipfel vertilgt war, brachen Clara und Bruno auf.

Gretchen wurde zurück ins Nachbarhaus geschickt. Als sie hinunterging, grölten die Männer im Erdgeschoss, und sie fing an zu zetern. Rudolf sprang in einem Satz hinterher und knallte dem Ersten, der ihm über den Weg lief, eine runter.

»Ich hab ihr ja bloß 'nen Klaps gegeben«, maulte der.

»Mach das nie wieder«, drohte Rudolf. »Oder ich hau richtig zu.«

Für einen kurzen Moment standen sich Gretchen und Rudolf verlegen vor der Tür gegenüber. Und weil sie nicht wusste, wie sie ihm danken sollte und das ohnehin schon längst tun wollte, küsste sie ihn auf die Wange. Dann rannte sie ins Nachbarhaus und schlug die Tür hinter sich zu.

Rudolf hatte die Hierarchien im Schacht schnell durchschaut. Mit der Betriebsparteiorganisation Erzbergbau musste man sich gut stellen, denn die bestimmten alles. An die Gewerkschaft brauchte man sich nicht zu wenden, wenn es Probleme gab, die waren nur dazu da, um die Produktion anzutreiben und die Normen hochzusetzen. Dann gab es noch die Staatssicherheit. Die kam immer, wenn Sabotage vermutet wurde, zum Beispiel als jemand das Hauptstromkabel im Schacht gesprengt hatte. Sie hängte im Zechenhaus Schilder auf: *Hüte deine Zunge! Wahre die staatlichen und dienstlichen Geheimnisse!* In der Wäschekaue klebte auch eins: *Seid wachsam! Entlarvt Spione und Saboteure!*

Der wichtigste Mann im Schacht aber war der sogenannte Schichtrusse. Das war ein sowjetischer Offizier, der die Arbeit kontrollierte und am Ende die Essensmarken an jeden Kumpel verteilte, der seiner Meinung nach eine ordentliche Leistung gebracht hatte. Der Schichtrusse besaß damit die Macht über die Verpflegung.

Der Offizier wohnte mit seiner Familie hinter dem Zaun im sowjetischen Sektor, sprach ein bisschen Deutsch und teilte mit Rudolf die Begeisterung für Gleitsegler. Er war im Zweiten Weltkrieg eine Groschew G-4 geflogen. Nach der Schicht standen sie manchmal rauchend vor dem hölzernen Förderturm und fachsimpelten. Wenn Rudolf Glück hatte, dann nahm ihn der Offizier mit ins Univermag, das sogenannte Russenmagazin hinter dem Schlagbaum. Da gab es vieles, was man in den Läden der jungen DDR nicht ergattern konnte, sogar Ersatzteile für Motorräder. Eines Tages sollte es dort Fotokameras geben, und der Offizier besorgte Rudolf eine Zorki, eine russische Kleinbildkamera.

Diese Kamera, der sowjetische Nachbau einer Leica, löste große Begeisterung in der Familie Steiner aus, und jeder wollte sie testen. Wilhelm fotografierte seine Martha, die sich schrecklich schämte, und das Haus von allen Seiten. Zum Schluss posierten seine beiden Wismut-Kinder in ihren Grubenkitteln Arm in Arm, im Hintergrund ein hölzerner Förderturm.

In dieser Woche arbeitete Rudolf in der Frühschicht im Schacht 38. In der Dunkelheit stand er auf und hörte kurz darauf seine Mutter in Almas Kammer hantieren. Sie schmierte in der Behelfsküche Brote für ihn.

»Ach, Mama, du musst wirklich nicht jeden Morgen so zeitig mit mir aufstehen«, sagte er und küsste sie auf die Wange.

Sie lächelte ihn an und forderte mit gespielter Strenge: »Wir sagen uns immer Auf Wiedersehen.«

Er strahlte sie bedeutsam an und verkündete: »Ich komm heut ein bisschen später heim.« Dann ging er hinaus.

Martha blickte ihrem Jungen aus dem Dachkammerfenster nach, wie er mit weit ausgreifenden Schritten vorwärts stiefelte und zwischen den Menschenströmen verschwand. Zum Schichtwechsel waren so viele Bergleute unterwegs, dass die Breite der Gehwege nicht ausreichte und sie die ganze Straße einnahmen. Sie blieb am Fenster stehen. Wilhelm hatte Nachtschicht gehabt und würde bald heimkehren.

Bei der Versammlung vor Schichtbeginn in Rudolfs Schacht erzählte der Steiger, dass sie Fachleute suchten. »Wer von euch einen neuen Bergmann anwirbt, kriegt eine Kopfprämie. Gilt aber nicht für solche Pfeifen, die keine Ahnung haben.«

Am Anfang hatte die Wismut jeden genommen, inzwischen war es ein Privileg, dort zu arbeiten. »Wir suchen gut ausgebildete Bergleute. Also wer von euch Geld braucht …«

Rudolf musste grinsen. Vielleicht brauchte er in Zukunft wirklich etwas mehr Geld. Womöglich würde er eine Familie gründen. An diesem Abend hatte er die erste Verabredung mit Gretchen, und es fühlte sich für ihn schon jetzt so an, als wäre sie sein Schicksal. Er musste seinen Bruder Hans nur endlich von der Wismut überzeugen, dann konnten sie sich die Prämie teilen.

Der Steiger gab die Anweisung, unbedingt nass zu bohren, damit der gefährliche Staub gebunden wurde, der bei vielen Kumpeln Silikose auslöste. Die meisten bohrten dennoch weiter trocken, weil es schneller ging. Denn Zeit war hier Geld, viel Geld.

Als sie nach der Schicht aus dem Schacht kamen, konnte man genau sehen, wer die Vorschriften eingehalten hatte. Die Trockenbohrer sahen aus wie mehlbestäubte Müller. Rudolf, der nass gebohrt hatte, war mit Schlamm bekleckert.

Aber zu seinem Glück hatten sie nun ein Duschkombinat, in dem er sich nach der Schicht reinigen konnte. Er ließ sich Zeit, seifte sich gründlich ein und klebte mit Pomade seine widerspenstige Stirnlocke an den Kopf. Er wollte den besten Eindruck auf Gretchen machen.

Gretchen und Irma mussten nicht mehr zu ihren Einsatzorten laufen, sie wurden mittlerweile in sowjetischen SIS-Bussen kutschiert. Die Fahrzeuge waren alle grau, hatten kyrillische Kennzeichen, und die Fahrer lieferten sich darin gern Rennen auf den engen Bergstraßen. Die Anwohner kannten die Fahrzeiten schon, und wenn es wieder so weit war, wurden die Kinder von der Straße geholt, bevor die *graue Gefahr* kam.

Während der Busfahrt sprachen Gretchen und Irma über die Verabredung mit Rudolf. Gretchen machte sich Sorgen um ihre schwieligen Hände, womöglich störte ihn das? Aber Irma winkte ab. »Quatsch, der hat nur Augen für dein Gesicht.«

Die beiden jungen Frauen arbeiteten an einem Stollen, von dem die Fördermassen mit Lastwagen abtransportiert wurden. Die Hunte mit dem Abraum mussten mittels einer

Haspel, einer Handwinde, auf eine hölzerne Förderbrücke gezogen und über der Halde abgekippt werden. Irma bediente die Haspel, Gretchen kippte die Hunte ab.

Als sich ihr Arbeitstag dem Ende neigte, war Gretchen in Gedanken schon wieder bei ihrer Verabredung. Sie hatte sich zu Hause Kleid und Strickjäckchen bereitgelegt und hoffte, der SIS-Bus würde sie pünktlich abholen, damit sie noch genügend Zeit zum Umziehen hatte. Beim Abkippen passte sie nicht auf. Sie hielt sich zu lange an dem Hunt fest und wurde mit in die Tiefe gerissen.

Später wusste sie nicht mehr, wie sie von der Halde weggekommen war. Benommen erwachte sie in der Sanitätsstelle und Irma hielt ihre Hand.

»Wie ist die Uhrzeit?«, rief Gretchen erschrocken. »Ich komm doch zu spät!«

»Gretchen«, sagte Irma vorsichtig. »Ich glaub nicht, dass du heute noch zu einer Verabredung gehen willst.«

Sie hielt ihr einen kleinen Handspiegel hin. Gretchens ganzes Gesicht war blutunterlaufen und zugeschwollen.

»Du hast dir die Nase gebrochen.«

Zu diesem Zeitpunkt wartete Rudolf hinter Halde 38 auf Gretchen. Er hatte die Kamera dabei, denn er wollte von dem hübschen Mädchen ein Bild machen und es in seinen Spind hängen. Aber sie kam nicht. Rudolf war sicher, dass es nicht ihre Schuld war. Oft erschienen die Busse, die die Frauen abholen sollten, mit großer Verspätung, manchmal auch gar nicht.

Er kletterte auf die Halde, um nach ihr Ausschau zu halten. Von oben hatte er einen guten Blick auf den Schacht. Der alte hölzerne Förderturm war gerade abgebaut und durch einen modernen aus Stahl ersetzt worden. Rudolf war fasziniert von den gigantischen Seilscheiben und schoss ein paar Fotos. Wenn er das seinem kleinen Bruder Hans zeigte, würde der ganz sicher zur Wismut kommen wollen.

Zufrieden drehte er sich um und blickte in einen Pistolenlauf.

Vor ihm stand sein Schichtrusse mit entsicherter Waffe. »Du Spion«, stellte er fest und deutete auf die Kamera. In seinem Blick lag abgrundtiefe Enttäuschung.

Martha blickte immer wieder auf die Uhr. Seit über einer Stunde hielt sie das Essen warm. Die Kartoffeln wurden mehlig, das Gemüse zerfiel.

»Wo die Irma nur bleibt«, sagte sie besorgt.

»Vielleicht ist der Bus nicht gekommen, und sie muss laufen?«, meinte Wilhelm. »Und Rudolf ist auch noch nicht da.«

»Ich glaub, er hat ein Mädchen«, sagte Martha und lächelte. »Er hat heut morgen so eine Andeutung gemacht.«

Von unten kam Irma heraufgepoltert. »Jetzt stellt euch nur vor«, rief sie. »Gretchen hat sich die Nase gebrochen.« Sie wollte ihrem Bruder erklären, warum er versetzt worden war, und fragte: »Wo ist Rudolf?«

Rudolf stand in einem Zimmer der Wismut-Verwaltung im ehemaligen Kurhotel. Wenn er ans Fenster getreten wäre, hätte er das Haus Martha sehen können, aber er wurde von einem Rotarmisten bewacht und durfte sich nicht bewegen. Er machte sich Gedanken, ob Gretchen vielleicht doch noch gekommen war und nun vergebens wartete. Außerdem hatten sie ihm die teure Kamera abgenommen, worüber er sich tüchtig ärgerte.

Zwei hochdekorierte sowjetische Offiziere und ein deutscher Oberstleutnant der Staatssicherheit betraten den Raum. Sie nahmen Platz, während er stehen bleiben sollte. Der Deutsche übersetzte das Verhör.

»Warum haben Sie Aufnahmen der sowjetischen Produktionsanlagen gemacht? Wollten Sie sich Informationen über die Produktionskapazitäten beschaffen, um sie an den Klassenfeind zu verraten?«

»Quatsch!«, rief Rudolf.

Der Oberstleutnant beugte sich nach vorn. »Wer hat Sie beauftragt? Für wen haben Sie die Aufnahmen gemacht?«

»Ich wollte doch nur …«, begann Rudolf und verstummte. Wenn er jetzt erwähnte, dass er die Bilder nur für seinen Bruder geknipst hatte, würden sie Hans ebenfalls der Spionage verdächtigen und auch verhaften. Er kreuzte die Arme über der Brust und sagte: »Ich bin Bergmann. Ich schufte den ganzen Tag, damit die DDR ihre Reparationsleistungen für einen Krieg bezahlen kann, den ich nicht angefangen habe, in dem ich nicht gekämpft habe.«

Der Offizier brüllte etwas, was der Oberstleutnant nicht übersetzte, und Rudolf schwieg, bis zwei Männer vom sowjetischen Geheimdienst kamen und ihn nach Chemnitz ins Kaßberg-Gefängnis schafften.

Martha machte in dieser Nacht kein Auge zu. Am Morgen war Rudolf noch immer nicht zurück.

Wilhelm musste dennoch zur Arbeit und begegnete unten im Schacht einem Kundschafter der Staatssicherheit, einem sogenannten *Geheimen*. Die tauchten immer auf, wenn es eine Havarie oder einen Unfall gegeben hatte. Sobald einer von denen, erkennbar an der Zivilkleidung, in den SIS-Bus stieg, verstummten alle Gespräche. Wilhelm fragte in seiner Brigade herum, aber keiner wusste etwas von einem Unglück, und niemand hatte Rudolf gesehen.

Zu diesem Zeitpunkt befand sich Rudolf schon in Berlin. Er saß mit anderen Gefangenen in einem als Postwagen getarnten Güterwaggon, der an den Blauen Express, den Schnellzug nach Moskau, angehängt worden war. Vorn im Zug saßen hochrangige sowjetische Offiziere auf roten Plüschsitzen, die mit Klöppelspitze aus dem Erzgebirge verziert worden waren, und tranken Wodka. Der Blaue Express setzte sich in Bewegung. Unmittelbar vor ihm fuhr ein mit Steinen beladener Güterzug. Er sollte im Falle eines Attentats die Detonation auslösen.

Der Güterwaggon am Ende des Zuges war überfüllt, und die Gefangenen hockten auf dem Boden.

Rudolf dachte an seine Mutter. Es tat ihm leid, dass er ihr Sorgen bereitete. Nun war er froh, dass sein Bruder nicht zur Wismut gekommen war. Ihm konnte so etwas nicht passieren.

Der Zug raste nur so dahin, und das Rattern der Schwellen wirkte ermüdend. Seit seiner Verhaftung hatte er nicht geschlafen. Der Holzboden unter ihm war hart wie der Sitz des Segelgleiters, mit dem er damals vom Grunertberg geflogen war. Sein Gehirn gaukelte ihm vor, durch das alte Schlematal zu schweben. Die Berghänge schimmerten grün, und er konnte das helle Gebäude des Kurbads in der Ferne leuchten sehen.

Wilhelm wusste am Ende selbst nicht mehr genau, bei wem er alles vorgesprochen hatte. Bis zur Wismut-Hauptverwaltung in Siegmar ging er, aber niemand hatte etwas von Rudolf gehört.

Hans kehrte in sein Elternhaus zurück und fing bei der Wismut an. Er wollte an dem Ort sein, an dem sein großer Bruder verschwunden war, und hoffte, eine Spur von ihm zu finden.

Nach dem Totensonntag holte Martha die drei Leuchter ihrer Kinder vom Spitzboden und stellte sie auf. Wenn Wilhelm in der Finsternis von der Schicht kam, sah er schon von Weitem im Dachfenster die Lichter. Aber es waren nur zwei. Ein Bergmann blieb dunkel.

Wilhelm begann Briefe zu schreiben. An die neu gegründete Abteilung W der Staatssicherheit, die nun für die Wismut zuständig war, an die Gewerkschaft, an den Staatsrat.

Nachdem monatelang angeblich keiner etwas von Rudolf Steiner wusste, wurde nun in einem der Antwortschreiben behauptet, er habe Republikflucht begangen.

Dieses Schreiben beendete die offizielle Suche, und es begann die Zeit der Vermutungen.

»Niemals«, stellte Martha klar. »Niemals würde einer von uns einfach in den Westen gehen, ohne sich zu verabschieden.«

Auch Wilhelm war überzeugt: »Das sind Lügen, weil etwas vertuscht werden soll. Ich glaube, es gab einen Unfall, an dem einer der Russen beteiligt war.«

Die Sowjets fuhren ihre Lastkraftwagen oft betrunken und krachten regelmäßig gegen die Pfeiler der nahe liegenden Muldebrücke.

Hans hatte seine eigene Theorie. »Ich denke, es gab ein Unglück unter Tage, bei dem Rudolf umgekommen ist.«

Der Arbeitsschutz bestand bisher aus einem Grubenhelm, Gummistiefeln und jeder Menge Belehrungen. Täglich gingen die Kumpel hohe Risiken ein, um die ständig steigende Norm zu erfüllen. Meistens versuchte der verantwortliche Steiger, Vorkommnisse zu verheimlichen, damit er keinen Ärger bekam und weiter in seinem Büro sitzen und Kumpeltod trinken konnte. Je besser seine Leute den Plan erfüllten, umso mehr Schnaps gab es. Zwei Tonnen Gestein mussten die Bergleute abbauen, um ein Kilo reines Uran für die Sowjetunion zu gewinnen. Hans war davon überzeugt, dass sie seinen Bruder nach dem Unglück unten gelassen hatten, um sich die Norm und die Unfallstatistik nicht zu verderben.

Als sie feststellten, dass auch Rudolfs Kamera fehlte, fügte Irma die Theorie eines Raubmordes hinzu.

Es verging keine gemeinsame Mahlzeit ohne einen Gedanken an Rudolf, ohne Tränen um ihm. Sie zermarterten sich den Kopf, was ihm geschehen sein konnte, und immer wieder fragten sie sich, ob sie es hätten verhindern können. Einmal kam Gretchen mit dazu. Ihre Nase hatte seit dem Unfall einen starken Knick und war eingedrückt. Ihr ganzes Gesicht wirkte verändert und schien im Widerspruch zu ihrem naiven Wesen zu stehen. Leise sagte sie: »Ich glaube, es ist alles meine Schuld.«

Im Nachhinein wirkte Rudolfs Verschwinden wie die Ankündigung für den Untergang des Hauses Martha.

Im darauffolgenden Frühling stellte Martha fest, dass ihr Hochzeitsbild schief hing. Als sie es geraderücken wollte, fiel der Nagel heraus. In der Wand hatte sich ein tiefer Spalt gebildet. Wilhelm versuchte das Fenster zu öffnen, aber es klemmte, das ganze Haus hatte sich verzogen. Als sich Hans die Zähne putzen wollte, kam kein Wasser mehr aus der Leitung. Fast jeden Tag gab es im Kurviertel Wasserrohrbrüche und Lecks in den Gasleitungen, die durch die Senkungen im Boden geborsten waren.

In den folgenden Tagen spürten sie im Haus zahlreiche Erschütterungen. Seit die Erzadern in der Tiefe erschöpft waren, kamen die Gänge der Oberfläche immer näher und unterhöhlten den Ort kreuz und quer.

»Die Ratten verlassen das sinkende Schiff«, stellte Hans fest, als die Arbeiter in den unteren Etagen das Weite suchten.

Clara forderte: »Schnappt eure Sachen und kommt zu uns in den Bahnhof.«

Irma räumte mit ihrer Mutter die Dachetage leer, und als sie fertig waren und mit all ihrem Gepäck auf der Straße standen, rief Martha erschrocken: »Ich hab die Leuchter auf dem Spitzboden vergessen.«

Sie wollte noch einmal hineinlaufen, als unmittelbar vor ihr eine Abbruchkante entstand. Das Haus rutschte in Gänze in einen Schacht und verschwand bis zum First in der Erde.

Irma kletterte auf das Dach und stieg über die Luke hinein, um ihren Engel und die beiden Bergmänner ihrer Brüder zu holen. Beim Herausklettern sagte sie: »Ich bin bloß froh, Mutti, dass du die nicht im Keller aufbewahrt hast.«

Niemand wohnte mehr im Kurviertel, selbst die Objektverwaltung der Wismut hatte das Hotel verlassen, und die Bahnlinie musste stillgelegt werden. Der gesamte Ortskern mit Kirche, Schule, Kurhaus und Fremdenheimen hatte sich um mehrere Meter abgesenkt. Das Tal, an dessen Rändern sich radioaktiver Schutt türmte, hatte sich in einen gierigen Schlund verwandelt.

Die Entschädigung, die die Steiners bekamen, entsprach dem Wert einer Ruine in einem Bergbaugebiet. Es reichte gerade, den letzten Rest des Kredits zurückzuzahlen.

»Wir müssen das Gute daran sehen«, tröstete Martha ihren Mann. »Nun drücken uns wenigstens keine Schulden mehr.«

Die Sowjets zogen einen Stacheldrahtzaun um das Kurviertel, um die wertvollen Baumaterialien zu sichern. Von den Wohnhäusern ließen sich die Dachziegel und Steine verwerten, Fenster und Türen wurden ausgebaut, aus dem Kurhaus holten sie Mobiliar, Maschinen und Anlagen. Als Letztes wurde die große Uhr vom Kurhotel abmontiert.

Als die schweren Planierraupen auf das Kurgelände fuhren, standen Martha, Clara und all die anderen früheren Bademädchen am Zaun und weinten. Mauern stürzten um, und die weißen Fliesen der Kabinen kamen zum Vorschein.

Martha hatte erwartet, dass ein Unwetter die Blasphemie strafen würde, aber es war ein sonniger Maitag, an dem auch die Kirche umgerissen wurde. Das einzige Gebäude im Zentrum, das noch auf festem Grund stand und deshalb verschont wurde, war das Radiuminstitut. Martha verstand es als Zeichen. Der alte Glaube wurde zerstört, und die neue Wissenschaft triumphierte.

Währenddessen saß Rudolf im Keller des Moskauer Butyrka-Gefängnisses. Hinter ihm stand ein sowjetischer Offizier, sein Gnadengesuch war abgelehnt worden.

Er bereute es, in Chemnitz das Geständnis unterschrieben zu haben. Aber die Dolmetscherin hatte ihm zugeredet: »Unterschreiben Sie. Sonst wird Ihre Familie auch noch verhaftet.« Also hatte er seinen Namen unter einen für ihn unleserlichen Text in kyrillischen Buchstaben gesetzt.

Danach war er vor ein sowjetisches Militärtribunal gekommen. Auch von der Urteilsverkündung hatte er kein Wort verstanden und auf die Übersetzung warten müssen. »Rudolf Steiner, Sie werden nach § 58 des sowjetischen Strafgesetzbuches wegen Spionage und antisowjetischer Tätigkeit zum Tode verurteilt.«

Rudolf dachte an seine kleine Schwester Irma und hoffte, dass sie ihn suchen würde. Wenn ihn jemand finden konnte, dann sie. Er stellte sich Gretchens zartes Gesicht vor und fragte sich, ob sie ihn schon vergessen hatte.

Sein Haar war kurzgeschoren, und er fröstelte. Plötzlich kam ihm die Stimme seines Vaters Wilhelm in Erinnerung. *Ein Bergmann jammert nicht.*

Das war das Letzte, was Rudolf dachte. Im nächsten Moment vollstreckte der Offizier hinter ihm den Befehl durch einen Genickschuss.

Der Leichnam wurde verbrannt. Die Überreste kamen in ein Massengrab auf den Donskoje-Friedhof zu der Asche von Tausenden.

21. Gastgeschenke

Oktober 2019

Elegant wie ein vierflügeliger Vogel stieg die Drohne über dem Hammerberg auf und blieb surrend in der Luft stehen. Luisa steuerte sie von der ehemaligen Halde 38 aus, die inzwischen ein Golfplatz war. Hinten ragte ein heller Förderturm auf, der als Abwetterschacht diente und radonhaltige Luft aus dem Schlematal wegführte.

Sie lenkte den Blick der Kamera hinüber zum Silberbachtal, schwenkte dann zum Schafberg und ließ die Drohne höher in den stahlblauen Himmel steigen. Überall zeigte sich sattes Grün auf den sanft gewellten Bergen um das Schlematal. Die verborgene Schleife der Zwickauer Mulde wurde zwischen den Bäumen sichtbar. Das Auge der Kamera fing die exakten Baumreihen auf der sanierten Halde 366 ein. Irgendwann würden die klaren Kanten weicher werden, das Unterholz wachsen und die Linien verschwimmen. Dann ahnte niemand mehr, dass sich darunter die Haldenschüttung verbarg. Die Kamera flog über den ehemaligen Schlammteich im Borbachtal, der nur noch eine grüne Wiese war. Dann drehte die Drohne nach Südosten und stieg höher. Weit hinten ahnte man die Gebirgskämme im Böhmischen, der Große Spitzberg ragte aus dem Dunst heraus.

Luisa steuerte die Drohne wieder zurück, ließ sie sanft neben sich landen und begann zusammenzupacken. Das Gras auf dem Golfplatz war kurzgeschoren wie ein englischer Rasen. Hier gab es keine Maulwürfe. Achtzig Zentimeter Muttererde waren aufgebracht worden, darunter kam die Abraumhalde.

In silbernen Metallcontainern wurden zur Sicherheit Radon und Staub gemessen. Gräben am Hang führten Regen und Sickerwasser nach unten. Sie durften nicht zuwachsen, weil dieses Wasser zuerst in eine Aufbereitungsanlage ging, damit Uran, Radium, Arsen und andere Schwermetalle nicht in die Flüsse gelangten.

Als Kind war Luisa mit ihrem Vater auf diese Halde geklettert und hatte über die vertraute Mondlandschaft geguckt. Alles war grau gewesen. Der Staub hatte sich auf die Straßen, die Autos, die Dächer und selbst auf ihre Schuhe gelegt.

Als sie vor ein paar Jahren zur Wismut gekommen war, mussten keine Kämpfe mehr ausgefochten werden mit den Arbeitern, die nur Gutes im Bergbau sehen konnten, und den Einwohnern des verlorenen Ortes, die jeder Veränderung misstrauten. Die ersten Halden waren schon in grüne Berge verwandelt worden. Man konnte ahnen, wie schön es einmal sein würde, wenn erst das ganze Tal saniert war. Aber die, die in der Staubwüste angefangen hatten, die besaßen Mut und eine Vision. Nur mit einfacher Fantasie hätte sich niemand diese Veränderung vorstellen können.

Luisa hatte einen entscheidenden Fehler gemacht. Als die Moskaureise gebucht und organisiert war, stellte sie fest, dass der Zug durch Weißrussland fuhr und sie ein gesondertes Transitvisum gebraucht hätten. Sie wusste nicht, wie schnell das erteilt wurde und ob die Zeit dafür noch reichte. Erneut ärgerte sie sich, dass ihre Großtante sich weigerte zu fliegen.

Ihr blieb nichts anderes übrig, als sich mit der Bahn in Verbindung zu setzen. Es gab die Möglichkeit, Weißrussland in einem Bogen durch die Ukraine zu umfahren. Glücklicherweise konnte sie umbuchen. Unglücklicherweise wurde dadurch aus der nächtlichen Direktverbindung eine komplizierte Reiseroute mit zwei Umsteigestationen. Sie musste den beiden alten Damen und ihrer Tante

Michaela einschärfen, unbedingt mit kleinem Gepäck zu reisen.

Zu einer letzten Besprechung trafen sie sich im Haus von Luisas Großmutter. Es war das Spiegelbild der anderen Haushälfte, eingerichtet im Stil der Neunzigerjahre. Erika und Hans Steiner, Luisas Großeltern, hatten sich nach der Wende komplett modernisiert und geglaubt, die teuren Westmöbel würden den Rest ihres Lebens halten. Auf Hans traf das auch zu. Er hatte seine Rente nicht lange genießen können, zu abgearbeitet war sein Körper gewesen. Aber Luisas Großmutter musste mittlerweile Kissen auf den Sitzflächen verteilen und Decken über die Armlehnen hängen, damit die durchgesessenen und abgescheuerten Stellen nicht auffielen. Seit zehn Jahren wälzte sie Kataloge und besuchte mit ihrer Enkelin Möbelhäuser, um ein neues Sofa zu finden, aber sie konnte sich nicht entscheiden. Was, wenn sie wieder einen solchen Missgriff tat?

Die Reisegruppe hatte sich eingefunden. In der Sitzecke drängten sich nebeneinander Irma, ehemalige Fördermaschinistin, ihre Tochter Michaela, bildende Künstlerin im Batikkleid, Gretchen, einstige Krippenerzieherin mit gebrochener Nase, und Luisa, Reiseleiterin wider Willen. Natürlich waren auch Luisas Eltern zur Unterstützung herübergekommen. Im Raum lag eine Mischung aus froher Erwartung und Bangen.

Luisa wies noch einmal auf die Ausweise und die Visa hin, Zugfahrkarten und Hotelgutscheine würde sie selbst bei sich tragen.

»Haben die genug zu essen dort?«, erkundigte sich Irma. »Ich nehme zur Sicherheit Schinkenspeck mit und einen Knackwurstringel.« Sie war kräftige Mahlzeiten aus der Wismut-Kantine gewohnt und hatte diese Portionsgröße bis heute beibehalten.

»Natürlich haben die genug zu essen in Moskau«, beruhigte Luisa sie. »Das ist eine Millionenstadt.«

»Ja, gerade deshalb«, sorgte sich Gretchen. »Da gibt es viele Esser.«

»Gut«, versprach Luisa, »ich guck nach, ob man Wurst mitnehmen darf.«

»Oder ihr ernährt euch endlich mal von Gemüse«, schlug Michaela vor.

Das wurde von Irma rigoros abgelehnt. Es entspann sich eine Diskussion darüber, warum, in aller Welt, es irgendein Land auf der Erde geben sollte, in das man keine Knackwurst mitbringen durfte.

»Ich glaube, da geht es um das Einschleppen von Tierseuchen«, sagte Luisa und versprach: »Ich mache mich schlau, wie die Regelungen bei den Russen sind.«

»Sag nicht immer ›Russen‹«, schimpfte Irma.

Luisa sah sie erstaunt an. »Aber das Land heißt nun einmal Russland. Was soll ich denn sonst sagen?«

Verlegen winkte Irma ab. »Manche Sachen kriegt man nicht aus sich raus. Für mich klingt das immer noch wie ein Schimpfwort.«

»Aber du schimpfst doch so gern«, stichelte ihre Tochter Michaela.

Luisas Mutter, die Grundschullehrerin, drückte allen aus der Reisegruppe eine Liste in die Hand, die sie sonst vor jeder Klassenfahrt an ihre Schulkinder verteilte. Darauf hatte sie genau aufgezählt, was mitzunehmen war, von der Unterwäsche bis zur Krankenkarte.

»Ich hoffe, ihr habt an die Gastgeschenke gedacht«, sagte Erika.

Michaela schüttete unwillig den Kopf, und ihr aus Silberdraht gebogener Ohrschmuck klimperte.

Ihre Mutter Irma schien von der Idee mehr zu halten. »Wenn wir die Erika nicht hätten!«, rief sie. »Gastgeschenke sind enorm wichtig.«

»Wollen wir damit die Militärbehörde bestechen?«, erkundigte sich Luisa.

Erika erklärte: »Nein, aber man weiß nie, wem man begegnet. Ich war schon zweimal in der Sowjetunion, und wir haben immer Gastgeschenke mitgenommen. Und natürlich auch welche gekriegt.« Sie zeigte auf ein Regal, in dem unzählige Matrjoschkas neben einer kitschigen Teekanne mit überdimensional langer Tülle standen.

»Wir besuchen doch niemanden«, wehrte sich Luisa. »Wir sollten das Gepäck unbedingt auf das Notwendigste beschränken. Denkt dran, wir müssen nun leider zweimal umsteigen.«

Gerade deshalb fand Gretchen Mitbringsel nützlich. »Vielleicht brauchen wir Hilfe dabei, und dann ist es nett, wenn wir uns bedanken können.«

»Also gut«, beendete Michaela die Diskussion. »Ich habe kleine geklöppelte Spitzendeckchen, die bringe ich mit. Die nehmen keinen Platz weg.«

Alle waren begeistert und versicherten, dass etwas Traditionelles aus dem Erzgebirge genau das richtige Gastgeschenk sei.

»Dann müssen wir aber auch einen Schwibbogen mitnehmen«, forderte Gretchen.

Das verbot Luisa kategorisch. »Nein. Kleine Sachen meinetwegen. Da habt ihr wohl recht. Aber einen Schwibbogen kriegen wir nicht mehr unter.«

Sie überlegten, was sie noch bedenken mussten.

»Das Familienstammbuch«, fiel Luisa ein. »Wir brauchen die Geburtsurkunde von Onkel Rudolf. Seinen Schachtausweis und die Sterbeurkunde habe ich schon.«

Luisas Großmutter holte eine Dokumentenkassette. Sie blätterte ein Büchlein durch, auf dessen Vorderseite *Ahnenpass* stand. Enthalten waren lose Blätter, unter anderem ein Auszug aus dem Taufregister mit einem Begleitschreiben vom Pfarrer, der mit *Heil Hitler* unterzeichnet hatte.

Außerdem befanden sich die Ariernachweise der Familie Steiner darin.

»Das sollten wir auf keinen Fall mitnehmen«, entschied Luisa.

Michaela studierte Rudolfs Geburtsurkunde und legte sie demonstrativ neben die Heiratsurkunde seiner Eltern. »Jetzt guckt euch das an«, sagte sie und grinste genüsslich. »Unser züchtiger Opa. Da war der Onkel Rudolf also ein Sechsmonatskind.«

»Zeig her«, forderte Erika sensationslüstern und verglich die Daten. »Da mussten die beiden wohl fix heiraten.«

Irma drängte ihre Schwägerin verärgert zur Seite. »Na und? Sie haben trotzdem aus Liebe geheiratet.«

In der Kassette entdeckte sie das Hochzeitsbild ihrer Eltern. Wilhelm trug sein Festhabit mit dem Schachthut, Martha die Tracht des Erzgebirges mit geschnürtem Leibchen und weißen Puffärmeln. Ihr Haar war zu einem Kranz geflochten, und helle Blüten steckten darin. Sie saß, er stand hinter ihr und legte beschützend seinen Arm auf ihre Schulter.

»Die armen Eltern«, sagte Irma mit kratziger Stimme. »Haben ihr Leben lang auf Rudolf gewartet.«

Erika nahm das Bild in die Hand und betrachtete es. »Es ist schade, dass es in einer Kassette verstaubt, wir sollten es aufhängen.« Sie löste einen Kunstdruck aus dem Rahmen und steckte das Hochzeitsfoto hinein. »Und wann gibt es von dir so ein Bild?«, wandte sie sich an Luisa. »Ich möchte deine Hochzeit noch erleben.«

»Wir finden in Moskau einen Mann für sie«, versprach Michaela, und alle bis auf Irma lachten.

»Man sollte sich nie einen Ausländer suchen«, sagte sie eindringlich. »Das bringt nur Kummer.«

»Wenn wir nach Moskau kommen, sind *wir* die Ausländer, Mutti«, sagte Michaela eisig und zischte Luisa zu: »Sie wird uns bis auf die Knochen blamieren. Zum Glück kann sie kein Russisch.«

»Natürlich kann ich Russisch«, sagte Irma. »Ya otchen khorosho govoryu po-russki i nitchego ne zabyl.«

Schlagartig war es still, und alle guckten sie verwundert an. Dann fragte Luisas Vater: »Was heißt ›Bahnhof‹?«

»Woksal«, kam es wie aus der Pistole geschossen.

»Deutsche Botschaft?«

»Nemetskoye posol'stvo«, antwortete Irma.

Die anderen starrten sie wie eine Erscheinung an, und Luisa stellte fest: »Ich hätte dieses teure Übersetzungsprogramm nicht kaufen müssen.«

»Wieso kannst du so gut Russisch, Mutti?«, fragte Michaela.

Irma brummte: »Haben wir doch alle mal gelernt. Außer Luisa natürlich.«

Aber Irma schien die Einzige zu sein, die etwas davon behalten hatte. Alle anderen hatten diese Sprache vergessen, die sie nie in ihrem Leben nutzen konnten. Dabei war ihnen in der Schule prophezeit worden, dass Russisch einmal die Weltsprache sein würde.

»Haben wir wirklich nichts vergessen?«, fragte Luisa beim Abschied. »Treffpunkt morgen in aller Frühe an der Alten Gleesbergschule.«

Sie wirkte nicht besonders glücklich. Ihr graute vor der Fahrt und den Zwischenstationen. Michaela schien ihre Gedanken zu erraten und lächelte sie beruhigend an.

Nun war Luisa doch froh, dass ihre Tante mitkam. Mit Michaela Steiner war zumindest ein Familienmitglied dabei, das emotional unberührt bleiben würde.

22. Die Rettung

Juni 1955

Martha war starr vor Glück. Sie hatte es von Weitem entdeckt und bis zum letzten Moment befürchtet, es wäre nur ein Papierfetzen oder ein Lumpen. Aber nun kniete sie direkt davor, und da war das Zeichen, nach dem sie sich so lange gesehnt hatte. Auf der Abraumhalde wuchs Löwenzahn! Ganz langsam schlossen sich die Wunden.

Sie wohnten mittlerweile alle zusammen bei Clara und Bruno im Niederschlemaer Bahnhof. Deren Tochter war wegen einer Lehre im VEB Grubenlampenwerke nach Zwickau gezogen, sodass sie ihre Kammer übernehmen konnten. Die Dienstwohnung war eng und dunkel, aber beides hatte ihnen in der Anfangszeit gutgetan.

Martha und Clara klöppelten wie früher an den Abenden. Zusammen erinnerten sie sich an ihre Kindheit in Oberschlema, an das alte Radiumbad und an Rudolf. Nie sprachen sie von ihm in der Vergangenheit. Irgendwann kam der Tag, an dem sie alle wieder gemeinsam lachten, weil Bruno seinen Daumentrick vorführte. Eine Zeit lang hatte er aus Pietät darauf verzichtet, es dann aber nicht mehr ausgehalten. Von da an wurde alles besser.

Oft saßen sie nach der Schicht zusammen auf ein paar Holzkisten neben dem Bahnhof, weil sie sich nach frischer Luft und Licht sehnten. Sie teilten sich Stalinpakete und unterbrachen ihre Gespräche, wenn die Züge einfuhren. Martha goss akzisefreien Trinkbranntwein ein. Gegen den Staub im Hals. Es tat gut, gemeinsam zu essen, zu trinken und zu lachen. »Neuer Tag bringt neue Hoffnung«, sagte Martha, und manche Hoffnung erfüllte sich tatsächlich.

Der Staat baute ihnen auf dem Gleesberg ein neues Gotteshaus. Sie nannten es Auferstehungskirche und montierten an den Turm die gerettete Uhr des Kurhotels. Nicht weit davon entstand die Gleesbergschule, die den Namen Otto Grotewohls erhielt. Sie war der Ersatz für die im Tal verlorene Schule. Am Hang des Klosterbergs wurde ein Kulturhaus für die Bergleute errichtet. Mit dreitürigem Eingang, Kino und Tanzsaal und einem Gemälde, auf dem ein Künstler einen Bergmann in Öl porträtiert hatte.

Unterhalb des Kulturhauses entstand eine neue Arbeitersiedlung mit schönen Häusern, deren einziger Makel in den Augen von Hans ihr Name war.

»Mussten sie die ausgerechnet Adolf-Hennecke-Siedlung nennen?«, schimpfte er.

»Du bist ja selbst schuld«, zog Irma ihn auf. »Das da oben könnte jetzt die Hans-Steiner-Siedlung sein.«

Auf den freien Feldern am Ortsrand entstand eine weitere Siedlung, aber sie befand sich hinter einer Absperrung und durfte von ihnen nicht betreten werden. Dort wurde nur noch Russisch gesprochen. Die Häuser waren kleine, genormte Typenhäuser aus Holzfertigteilen. Mit ihren bunt bemalten Fensterläden, den Blumenkästen und den Hühnerställen dahinter sahen sie aus wie Kulissen eines russischen Märchenfilms. In ihnen wohnten die sowjetischen Ingenieure und Offiziere mit ihren Familien. Sie hatten ihr eigenes Kaufhaus, es gab einen sowjetischen Kindergarten, eine Bibliothek, in denen Bücher mit kyrillischen Schriftzeichen zu finden waren, und ein Klubhaus, aus dem an den Abenden schwermütige russische Volksweisen drangen.

Das unterirdische Netz aus Schächten, Feldstrecken, Querschlägen und Gangstrecken hatte sich inzwischen in Richtung Niederschlema bewegt. Zum Glück war die Zeit der Planlosigkeit vorbei. Die Bergleute, die jetzt unter Tage arbeiteten, verstanden ihr Fach, und es gab keine Absenkungen und Tagesbrüche mehr.

Für drei Millionen hatte sich die DDR in die Aktiengesellschaft der Wismut eingekauft, die nun als Sowjetisch-Deutsche Aktiengesellschaft firmierte.

Hans war Brigadier geworden und arbeitete mit seinem Vater zusammen in einer Brigade.

Eine Zeit lang hatte sich Martha überflüssig gefühlt. Dann erzählte ihr jemand vom Nationalen Aufbauwerk, und sie meldete sich dort an, um beim Bau einer weiteren neuen Schule in Niederschlema zu helfen. Die zahlreichen Bergleute im Ort bekamen viele Kinder.

Gretchen arbeitete inzwischen in der Lampenstube. Sie sammelte die Kontrollmarken der Hauer ein, damit man wusste, wer unten war, und gab die Lampen aus. In den Zeiten zwischen den Schichtwechseln tauschte sie die Akkumulatoren aus und lud sie auf.

Irma hatte ihren Radiometristenschein gemacht und prüfte im Förderschacht den Urangehalt der Erzbrocken. Mit dieser Arbeit verdiente sie bedeutend mehr als früher. Außerdem hatte sie als Prämie ein Fahrrad bekommen. Aber das waren nicht die einzigen Gründe, aus denen sie unter Tage arbeiten wollte. Sie hatte das Gefühl, Rudolf dort näher zu sein. Es wurde für sie der Ort, an dem sie Zwiesprache mit ihrem Bruder hielt. Einmal, als am Schichtende ein Mann auf sie zukam mit schmutzigem Gesicht und einer Haarlocke, die ihm in die Stirn fiel, durchzuckte sie ein glücklicher Schmerz, weil sie ihn für Rudolf hielt. Als sie ihren Irrtum bemerkte, kniff sie sich in den Arm, um nicht weinen zu müssen. Tränen konnte sie sich hier unten keine erlauben, wenn die Männer nicht den Respekt vor ihr verlieren sollten.

Ihr Spitzname bei der Wismut lautete Zwerg, weil sie ein ganzes Stück kleiner als die meisten Männer war. Seit sie unter Tage arbeitete, hatte sie gelernt, zuzupacken, zu fluchen, zuzuschlagen und zu trinken.

Nach der Schicht gab sie ihr Geleucht in der Lampenstube bei Gretchen ab, die von allen Nase genannt wurde.

»Die suchen im Klubhaus Aktivist zwei Kellnerinnen«, erzählte Irma ihr bei einer dieser Gelegenheiten. »Da melden wir beide uns. Ich will mich endlich mal wieder als Frau fühlen.«

Irma hatte sich von Hans mit dem Motorrad bis nach Zwickau fahren lassen, um ein paar hohe Absatzschuhe zu ergattern, weiße Pumps. Martha musste mit ihr erst einmal in der Bahnhofswohnung darin laufen üben, hatte aber nicht viel Erfolg.

»So eine Scheiße«, schimpfte Irma, als sie mal wieder umknickte.

Ihre Mutter rügte sie: »Du sollst nicht immer so fluchen.«

»Ich kann eben nicht laufen«, regte sich Irma auf.

Und Clara schlug vor: »Vielleicht müssen wir dich wieder mit dem Nachziehhund locken.«

Wilhelm hatte als Prämie für gute Arbeitsleistungen einen Bezugsschein für Textilien bekommen. Dafür erstand Irma einen babyblauen Pepitastoff. Clara besorgte eine Ausgabe der Zeitschrift *Praktische Mode* und nähte nach einem Schnittmuster daraus ein Kleid mit Tellerrock und Schalkragen. Bei der Anprobe drehte sich Irma und ließ den Rock schwingen.

»Ist das Kleid nicht zu kurz?«, fragte Martha argwöhnisch. »Man sieht fei deine Knie.«

Aber das störte Irma nicht. Das größte Problem war ihre Frisur. Irma hatte drahtiges Haar, das sich in keine Form bringen ließ. Martha bürstete es sorgfältig und band ihr einen hohen Pferdeschwanz. Als Irma vor dem Spiegel stand, erkannte sie sich fast selbst nicht wieder.

Die ganze Familie Steiner drängte sich entzückt an den Fenstern des Bahnhofsgebäudes, um zu sehen, wie Irma losstöckelte.

»Ich wusste gar nicht, dass ich so eine hübsche Schwester hab«, stellte Hans beeindruckt fest.

Nach zehn Metern blieb diese allerdings fluchend stehen, zog Schuhe und Strümpfe aus und trampelte barfuß weiter.

Sie holte ihre Freundin ab, die sich ebenfalls zurechtgemacht hatte, und sagte zu ihr: »Heute wirst du dich mal in jemanden verlieben, Gretchen. Das geht mit dir nicht so weiter.«

Irma fand, dass es nicht gesund war, wenn ein Mädchen keine Verabredungen hatte. Seit Rudolfs Verschwinden war Gretchen mit niemandem ausgegangen. Das lag allerdings auch daran, dass sie Hemmungen wegen ihres entstellten Gesichts hatte.

Irma und Gretchen standen hinter dem Tresen im kleinen Saal des neuen Klubhaus Aktivist und schenkten Trinkbranntwein aus. Die Kumpel aus Irmas Schicht erkannten sie nicht gleich, als sie sich bei ihr den Kumpeltod holen wollten.

»Ich werd verrückt«, rief plötzlich einer. »Zwerg Nase an der Bar! Und der Zwerg ist gewachsen!« Er ging um den Tresen herum, um nachzugucken, woran es lag.

Ziemlich schnell bildete sich eine Schlange, weil jeder einen Blick auf die beiden werfen wollte. Unter den Arbeitsanzügen hatte man ihre Figur nicht erkennen können, und die Kumpel stellten überrascht fest, dass Zwerg und Nase tatsächlich Frauen waren und noch dazu wohlgeformte.

Die Männer merkten allerdings schnell, dass sie sich mit ihnen lieber nicht anlegen sollten. Wer unverschämt war, wurde als Letzter bedient und dem Spott der anderen Kumpel ausgesetzt.

Irmas Plan ging auf. Ein junger Mann interessierte sich für ihre Freundin. Er trug eine Ballonmütze aus Leder, machte Gretchen Komplimente wegen ihrer blonden

Kringellöckchen und schien sich nicht an ihrer Nase zu stören.

»Vielleicht können wir ja mal zusammen ins Kino gehen«, schlug er vor, und Gretchen errötete. »Krieg ich einen Abschiedskuss?«

Sie küsste ihn auf die Wange.

Am folgenden Freitagabend begann Irma wieder ihre Schicht. In der Lampenstube gab sie die Seilfahrtsmarke bei ihrer Freundin ab und nahm das Geleucht entgegen.

»Stell dir vor«, flüsterte Gretchen aufgeregt. »Der Junge aus dem Aktivist hat meinetwegen die Schicht getauscht, damit wir zur selben Zeit arbeiten und morgen zusammen ins Kino gehen können.«

Irma umarmte sie und machte sich auf den Weg nach unten.

Niemals hatte sie jemandem anvertraut, welche Überwindung sie das Einfahren in den Schacht kostete. Jedes Mal fürchtete sie, das Tageslicht zum letzten Mal zu sehen.

Ihr Arbeitsplatz war der Förderschacht, vierhundert Meter unter der Rasenbank. Mit einem Geigerzähler prüfte sie den Urangehalt der ankommenden Erzbrocken. Das taube Geröll wanderte über die Förderanlage auf die Halde, und das uranhaltige Erz blieb in den Hunten. Sie hatte bessere Arbeitshandschuhe bekommen wegen einer Schürfwunde am Handgelenk, die seit fast einem Jahr nicht heilen wollte. Stundenlang nahm sie radioaktives Gestein in die Hände, atmete den Staub ein und freute sich, wenn das Knattern und Knacken in den Kopfhörern besonders heftig und schnell ertönte.

In dieser Schicht in jener Nacht waren außer Irma im Grubenfeld unter Niederschlema noch viertausendfünfhundert weitere Kumpel beim Erzabbau, auch ihr Vater und ihr Bruder Hans.

Es war warm in dieser Tiefe, und Ventilatoren sorgten für frische Bewetterung. Gegen Mitternacht spürte Irma plötzlich, dass die Wetter umschlugen. Der Luftzug veränderte sich, eines der Gebläse musste ausgefallen sein. Kurz darauf nahm sie einen seltsamen Geruch wahr. Während sie noch überlegte, was es bedeutete, kamen schon die ersten Kumpel angerannt.

»Raus hier! Die Firste brennt!«, schrie einer und meinte damit das Holz an der Decke.

In diesem Moment schoss ein Feuersturm durch den Stollen, getrieben von der Frischwetterzufuhr. Einer der Kumpel schob Irma reflexartig zur Notleiter und hob sie regelrecht hoch. Ihre Füße fanden Halt auf den Sprossen, sie begann panisch zu klettern, die anderen drängten ihr nach.

Die Stufen der Fahrtenleiter schienen kein Ende zu nehmen. »Weiter, weiter, weiter!«, brüllte einer unter ihr. Sie stolperte, trat jemandem auf die Finger, stieg höher, immer höher.

Sie sah das Licht über sich, nur noch ein paar Meter, dann wurde sie von helfenden Händen hochgerissen. Wie Ameisen aus einem überfluteten Bau drängten die Kumpel aus dem Schacht, einige hatten Brandwunden.

Das Ausmaß begriff Irma erst, als sie ins Freie kam und den Rauch sah, der aus allen Schächten drang. Durch den Luftsog hatte sich das Feuer in rasender Geschwindigkeit über mehrere Sohlen in dem weitverzweigten Grubengelände ausgebreitet.

Sirenen heulten auf. Die ersten Grubenwehren rasten herbei, dicht dahinter Krankenwagen. Martha schrak aus dem Schlaf und wusste sofort, dass etwas Schreckliches geschehen sein musste. Im Nachthemd rannte sie nach draußen, stieß mit Clara zusammen und rief verzweifelt: »Alle von uns sind da unten! Die sind in der Nachtschicht.«

Sie warfen sich Strickjacken über und liefen in die Dunkelheit, Bruno ebenfalls, der bei der freiwilligen Grubenwehr war. Weitere Löschfahrzeuge rückten an. »Die werden ortskundige Führer da unten brauchen«, rief er.

Beißender Rauch kroch durch das Tal und nahm ihnen den Atem. Der ganze Ort war auf den Beinen. Martha und Clara lehnten an einer Hauswand und mussten hilflos das Durcheinander beobachten. Neben ihnen standen Frauen, bleich und gefasst. Auch sie hatten Angehörige in dem Inferno.

»Es hat da unten einen Kabelbrand gegeben, und die Feuerlöscher haben nicht funktioniert«, berichtete eine, und eine andere sagte: »Es heißt, die Nachricht hat nicht alle von der nächsten Schicht erreicht. Ich glaub, da sind noch welche eingefahren.«

Martha hielt auf der einen Seite Claras Hand und auf der anderen die einer fremden Frau. Sie drängten sich aneinander in der Hoffnung auf Trost.

Plötzlich entdeckte Martha die blonden Locken von Gretchen, die zwischen den Helfern umherirrte, und schrie ihren Namen.

Gretchen kam zu ihnen gerannt und berichtete: »Ich hab Irma gesehen, ihr geht es gut.«

Sie schützte ihre Atemwege mit einem Jackenzipfel und lief zurück, um die Freundin zu holen. Irma trug noch immer den Kopfhörer um ihren Hals. Das Kabel, das sie mit dem Geigerzähler verbunden hatte, war abgerissen.

»Gott sei Dank!«, rief Martha und schloss ihre Tochter in die Arme.

»Das Feuer ist unkontrollierbar«, berichtete Irma atemlos. »Die haben Grubenwehren aus Zwickau und dem Mansfelder Land angefordert. Unsere Leute haben tüchtig Schwierigkeiten ohne Gasmasken und Sauerstoff.« Dann sah sie sich suchend um und fragte bang: »Wo sind Vati und Hans?«

Seit drei Stunden fraßen sich die Flammen durch die Stollen und Schächte unter Niederschlema. Erst jetzt merkten die Männer der Brigade von Hans Steiner, dass etwas nicht stimmte. Zu fünft hatten sie Überhaue in die Gangstrecke geschlagen und die Löcher für das Schießen gebohrt. Aber nun kamen sie nicht weiter.

»Wo bleibt denn der Schießhauer mit dem Sprengstoff?«, wunderte sich Wilhelm.

Hans lief zur Feldstrecke. Auch von der Lok mit den Hunten war nichts zu sehen.

»Wenn wir alle solche Bummelanten wären«, regte sich einer aus der Brigade auf. »So wird das nichts mit unsrer Prämie.«

Sie waren noch dabei, zu schimpfen und zu fluchen, als sie der Brandgeruch erreichte. Erste Rauchschwaden quollen in die Strecke.

»Scheiße!«, brüllte Hans.

Er öffnete den Pressluftschlauch. Mit lautem Getöse schoss der Luftstrahl heraus und drängte den Qualm zurück. Die Männer jubelten schon, als der Lärm plötzlich verstummte und gespenstische Stille einsetzte. Der Strom war ausgefallen.

»Scheiße!«, brüllte Hans noch einmal. Nicht weit hinter ihnen war die Strecke zu Ende, sie saßen in der Falle.

»Wir werden ersticken«, rief einer verzweifelt. »Verdammt, ich habe einen kleinen Sohn.«

»Quatsch nicht«, wurde er von Hans zurechtgewiesen. Er war verantwortlich für seine Leute, er musste sich was einfallen lassen. Ratlos sah er auf den immer stärker werdenden Qualm und befahl: »Wir müssen uns einmauern.«

Sie errichteten mit dem Holz für den Ausbau eine Wand und verschmierten sie mit Schlamm, den sie vom Boden aufkratzten. Sie kleisterten so lange Dreck in die Ritzen, bis kein Rauch mehr hindurchdrang. Als sie fertig waren, saßen sie in einem sicheren Gefängnis.

Jeder von ihnen hatte eine sogenannte Bombe dabei, eine elektrische Handlampe mit Akkumulator.

»Wir müssen Licht sparen«, entschied Hans. »Schaltet eure Bomben aus.«

Nur eine der Lampen ließen sie brennen. Wilhelm machte in regelmäßigen Abständen die Klopfzeichen für Verschüttete, die er vor vielen Jahren als Grubenjunge gelernt hatte, in der Hoffnung, dass jemand sie hören würde.

Noch immer warteten Martha und Irma zusammen mit anderen Angehörigen in der Nähe des Schachts. Einige Kinder weinten. Gretchen hockte sich zu ihnen, sang für sie Lieder und versuchte ihnen die Angst zu nehmen. Irma umklammerte ihre Mutter.

Die Reihen der Wartenden lichteten sich allmählich. Die ersten der über hundert Verletzten waren mit Brandwunden und Rauchgasvergiftung in die Bergarbeiterkrankenhäuser nach Schneeberg und Aue gebracht worden. Aber noch immer waren Männer unten.

Bruno kam vorbei, redete mit Clara und versprach den Wartenden: »Bis wir nicht den Letzten raufgeholt haben, gehen wir von der Grubenwehr nicht schlafen.«

Clara beugte sich zu Martha. »Es geht das Gerücht, dass die Westdeutschen uns mit Rettungsmannschaften helfen wollten«, flüsterte sie ihr ins Ohr. »Aber die haben sie nicht rübergelassen.«

Die Rettungsmaßnahmen verliefen unkoordiniert. Jetzt erst führte jemand Listen, und die Männer der Nachtschicht wurden aufgerufen und abgehakt, wenn sie sich meldeten, damit man überhaupt einen Überblick bekam.

Als der zweite Tag anbrach, harrten Martha, Irma und die anderen Frauen immer noch am Schacht aus.

»Es darf nicht wieder passieren«, sagte Irma, und ihre Stimme klang ganz dünn.

Martha presste sie an sich und versprach: »Sie werden zurückkommen. Sieh doch, die Sonne geht auf. Neuer Tag bringt neue Hoffnung.«

Clara brachte allen Wasser, nötigte ihnen Essen auf und versuchte zu trösten, damit niemand allein in seiner Verzweiflung war.

In der Stille des Berges ging jedes Zeitgefühl verloren. Wilhelm war eingeschlafen. Er merkte das Verstreichen der Stunden daran, dass es vollkommen dunkel war, als er wieder erwachte. Der Akku der ersten Lampe hatte sich entladen.

Er flüsterte ins Leere: »Ich hoffe nur, dass Irma es rausgeschafft hat.«

»Das hat sie«, antwortete ihm Hans, der offensichtlich ebenfalls wach war. »Sie arbeitet direkt am Förderschacht. Sie hatte keine Wege und musste nur die Fahrtenleiter rauf.«

Einer der Männer atmete schwer und schluchzte. Ein schabendes Geräusch war zu hören, dann wurde es hell. Hans hatte die nächste Lampe gesucht und angeschaltet.

»Wir dürfen nicht heulen«, sagte er. »Wir verlieren sonst nur noch mehr Flüssigkeit.«

Jeder von ihnen hatte zu Schichtbeginn eine volle Feldflasche mit Wasser mitgenommen. Aber die waren zum Ende der Schicht alle leer gewesen. Hans hob die Lampe und untersuchte damit ihr Gefängnis. Während in der schlechten Jahreszeit das Wasser in Rinnsalen von den Wänden tropfte, war das Gestein durch den heißen Sommer wie ausgetrocknet.

Der junge Vater schluchzte noch lauter. »Wir haben uns unser eigenes Grab gemauert.«

»Wir werden ersticken«, keuchte ein anderer aus ihrer Brigade.

»Nein«, beruhigte Hans ihn. »Durch den Pressluftschlauch kommt genügend Luft für uns.«

Der Fünfte von ihnen bekam einen Lagerkoller. Er sprang auf und versuchte die Wand einzureißen. Es entstand Gerangel, weil Hans ihn davon abhalten wollte.

In diesem Moment begann Wilhelm das Steigerlied zu singen. Seine raue Stimme und die Melodie wirkten tröstlich. Die Männer setzten sich, fassten einander an den Händen und stimmten ein. Hans löschte das Licht, um zu sparen. In der Finsternis hallten ihre Stimmen wie in einer Kirche wider. Als die Strophen zu Ende waren, begannen sie sich neue auszudenken, unsinnige und alberne, schwermütige und düstere, und immer fanden sie im Refrain zusammen. *Glückauf, Glückauf.*

Keiner der Rettungskräfte gab die Eingeschlossenen auf, obwohl sie nicht einmal richtige Schutzausrüstung besaßen. Ihre Sauerstoffgeräte lieferten nur für zwei Stunden Luft, nicht genug für diesen Brand, der sich kilometerweit ausgebreitet hatte. Sie wussten es und stiegen dennoch hinunter, in der Hoffnung, noch jemanden retten zu können, und zahlten dafür den höchsten Preis.

Inzwischen waren über sechshundert Männer der Grubenrettung Tag und Nacht im Einsatz. Sie kamen aus den umliegenden Steinkohlerevieren – bis Borna und Eisleben. Nur die Feuerwehren aus Ost-Berlin besaßen spezielle Geräte, mit denen die Männer länger mit Sauerstoff versorgt werden konnten. Erst am dritten Tag brachten sie den Brand endlich unter Kontrolle.

Dann holten sie die Toten herauf, die meisten von ihnen waren von der Grubenwehr, achtundzwanzig Männer. Fünf Bergleute konnten ebenfalls nur tot geborgen werden.

Martha war gleichzeitig unendlich traurig und dankbar, als sie die leblosen Körper sah. Wilhelm und Hans lagen nicht auf diesen Pritschen.

Einer der Toten war voller Ruß und halb verbrannt. Über sein Gesicht war eine lederne Ballonmütze gelegt, und daran erkannte Gretchen ihn. Sie wurde aschfahl und hielt sich an Irma fest. »Er hat nur meinetwegen die Nachtschicht genommen. Ich bring Unglück, Irma.«

Und dann fanden sie keinen mehr, und noch immer stand eine Handvoll Frauen da und wartete.

»Wer jetzt nicht oben ist, kommt nimmer wieder«, sagte eine von ihnen und schluchzte. Sie hielt einen kleinen Jungen an der Hand.

Irma flüsterte immer wieder: »Sie sind verschwunden wie Rudolf.« Martha nahm sie in den Arm, widersprach nicht mehr und barg ihr Gesicht in Irmas störrischem Haar.

Bruno kam zu ihnen und berichtete: »Wir gehen jetzt mit schwerem Gerät runter und versuchen zu der Stelle vorzudringen, an der sie gearbeitet haben. Wir geben nicht auf, bis wir sie euch zurückgebracht haben.«

In Marthas Augen sammelte sich ein Tränenfilm. Sie wusste, was er damit meinte.

Am dritten Tag hatte die Stimmung in dem dunklen Gefängnis unter der Erde von Verzweiflung zu Galgenhumor gewechselt.

Obwohl sie ihre Lampen nur abwechselnd eingeschaltet hatten, war auch der fünfte Akku fast versiegt.

»Lasst uns die letzte Bombe lieber für den Notfall sparen«, schlug Hans vor und schaltete sie aus.

In der Dunkelheit sagte einer von ihnen: »Ich Pfeifenkopf. Da hab ich gedacht, wir hätten schon den Notfall.«

Sie mussten lachen, und einer anderer fragte: »Was macht ihr als Erstes, wenn wir hier rauskommen?«

»Ich geh fei gleich auf den Abtritt, aber ordentlich.«

Wieder lachten sie.

»Fünf Jahre wollt ich bei der Wismut bleiben«, hörten sie. »Und dann hab ich überlegt, ein Jahr dranzuhängen. Ich Idiot hab nur das Geld im Kopf gehabt.«

Noch immer schlug Wilhelm geduldig und in regelmäßigen Abständen gegen die Rohre. »Unsere Brüder werden uns nicht aufgeben«, versicherte er.

»Die sind doch schon bei der Totenrast vor dem Friedhof.«

»Ich würde ja gern die Reden hören, die sie auf uns halten.«

»Ich wünsch mir ein schönes Begräbnis mit Bergparade.«

»Ich möcht noch einmal das Licht sehen.«

»Seid doch mal still«, rief Hans plötzlich.

Alle lauschten. Wilhelms Ohren waren von dem ständigen Lärm unter Tage ein wenig in Mitleidenschaft gezogen. Er legte seine Hand auf die metallischen Rohrleitungen und konnte ein Vibrieren spüren. Die anderen hörten leise Geräusche.

»Hier sind wir!«, schrien sie und schlugen wie besessen mit Steinen und Lampen auf die Metallrohre. Dann legten sie ihr Ohr daran und vernahmen Stimmen: »Wir holen euch raus! Haltet durch!«

Vom Schacht in Niederschlema bis zum Krankenhaus in Schneeberg hatte sich ein Spalier aus Menschenmassen gebildet. Die Nachricht von der Rettung, an die keiner mehr geglaubt hatte, verbreitete sich wie ein Lauffeuer.

Niemand durfte mit den Geretteten sprechen, weil die Ärzte nicht wussten, wie schwer sie verletzt waren. Martha konnte Wilhelm nur von Weitem sehen. Tränen zeichneten Linien in sein schmutziges Gesicht. Sie wusste nicht, ob er vor Schmerz oder vor Freude weinte oder weil ihn das Licht so blendete nach drei endlosen Tagen in der Finsternis. Dann holten sie Hans herauf. Er schützte seine Augen mit dem Arm, aber Irma sah, dass er grinste.

Martha und Irma liefen hinter dem Krankenwagen her, der im Schritttempo fuhr. Die Leute am Straßenrand jubelten und winkten, und es gab in der ganzen Gegend keinen einzigen Menschen, der nicht wieder an Wunder glaubte.

Im Schneeberger Krankenhaus wurden Wilhelm und Hans vorsichtig aufgepäppelt und mit Flüssigkeit versorgt. Beide weigerten sich tapfer, auf den Schieber zu gehen. Wilhelm, weil er das eiskalte Blech nicht an seinem Hinterteil haben wollte, und Hans, weil er sich vor der adretten Krankenschwester Erika genierte.

Endlich durften sie nun auch Besuch bekommen.

Martha drückte beide ganz behutsam, und Hans rief lachend: »Wir sind unten nicht zu Pappkameraden geworden.«

Sie setzte sich an Wilhelms Bett und sagte mit einem Lächeln: »Da haben wir beide noch ein wenig Zeit geschenkt bekommen.«

Irma erklärte, dass sie niemals mehr unter Tage arbeiten würde. »Man kann dem Tod nur einmal von der Schippe springen.«

Dann kam der glückliche Tag, an dem ihnen der Arzt wieder feste Nahrung erlaubte.

Schwester Erika steckte den Kopf mit dem weißen Häubchen ins Zimmer und erkundigte sich: »Ihr dürft wieder was Richtiges essen. Was wünscht ihr euch denn?«

Wie aus der Pistole geschossen riefen Vater und Sohn: »Schnitzel!«

»Und wie viel soll ich bringen?«, fragte die Krankenschwester.

Während Wilhelm noch überlegte, streckte Hans alle zehn Finger in die Luft. Die junge Schwester antwortete mit einem ansteckenden Lachen und gab den Wunsch an die Küche weiter. Kurz darauf bereitete sie die Visite vor.

Hans erzählte seinem Vater: »Von nun an wird alles anders. Ich werd mein Leben genießen.«

»Das machst du gut, mein Gung«, sagte Wilhelm. »Und was willst du unternehmen?«

»Klarer Fall«, verkündete Hans. »Ich werde heiraten.«

Die Schwester hob neugierig den Kopf, und sein Vater guckte überrascht. »Ach. Und wen denn?«

»Na ja«, sagte Hans verlegen. »Das weiß ich noch nicht.«

Die Krankenschwester schüttelte ihm das Kissen auf. »Ich wäre noch frei«, neckte sie ihn. »Einen von der Wismut würd ich schon nehmen. Die verdienen gut, und fremdgehen können die da unten auch nicht.« Sie hatte keine Ahnung, was so alles auf den Wegstrecken zur Arbeit und am Bahnhof passierte.

Hans strahlte Schwester Erika an und beschloss: »Wenn ich wieder draußen bin, gehen wir zusammen ins Klubhaus Aktivist.«

Drei Tage nach Ausbruch des Brandes hatte in den Zeitungen der DDR eine erste kleine Randnotiz über das Grubenunglück gestanden. Sie war voll des Lobes wegen der tatkräftigen Hilfe der zuständigen Behörden und der gelungenen Rettungsaktion.

Erst als es sich nicht mehr vermeiden ließ, weil westdeutsche Zeitungen darüber berichteten, schaffte es die Meldung in die DDR-Schlagzeilen. Es gab seitengroße Todesanzeigen und staatlich organisierte Trauerfeiern. Die Toten, die man am liebsten verschwiegen hätte, waren nun sozialistische Helden.

Wilhelm und Hans bekamen am Krankenbett Besuch von Otto Grotewohl, dem Ministerpräsidenten der DDR, und wurden für die Zeitung fotografiert. Der Artikel erschien an ihrem Entlassungstag.

Die Steiners setzten sich alle zusammen auf die Kisten neben dem Niederschlemaer Bahnhof, um das zu feiern. Clara hatte die *Volksstimme* besorgt. Das Bild prangte groß auf der Titelseite.

»Ihr seht gut aus«, sagte Martha stolz.

Bruno begann den Artikel darunter zu lesen und schlug plötzlich wütend mit seinen vier Fingern auf das Zeitungsblatt. »Wieder nur Heldenberichte! Und wo steht, dass es keine Havariepläne gab?«

»Nicht ein Wort darüber, dass die Schachtleitung überfordert war«, empörte sich auch Irma. »Man kann der Zeitung nicht mehr glauben.«

Hans winkte ab. »Das weiß ich schon seit der Sache mit Hennecke.«

Martha schnitt nur das Bild aus, damit Wilhelm es in sein *Album für Freunde des Bergbaus* legen konnte.

»Wir sollten dennoch dankbar sein«, sagte er.

»Vati hat recht«, musste Hans zugeben. »Wir kriegen sogar einen Kuraufenthalt und eine Prämie von hundert Mark.«

Neugierig wollte Irma wissen: »Weißt du schon, was du damit machst?«

Hans grinste verlegen und verriet: »Davon kauf ich der Erika einen Verlobungsring.«

Martha goss allen die Gläser voll. Sie stießen mit ihrem akzisefreien Trinkbranntwein an und riefen fröhlich: »Wir sind noch einmal davongekommen!«

Weil sie den Nachrichten der DDR nicht mehr so recht trauten, hörten sie von nun an Westsender. Im September kam im Radio die Meldung, dass Konrad Adenauer auf Einladung der sowjetischen Regierung nach Moskau gereist war. Bei dieser Gelegenheit wollte er dafür sorgen, dass die deutschen Kriegsgefangenen zurückkehren würden. Er versprach, sich ebenso für die mehr als zwanzigtausend Zivilisten einzusetzen, die aus der sowjetischen Besatzungszone verschleppt worden waren.

Martha griff nach Wilhelms Hand und klammerte sich an ihm fest. »Vielleicht haben sie auch Rudolf damals verschleppt«, sagte sie atemlos. »Vielleicht kommt er nun zu uns zurück.«

Wilhelm strich behutsam über die Narbe auf ihrer Stirn. »Bestimmt müssen wir nur Geduld haben. Er ist doch unser wichtigstes Kind. Ohne ihn gäbe es unsere Familie nicht.«

23. Ein Bergmann ist ehrlich

November 2019

Luisa hatte sich vor der Tür des Kleinbusses postiert, mit dem sie nach Zwickau zum Busbahnhof fahren würden. Wie das Bodenpersonal einer Billigfluggesellschaft kontrollierte sie, ob das Gepäck auch wirklich klein und leicht genug war. Sie wollte sichergehen, dass sie beim Umsteigen keine Probleme bekamen.

Sie starteten vor der Alten Gleesbergschule, passierten die Auferstehungskirche, machten eine Ehrenrunde vor Erika Steiners Fenster und fuhren danach Richtung Zwickau.

Wolfgang hatte das Auto geliehen und kam mit dem Automatikgetriebe nicht zurecht. Zweimal legte er auf der Landstraße eine Vollbremsung hin, weil er kuppeln wollte.

Gretchen klammerte sich am Türgriff fest und jammerte: »Mir wird schlecht.«

Irma hingegen entwickelte bei Stress immer Hungergefühle. Sie kam aber nicht an die Knackwurst ran, die sich hinten im Gepäckraum befand, und beklagte sich darüber.

»Und?«, wandte sich Wolfgang an seine Tochter Luisa. »Was hast du für Probleme?«

»Kopfschmerzen«, lautete die knappe Antwort.

Am Zwickauer Busbahnhof trafen sie sich mit Michaela. Die Verabschiedung von Luisas Vater war hastig. Er stand im Parkverbot und ermahnte sie nur noch, sich regelmäßig zu melden.

Luisa verstaute die Koffer im Bauch des Reisebusses. Michaela stopfte ihre Tasche in die letzte Lücke, dann stiegen sie ein. Es gab einen Familienplatz für vier mit einem Tisch in der Mitte. Als Luisa und Michaela das sperrige

Gretchen endlich in den Bus gehievt hatten, saß Irma schon dort, winkte und verscheuchte jeden, der es wagte, sich zu ihr setzen zu wollen.

Nach einer netten Durchsage fuhr der Bus mit einem Ruck an. Luisa guckte nach oben, ob sie das Handgepäck auch ordentlich verstaut hatte. Sie saß mit Michaela gegen die Fahrtrichtung. Die beiden alten Damen hielten stumme Zwiesprache.

Schließlich druckste Gretchen: »Jetzt, wo der Bus losgefahren ist, sollten wir es ihnen vielleicht sagen.«

Irma zuckte mit den Schultern. »Wenn es dir wichtig ist … Also, Gretchen war gar nicht mit Rudolf verlobt.«

Luisa klatschte mit der flachen Hand auf den wackeligen Klapptisch. »Ich wusste es!«

Die Leute vor ihnen drehten sich um.

Gretchen wand sich verlegen in ihrem Sitz. »Schickt ihr mich jetzt wieder zurück?« Ihre Stimme war so brüchig, dass sie bei dem lauten Motorengeräusch kaum zu verstehen war.

»Natürlich nicht«, versicherte Michaela schnell.

Luisa hätte eine alte Dame wie Gretchen ebenfalls nicht aus dem Bus geworfen. Sie konnte es sich dennoch nicht verkneifen, vorwurfsvoll zu sagen: »Wir fahren doch aber auf keine Vergnügungsreise.«

Irma protestierte: »Das mit dem Rudi, das ging Gretchen net links am Arsch vorbei.«

Gretchen knüllte verlegen ein Taschentuch in ihren Händen. »Du hättest es nicht verstanden, Luisa«, verteidigte sie sich. »Rudolf war jahrelang mein Schwarm. Dann hab ich es endlich geschafft, dass wir uns verabreden. Aber an dem Tag hab ich mir die Nase gebrochen, und wenn ich mich nicht zu lange an dem Hunt festgehalten hätte, wäre Rudolf vielleicht nicht verschwunden.«

»Nein«, sagte Luisa trocken, »das hätte ich wirklich nicht verstanden.«

Gretchen begann zu weinen, und Michaela versuchte sie zu trösten.

Irma zog ein vorwurfsvolles Gesicht. »Außer uns ist doch keiner mehr übrig. Wir zwei sind die Letzten, die Rudolf noch gekannt und geliebt haben.«

Luisa wurde nachdenklich und versicherte, dass sie diesen Grund natürlich verstehe. Gretchen wischte sich schluchzend das Gesicht ab und erklärte, zur Toilette zu müssen. Michaela stand mit auf und begleitete sie.

Kaum waren die beiden weg, beugte sich Luisa zu ihrer Großtante und bat: »Jetzt schnell, Tante Irma. Erzähl mir, was es mit diesem anderen Verlobten von Gretchen auf sich hat.«

»Nachdem Rudolf verschwunden war, hat Gretchen jahrelang keinen Mann getroffen. Und als sie endlich wieder einen Schwarm hatte, da ist der verunglückt«, erklärte Irma.

»Meine Güte«, sagte Luisa betroffen.

Irma zuckte mit den Schultern. »So war das damals. Damit musste man leben. Aber Gretchen denkt seitdem, sie bringt Unglück, und hat sich nie wieder verabredet.«

Der Bus bremste scharf und beschleunigte erneut. Die Sachen, die Irma auf dem Tisch ausgebreitet hatte, kamen ins Rutschen. Luisa blickte auf ihre Uhr. Der Verkehr war zäh fließend, und sie hatten bereits Verspätung. Sie mussten unbedingt den Nachtzug in Wroclaw erreichen, der am Nachmittag abfuhr. Es war gut, dass sie auf Michaela gehört und einen Aufenthalt in Kiew eingeplant hatten. So konnten sich die alten Damen zwischendurch erholen.

Die anderen beiden kamen durch den schwankenden Bus zurück, Gretchen musste sich bei jedem Schritt an einem Sitz festhalten.

Sie hatte sich beruhigt und war zutiefst von der Bordtoilette beeindruckt. »Das ist mal ein Bus, Irma. Mit Klo! In den Crossley-Bussen, die uns zu den Schächten gefahren haben, war keins.«

Irma lachte. »Der Fahrer musste immer auf freier Strecke anhalten. Und wer das verpasste, hat hinten die Tür aufgemacht und während der Fahrt einfach rausgepinkelt.«

Die beiden alten Damen kicherten. »Bloß wir Frauen hatten das Nachsehen.«

Gretchen hatte es in ihren Sitz geschafft und entdeckte zu ihrem Entzücken draußen auf der Wiese neben der Autobahn ein Pferd.

»Die haben früher unter Tage bei uns in den Gruben arbeiten müssen«, erzählte Irma. »Die armen Viecher.«

»Du musstest auch unter Tage arbeiten«, erinnerte Gretchen sie.

Irma lachte breit. »Ich bin ja auch ein armes Viech.«

Michaela steckte Kopfhörer in ihre Ohren und bewegte sich ganz leicht zum Rhythmus einer Musik, die nur sie hören konnte. Sie trug ein buntes Kleid mit verwischten geometrischen Mustern und hatte sich in der morgendlichen Eile das Gesicht etwas unregelmäßig und zu kräftig geschminkt. Ihre Gesamterscheinung erinnerte an das Gemälde eines Brücke-Künstlers.

Luisa hatte sich ein paar Bücher auf ihr elektronisches Lesegerät geladen und vertiefte sich darin. Sie erfuhr von Schicksalen von Menschen, die in den frühen Jahren der DDR in die Sowjetunion verschleppt worden waren.

»Wisst ihr«, sagte sie nachdenklich, nachdem sie eine Weile gelesen hatte. »Es gibt viele, denen so etwas Ähnliches passiert ist wie Rudolf.«

Irma und Gretchen wandten sich ihr zu.

»Sobald der Verdacht auf Spionage oder Sabotage oder Diebstahl oder antisowjetische Propaganda bestand …« Weiter kam Luisa nicht.

Irma unterbrach sie empört: »Mein Bruder war ein Bergmann! Ein Bergmann ist ehrlich. Der hat nicht spioniert oder sabotiert. Der hat auch nicht gestohlen, und Propaganda hat ein Bergmann schon gar nicht gemacht.«

»Außer der Hennecke«, erinnerte sie Gretchen. »Der hat sogar ziemlich viel Propaganda gemacht.«

Luisa warf einen Blick auf Michaela, die mit den Händen demonstrative Tanzbewegungen andeutete. »Ich habe nicht gesagt, dass Onkel Rudolf etwas Derartiges getan hat«, verteidigte sich Luisa. »Manche Arbeiter waren unschuldig, und es ist ihnen nur unterstellt worden. Wenn eine Havarie war zum Beispiel.«

Gretchen nickte. »Sie hat wirklich recht, Irma. Man hatte ja damals ständig Angst, dass man einen Fehler begeht und der Russe sagt: ›Sabotage.‹«

Irma schnaufte und brummte etwas Unverständliches vor sich hin.

»Man konnte von einem sowjetischen Militärtribunal zu langjährigen Haftstrafen verurteilt werden«, erzählte Luisa. »Viele wurden dann in diese Arbeitslager geschickt.« Sie machte eine Pause und war nicht sicher, ob ihre Großtante hören wollte, was es für weitere Strafen gab. Aber sie hatte Irma versprochen, sie nicht zu schonen, und deshalb fuhr sie fort: »Manche sind auch hingerichtet worden. Das konnte ganz schnell gehen.«

Sie schwiegen.

Luisa sah ihre Großtante fragend an. »Geht es dir gut?«

Irma nickte und tauschte einen verunsicherten Blick mit ihrer Freundin. Dann sagte sie: »Ich hoffe, wir finden raus, dass es genau so war.«

Diese Antwort hatte Luisa nicht erwartet.

»Der Lehrling in der Gleesbergschule hat uns Berichte über diese Straflager rausgesucht. Der Gedanke, dass Rudolf an so einem schrecklichen Ort jahrelang gequält wurde …«, erklärte Gretchen. Sie brach ab und putzte sich die Nase.

»Es ist besser, wenn es schnell ging«, stimmte Irma traurig zu.

Luisa musste ihr recht geben. »Ich hoffe, wir finden es raus. Ich hoffe, wir bekommen das Urteil.«

»Was steht in so einem Urteil eigentlich?«, wollte Irma wissen, und Luisa erklärte es ihr.

»Dann kann es also passieren, dass dort steht, mein Bruder wurde wegen Diebstahl oder irgendeinem anderen Verbrechen verurteilt, obwohl er das gar nicht begangen hat?«, fragte Irma.

»Ja«, sagte Luisa, »das wäre möglich.«

»Aber dagegen müssen wir etwas unternehmen«, brauste Irma auf, fassungslos über diese üble Unterstellung. »Mein Bruder war ein anständiger Mensch. Unser Vati hat da so drauf geachtet.«

Luisa versuchte ihre Großtante zu beruhigen. »Man kann eine Rehabilitation beantragen. Dann bekommt man ein Schreiben, in dem steht, dass derjenige zu Unrecht verurteilt wurde und keine Straftat begangen hat.«

Gretchens betrübte Miene hellte sich etwas auf, und Irma nickte zustimmend.

»Das machen wir«, erklärte sie feierlich. »Wir stellen Rudolfs Ehre wieder her. Das sind wir ihm schuldig.«

Luisa versprach ihr, sie würde alles daransetzen, das zu erreichen. Sie erzählte ihrer Großtante nicht, dass die Rehabilitation auch abgelehnt werden konnte. Nämlich dann, wenn es belastende Zeugen oder ein Geständnis gab. Selbst wenn die Zeugen vielleicht gelogen hatten und das Geständnis erzwungen worden war.

Der Bus schaukelte gleichmäßig, und die Luft darin war so stickig und verbraucht, dass ihre Gespräche verstummten. Luisa fühlte sich schläfrig.

Gretchens Kopf wurde schwer, erst sackte sie nach hinten, dann rutschte sie gegen Irma und begann so laut zu schnarchen, dass Michaela es durch ihre Musik hindurch hören konnte.

Sie zog ihre Kopfhörer aus den Ohren und lächelte. »Das hat sie schon immer gemacht. Sie kann nichts dafür. Das liegt an ihrer Nase.«

Irma hatte nicht so viel Verständnis. Sie stieß die Freundin so lange in die Rippen, bis sie erwachte.

Michaela streckte sich und jammerte, weil sie so früh hatte aufstehen müssen. Normalerweise schlief sie lange. Sie stellte kunstfertige Töpferwaren nach eigenen Entwürfen her. In den Ton prägte sie mit handgeklöppelter Spitze originelle Muster und bekam erst in der Nacht die besten Ideen dafür.

»Als ich auf Schicht musste«, erzählte Irma stolz, »da ging es früh um vier los. Ofen anfeuern, damit es die liebe Michaela warm hatte, Brote schmieren, Wäsche aufhängen.«

»Du hättest ja nicht in Schichten arbeiten müssen«, sagte ihre Tochter. »Ich hab dich jedenfalls nicht drum gebeten.«

Irmas Haltung verspannte sich. Sie verschränkte die Arme vor der Brust und gab zurück: »Aber schicke Kleider hast du gern getragen und immer ein neues Fahrrad gekriegt und den Stern-Kassettenrekorder.«

Gretchen versuchte zu schlichten. »Man hatte damals nicht so die Wahl, das kannst du nicht verstehen, Michaela. Ich hab ja auch in Schichten gearbeitet.«

Michaela schob ihr halblanges grau meliertes Haar zurück. Sie bedachte Gretchen, die ihr gegenübersaß, mit einem liebevollen Blick. »Bei dir war das was anderes.«

Luisa fiel die Verbundenheit zwischen den beiden auf.

Irma beobachtete die Szene mit gerunzelter Stirn. Ihr verkniffener Mund ließ keinen Zweifel zu, ihr passte diese Vertrautheit nicht. Plötzlich platzte sie heraus: »Du hast es vielleicht vergessen, Gretchen. Aber ich weiß noch genau, warum ich dich damals nicht mehr treffen wollte.« Trotzig fügte sie hinzu: »Luisa hatte recht. Wir hätten dich nicht mitnehmen sollen.«

24. Erz für den Frieden

September 1959

Irma hatte ein Geheimnis. Es in Niederschlema zu bewahren, war fast unmöglich. Spätestens am Sonnabendvormittag wurde alles weitergetratscht, wenn die alten Weiber ihre Wäsche abnehmen mussten, weil die Gießerei halb zwölf ihren Ruß abließ. Man wusste, wer zu viel soff und dann seine Frau verprügelte. Man konnte riechen, was zum Mittag gekocht wurde. Und man hörte und sah, wer sich nachts hinter den Häusern in die Büsche schlug und unanständige Dinge tat.

Und dennoch hatte Irma ein Geheimnis. Sie durfte es niemandem erzählen. Nicht Gretchen, nicht ihren Eltern und auch sonst keinem. Es war schwer, die Freude darüber nicht teilen zu dürfen, denn Irma war verliebt.

Sie war schon mit Männern ausgegangen, sie hatte geküsst und sich befummeln lassen, danach den Mund und die Hände gewaschen und es gleich wieder vergessen.

Dann war sie ihm begegnet. Er hatte dunkelbraune Augen und eine Narbe auf dem linken Wangenknochen. Wenn er lächelte, bildete der Schmiss ein tiefes Grübchen und verlieh seinem Gesicht etwas Verschmitztes. Sobald Irma daran dachte, zog sich ihr Magen vor Glück zusammen.

Für ihre Verabredung konnte sie sich nicht herausputzen, damit niemand Verdacht schöpfte. Sie wusch sich nur gründlich, bürstete ihr störrisches Haar, das sie inzwischen kurz trug, und steckte einen Lippenstift ein.

Sie hoffte, dass sie unterwegs nicht ausgerechnet ihrer neuen Schwägerin Erika begegnete. Die war ziemlich gewitzt und würde ihr an der Nasenspitze ansehen, dass sie etwas Verbotenes vorhatte.

Irma lief Richtung Schneeberg. Ihre Arbeitsmütze war tief ins Gesicht gezogen und die Frisur längst hinüber. In Oberschlema kam sie an der Mondlandschaft hinter Stacheldraht vorbei, auf der das Haus Martha gestanden hatte. Nicht einmal Krähen saßen auf der Fläche, als wäre selbst ihnen dieser Boden nicht geheuer. Die Geräusche des Bergbaus waren verstummt, die Förderanlage am Hammerberg war demontiert und der Abbau eingestellt worden. Die Erde unter Oberschlema war erzleer.

Das militärische Sperrgebiet war längst aufgelöst, und die sowjetischen Offiziere und Spezialisten waren zusammen mit ihren Familien inzwischen in Aue stationiert. Der kleine sowjetische Ort im Ort stand leer, der Schlagbaum war nicht mehr besetzt. Irma blickte die verlassene Straße hinauf. Links sah sie das Kulturhaus und rechts die Doppelhäuser, in denen die Ingenieure gewohnt hatten. Für eins davon hatten sich ihre Eltern zusammen mit Hans beworben. Er und seine junge Frau Erika erwarteten ihr erstes Kind, im Bahnhof würde es zu eng werden.

Irma gefielen die Blockhäuser, vor allem wohnte sie dann wieder ganz in Gretchens Nähe. Sie sah zurück auf den Weg und marschierte weiter Richtung Schneeberg. Sie musste als Erste ankommen. Ihn warten zu lassen, war riskant.

Das neue Doppelhaus aus Holz war nicht zu vergleichen mit dem großen Steinhaus gegenüber dem Kurbad. Es war enger und schlichter als das Haus Martha, und es trug auch keinen Namen. Hans und Erika bezogen die rechte Seite des Hauses, die anderen nahmen die linke in Besitz. Martha und Wilhelm hatten sich entschieden, Irma das Untergeschoss zu überlassen.

»Du bist jung«, sagten sie. »Du brauchst mehr Platz.«

Eine massive Holztreppe führte ins Dachgeschoss mit vielen Schrägen und Balken, an denen sich Wilhelm beim Umzug ständig stieß. Es gab oben ein Schlafzimmer und eine Kammer, und mehr brauchten sie nicht. Küche und Badezimmer wollten sie zusammen nutzen.

Zum ersten gemeinsamen Abendessen hatten sie sich in der rechten Haushälfte getroffen. Dort war schon Ordnung, während sich in Irmas Wohnzimmer noch Kisten und Wäschekörbe stapelten.

Sie hatten die Bahnhofswohnung überstürzt ausgeräumt. Clara war mit ihrem Mann nach Zwickau gezogen, um ihren Bruder Christian zu pflegen. Die Nachmieter warteten schon, und es hatte schnell gehen müssen.

Erika Steiner empfing alle überglücklich in ihrem neuen Heim. Für Wismut-Talons hatte sie Fleisch bekommen, das als Braten im Ofen schmorte. Auf dem Herd summte Kartoffelwasser.

Das neue Radio dudelte einen Schlager, und Erika stellte mit Schwung babyblaues Kahla-Geschirr auf den Tisch.

Es war die beste Entscheidung ihres Lebens gewesen, zur Wismut zu gehen. Ihr Vater galt als vermisst, und ihre Mutter war bei der Flucht aus Schlesien umgekommen. Die Sowjetisch-Deutsche Aktiengesellschaft war für das verlorene Mädchen zur Familie geworden. Die Wismut sorgte für alles. Erika hatte ihre Ausbildung in einem Wismut-Krankenhaus gemacht, sie ging in ein Wismut-Kulturhaus zum Tanz, sie erledigte im Wismut-Kaufhaus ihre Besorgungen, sie fuhr zur Erholung in ein Ferienhotel der Wismut, und durch die Wismut hatte sie Hans kennengelernt, den strahlenden Helden der sozialistischen Arbeit.

Martha blickte sich im Wohnzimmer um. »Das Haus hätte deiner Mutter gefallen«, sagte sie zu Wilhelm.

»Mir gefällt es auch«, versicherte Erika eifrig. Vor dem Haus hatte sie Wildblumen gepflückt und auf den Tisch gestellt. »Wir haben sogar einen Garten.«

Hans stellte mit Schwung den Trinkbranntwein und die neuen Gläser auf den Tisch. Hier gab es erstmals eine kleine Missstimmung zwischen dem jungen Paar.

»Das ist nicht gut für die Leber«, bemerkte Erika. »Und fürs Gehirn auch nicht.«

»Aber wir haben doch so viel davon«, behauptete Hans. »Das Zeug muss weg.«

Nach dem großen Brand war alles bei der Wismut einer genauen Überprüfung unterzogen worden, auch die Zuteilungen an die Arbeiter, und dabei stellte sich ein Schnapsdefizit heraus. Die Familie hatte insgesamt siebenundfünfzig Liter Schnaps nachgeliefert bekommen. Und bei guter Normerfüllung kamen jeden Monat noch vier bis fünf neue Flaschen dazu.

»Erika hat recht«, sprang Martha ihrer Schwiegertochter bei. »Außerdem ist sie vom Fach. Ihr solltet nicht alles auf einmal trinken.«

Die nachgelieferten Schnapsrationen bildeten natürlich nur eine Randerscheinung. In erster Linie war die eingesetzte Sonderkommission dafür zuständig gewesen, die Unglücksursache für den Brand herauszufinden. Als ihr Untersuchungsbericht vorlag, überarbeitete die SDAG Wismut ihre Sicherheitssysteme und modernisierte das Grubenrettungswesen. Die Arbeitsschutzbedingungen für den gesamten Bergbau in der DDR wurden verbessert, jeder Bergmann wurde mit einem Selbstretter ausgestattet. Man begann Radonmessungen in den Schachtanlagen durchzuführen und für ordentliche Bewetterung zu sorgen, um die gesundheitlichen Belastungen für die Bergleute zu senken.

Später kam Gretchen vorbei und lehnte den Schnaps ab, der ihr angeboten wurde. »Für mich nicht«, sagte sie. »Ich hab jetzt Verantwortung für die Kinder.« Sie hatte gerade ihre Ausbildung als Krippenerzieherin abgeschlossen und arbeitete in Schneeberg. »Ich bin froh, dass ich mit dem Bergbau nichts mehr zu tun hab.«

»Aber wir haben jetzt unter Tage überall das Beste und Modernste«, schwärmte Wilhelm.

»Ich will jedenfalls nicht mehr runter«, stellte Irma fest. Das musste sie auch nicht, denn es gab jetzt die ersten radiometrischen Sortieranlagen, die automatisch das Uranerz vom tauben Gestein trennten. Von dort wurde es in verschlossenen Lkw in die Erzaufbereitungsfabrik in Aue gefahren, in der Irma nun arbeitete.

»Bist du sicher?«, fragte Hans. »Ich dachte, du findest deine neue Arbeit schrecklich.«

»Ach«, sagte Irma und gab sich Mühe, gleichgültig zu wirken. »Man gewöhnt sich an alles.«

Martha und Wilhelm zogen sich in ihre Dachkammer zurück. Sie stellte die drei hölzernen Kerzenhalter ihrer Kinder aufs Fensterbrett. Noch war nicht Mariä Lichtmess, was die Weihnachtszeit beendete. Wilhelm holte Streichhölzer aus seiner Hosentasche und zündete zwei Kerzen an. Die dritte blieb dunkel.

»Weißt du«, überlegte Martha laut, »ich denk, vielleicht ist Rudolf doch in den Westen gegangen.«

Er gab ihr recht. »Sicher meldet er sich nur nicht, um uns nicht zu gefährden. Wir sollten die Hoffnung nicht verlieren.«

Gemeinsam traten sie ans Fenster. Zum ersten Mal sahen sie aus ihrem neuen Zuhause auf dem Gleesberg hinab und hielten den Atem an. Das Tal breitete sich vor ihnen aus, und Schnee fiel in dichten Flocken. Er bedeckte die Narben in der Landschaft mit einem weißen Tuch und rundete die spitzen Haldenkegel ab. Die Schachtanlagen in der Ferne zwischen den Hügeln waren erleuchtet. Eine Gruppe von Rehen wagte sich auf der Suche nach Nahrung aus der Deckung.

»Guck doch!«, rief Wilhelm. Und seine Stimme, die sonst oft ein wenig müde wirkte, vibrierte vor Glück. »Das Tal sieht aus wie der alte Paradiesgarten, den wir immer am Weihnachtsabend aufbauen.«

Lange betrachteten sie eng umschlungen die Szenerie.

»Vielleicht«, durchbrach Martha die Stille, »wird unser Tal irgendwann wieder ein Paradiesgarten.«

Wilhelm gab ein knurriges Geräusch von sich. »Das erleben wir nimmer.«

Martha lächelte. »Das ist nicht schlimm. Wir hatten es ja schon. Aber die, die nach uns kommen, sollen es doch auch schön haben.«

Die Zeche 50 auf dem Brünlasberg in Aue war die größte Erzaufbereitungsfabrik der Wismut. Hier wurde das Erz gesammelt, zerkleinert, durch Beprobung wurden die unterschiedlichen Qualitäten festgestellt und in Pappkübel verfüllt.

Eine vier Meter hohe Betonwand sollte die Anlagen vor Spionage und Sabotage sichern. Als Irma zum ersten Mal das Tor durchquert hatte, fühlte es sich an, als würde sie in ein Gefängnis gehen.

Wegen des radioaktiven Staubs musste sie während der Arbeit eine Atemschutzmaske tragen. Zusammen mit anderen Frauen füllte sie den ganzen Tag Stufenerz in kyrillisch beschriftete Pappkübel. War der Kübel voll, verschloss sie ihn und nahm die nächste Pappröhre. In diesem Raum gab es wegen der Masken kein Lächeln und keine kleinen Gespräche, die Arbeiterinnen blieben einander fremd.

Bewacht wurde das Gelände von sowjetischen Soldaten und Offizieren. Irma passierte jeden Tag im Strom der Arbeiterinnen einen Schlagbaum. Sie musste dem Wachhabenden im Schilderhaus ihren Ausweis zeigen und ihr Gesicht mit dem Passbild vergleichen lassen.

Und hier begegnete sie Michail Ivanov zum ersten Mal. Er war ein sowjetischer Unteroffizier, sein Haar war dunkel und kurz, aber nicht geschoren wie das der einfachen Soldaten. Er kontrollierte das Passbild und verglich es ausgiebig mit ihr, ging um sie herum und betrachtete sie prüfend von allen Seiten. Irma musste lachen, und er lächelte zurück. Seine Schneidezähne ließen in der Mitte eine kleine Lücke. Als er ihr den Ausweis zurückgab, berührten sich ihre Hände. Seine waren warm und weich, ihre hart und rau.

Seit diesem Tag liebte sie ihre Arbeit, obwohl sie lange warten musste, bis sie ihn wiedersah. Die Sowjets wurden so eingesetzt, dass ihre Positionen ständig wechselten, damit keine Vertraulichkeiten entstehen konnten.

Als sie sich das nächste Mal begegneten, prüfte er ihren Ausweis noch umständlicher, seine Blicke waren tiefer. Hinter Irma wurde geschimpft, weil sich die Kontrolle hinzog.

Bei diesen beiden Begegnungen hatten sie kein einziges Wort gewechselt. Irma kannte seine Stimme nicht und sehnte sich danach, sie zu hören. Als sie ihren Ausweis wegstecken wollte, bemerkte sie, dass ein Zettel dazwischengeschoben war. Es stand nur eine Uhrzeit darauf. Mehr nicht.

Es war mitten in der Nacht auf dem Brünlasberg nahe der hohen Zechenmauer. Irma hatte keine Ahnung, ob sie sich am richtigen Ort befand. Sie sah die Sowjets mit ihren Gewehren, und Furcht kroch in ihr hoch. Von einer Nebenzeche aus wurden jede Nacht die Uranerzkübel unter strengster Geheimhaltung und Bewachung in Güterwaggons nach Nowosibirsk verschickt. Die Abfahrtszeiten wechselten ständig und waren geheim. Wenn die Soldaten jemanden für einen Saboteur oder Spion hielten, wurde nicht lang gefragt, sondern gleich geschossen.

»Irma«, hörte sie jemanden flüstern und dann wurde sie weitergezogen.

Erst in einer dunklen Gasse hinter dem Krankenhaus in Aue blieben sie stehen und betrachteten einander. Sie berührte das Grübchen auf seinem Wangenknochen. Er versuchte ihr zerzaustes Haar nicht zu ordnen, sondern griff hinein und zog sie zu sich heran. Als jemand vorbeilief, küssten sie sich, damit man ihre Gesichter nicht sah. Sogenannte unkontrollierte Kontakte zwischen DDR-Bürgern und Sowjets waren unerwünscht und wurden bestraft. Er schmeckte gleichzeitig fremd und vertraut.

Als sie sich voneinander lösen mussten, flüsterte er ihr zu: »Morgen. Zona Deformatzii.«

Irma erfand eine Sonderschicht, um sich wegschleichen zu können, und traf ihn erneut. Sie krochen unter dem Stacheldraht hindurch in das verlassene Ruinenfeld. Gras überzog den Schutt. Er legte seinen Militärmantel auf den Boden, damit sie sich setzen konnte. Weil sie nicht viel sahen, mussten sie einander ertasten.

Bei ihren Begegnungen flüsterten sie miteinander in einem Gewirr zweier Sprachen, teilten sich Zigaretten, und in den winzigen Momenten, in denen die Glut heller aufleuchtete, betrachtete Michail ihr Gesicht und zeichnete die Konturen behutsam mit seinen Fingern nach.

Irma lebte nur noch für diese heimlichen Treffen.

Als die kalte Jahreszeit kam, gab es keinen Ort mehr für sie, und sie beschlossen, Irmas Familie einzuweihen und zu heiraten. Er wollte für immer in der DDR bleiben.

Michail fühlte sich sofort wohl in dem Blockhaus, das in seiner Bauweise dem sowjetischen Geschmack entsprach, und Wilhelm mochte ihn auf Anhieb. Michail hatte Respekt vor Martha, und er vertrug mehr akzisefreien Trinkbranntwein als sie alle.

Hans war weniger begeistert. »Da habt ihr euch eine komplizierte Liebe eingebrockt.«

Aber Martha versicherte: »Gerade die komplizierte Liebe hält ewig.«

Um das Aufgebot bestellen zu können, brauchten sie die Genehmigung von Michails Vorgesetztem. Er verweigerte sie. Die beiden glaubten, diese Zustimmung erzwingen zu können, wenn Irma schwanger wurde.

Irma saß im Büro ihres Betriebsdirektors. Soeben hatte sie ihm von ihren glücklichen Umständen berichtet. Sie wusste, dass Michail mit der gleichen Nachricht gerade bei seinem Vorgesetzten saß.

Bekümmert blies der Direktor seine Backen auf. »Mädchen, wenn ich dir einen Rat geben darf, dann sag, du weißt nicht, wer der Vater ist.«

Irma strahlte ihn an. »Es macht nichts, falls ich bei der Wismut aufhören muss. Ich will sowieso die erste Zeit mit dem Baby zu Hause bleiben.«

Der Betriebsdirektor sah sie erstaunt an. »Wie kommst du drauf, dass du aufhören musst? Wir brauchen jede Arbeitskraft. Außerdem sind wir gesetzlich verpflichtet, alleinstehende Mütter zu unterstützen.«

Irma wollte einwenden, dass sie doch heiraten würden.

Aber er jammerte bereits: »Da bringst du uns jetzt in eine vertrackte Lage.« Sorgenvoll kratzte er sich am Kopf. Er holte den Parteisekretär und einen Mitarbeiter von der Staatssicherheit, der sofort in der Objektdienststelle in Plauen anrief.

»Da gibt es klare Anweisungen für so einen Fall«, sagte er. »Was die mit dem Ivanov machen, ist nicht unsere Sache. Die zuständigen Stellen sind schon informiert.«

Irma stand empört auf. »Ihr tut ja, als hätt ich mich in einen Klassenfeind verliebt. Was ist denn mit der unverbrüchlichen Freundschaft zum großen Bruder Sowjetunion?«

»Das verstehst du nicht«, behauptete der Parteisekretär.

Aber Irma verstand sehr wohl. Es waren alles nur hohle Worte, diese Reden, die zum 1. Mai und auf den Betriebsversammlungen und selbst bei den Brigadefeiern geschwungen wurden.

Michail erschien nicht wie verabredet am Abend bei Irma zu Hause. Am nächsten Tag stand sie wieder vor dem Büro ihres Betriebsdirektors.

»Mädchen, gib Ruhe«, stöhnte er. »Den Jungen siehst du nicht wieder. Den haben sie schon in die Sowjetunion abgeschoben.«

Irma lehnte sich an die Wand, um nicht zu taumeln. »Kann ich denn seine neue Adresse haben?«

Der Direktor schüttelte mit ehrlichem Bedauern den Kopf. »Die rücken die Sowjets nicht raus, das ist alles unter Verschluss. Aber wir unterstützen dich, mach dir keine Sorgen.«

Hans, der Brigadier und in der Partei war, fragte sämtliche Vorgesetzte nach Michail Ivanov und bekam nur zu hören, dass die Sowjets da rigoros seien. Alle seine Spuren waren verwischt.

Irma saß im Wohnzimmer ihres Bruders und fühlte sich wie betäubt. »Ich hab mir die Zukunft so schön vorgestellt«, flüsterte sie. »Was soll ich denn nun machen?«

Martha strich ihrer Tochter die verschwitzten Haare aus der Stirn. »Deine Zukunft wird schön sein«, versprach sie. »Und wenn du zur Nachtschicht musst, nehm ich das Kleine.«

Erika zog ein besorgtes Gesicht. »Wir sollten keinem sagen, wer der Vater ist, Irma«, riet sie eindringlich. »Dein Kind wird es sonst schwer haben. Russenbalg, schreien sie solchen Kindern nach.«

Sie schworen einander, nicht darüber zu sprechen.

»Aber es wird irgendwann wissen wollen, wer sein Vater ist. Was soll ich dann antworten?«, fragte Irma.

»Du sagst, er war Bergmann und ist bei dem großen Grubenunglück im Februar ums Leben gekommen«, sagte Martha. Die Kohlenstaubexplosion in der Zwickauer Steinkohle war in allen Nachrichten gewesen.

Wilhelm fühlte sich nicht wohl dabei. »Es ist eine Lüge«, protestierte er. »Ein Bergmann ist ehrlich.«

»Dann erzählen es Erika und ich rum«, schlug Martha vor. »Wir sind keine Bergmänner, wir dürfen schwindeln.«

Kurz darauf wurde Wolfgang geboren, der Sohn von Erika und Hans.

»Ein guter Name«, freute sich Wilhelm. »Wie Wolfgangmaßen.«

Sechs kostbare Wochen durfte Erika mit ihm zu Hause bleiben, dann musste sie zurück an die Arbeit. Sie bekam einen Krippenplatz und konnte ihn nun nicht mehr stillen. Die junge Mutter war schrecklich nervös und wollte vorher ausprobieren, ob er die Trockenmilch nehmen würde.

Hans holte einen gehäuften Löffel aus einer Packung Babysan und schob ihn sich in den Mund. Das Milchpulver pappte sich sofort an seinen Gaumen und er lutschte darauf herum. »Schmeckt gut«, stellte er fest.

Erika schob dem Baby das Fläschchen in den Mund. Der kleine Wolfgang kaute erst etwas unschlüssig darauf herum, dann schien Milch herauszukommen, und er begann gierig zu saugen.

»Jetzt schau dir das an«, sagte Erika erstaunt. »Das Wölfchen trinkt aus der Flasche, ohne sich zu beschweren.«

Stolz bemerkte Hans: »Er ist halt ein kleiner Bergmann. Und ein Bergmann jammert nicht.«

Wilhelm hatte einen freien Tag. Er war allein mit Martha im Haus und las in der Schlafkammer auf dem Bett Zeitung. Sie hatte gerade die Spitze für Irmas Babykörbchen fertig geklöppelt. Martha sehnte sich nach dem Moment, in dem sie Irmas Baby im Arm halten konnte. Sie stellte sich vor, wie sie nächtelang mit ihm herumlaufen würde, um es zu beruhigen.

Sie wollte nur ihr Klöppelgestell mit dem Kissen wieder in die Ecke der Kammer räumen und stieß beim Bücken schwungvoll mit dem Kopf an den Dachbalken. Der Schädelknochen über ihrer Stirn zerbröselte. Der Druck, den sie dort in letzter Zeit gespürt hatte, ließ plötzlich nach, aber sie fühlte instinktiv, dass dies kein gutes Zeichen war.

Wilhelm hatte das Geräusch gehört. Er eilte zu ihr und entdeckte die tiefe Einkerbung auf der rechten Seite ihres Schädels.

»Wir müssen zum Arzt«, rief er voller Angst. »Der bringt das wieder in Ordnung.«

Aber Martha wollte ihre Zeit nicht damit verschwenden. Sie wusste, dass es zwecklos war. Sie fühlte ihren linken Arm nicht mehr, und auch das linke Bein gehorchte ihr nicht.

»Mach dir keine Sorgen«, versprach sie. »Du wirst niemals allein sein.«

Wilhelm hob sie behutsam aufs Bett und glaubte ihr. Noch immer war sie für ihn das große, schöne Mädchen, so viel erfahrener als er.

»Nun sterb ich ausgerechnet heut und verderb deinen freien Tag«, sagte sie und hätte gern noch einmal über ihren Scherz gelacht.

Wilhelm legte ihr behutsam eine Haarsträhne über die Stirn. Nun sah es aus, als ob ihr nichts fehlte. Ihr Atem war kaum mehr als ein Hauch. Die Hand, die sie noch bewegen konnte, suchte nach seiner.

»Ich hab heut meinen freien Tag«, flüsterte er. »Damit wir jetzt beieinander sein können.«

»Auf Wiedersehn, Wilhelm«, sagte sie und schloss die Augen.

»Auf Wiedersehn, Martha.«

Obwohl ihn alle davon abzuhalten versuchten, ging Wilhelm am nächsten Tag zur Schicht. Unten in der Dunkelheit und im Lärm würde ihm keiner sein Beileid aussprechen wollen.

Zuerst fühlte er Wut und stemmte sich so stark gegen den Bohrhammer, dass seine Gelenke von den Vibrationen schmerzten. Es rüttelte die Verzweiflung aus ihm heraus. Allmählich stellte sich die Arbeitsroutine ein, und seine

Gedanken begannen wie immer zu wandern. Er dachte an den Tag der ersten Radonwasserverkostung. Auf dem Weg dorthin hatte Martha angehalten und ihr Gesicht zu seinem gebeugt, damit er ihre Sommersprossen betrachten konnte. Hier unten war Martha noch da. Als seine Arbeitszeit zu Ende ging, hängte er eine Doppelschicht an. Zum ersten Mal wollte er nicht wieder hinauf ans Licht.

Irgendwann musste er aber doch gehen. Und als er in seiner Straße ankam und zum Dachfenster aufsah, brannten dort zwei Kerzen. Irma hatte sie ihm angezündet, damit er in der Dunkelheit sein Haus fand.

Ihnen blieb nicht viel Zeit zum Trauern. Am Tag der Beerdigung kam Irmas Baby in der Schlemaer Frauenklinik zur Welt. Sie nannte das kleine Mädchen Michaela, nach seinem Vater. Ihr zweiter Name war Martha. In der Geburtsurkunde stand beim Namen des Vaters: *unbekannt*.

Wilhelm holte seine Tochter von der Klinik ab. Als sie mit dem kleinen Bündel nach Hause kamen und es in das Babykörbchen legten, zitterte seine Hand. Die Klöppelspitze daran war das Letzte, was Martha gemacht hatte.

»Die Spitze ist wunderschön«, flüsterte Irma.

»Wie gut, dass sie die fertigbekommen hat«, sagte Wilhelm. »Sie würde sich sonst schrecklich ärgern.«

Jeden Tag kam Gretchen vorbei, um Irma in der Anfangszeit mit dem Baby zu helfen. Auch Erika sah oft nach ihr, und wenn die Kinder schliefen, sprachen sie über ihre Mütter, die sie beide verloren hatten.

Hans konnte seine Gedanken nicht gut in Worte fassen. Manchmal kam er rüber, umarmte stumm seinen Vater und setzte sich zu ihm an den Tisch. Irma stand daneben, schaukelte das Baby auf dem Arm und verschüttete die Hälfte vom Trinkbranntwein, als sie den beiden Männern einschenkte. »Ist gut gegen den Staub im Hals.«

Am Ende goss sie sich auch einen Schnaps ein, weil sie auf etwas trinken wollte. Sie hob ihr Glas und sagte: »Auf unsere Familie. Keiner von uns geht verloren.«

Irmas Brigadier besuchte sie zu Hause und machte ihr klar, dass sie an allen Ecken und Enden fehlte. Nicht einen Tag wäre sie noch entbehrlich. Aber er habe sich um eine Lösung gekümmert, nun, wo ihre Mutter nicht mehr einspringen könne.

»Ich hab für dich einen Platz in der Wochenkrippe in Schneeberg ergattert«, erklärte er. »Dann kannst du die Schichten machen, und deine Kleine ist bestens versorgt.«

Als sie nicht sofort begeistert zusagte, warf er ihr Undankbarkeit und fehlendes Pflichtbewusstsein vor.

Ein großer Trost für Irma war, dass ihre Freundin Gretchen als Erzieherin in dieser Wochenkrippe arbeitete. Sie gab sich alle Mühe, Irmas Sorgen zu zerstreuen.

»Ich versprech dir«, schwor sie, »ich werd auf Michaela aufpassen, als wär es mein eigenes Kind. Du kannst dich auf mich verlassen.«

»Aber ich wollte doch gern noch stillen«, sagte Irma unglücklich.

»Pass auf, du pumpst ab und bringst die Flaschen immer nach der Schicht bei mir zu Hause vorbei. Ich nehm die Milch mit in die Krippe und sorge dafür, dass deine Kleine sie kriegt«, schlug Gretchen vor.

Als Irma die sechs Wochen alte Michaela zum ersten Mal in der Wochenkrippe abgab, blickte sie sich besorgt um. Doch die Krippe machte einen guten Eindruck. Die anderen Kinder sahen sauber aus und hatten runde Bäckchen. In den Laufställchen lag schönes Spielzeug.

Gretchen nahm ihr die Kleine behutsam ab. Michaela war noch so winzig, sie registrierte gar nicht, dass sie nun auf einem anderen Arm lag. Sie schlief tief und fest, ihre Mutter hatte sie zu Hause noch einmal ausgiebig gestillt.

Irma verließ die Wochenkrippe mit einem guten Gefühl und ging zur Arbeit.

An der hohen Mauer der Zeche hing ein riesiges Banner. *Jede geförderte Tonne Erz trägt zur Sicherung des Friedens bei!*

Es fiel ihr schwer, durch das Werktor zu gehen und ihren Ausweis einem Fremden zu zeigen, der nicht Michail war.

Während der Schicht lief ständig Milch aus ihrer Brust, und sie schämte sich, weil sie fürchtete, jemand könnte es bemerken. Auf der Toilette pumpte sie ab und überlegte, die Milch gleich selbst in der Krippe abzugeben. Sie hoffte, auf diese Weise wenigstens ganz kurz Michaela sehen zu können.

Die Leiterin der Einrichtung öffnete ihr. »Zu Ihrem Kind kann ich Sie aber nicht lassen«, sagte sie streng. »Das wäre nicht gut für den Eingewöhnungsprozess.«

Irma holte die Flaschen aus ihrem Beutel. »Ich will ja nur die Milch für Michaela Steiner abgeben, weil ich noch stille«, erklärte sie verunsichert.

Die Leiterin nahm ihr die Flaschen ab und sagte sanft: »Sie sind doch eine Frau und keine Kuh. Sie brauchen Ihre Kräfte für die Arbeit. Machen Sie sich mal keine Sorgen, bei uns hat jedes Kind am Ende die Trockenmilch genommen.«

Als Irma ihre Michaela am Sonnabend nach Schichtschluss abholte, war die Kleine heiser und konnte nur noch krähen.

»Aber sie trinkt jetzt ganz fein aus der Flasche«, versicherte Gretchen stolz.

Mit ungefähr einem halben Jahr begann Michaela zu fremdeln. Eines Sonnabends wollte Irma ihre Tochter wie gewohnt aus der Wochenkrippe abholen, aber die Kleine klammerte sich an Gretchens Schürze fest und brüllte wie am Spieß. Sie mussten das Kind, das partout nicht zu seiner Mutter wollte, mit vereinten Kräften regelrecht abpflücken.

Zu ihrem Bruder ging Irma in dieser Zeit nicht gern hinüber. Wenn sie den kleinen Wolfgang sah, vermisste sie ihre Tochter zu sehr. Dafür war jeder Sonntag ein Feiertag. Dann hatte sich Michaela an die fremde Umgebung gewöhnt und weinte nicht mehr.

Zusammen mit ihrem Vater saß Irma in der Küche, und beide staunten über Michaelas Fortschritte. Ihr wuchs auch endlich der erste Flaum auf dem Kopf, und Wilhelm entdeckte, dass er die Farbe von Marthas Haar hatte.

Während Irma das Essen für die Woche vorkochte, durfte er die Kleine auf dem Schoß halten. Er brachte sie zum Lachen, wenn sie ein Schippchen zog, und ließ sich in die Nase beißen.

Die ganze Woche aßen sie dann von dem vorgekochten Gulasch oder Braten. Es gab jeden Abend Fleisch und Trinkbranntwein. »Das schmeckt immer gut bei dir, mein Mäd«, sagte ihr Vater anerkennend.

Nach dem Essen machte er gern Zeitungsschau.

»Lies mal, was hier steht.« Er raschelte mit dem Papier und zeigte auf die große Schlagzeile des Tages: *Im Sozialismus finden alle Frauen wahres Glück.*

Irma lachte. »Also die Mutti hat ihrs in der Kaiserzeit gefunden.«

Er schmunzelte verlegen. »Da waren wir noch gar nicht zusammen.«

»Wann hast du dich verliebt?«, wollte Irma wissen.

»Da war ich fünf und hatte einen Splitter im Knie. Martha hat ihn mir rausgezogen.« Er lächelte. »Und du?«

»Als Michail zum ersten Mal meinen Namen gesagt hat, mit einem rollenden R.«

Wilhelm legte seine krumme Hand auf die seiner Tochter und stellte fest: »Wir haben so schöne Erinnerungen.«

Nicht immer waren die Nachrichten gut, die Wilhelm vorlas. »Hier steht, der Verteidigungsminister Strauß von drüben ist für die Anschaffung von Atomwaffen.«

Irma sah ihren Vater besorgt an. »Wollen die Amerikaner einen Krieg um Berlin anfangen?«

Seit Michaela auf der Welt war, beunruhigten sie solche Nachrichten noch mehr als sonst. Im Radio hörten sie, dass die Sowjetunion wieder Atomwaffentests aufnehmen wollte.

»Wenn die Amerikaner die Einzigen sind, die Atomwaffen haben, dann können sie uns zu allem zwingen«, sagte Irma.

»Ja«, stimmte Wilhelm nachdenklich zu. »Ein Gleichgewicht sorgt hoffentlich für Frieden.«

Kurz darauf wurde im Westradio berichtet, dass auf der Nordpolarmeerinsel Nowaja Semlja eine Wasserstoffbombe die größte Explosion in der Geschichte der Menschheit ausgelöst hatte.

Wilhelm drehte das Radio etwas lauter. »Die Detonation der Zar-Bombe löste ein Erdbeben der Stärke fünf Komma zwei aus und war auf dem gesamten Globus zu messen.«

Er schaltete das Radio aus. »In dieser Bombe ist Uran aus dem Schlematal gewesen!«, rief er aufgeregt.

Irma sagte nachdenklich: »Ohne uns gäbe es jetzt vielleicht schon den nächsten Krieg.«

Sie dachte, wenn sie dazu beitrug, dass Michaela im Frieden aufwachsen konnte, war es jedes Opfer wert. Und sie wusste schließlich, dass ihre Tochter es gut hatte. Wenn die Kleine nicht schlafen konnte, legte sich Gretchen zu ihr auf die Pritsche. Und als das Mädchen krank wurde und Irma auf Arbeit unentbehrlich war, ließ sich stattdessen Gretchen krankschreiben und pflegte Michaela gesund.

Nachdem Michaela dreieinhalb Jahre lang immer von montags bis sonnabends in der Wochenkrippe verbracht hatte, war plötzlich Schluss damit.

Irma holte sie an einem Spätsommertag ab und sagte in feierlichem Tonfall: »Jetzt bist du groß, mein Püppchen. Nun musst du nicht mehr in die Wochenkrippe.«

Sie hatte Michaela das Mäntelchen mit dem Maulwurfskragen angezogen, den Gretchen ihr drangenäht hatte. Dann packte sie Michaelas Sachen in einen kleinen Koffer, und diesmal kamen auch ihre Hausschuhe und ihr Bär mit hinein. In diesem Moment begriff Michaela, dass von nun an alles anders sein würde.

Zu Hause im Garten stand ein Puppenwagen als Überraschung bereit. Es war für Irma nicht leicht gewesen, den zu ergattern, sie hatte neben Geld auch noch drei Liter Trinkbranntwein eintauschen müssen. Sie legte die Hände ihrer Tochter auf den Griff des Puppenwagens und forderte sie auf: »Nun spiel schön.«

Michaela stand wie erstarrt da, und ihr liefen Tränen über die Wangen. »Ich will zu meiner Mama«, schluchzte sie.

Irma drückte ihre kleine Tochter und versicherte: »Ich bin doch da, Püppchen.«

Aber Michaela weinte noch verzweifelter. »Ich will zu meiner richtigen Mama!«

25. Nachtfahrt

November 2019

Wie eine trutzige Ritterburg mit Wachtürmen zu beiden Seiten ragte der Hauptbahnhof in Wroclaw vor ihnen auf. Der Bus fuhr an der endlos scheinenden Front mit den Zinnen vorbei, die spitzen Türmchen über dem Vorbau des Hauptportals stachen in den Himmel.

Sie stiegen aus, und Luisa musste sich für das Gepäck anstellen.

»Das ist ein Bahnhof?«, rief Gretchen und klatschte entzückt in die Hände. »Es sieht aus wie die Burg Stein in Hartenstein!«

»Das ist hier aber Breslau in Oberschlesien«, erwiderte Irma mit lauter Stimme.

Michaela war dieses Benehmen sichtlich unangenehm. »Das heißt Wroclaw, und wir sind in Polen.«

Sie bemühte sich verzweifelt darum, die beiden alten Damen davon abzubringen, in einer Lautstärke Deutsch zu reden, die nicht zu überhören war. Aber niemand drehte sich nach ihnen um. Wroclaw war eine Studentenstadt, ein Stimmengewirr verschiedener Sprachen schwirrte umher.

Als sie durch ein Seitenportal zu den Fernzügen gingen, sahen sie im Rundbogen über sich die Spuren einer alten deutschen Schrift.

Die blaue Farbe des Nachtzugs zog sich auch im Inneren durch. Luisa hatte ein Abteil ausgesucht, das direkt neben den Toiletten und dem Waschraum lag, damit es die beiden alten Damen nicht so weit hatten. Nun mussten sie feststellen, dass ständig ein Türklappern zu hören war.

Ihre Koffer und Taschen passten genau unter die Betten. Alle waren dankbar, dass Luisa so streng auf das Gepäck geachtet hatte, sonst wäre es noch enger geworden.

Die Missstimmung, die während der Busfahrt entstanden war, schwelte weiter, Luisa spürte es genau. Aber sie wollte auf keinen Fall daran rühren. Vielleicht hatte sie Glück, und das Gewitter zog vorbei.

Sie sah aus dem Abteilfenster. Sonnenlicht floss durch das Glasdach der Abfahrtshalle. Die Stahlkonstruktion warf ein Schattenmuster auf den Bahnsteig. Ein Pfiff ertönte, und der Zug setzte sich in Bewegung.

Im Bahnhof hatten sie ihre Thermoskannen mit Kaffee füllen lassen und Kuchen besorgt. Sie tranken aus Faltbechern, und Michaela erinnerte immer wieder daran, die bloß nicht zu heftig abzustellen, damit sie sich nicht zusammenschoben.

Plötzlich hielt es Gretchen nicht mehr aus. »Wollen wir uns wieder vertragen?«, bat sie und sah Irma flehend an.

Die gab einen brummigen Ton von sich, der alles bedeuten konnte.

Kleinlaut sagte Gretchen: »Ich weiß gar nicht, was ich falsch gemacht haben soll.«

Michaela tätschelte ihr die Hand. »*Du* hast überhaupt nichts falsch gemacht.« Sie erklärte Luisa: »Gretchen war meine Krippentante, musst du wissen. Und meine Mutti war eifersüchtig auf sie.«

Irma verschränkte die Arme vor der Brust und sah die Freundin böse an. »Du hättest niemals zulassen dürfen, dass sie dich Mama nennt«, platzte es aus ihr heraus. »Und jetzt fängst du wieder damit an. Als wäre sie deine Tochter und nicht meine.«

Erschrocken zuckte Gretchen zurück. »Ich wollte es nur besonders gut machen«, verteidigte sie sich. »Und ich hab ihr immer erklärt, sie soll mich nicht Mama, sondern Tante Gretchen nennen.«

»Ich lass mir nicht nachsagen, dass ich eine schlechte Mutter war«, fauchte Irma.

»Du warst eigentlich gar keine Mutter«, stellte Michaela fest.

Draußen dämmerte es. Die Sonne stand wie ein roter Ball kurz über dem Horizont, und Luisa wünschte sich an einen weit entfernten Ort. »Soll ich etwas zu essen holen, oder wollen wir uns in den Speisewagen setzen?«, fragte sie.

Niemand antwortete ihr, nicht einmal Gretchen.

»Gut, also kein Speisewagen.«

Sie holten die Verpflegung heraus, die sie mitgenommen hatten, und aßen Brote. Michaela hatte Obst und zu Stiften geschnittenes Gemüse in allen Farben eingepackt. Irma warf einen Blick darauf und bevorzugte die Knackwurst. Mit ihrem Ärmel polierte Michaela einen Apfel, bevor sie ihn Gretchen reichte. Einen winzigen Moment berührten sich ihre Hände.

»Sie wollte dich nicht in die Wochenkrippe geben, Michaela«, sagte Gretchen. »Aber der Betrieb hat sie gedrängt. Wenn ich nicht gesagt hätte, ich kümmere mich besonders gut um dich, hätte sie es nicht gemacht. Und sie stand ja auch plötzlich allein da. Sie hatte wirklich viel Pech.«

Irmas Gesicht blieb undurchdringlich. Nachdrücklich biss sie in eine Wurst.

Michaela zog einen verkniffenen Mund. »Da ist sie doch aber nicht die Einzige. Jeder von uns in der Familie hatte irgendwann sein eigenes Unglück. Außer natürlich Luisa.« Es hörte sich fast wie ein Vorwurf an.

»Was hattest *du* denn für ein Unglück?«, fragte Irma. »Von dir haben wir immer alles ferngehalten.«

Michaelas Miene wurde eisig. »Ich hatte keinen Vater.«

»Du kanntest ihn doch gar nicht!«, rief Irma. »Mir hat er gefehlt. Nicht dir!« Ihre Lippen zitterten, und sie setzte sich auf ihre Hände, um ruhig zu bleiben.

Luisa hörte auf zu kauen. Ihre Großtante konnte ruppig und aufbrausend werden, aber einen solchen Gefühlsausbruch hatte sie bei ihr noch nie erlebt.

Michaela brauchte etwas Zeit, bis sie antworten konnte. »Weil du ihn nicht geteilt hast mit mir, Mutti. Kein Bild, keine Erinnerung, nichts, was ihn mir nahegebracht hätte.«

Wieder war es eine Weile still, der Zug ratterte über die Schwellen, und die Toilettentür klapperte in regelmäßigen Abständen. Jemand hatte vergessen, sie zu schließen. Die Landschaft hinter den Fenstern war nicht mehr zu erkennen. In den Scheiben spiegelten sich ihre blassen Gesichter.

Leise sagte Michaela: »Manchmal hab ich das Gefühl, mein Vater war ein Geist. Ich weiß nicht einmal seine Augenfarbe.«

Irma blickte ihre Tochter an. Sie zögerte erst und antwortete dann traurig: »Braun. Seine Augen waren braun. Er hat sich ein Mädchen gewünscht. Damit du nicht zur Armee musst, wenn du groß bist.«

Michaela saß reglos auf der Bank und starrte ihre Mutter an. Dann beugte sie sich vor und umarmte sie.

»Einmal, als ich dich Montag früh abgeben musste«, erzählte Irma, »wollte ich auf dem Weg zur Arbeit von der Bahnhofsbrücke in Aue springen. Da unten fuhren immer die Güterzüge Richtung Osten.« Irma, die sich das Weinen abgewöhnt hatte, damit die Männer bei der Wismut nicht den Respekt vor ihr verloren, liefen die Tränen herunter. »Wo kommt das denn plötzlich her«, sagte sie ärgerlich und suchte nach einem Taschentuch. »Meine Mutti ist gestorben, und ich habe nicht um sie weinen können.«

»Dann weine jetzt um sie«, flüsterte Michaela.

Sie saßen in dem kleinen Abteil eng zusammengedrängt und trösteten einander. Und während die anderen genau wussten, warum sie weinten, um Martha, um Rudolf, um eine Kindheit in der Wochenkrippe, hatte Luisa keine Ahnung. Was auch immer der Grund war, es tat ihr gut.

Als es Zeit zum Schlafen war, wuschen sie ihre Gesichter im Waschraum, und Luisa holte einen Schlummertee im Bordrestaurant.

»Ich werde schnarchen«, kündigte Gretchen schuldbewusst an.

»Das wissen inzwischen alle«, sagte Irma. »Sogar Luisa.«

Sie wurden von einer Durchsage geweckt, zuerst auf Ukrainisch, dann auf Russisch, es klang alles ähnlich. Sie sahen aus dem Fenster, Przemyśl. Die Grenzkontrollen erfolgten während der Fahrt und gestalteten sich mit dem deutschen Reisepass unkompliziert.

Luisa gähnte und sah auf ihre Uhr. Es war kurz vor sechs am Morgen. Michaela streckte sich und stieß mit dem Kopf an die Kabinendecke. Danach dösten alle wieder ein.

Als sich Luisa zwei Stunden später anfing zu rekeln, war Irma bereits hellwach und angekleidet. Gretchen hatte aufgehört zu schnarchen, was bedeutete, dass sie nur so tat, als ob sie schliefe. Michaela setzte sich schlaftrunken auf, kletterte vom Hochbett hinunter und durchstöberte ihr Gepäck nach frischer Wäsche.

Nacheinander suchten sie die kleinen Waschräume und Toiletten auf, zogen sich an, stellten fest, dass sich das Zugfenster nicht öffnen ließ, und versuchten durch das Aufdrehen der Lüftung den Dunst von den Scheiben zu vertreiben. Gretchen zog die Betten ab. »Wir können ja dem Personal keinen Saustall hinterlassen.«

Sie frühstückten von den mitgebrachten Lebensmitteln, es war noch eine Dauerwurst da und Knäckebrot. Michaela knabberte tapfer ihre Gemüsestifte, die sich inzwischen wie Gummi verbiegen ließen. Luisa hatte für alle Kaffee im Bordrestaurant besorgt.

»Wir sollten langsam zusammenpacken«, sagte Michaela und guckte auf ihre Uhr. »In einer halben Stunde werden wir in Kiew ankommen.«

Irma setzte sich ruckartig aufrecht. »Wieso in Kiew?«

»Weil von dort der Zug nach Moskau geht«, erklärte Luisa. »Aber keine Sorge. Wir haben einen ganzen Tag Aufenthalt. Ihr könnt euch ausruhen. Für die dritte Etappe. Ich würde mir gern die Stadt ansehen, vielleicht magst du mitkommen, Tante Michaela?«

Bevor diese antworten konnte, fragte Irma erneut: »Wieso Kiew?« Sie begann in ihrer Handtasche zu wühlen, die unter der Schlafbank lag, und holte einen zerknitterten Zettel heraus. »In unserem Reiseplan steht nichts davon.«

Luisa suchte die Kabine nach vergessenen Sachen ab und schloss ihren Koffer. »Ich hab doch gesagt, dass wir nicht über Weißrussland reisen können, weil das Transitvisum nicht rechtzeitig gekommen wäre.«

»Du hast nur gesagt, dass wir deshalb umsteigen müssen«, beklagte sich Irma. Sie wedelte mit dem Reiseplan in ihrer Hand. Luisa musste gestehen, dass sie keinen neuen Ausdruck gemacht hatte, um Papier zu sparen.

Michaela zuckte verständnislos mit den Schultern. »Es ist doch egal, auf welchem Weg wir nach Moskau reisen. Wenn es nach mir gegangen wäre, hätten wir einen Flug genommen und wären längst da.«

»Aber auf meinem Plan steht etwas anderes«, beharrte Irma.

»Jetzt ist es mal wieder gut«, schimpfte Gretchen mit ihr. »Wir sind hier nicht mehr in der Planwirtschaft, dann hat es sich eben geändert. Na und?«

Niemand verstand Irmas Aufregung.

»Was hast du denn gedacht, wo wir umsteigen?«, erkundigte sich Luisa.

»Keine Ahnung. Jedenfalls nicht in Kiew«, erklärte Irma. »Ich hätte mich darauf vorbereiten müssen.«

Luisa zog einen Reiseführer aus ihrer Tasche. »Ich hab alles dabei.«

Aber Irma wollte das Buch gar nicht sehen und wurde immer aufgebrachter.

Michaela gähnte herzhaft und fragte: »Was ist denn so besonders an Kiew?«

Irma schwieg einen Moment und schien nach einer Antwort zu suchen. Schließlich wandte sie sich an ihre Tochter und gestand: »Dort liegt dein Vater begraben.«

26. Blaue Fische auf weißem Grund

August 1968

Wilhelm stand am Rande des Beckens. Über die weißen Fliesen irrten Lichtreflexe, zurückgeworfen vom Wasser. Sie erinnerten ihn an die Kacheln im alten Radiumbad. Dann sah er die Fische an der Wand.

Er wusste nicht mehr, wie viele Jahre es her war. Martha hatte ehrenamtlich beim Nationalen Aufbauwerk gearbeitet, und er wollte wissen, was sie an jenem Tag dort gemacht habe. Sie antwortete: »Ich bin auf eine Leiter gestiegen und hab Fische gemalt.« Er hatte es für einen Scherz gehalten. Aber da waren sie.

Er befand sich in der Schwimmhalle der Friedrich-Schiller-Schule in Niederschlema. Die Wismut, die Papierfabrik und das Nationale Aufbauwerk hatten den Bau mit Geld und Arbeitskräften unterstützt.

Zur Schuleinführungsfeier seiner Enkelkinder Michaela und Wolfgang war eine Führung geplant gewesen. Nie hatte Wilhelm ein prächtigeres Schulgebäude gesehen. Holzparkett, Porphyrsäulen, ein parkähnlicher Pausenhof. Selbst der Name klang verheißungsvoll. Die meisten anderen Schulen in der DDR waren nach Widerstandskämpfern benannt.

Am Ende der Besichtigung waren sie in den Keller zum Innenschwimmbecken geführt worden. Und dort hatte er Marthas Fische gefunden. Zu gern hätte er die Linien berührt. Aber sie waren an der Wand hinter dem Wasser, und er wäre nur schwimmend hingelangt. Jetzt verstand er, warum sie eine Leiter gebraucht hatte.

Andere Besucher schauten herein, und eine Frau sagte: »Ach, die sind aber schön.«

Wilhelm drehte sich zu ihr um, sein Gesicht glühte vor Stolz. »Die Fische hat meine Martha gemalt«, erklärte er.

Die Frau lächelte ihn an und versicherte: »Sie ist eine echte Künstlerin.«

Wilhelm blieb in der Halle stehen. Jedem, der hereinkam, erklärte er eifrig, wer die Fische gemalt hatte.

Irgendwann steckte Irma ihren Kopf zur Tür herein. »Wo bleibst du nur, Vati? Ich suche dich schon die ganze Zeit. Was ist denn passiert?«

»Nichts«, sagte er heiter. »Mir hat nur jemand einen Gruß geschickt.«

Sie eilten hinüber zur Turnhalle, die zugleich der Festsaal war. Erika und Hans hatten ihnen Plätze freigehalten. Sie saßen alle in einer Reihe und reckten die Hälse, um nichts zu verpassen.

Im Gänsemarsch zogen die Kinder herein, Zuckertüten im Arm und lederne Schulranzen auf den Rücken. Wolfgang hatte sorgsam gescheiteltes Haar, und Michaela trug große Dederonschleifen in ihren geflochtenen Zöpfen.

Irma lehnte sich an Wilhelm. »Siehst du, Vati?«, flüsterte sie. »Jetzt bekommen wir beide doch noch unseren gemeinsamen Schulanfang.«

Wilhelm war vor ein paar Jahren in Rente gegangen. Diesen Tag hatte er so lange hinausgezögert, wie es nur ging. Es war nicht wegen des Verdienstes, er bekam nun sogar die neu eingeführte Bergmannsrente. Aber er hatte gefürchtet, die Erinnerungen an Martha ohne die Dunkelheit unter Tage zu verlieren. Ein wenig hatte ihm auch vor der Langeweile gegraut. Nichts davon war eingetreten.

Bei Wolfgang ging ständig etwas zu Bruch, was er als Großvater reparieren musste: Blumenvasen, Fensterscheiben, Wanduhren. Und Michaela erinnerte ihn oft an Martha. Sie hatte das gleiche braune Haar und einen feinen Sinn für Farben. Pflaster auf ihre Knie brauchten beide ständig.

Dank Wilhelm mussten sie keine Schlüsselkinder sein. Es war immer jemand in der linken Haushälfte, der ihnen ein Glas Wasser aus dem Hahn eingoss oder eine Dose mit Halberstädter Würstchen öffnete. Er stieg mit den Kindern auf die Halden, zählte mit ihnen die Fördertürme und sammelte mit ihnen Minerale, die Wolfgangs Mutter abends aus seinen Hosentaschen fischte und aus Angst vor Strahlung wegwarf.

Noch bevor die Kinder in die Schule kamen, lernten sie mit ihrem Großvater lesen. Sie wollten von ihm wissen, was die Schriftzeichen an den Häusern in ihrer Siedlung bedeuteten. Es waren die alten Fremdenheime, die immer noch die Namen der Pensionswirtinnen trugen. Wilhelm las ihnen alle vor: »Johanna, Ilse, Marion, Lisa, Anna …« Bald konnte Michaela sie selbst lesen, und Wolfgang hatte sie einfach auswendig gelernt.

Wenn die Kinder auf dem Heimweg von der Schule durch den Clara-Zetkin-Park trödelten, machten sie sich einen Spaß daraus und grüßten die Häuser, als wären es Personen. »Na, Ursula, altes Haus? Wie geht's heute?« »Na, Elfriede? Alles noch klar im Oberstübchen?«

Von ihrem Großvater wollten sie wissen, warum diese Häuser Namen trugen und ihr eigenes nicht.

Er erzählte ihnen: »Das waren einmal Fremdenhäuser für Leute, die hier Urlaub gemacht haben.«

Michaela bekam große Augen, und Wolfgang prustete los: »Hier bei uns im Dreck?«

Wilhelm ging mit ihnen den Gleesberg hinunter an den Rand des Deformationsgebietes. »Es sah ja nicht immer so aus bei uns.« Er zeigte auf die Schuttbrache. Sie war überwuchert von Gras und Disteln, Mauerstücke ragten hervor, Löcher und Gänge verbargen sich dahinter. »Da stand unsre Kirche und dort die Schule, da war das Kurhaus und gegenüber stand unser Haus. Das Haus Martha.«

»Ooch«, sagte Michaela enttäuscht, »da haben wir aber Pech gehabt. Nur eine Straße weiter, und wir hätten auch ein Haus mit Namen.«

Wilhelm setzte sich mit ihnen an den sicheren Rand. Er erzählte von der wundersamen Heilquelle, deretwegen Menschen aus der ganzen Welt angereist waren. »Sogar aus Amerika sind sie gekommen.«

Wolfgang lachte. »Das geht ja gar nicht.«

»Aber damals ging es«, versicherte Wilhelm. »Vor dem Krieg.«

Die Kinder guckten eine Weile auf den Schutt, und schließlich sagte Michaela: »Ach, Opa. Du hast uns doch bloß vergackeiert.«

Irma hatte die Bilder von der Einschulung abgeholt und sortierte sie an einem Sonntag für das Album. Michaela und ihr Großvater betrachteten erst das große Gruppenbild, dann die Fotos, auf denen Wolfgang mit seinen Eltern zu sehen war.

»Schade, dass unser Vati tot ist«, stellte Michaela fest. »Von allen anderen Kindern ist der Vati dabei gewesen.« Sie bemerkte den betroffenen Blick, den der Großvater mit ihrer Mutter tauschte, und versuchte die beiden zu trösten: »Aber dafür haben wir ja den Opa.«

Am folgenden Tag fuhr Irma nach ihrer Schicht mit dem Rad hinüber in den Bergbaubetrieb in Aue und sprach mit einem Vorgesetzten.

»Ich möchte ihm ja nur das Einschulungsbild seiner Tochter schicken«, erklärte sie. »Da hat ein Vater doch das Recht drauf.«

»Das verstehe ich schon«, sagte der Leiter, »aber wie soll ich dir da helfen? Das wissen doch nur die Sowjets.«

Irma hatte inzwischen die russische Sprache an der Volkshochschule gelernt, in der Hoffnung, Michail irgendwann wiederzufinden. Sie wollte ihm doch so viel erzählen oder wenigstens schreiben. Mithilfe des Wörterbuchs suchte sie die Vokabeln heraus, die ihr fehlten, schrieb ihre Bitte auf und lernte sie auswendig. Mit dem Zug fuhr sie nach Karl-Marx-Stadt und ging in die Hauptverwaltung der Wismut im Stadtteil Siegmar. Dort bestand sie darauf, mit dem sowjetischen Generaldirektor zu sprechen. Weil der angeblich nicht im Haus war, musste sie mit einem Offizier der sowjetischen Staatssicherheit vorliebnehmen.

Sie rasselte ihren auswendig gelernten Text herunter und guckte ihn fragend an. Er antwortete ihr ebenso schnell, und sie verstand kein Wort. Er sprach echtes Russisch und nicht mit deutschem Akzent wie ihre Volkshochschullehrerin.

Schließlich erklärte er es ihr auf Deutsch. »Über Angehörige oder ehemalige Angehörige der sowjetischen Streitkräfte kann ich keine Auskunft geben.«

Mehr war aus ihm nicht herauszubekommen.

Auf dem Rückweg grübelte Irma darüber nach, wie sie diese Aussage deuten sollte. Der Offizier hatte das Wort *ehemalig* benutzt, das beunruhigte sie. Aber dann kam sie zu dem Schluss, dass es nur eine Sprachhülse gewesen war. Sie hatte sich nicht vorher angemeldet. Er konnte unmöglich, ohne Erkundigungen einzuholen, über Michail Bescheid wissen.

Irma wurde klar, dass es keinen Sinn hatte, sich an Funktionäre zu wenden. Ihr fiel ein, dass damals, als sie auf der Zeche 50 gearbeitet hatte, auch sowjetische Laborantinnen beschäftigt gewesen waren. Sie kannte keine von ihnen persönlich, wusste aber, dass diese Frauen nicht im Schichtdienst arbeiteten. Die Laborantinnen waren immer herausgestochen, geschminkt, stark parfümiert, lebensfroh. Irma war sicher, sie zwischen den grauen deutschen Arbeiterinnen zu erkennen.

In einiger Entfernung zum Werktor wartete sie. Als sie glaubte, die Gruppe der sowjetischen Laborantinnen entdeckt zu haben, ging sie auf sie zu, sprach sie an und zeigte ein Bild ihrer Tochter. Im Gegensatz zu all den Männern, die sie kalt abgefertigt hatten, verstanden die Frauen sofort. Irma gab ihnen einen Zettel mit Michails Namen, seinem Dienstgrad, Geburtsdatum und Heimatort. Alle versprachen, sich umzuhören. Jede umarmte sie beim Abschied und küsste sie auf beide Wangen.

Zu Hause presste Irma ihre Tochter ganz fest an sich. Michaela, die so viel Zärtlichkeit von ihrer Mutter nicht gewohnt war, stand stocksteif da und beschwerte sich: »Du riechst heute nach einem komischen Parfüm.«

Während andere Kinder das Wochenende immer kaum erwarten konnten, gefielen Michaela die Schultage ebenso gut. Ihr Großvater weckte sie am Morgen und half ihr beim Anziehen und Zähneputzen. Wenn sie dann zusammen in die Küche kamen, schienen dort ein Tischleindeckdich und ein Ofenfeuerdich zu stehen. Es war immer warm und gemütlich darin. Auf dem Tisch warteten schon eine Thermoskanne mit genau richtig temperiertem Kakao, Tassen und zwei Teller. Auf Michaelas lagen Butterbrotscheiben, belegt mit Bananenstücken, und auf Wilhelms mit Senf beschmierte Brote, denn das schmeckte ihm so gut.

Irma bereitete für die beiden immer alles vor, ehe sie zur Schicht ging.

Den Schulweg hinunter nach Niederschlema musste Michaela nie allein gehen. Wolfgang holte sie immer ab, und an jedem Haus in der Siedlung kam ein weiteres Kind dazu, bis sie in einer großen Meute zusammen ins Schulhaus stürmten.

Cousin und Cousine teilten sich eine Bank. Es gab besondere Fachkabinette mit Aquarien und einem ausgestopften Fuchs auf dem Schrank, Schulfunk, ein Freibad mit einem Sprungturm, einen großen Sportplatz und einen parkähnlichen Pausenhof mit einem Terrarium. In der Hofpause saßen die beiden immer auf dem Rand und fütterten die Schildkröten darin mit den Resten aus ihren Brottaschen.

Am 1. Juni, als sich das Schuljahr dem Ende zuneigte, feierten sie Kindertag. Es gab schulfrei, aber sie gingen dennoch frühmorgens los, und das Besondere war, dass ihr Großvater sie begleitete.

Das ganze Schulgelände war mit Wimpelketten und Bannern geschmückt. Aufgeregte Kinder drängten sich um ein riesiges Fass mit Brause. An jeder Ecke fanden kleine Wettkämpfe statt. Sackhüpfen, Rollerrennen, Wettschwimmen, es gab Gewinne und noch viel mehr Trostpreise. Auf dem Pausenhof reihten sich Biertische aneinander, das war die Bastelstraße. Die Rentner des Ortes brachten den Kindern dort das Flechten bei, zeigten ihnen, wie man Untersetzer webte, andere hatten glitzernde Minerale mitgebracht. Wilhelms Aufgabe war es, mit den Kindern Vogelhäuser zu zimmern.

In der Bastelstraße traf er seine halbe ehemalige Brigade wieder. Die alten Kumpel stießen mit roter Brause an und erinnerten sich an ihre Abenteuer im Berg. Bald bildete sich eine Traube von staunenden Kindern um sie, die hören wollten, wie sich Wilhelm und seine Kumpel bei dem großen Grubenbrand eingemauert hatten und erst nach drei Tagen unter der Erde gerettet wurden.

Zum Abschluss kamen die Patenbrigaden von der Wismut und kutschierten die jauchzenden Kinder auf der Ladefläche eines mit Fähnchen geschmückten Erzlasters herum.

Im zweiten Schuljahr bekamen die Kinder Schwimmunterricht und durften nun einmal in der Woche in das weiß gekachelte Becken im Keller hüpfen. Als sie nach der ersten Schwimmstunde heimkamen, fragte ihr Großvater gespannt, ob sie denn auch die Fische gesehen hätten.

Eines Tages berichtete Michaela aufgeregt: »Ich bin heute bis zu den Fischen geschwommen.«

Wolfgang, der sie übertrumpfen wollte, behauptete: »Und ich hab die Fische sogar angefasst.«

Wilhelm lobte sie über alle Maßen und wünschte sich, dass sie den Fischen beim nächsten Mal einen Gruß von ihm dalassen sollten.

Seitdem fragte er jeden Donnerstag, wenn die Kinder von der Schule kamen, erwartungsvoll: »Und? Habt ihr den blauen Fischen einen Gruß von mir dagelassen?«

Als der Schwimmunterricht zu Ende ging, meldeten sie sich in der Schwimm-AG an, nur um ihrem Großvater einmal in der Woche eine Freude zu machen.

Manchmal schlief Wolfgang ebenfalls im Haus seines Großvaters und teilte sich dann mit Michaela ein Bett. In dieser Nacht waren alle Eltern zur Arbeit, als ein heftiges Sommergewitter über dem Schlematal hereinbrach.

Wilhelm erwachte von der kurzen Aufeinanderfolge von grellen Blitzen und ohrenbetäubendem Donner. Er stand auf und zog überall die Stecker aus den Steckdosen. Radio, Fernseher, Waschmaschine und Stehlampen. Dann sah er nach den Kindern. Sie hockten auf dem Bett, klammerten sich aneinander und fürchteten sich.

»Wir brauchen keine Angst zu haben«, versprach Wilhelm, nahm sie mit zur Besenkammer und holte das Mettenlicht heraus.

Sie setzten sich zusammen an den Küchentisch, und Wilhelm entzündete es.

»So kann uns nichts passieren«, erklärte er.

Wolfgang beobachtete das zitternde Flämmchen.

»Dann schlägt der Blitz nicht bei uns ein?«, vergewisserte sich Michaela.

»Nein«, versprach ihr Großvater. »Noch nie ist bei den Steiners ein Blitz eingeschlagen.«

Er holte das *Album für Freunde des Bergbaus*, und sie sahen sich gemeinsam die Bilder an. Draußen peitschten die Zweige gegen das Fenster, und gespenstische Schatten huschten über die Wände.

»Wir wollen eine Geschichte«, bat Wolfgang, und Michaela kroch erwartungsvoll auf den Schoß ihres Großvaters.

Er erzählte von dem persischen Prinzen, der mit seinen zwei Affen auf der Schulter unter Palmen in Oberschlema gewandelt war.

»Du kennst die allerschönsten Märchen, Opa«, versicherte Michaela.

»Bitte noch eins!«, bettelte Wolfgang.

Im schützenden Schein des Mettenlichts erzählte Wilhelm weiter von diesem wunderbaren Ort, der eines Tages im Erdboden versunken war.

Der alte Ortskern von Oberschlema wurde zu ihrem Abenteuerspielplatz. Am Zaun des Deformationsgebietes hingen überall Schilder: *Einbruchgefahr! Betreten verboten! Eltern haften für ihre Kinder. VEB Bergsicherung Schneeberg.*

Wolfgang kroch unter dem Stacheldraht hindurch und blieb mit seinem Pulli hängen.

»Da wirst du fei Ärger kriegen«, prophezeite Michaela.

Ihrem Großvater hatten sie gesagt, sie wollten ein bisschen stromern gehen. Sie waren eine wilde Horde von Kindern, und niemand fragte, wo sie sich die ganzen Nachmittage herumtrieben. Ihre Mütter waren Verkäuferinnen in der HO oder arbeiteten als Näherinnen im VEB Obererzgebirgische Wäschefabrik. Ihre Väter schufteten im Schichtdienst in der Gießerei oder bei der Wismut. Hatten sie Tagschicht, waren sie nicht anwesend. Und wenn sie Nachtschicht hatten, sollten die Kinder leise sein, damit die Väter nach der schweren Arbeit schlafen konnten. Also beschäftigten sich die Kinder selbst.

Hinter dem Stacheldraht lag alles in einem tiefen Dornröschenschlummer. Unter Disteln und Vogelmiere lugte Straßenpflaster hervor, und sie rannten über die alten Wege, denen sie neue Namen gaben. Die Löcherstraße, die schöne Straße, der Buckelweg, die breite Straße. Hier waren früher die Autos vorgefahren, um die Herrschaften zum Kurbad zu kutschieren. Man sah die gepflasterten Innenhöfe, an deren Rändern Blumenrabatten zwischen Brennnesseln wuchsen. Zaunfundamente ließen Gärten erahnen, es gab noch den Bahndamm, die Grundmauern, umgestürzte Säulen und all die offenen Kellerfundamente, in die fensterloses Mauerwerk und Putz hineingestürzt waren.

Sie trugen immer ein Seil bei sich, denn manchmal passierte es, dass einer von ihnen in einen Krater oder eine Spalte rutschte. Der Boden war instabil und konnte nachgeben.

Sie stiegen im Schutt herum und fanden blau gemusterte Bodenfliesen und alte Rohrleitungen, zersplitterte Türen und Glasscherben.

Michaela schnitt sich dabei das Knie auf. Blut mischte sich mit Dreck. »Wir müssen zum Opa. Ich brauch ein Pflaster«, heulte sie.

»Quatsch«, sagte Wolfgang und pinkelte einfach auf die Verletzung. »Das tötet alles ab«, versicherte er.

»Aber es brennt«, schrie Michaela.

Wolfgang packte sein Desinfektionswerkzeug weg und forderte: »Ein Bergmann jammert nicht.«

Die Kinder hatten ihre Brottaschen mitgebracht, in denen die Reste des Schulfrühstücks lagen. Nachdem Michaelas Tränen getrocknet waren, hockten sich alle auf eine umgestürzte Treppe und picknickten. Dabei wurde Wolfgang zum ersten Mal bewusst, dass seine Cousine und er etwas Besonderes waren. Sie hatten Bananen und Mandarinen in ihrer Brotbüchse. Die bekamen ihre Eltern bei der Arbeit als Verpflegung, aßen sie aber nie selbst, sondern brachten sie immer ihren Kindern mit. Die anderen guckten neidisch. »Ihr von der Wismut denkt auch, ihr seid was Besseres.«

Danach blieben sie lieber unter sich. Die Wismut-Kinder gegen den Rest der Welt. Sie spielten jeden Tag, bis die Dämmerung kam und sie aus weiter Ferne die ersten Eltern rufen hörten, die von der Arbeit kamen.

Das Grubenfeld unter Niederschlema und Aue dehnte sich inzwischen über zwanzig Kilometer aus, und die Abbautiefen nahmen weiter zu.

Irma hatte sich zur Fördermaschinistin ausbilden lassen. Auf ihre Anweisungen lief ein verzinktes Stahlseil über riesige Seilscheiben und ließ Förderkörbe im Schacht herauf- oder hinabfahren. Sie steuerte eine Maschine mit ungeheurer Kraft. Hans stand als Brigadier einer Hauerbrigade vor. Die inzwischen weit auseinanderliegenden Schächte konnten sie nicht mehr zu Fuß erreichen und mussten mit dem Bus fahren. Treffpunkt der Kumpel war der sogenannte Gummibahnhof am Förderturm von Schacht 66. Ihre Lohnzahlungen bekamen sie als Abschlag einmal in der Monatsmitte, und am Ende gab es dann die Restzahlung, die meist deutlich höher war.

Nach seiner Schicht stellte sich Hans im Zechensaal an. An der Wand hing ein Spruchbanner: *Kommunismus ist Sowjetmacht plus Elektrifizierung.* In abgetrennten Boxen saßen die Angestellten der Lohnbuchhaltung, bewacht von Volkspolizisten, denn es gingen beachtliche Summen über den Tisch. Seine Brigade hatte in diesem Monat die Norm so weit übertroffen, dass die Prämien und Sonntagszuschläge den Akkordlohn übertrafen. Großzügig schob Hans die Münzen zurück. Er konnte es sich leisten, er verdiente mehr als ein Oberarzt in Berlin.

Vor Kurzem hatten sie sich einen Trabant kaufen können. Nur zweieinhalb Jahre mussten sie darauf warten und nicht zehn wie andere. Davon konnte die Tochter seiner Tante Clara nur träumen.

Als er zum Schachttor lief, holte ihn Irma ein und grinste. Auch die Brigade der Fördermaschinisten hatte gut abgeschnitten.

»Ich will einen Fernseher kaufen«, verriet sie stolz. »Für Michaela. Dann hat sie was zu tun, wenn ich auf Schicht bin.«

Neben ihnen liefen Kumpel aus ihren Brigaden, alle hatten dicke Brieftaschen. Einer rollte einen Fünfzigmarkschein zusammen und holte sich damit Feuer an Irmas Zigarette.

»Du spinnst wohl«, schimpfte seine Frau, die am Schachttor auf ihn gewartet hatte. Hastig pustete sie den Geldschein aus. »Dafür kaufst du mir jetzt was.«

Irma lachte. »Da wird es wohl heut nichts mit einem Besuch im Café Röckchenhoch.«

Draußen warteten viele Ehefrauen. Ihren Haushaltstag nahmen sie immer am Zahltag, damit ihre Männer nicht gleich alles vertranken und verspielten.

Die Kumpel, die nicht abgeholt wurden, schleppten Bierkästen in den Bus, spielten Karten, tranken und rauchten, bis sie wieder am Gummibahnhof landeten.

Als Irma und Hans nach Hause kamen, schnupperte Erika an ihren Haaren und fragte: »Kommt ihr aus der Kneipe?«

Wenn das Wetter gut war, stromerten Michaela und Wolfgang mit ihren Rädern in der Gegend herum. Hinter dem Schafberg im Borbachtal entdeckten sie einen Schlammteich, in den Abwässer aus den Uranerzgruben geleitet wurden. Im Wasser schwebten unsichtbare Teilchen aus Schwermetallen, die sich als Sedimente am Grund absetzten. Es war warm, und ein Bad schien den Kindern gerade das Richtige. Michaela zog ihre Kleider aus und stieg als

Erste hinein. Sofort geriet sie in den Schlick und wurde hinabgezogen. Sie begann zu schreien. Wolfgang versuchte sie mit einem Ast herauszuziehen und rutschte ebenfalls in den Schlammteich.

Drei Sowjetsoldaten, die in der Nähe eine Anlage der Wismut bewachten, hörten ihre Hilferufe und kamen herbeigerannt. Sie bildeten eine Menschenkette, die Kinder hielten sich am Gewehrkolben des ersten Soldaten fest und wurden herausgezogen.

Keuchend lag Wolfgang auf der Wiese, Michaela heulte. Einer der Sowjets schenkte ihr ein klebriges Bonbon, um sie zu trösten, und zwinkerte ihr zu. Ein anderer zündete sich eine Zigarette an. Der dritte legte seinen Finger an die Lippen, und sie kehrten wieder auf ihren Posten zurück.

»Ich glaub«, sagte Wolfgang, »wir kriegen alle Ärger, wenn das rauskommt. Die und wir.«

An den Mittwochen hatten sie immer Pioniernachmittage. Meistens bastelten sie, manchmal zogen sie los und sammelten alte Zeitungen und Gläser. An diesem Tag sollten sie russische Volkslieder und Tänze lernen.

»Dieser Monat«, erklärte ihre Pionierleiterin, »steht unter dem Motto: *Wir Jungpioniere sind Freunde der Sowjetunion.*«

Wolfgang glaubte, eine besonders gute Idee zu haben, und meldete sich. »Hinter dem Schlammteich stehen meistens sowjetische Posten. Die könnten wir doch zum Pioniernachmittag einladen. Die kennen bestimmt noch andre russische Lieder als immer nur *Katjuscha.*«

Und Michaela rief, ohne sich zu melden: »Bestimmt haben die Heimweh und freuen sich.«

Alle Kinder waren begeistert. Die Soldaten winkten immer, wenn sie am Bahndamm spielten, und manchmal warfen sie ihnen Konfekt zu, das in buntes Papier mit Märchenmotiven eingewickelt war.

Die Pionierleiterin brachte die Kinder mit einer Handbewegung zur Ruhe. »Das geht auf keinen Fall. So etwas muss offiziell von der *Deutsch-Sowjetischen Freundschaft* organisiert werden. Nein, wir bleiben lieber bei *Katjuscha.*« Sie stellte sich vor die Kinder hin und stimmte das Lied an, und zwar auf Deutsch.

Zu Hause beklagte sich Michaela bei ihrem Großvater darüber. »Ich versteh das nicht, Opa«, sagte sie und hatte vor Empörung ganz rote Wangen. »Wir haben in der Schule gelernt, die sowjetischen Soldaten sind unsere Freunde. Und wieso darf man die Freunde nicht zum Pioniernachmittag einladen?«

Wilhelm kratzte sich am Kopf. »Das eine ist die Theorie. Und das andre ist halt die Praxis«, sagte er, und Michaela war nicht viel schlauer als zuvor.

»Die hätten uns bestimmt einen Kasatschok vorführen können«, maulte sie.

»Du magst wohl die Musik?«, fragte er, und Michaela nickte. Wilhelm lachte und klopfte seiner Enkelin auf die Schulter. »Manches hat man halt im Blut.«

Einmal im Monat stand Irma auf dem Brünlasberg vor der Zeche 50 und hielt Ausschau nach den sowjetischen Laborantinnen. Bisher hatten sie nichts in Erfahrung bringen können. Aber diesmal winkte ihr eine von ihnen aufgeregt zu, löste sich von den anderen und kam zu ihr herübergerannt.

»Irma! Schon gewartet auf dich!«

Irmas Herz schlug bis zum Hals. Aber am mitleidigen Blick der Laborantin konnte sie erkennen, dass sie keine guten Nachrichten brachte.

27. Russenkind

November 2019

Irma drehte sich um ihre eigene Achse, starrte dabei nach oben und taumelte. Luisa musste sie festhalten, sonst wäre sie gestürzt. Die Kuppel der Haupthalle des Kiewer Bahnhofs wirkte wie ein Palast mit den goldenen Kronleuchtern, den Bleiglasfenstern und den prächtigen Gemälden weit über ihnen am Rand der gewölbten Stuckdecke. Nie zuvor war Irma in einem gewaltigen Saal wie diesem gewesen.

»Und ich dachte immer, der Bahnhof in Zwickau wäre groß«, staunte sie.

Michaela bedachte ihre Mutter mit einem fragenden Blick. Die wich ihr geschickt aus.

Der Zug hatte kurz nach ihrer Verkündung gehalten. Sie hatten sich anziehen, zusammenpacken, aussteigen müssen. Da war keine Zeit geblieben für eine Antwort auf die Frage, die sich alle stellten. Warum sollte ein in Zwickau verunglückter Bergmann auf einem Friedhof in Kiew liegen?

Luisa hatte sich für die Stadt der goldenen Dächer ein ausgiebiges Besichtigungsprogramm vorgenommen: Sophienkathedrale, das Haus mit den Chimären, St. Michaelskloster. Und das Goldene Tor von Kiew wollte sie auch unbedingt sehen. Mit ihrem Bergmannsorchester hatte sie das Stück über dieses Bauwerk aus Mussorgskis *Bilder einer Ausstellung* gespielt.

Es war so kalt, dass sie ihren Atem sehen konnten. Die Fassade des kleinen Hotels in Bahnhofsnähe leuchtete in Lapislazuliblau. Das Haus war nicht verputzt worden und die Farbe direkt auf die unregelmäßige Ziegelmauer gestrichen. Auch die angrenzenden Häuser trugen unterschiedliche kräftige Farbtöne. Einen Moment vergaßen sie über diesem Anblick alles andere. Die Straße wirkte wie ein impressionistisches Gemälde, und Michaela wies entzückt auf die Farbtupfer hin, die in der Ferne miteinander verschmolzen.

Im Inneren erwies sich das Hotel als enttäuschend nüchtern und modern. Aus Kostengründen teilten sich jeweils zwei von ihnen ein Zimmer, über die Zusammensetzung hatten sie bisher nicht gesprochen.

»Nichts für ungut, Gretchen«, stellte Luisa klar, »aber ich bevorzuge eine meiner Tanten als Zellengenossin.«

Sie gruppierten sich nach Alter, und die beiden Freundinnen gingen in ihr Zimmer.

Luisa warf sich auf das Doppelbett und seufzte. »Und ich dachte, an die Akten in Moskau ranzukommen, wäre das Komplizierte an dieser Reise.«

Sie aßen Mittag in einem Hochhauscafé über dem Ufer des Dnepr. Die Sonne hatte ihren Höchststand erreicht und die Nebel aufgelöst. Sie beobachteten die großen Schiffe, die zwischen den zahlreichen Inseln hindurchsteuerten. Hinter den riesigen Panoramascheiben heizte sich der Raum wie unter einem Brennglas auf. Längst hatten sie ihre dicken Jacken und Pullover ausgezogen.

Es war nicht leicht gewesen, Irma hier heraufzubekommen. Eine solche Höhe war ihr nicht geheuer, und sie klammerte sich an der Tischplatte fest. Erst als das Essen kam, wurde sie entspannter. Sie tranken Saft und Kaffee, aßen Würstchen mit Salat, wobei sich Irma auf die Würstchen und Michaela auf den Salat konzentrierte, und zum Nachtisch gab es süße Wareniki. Um sie herum herrschte ein gleichmäßiger Lärm, so wie Meeresrauschen.

»So«, sagte Michaela zu ihrer Mutter und legte ihr Besteck zusammen. »Und jetzt möchte ich von dir wissen, wieso mein Vater angeblich hier irgendwo begraben sein soll.«

Irma zupfte ihre Papierserviette auseinander. »Nicht angeblich. Und nicht irgendwo«, antwortete sie verlegen. »Er liegt in Kraypolya. Das ist ein Dorf ganz in der Nähe.«

Luisa durchsuchte ihren Reiseführer und konnte den Ort nicht finden.

Gretchen wunderte sich. »Aber wie kommt er denn dahin?«

»Sein Name steht doch auf dem Gedenkstein in Zwickau«, sagte Michaela. Sie holte ihr Telefon aus der Hosentasche und suchte im Internet Bilder davon. Über das schwerste Grubenunglück der DDR mit 123 Toten gab es unzählige Berichte und auch Fotos des Gedenksteins. Michaela hatte es gefunden und zeigte es den anderen. »Da. Seht ihr? Franz Liebold.«

Irma hatte die Serviette in mikroskopisch kleine Krümel zerlegt, die sie nun mit den Händen zusammenfegte.

Weil sie nichts dazu sagte und an dem Bild geflissentlich vorbeistarrte, nahm Gretchen das Gespräch wieder auf. »So ein Gedenkstein ist ja kein Grab.«

Michaela beugte sich vor und fixierte ihre Mutter. »Du wolltest mit mir zwar nie hin, aber ich bin dort gewesen. Sein Grab war in der Abteilung drei und ist inzwischen aufgelöst.«

Irma hörte auf, den Tisch von Krümeln zu befreien, und sah ihre Tochter entsetzt an. »Du bist allein auf dem Zwickauer Friedhof gewesen?«

»Ich fand es immer traurig, dass mein Vater niemals von meiner Existenz erfahren hat«, sagte Michaela, als müsste sie sich dafür entschuldigen.

Irma nickte gedankenschwer. »Ich auch. Glaub mir, ich auch.«

Luisas Blick folgte dem gewundenen und sich teilenden Fluss. Sie sah weiße Mauern und goldene Kuppeln und einen gigantischen metallenen Regenbogen. Langsam beschlich sie das Gefühl, dass sie nicht alle Punkte ihres Programms schaffen würde.

»Mutti«, sagte Michaela eindringlich. »Jetzt sag mir bitte, wieso mein Vater ausgerechnet hier begraben sein soll. Und warum hast du mir nie von ihm erzählt? War er ein Verbrecher? Wer war Franz Liebold?«

»Ich habe keine Ahnung«, gab Irma zu. »Das war nur ein Name auf einer Liste in der Zeitung.« Sie fächelte sich mit der abgegriffenen Speisekarte Luft zu.

Minutenlang hörten sie nicht mehr als das Geklapper und Geraune von den Nebentischen. Gretchen fing sich als Erste. Sie beklagte sich, dass sie gar nichts verstehe und ob es ihr jemand erklären könne. Niemand beachtete sie.

»Wenn er nicht mein Vater war, wer dann?«, fragte Michaela.

Irma blickte zur Restauranttür, als suchte sie nach einem Notausgang. Schließlich gestand sie mit rauer Stimme: »Sein Name war Michail Ivanov. Und er war ein sowjetischer Unteroffizier.«

Die anderen drei starrten sie an und versuchten zu begreifen, was sie gerade gehört hatten. Gretchen holte Luft, aber Luisa legte ihr die Hand auf den Arm und hielt sie zurück. Sie konnte sich später aufregen, dass ihre Freundin sie nicht eingeweiht hatte.

Michaela sagte keinen Ton. In ihrem Kopf zerbröckelte gerade das Denkmal des tragischen Helden, das sie für ihren Vater errichtet hatte.

»Wer sich von den Sowjets damals mit einer Deutschen eingelassen hat, wurde sofort zurückgeschickt«, erklärte Irma. »Wir konnten uns nicht einmal verabschieden.«

Michaela blieb stumm. Sie hatte an diesem Tag andere Ohrringe angelegt, zarte Gebilde, die wie Tropfen aussahen. Am Pendeln des Schmucks konnte man ihren wilden Herzschlag erahnen.

Irma berichtete von ihren vergeblichen Kontaktversuchen und wie sie endlich nach Jahren Michails Adresse von einer sowjetischen Laborantin bekommen hatte.

»Hast du ihm geschrieben?«, wollte Gretchen wissen.

Irma schüttelte den Kopf. »Ich habe von der Laborantin nicht nur seine Adresse erfahren, sondern auch, dass er inzwischen verheiratet war.«

Michaela starrte aus dem Panoramafenster. Ohne ihre Mutter anzusehen, fragte sie: »Warum hast du mir nichts davon gesagt? Ich hatte doch ein Recht darauf.«

Ihre Mutter sank förmlich in sich zusammen, und Gretchen wirkte plötzlich riesenhaft neben ihr.

Leise gestand Irma: »Ich wollte nicht, dass sie dir ›Russenkind‹ nachschreien.«

Russenkind. Michaela runzelte die Stirn. Sie kannte diesen beleidigenden Ausdruck. Das Wort weckte eine verschüttete Erinnerung an einen Sommertag Mitte der Sechzigerjahre. Sie hatte kurze Hosen getragen und Kniestrümpfe, und sie spielten Krieg im ausgedörrten Deformationsgebiet. Da gab es ein Kind, das sich ungeschickt verhielt, und irgendjemand brachte das Wort auf. Erst rief es einer, dann schrien alle aus vollem Hals: »Russenkind, Russenkind!« So lange, bis der Junge heulend davonrannte.

Michaela hatte das Wort *Russenkind* nicht nur gehört. Sie hatte es selbst gerufen.

Plötzlich begriff sie, warum ihre Mutter sie immer verbessert hatte, wenn es um die Sowjets gegangen war, und Michaela von den *Russen* gesprochen hatte. Und dann ihr Russischkurs an der Volkshochschule. Die Matrjoschkas, die sie ihr geschenkt hatte. Die schwermütigen ukrainischen Volkslieder, die sie ihr auf der Schalmei vorgespielt hatte. Je mehr Michaela darüber nachdachte, umso klarer wurde ihr, dass sie es hätte ahnen können.

»Ich wollte dich nur beschützen«, stellte ihre Mutter

klar. »Und wenn man einmal mit dem Lügen angefangen hat, kann man nicht so leicht aufhören.«

Nachdenklich sah Michaela sie an. »Aber nach der Wende, da hättest du es mir sagen müssen.«

»Du bist ja sofort in den Westen«, verteidigte sich Irma.

Michaela hatte an der Dortmunder Fachhochschule Design studiert. Dass ihr plötzlich die Welt offenstand, war nicht der einzige Grund gewesen, warum sie im Schlematal nichts gehalten hatte. Ihr Großvater war nicht mehr da gewesen. Und ihre Mutter, die entlassen worden war, holte mit ihrer Nichte Luisa alles nach, was sie bei der eigenen Tochter versäumt hatte. An dem Tag, an dem sie voller Stolz vorgeführt hatte, wie sich Luisa vom Bauch auf den Rücken drehte, hatte Michaela beschlossen zu gehen. Irgendwann wollte sie ihrer Mutter davon erzählen, nur nicht an diesem Tag.

»Du tust grad so, als hätt ich Republikflucht begangen, Mutti. Die Grenzen waren offen. Du hättest es mir jederzeit sagen können«, beharrte sie.

Irma nickte. »Das wollte ich auch. Aber dann hab ich rausgefunden, dass er gestorben ist.«

Michaela beugte sich noch weiter zu ihrer Mutter vor. »Meinst du nicht, auch das wäre eine wichtige Information für mich gewesen?«

Irma schüttelte den Kopf. »Du hattest deinen Vater doch schon vor langer Zeit verloren. Warum alte Wunden aufreißen? Warum ein zweites Mal trauern?«

Luisa suchte in ihrem teuren Übersetzungsprogramm eine bestimmte Formulierung, winkte die Kellnerin heran und bestellte etwas auf Ukrainisch. Kurz darauf standen vier volle Wassergläser mit Wodka auf dem Tisch.

Gretchen nippte vorsichtig am Glas, die anderen tranken zügiger.

Michaela hob ratlos die Schultern. »Ich hab ihn mir immer mit Bohrhammer vorgestellt und ganz schwarz von Kohlestaub.«

Irma dachte nach und schüttelte den Kopf. »Er war nie schmutzig. Und er mochte alles Bunte.« Sie zeigte auf das Kleid ihrer Tochter. »Das hätte ihm gefallen.«

Michaela starrte auf die ausdrucksstarken Muster. Dann nahm sie die Hand ihrer Mutter und hielt sie fest.

Ein Dampfer fuhr vorbei, das gedämpfte Dröhnen seines Signalhorns zerriss das Schweigen. Luisa legte ihr Telefon auf den Tisch. »Ich hab nachgeguckt. Öffentliche Verkehrsmittel dorthin scheint es nicht zu geben. Wir fahren am besten mit einem Taxi zu diesem Friedhof.«

»Aber du wolltest dir doch die Stadt ansehen«, sagte Michaela. »Ich könnte allein mit meiner Mutti fahren.«

Luisa schüttelte den Kopf. »Kommt gar nicht infrage. Auf diesem Friedhof liegt einer von uns. Natürlich komme ich mit.«

28. Akzisefreier Trinkbranntwein

Januar 1972

Es war Dreikönigstag, und die letzte der Rauhnächte brach an. Seit zwölf Jahren hatte niemand die kleine Kammer mit dem verhängnisvollen Balken im Dachgeschoss betreten.

Aber nun saß Clara unten in der Küche und hatte die Kinder hinaufgeschickt, etwas zu holen.

Clara war für ein paar Tage nach Oberschlema gekommen, dessen Name getilgt worden war. Man fand ihn weder auf dem Plan des Bezirks Karl-Marx-Stadt noch auf dem Streckenplan der Deutschen Reichsbahn. Selbst auf der Postkarte vom Sanatorium der Wismut stand: *Grüße aus Schlema.*

Clara war inzwischen verwitwet und verbrachte Weihnachten immer bei ihrer Tochter in Zwickau. Aber vor langer Zeit hatten sie und ihr Bruder Wilhelm sich geschworen, einander jedes Jahr während der Rauhnächte zu treffen.

Irma hatte sich für ihre Tante freigenommen, und Wolfgang war zu ihnen herübergekommen. Draußen dämmerte es. Wilhelm stand auf und zündete zwei der drei Kerzen in den Leuchtern auf dem Fensterbrett an.

»Sind das die Kerzen der Kinder?«, wollte Clara wissen.

Irma schüttelte den Kopf. »Nein, das sind unsere. Wir stellen für die Kinder lieber einen Schwibbogen auf.«

Stolz zeigte sie ein schmiedeeisernes Ding, an das ihr Bruder eine elektrische Baumbeleuchtung montiert hatte. Irma steckte den Schwibbogen in die Steckdose. Auf einen Schlag brannten alle sieben Lämpchen. »Siehst du, Tante Clara? Geht viel schneller.«

Aber Clara war entrüstet. »Jedes Kind braucht seinen eigenen Kerzenhalter. Wilhelm, du müsstest unsere beiden noch haben. Die können die zwei doch bekommen, findest du nicht?«

Daraufhin waren die Kinder hinauf ins Dachgeschoss gerannt und stöberten in der Kammer herum, die seit langer Zeit nicht betreten worden war.

»Ich hab's!«, rief Wolfgang und zerrte einen Karton hervor. Während er triumphierend die Treppe hinunterstürmte, blieb Michaela stehen. Die Flurlampe schickte einen schmalen Streifen Licht in die dämmrige Kammer. In der Ecke stand ein seltsames Gestell, Nadeln steckten in dem Kissen, das darauf lag, Spinnfäden hingen herab. Es erschien Michaela wie das Spinnrad der bösen Fee im Turm vom Dornröschenschloss. Schnell schlug sie die Tür zu und lief hinunter zu den anderen.

Sie hatten schon die beiden großen Leuchter aus dem Karton geholt, Claras Engel und Wilhelms Bergmann.

Die Kinder staunten über die Goldlackierungen und die feinen Gesichter.

»Die gehören jetzt euch«, verkündete ihr Großvater feierlich.

Irma steckte beiden Figuren eine Kerze in die hölzernen Hände. Jedes Kind durfte seine anzünden. Wolfgang wollte das Streichholz auch an die fünfte Kerze halten, aber Wilhelm hinderte ihn daran. »Die darf nicht brennen«, sagte er.

»Warum eigentlich nicht?«, wollte der Junge wissen.

Clara erklärte, was es mit den Kerzen auf sich hatte. »Nur eure vier dürfen brennen, ihr seid alle in der Heimat.«

Michaela betrachtete den hölzernen Bergmann, dessen Licht dunkel bleiben musste. »Wem gehört der?«

»Meinem erstgeborenen Kind. Rudolf«, erzählte Wilhelm. Und weil er dabei so traurig aussah, fragten sie lieber nicht weiter.

Nach dem Essen saßen sie im Wohnzimmer, Irma berichtete von ihrer Arbeit, Clara von den Enkelkindern.

Michaela hörte nicht zu, denn sie musste die ganze Zeit an das seltsame Ding in der Dachkammer denken. Schließlich fasste sie sich ein Herz. »Was steht da oben für ein komisches Holzgestell?«

Die anderen wussten nicht, was sie meinte, und sie beschrieb das Gestell mit dem runden Kissen und den Nadeln.

»Das ist fürs Klöppeln. Meine Güte, Irma!«, rief Clara aus. »Wie kann es sein, dass deine Tochter noch nie ein Klöppelgestell gesehen hat? Schnell, Kinder. Lauft hoch und bringt es herunter.«

Auf dem runden Kissen steckte noch der letzte Klöppelbrief von Martha. Er zeigte das Muster der Spitze von Michaelas Babykörbchen.

Irma löste es vorsichtig und strich es glatt. »Ich konnte das nie.« Sie blickte auf ihre groben Hände. »Dafür war ich immer zu ungeduldig.«

»Dann wird es Zeit, dass ich es den Kindern beibringe«, entschied Clara. Sie rückte den Stuhl zurecht und richtete ihren langen geflochtenen Zopf, der inzwischen grau und dünn war. »Fürs Klöppeln braucht ihr die Holzklöppel, Leinenfaden und alte Geschichten.«

Sie präparierte das Kissen mit den Nadeln, hängte die Fäden darüber und zeigte den Halbschlag. »Drehen, drehen, kreuzen, straffziehen.«

Während Wolfgang schon vom Zugucken zappelig wurde, schaute Michaela gebannt zu.

»Das wird ein ganz einfaches Band«, erklärte Clara und drehte sich zu Wilhelm um. »So eins hab ich gemacht, als du mir die Haare mit dem Kienspan versengt hast.«

Das Band wuchs unter ihren Fingern. Plötzlich hielt sie inne.

»Jetzt bist du dran, Michaela«, forderte sie und machte Platz.

Mit kerzengeradem Rücken saß das Mädchen den Rest des Abends da und saugte die geheimnisvollen Handgriffe und ihre Bezeichnungen in sich auf. Leinenschlag, Halbschlag, Ganzschlag und Formenschlag.

Wilhelm beobachtete sie dabei. Eine Stunde lang fühlte sich das Leben an wie damals in der Bergmannskate am Schlemabach. Die Kerzen flackerten im Fenster, es duftete nach Brombeerblättertee, das sanfte Klappern der Klöppel ertönte, und sie erzählten einander Geschichten vom knorrigen Apfelbaum und der Kuh, die zu Weihnachten Brot bekommen hatte.

Als sie zu Bett gingen, musste sich Clara ins Ehebett zu ihrem Bruder legen. Im Schlafzimmer unter dem Dach war es eisig, und Wilhelm kam mit einer Wärmflasche an. »Du hast doch immer so kalte Füße.«

»Dass du das noch weißt.« Clara schmunzelte.

»Welchen Wunsch hattest du diesmal in der ersten Raunacht?«, wollte Wilhelm von ihr wissen.

»Er ist schon erfüllt«, flüsterte sie. »Ich wollte dich wiedersehen.«

Sie schliefen nebeneinander ein, so wie damals, als sie Kinder waren.

Seit Michaela denken konnte, hing in ihrer Küche ein Foto, das ihre Mutter mit einem jungen Mann zeigte. Beide in Grubenkitteln vor einem hölzernen Förderturm, lachend, Arm in Arm.

Es war Sonntag, und sie aßen Gulasch. Nie gab es Brot bei ihnen zu Abend, immer kam etwas Warmes auf den Tisch, und täglich war es Fleisch.

Plötzlich zeigte Michaela mit ihrer Gabel auf das Bild. »Seh ich meinem Vati ähnlich?«

Überrascht sah Irma sie an. »Das ist nicht dein Vati. Das ist mein Bruder Rudolf, dein Onkel.«

Da war er wieder, dieser unbekannte Rudolf, dessen

Kerze sie niemals anzünden durften. Michaela, die glaubte, ihr Vater sei Bergmann gewesen, hatte das Paar auf dem Bild immer für ihre Eltern gehalten.

»Warum wisst ihr bei meinem Vati, was mit ihm passiert ist, und bei Onkel Rudolf nicht?«, bohrte sie nach.

»Weil man ihn nicht gefunden hat«, erklärte ihre Mutter. »Das geschah früher manchmal mit Bergleuten. Jemand wurde verschüttet und ist nie wieder aufgetaucht.«

Wilhelm strich seiner Enkelin übers Haar. »Heute passiert so etwas nicht mehr«, beruhigte er sie. »Du musst keine Angst haben. Jetzt gibt es den Arbeitsschutz.«

»Außerdem sitze ich über Tage an der Fördermaschine«, erklärte Irma.

Michaela kuschelte sich bei ihrem Opa an. »Bist du traurig, weil du nicht weißt, wo Onkel Rudolf ist, Opa?«

»Ja, das bin ich«, antwortete er. »Aber man darf dennoch niemals aufgeben. Deine Oma hat immer gesagt: ›Neuer Tag bringt neue Hoffnung.‹«

Der neue Tag brachte allerdings erst einmal etwas anderes.

Bei Arbeitsschluss ahnte Erika noch nichts davon. Sie hatte sich nach Wolfgangs Geburt vom Krankenhaus versetzen lassen, um ihren Arbeitsweg zu verkürzen. Inzwischen betreute sie einen Sanitätsbunker, der sich hundert Meter unter der Erde in einer Nische befand. Sie hatte an diesem Tag mehrere Schürfwunden desinfiziert, eine Risswunde genäht, einige Päckchen mit Parisern verkauft und sich mehrmals auf den Hintern klopfen lassen müssen.

Auf dem Heimweg fing es an, sie begann sich unwohl zu fühlen. Ihr war übel, und sie hatte Bauchschmerzen. Zu Hause wollte sie gleich in der Toilette verschwinden, aber Hans blockierte die Tür. Erika rannte zu ihrer Schwägerin hinüber, die hatte sich ebenfalls im Bad verbarrikadiert.

Kurz darauf stellte sich heraus, dass eine Salmonellenepidemie unter den Wismut-Mitarbeitern umging. Der halbe Ort wand sich in Krämpfen. Auch bei den Steiners hatte es alle erwischt, nur Wilhelm und die Kinder blieben verschont.

»Das liegt an der Hygienesituation da unten«, schimpfte Erika und krümmte sich schon wieder. »Die Kumpel benutzen einfach stillgelegte Schächte als Klo. Es ist eine Riesenschweinerei. Das war ja nur eine Frage der Zeit, wann so was passiert.«

Das wollte Hans nicht auf sich sitzen lassen. »Und wo soll man hingehn, wenn man acht Stunden da unten ist? Sollen wir es uns durch die Rippen schwitzen?«

Erika hatte die Gesunden von den Kranken separiert, damit sich nicht auch noch die Kinder ansteckten. Irma musste in Wolfgangs Zimmer schlafen, und der Junge blieb bei der Cousine und seinem Großvater.

Die Kinder lagen schon in Michaelas Bett, während Wilhelm Wadenwickel für Irma machte, die hoch fieberte.

»Wenn wenigstens Gretchen noch bei uns im Viertel wohnen würde«, seufzte er. Die beste Freundin seiner Tochter war vor ein paar Jahren nach Schneeberg gezogen, in die Nähe ihrer Arbeitsstelle. »Ich könnte sie aber fragen, ob sie mal herkommt und hilft.«

»Nein, auf keinen Fall«, wehrte Irma ab. »Mit Gretchen bin ich fertig.«

»Was ist denn passiert?«, wunderte er sich.

Weil sie darauf nicht antwortete, strich er ihr tröstend über das heiße Gesicht.

Für Wilhelm war die gleichzeitige Versorgung der kranken Erwachsenen und der gesunden Kinder eine große Anstrengung. Er hatte keine Zeit mehr für Späße, und seine Haut sah fahl aus. Das fiel seinen Enkeln auf, und sie machten sich im Bett flüsternd ihre Gedanken.

»Ob der Opa auch krank wird?«, sorgte sich Wolfgang.

Michaela war davon überzeugt, dass es einen anderen Grund gab. »Ich glaube, er ist nur traurig.«

Wolfgang musste seiner Cousine recht geben. »Es ist bestimmt wegen Onkel Rudolf. Weil der im Berg geblieben ist und keiner weiß, wo.«

Michaela dachte an die eine Kerze in den Händen des hölzernen Bergmanns, die immer dunkel blieb. »Wir müssten dem Opa einfach mal eine große Freude machen. Dann wird er wieder fröhlich.«

Daraufhin kam ihrem Cousin eine, wie er glaubte, geniale Idee. »Weißt du was?«, sagte er zu ihr. »Sobald es Frühling wird, machen wir uns auf die Suche nach Onkel Rudolf. Vielleicht finden wir seine Leiche.«

Sie stellten sich vor, dass es dann ein prächtiges Bergmannsbegräbnis mit Parade geben würde und ihr Großvater seinen Sohn immer auf dem Friedhof besuchen konnte.

»Aber wo sollen wir ihn suchen?«, fragte Michaela ratlos.

Wolfgang hatte einen Plan. »Wir finden raus, wo er zuletzt gearbeitet hat, und dort gucken wir nach.«

Als der Großvater später noch einmal bei ihnen ins Zimmer guckte, taten sie, als würden sie schlafen.

Wilhelm war heilfroh, als es allen wieder besser ging.

Und die Epidemie hatte am Ende auch etwas Gutes. Unter Tage wurden endlich die Kübelstationen eingeführt. Für die dringenden Geschäfte gab es nun Doppelsitzer und in der Luxusausführung sogar Einsitzer.

Während der Zeit der Salmonellenepidemie erfüllte keine einzige Brigade ihre Norm. Erst im darauffolgenden Monat leuchtete wieder weithin sichtbar der rote Stern auf dem Hochhaus der Zeche 50 am Brünlasberg. Dann gab es Prämien in Form von Geld und Trinkbranntwein, weshalb das Signal für die Planerfüllung von den Kumpeln Schnapsampel genannt wurde. Von nun an war Fingerspitzengefühl gefragt. Sobald sie den Plan zu sehr übererfüllten, wurde ihnen die Norm erhöht.

Hans brachte am Zahltag eine volle Brieftasche und sieben Liter Trinkbranntwein nach Hause. Die offizielle Gebrauchsanweisung dafür lautete, dass sie damit gurgeln sollten. Der Bergmannsschnaps hatte einen Alkoholgehalt von zweiunddreißig Prozent und besaß die Funktion einer zweiten Währung, die in Gramm berechnet wurde.

Erika ließ ihrem Mann immer nur eine Flasche und zog den Rest ein. Sie war eine Frau mit vielen Wünschen, und die wollten alle bezahlt werden. Sie träumte von einer schmiedeeisernen Wanduhr. Die kostete beim Kunstschmied hundert Mark und dazu siebenhundert Gramm Trinkbranntwein. Zusätzlich hätte sie zu gern ein Schaffell als Bettvorleger gehabt. Einer von der landwirtschaftlichen Produktionsgenossenschaft hatte Kontakt zur Rohfellannahmestelle und konnte ihr eins besorgen. Der Preis für das Fell waren fünfzig Mark und fünfhundert Gramm. Außerdem brauchte Erika dringend einen Handwerker, der den kaputten Boiler im Bad reparierte. Als sie ihm versprach, dass im Badschrank zwei Flaschen auf ihn warteten, sagte er zu, gleich am Nachmittag vorbeizukommen. Auch Ersatzteile für den Trabant und einen Wildlederrock bekam sie für die entsprechende Grammzahl.

Für sich selbst brauchte Erika ebenfalls etwas Trinkbranntwein. Sie setzte damit einen Rumtopf für die nächste Geburtstagsfeier an. Den Rest kippte sie als Gefrierschutz in die Scheibenwaschanlage des Trabants, und als immer noch etwas übrig war, putzte sie damit Fenster. Sie konnte sicher sein, dass ihr Mann für die nächsten Wünsche genug Nachschub an flüssiger Währung heimbringen würde.

Irma, die ihren Arbeitsplatz über Tage hatte, bekam nur zwei Liter Trinkbranntwein. Aber selbst eine Flasche konnte manchmal zu viel sein für eine wütende Frau, deren Liebster eine andere geheiratet hatte.

Als Michaela aus der Schule kam, merkte sie gleich, dass etwas ungewöhnlich war. Ihre Mutter saß in der Küche, obwohl sie doch Tagschicht hatte. Sie sah blass aus und behauptete, es gehe ihr nicht gut.

Wilhelm hantierte am Herd und stellte eine Kanne auf den Tisch. Es duftete nach Pfefferminze.

»Sind wieder alle krank, Mutti?«, fragte Michaela erschrocken. Die Salmonellen waren ihr noch in schrecklicher Erinnerung.

Ihre Mutter schüttelte traurig den Kopf. Ganz ernst saß sie unter dem Bild, das sie mit ihrem Bruder vor dem hölzernen Förderturm zeigte.

Plötzlich glaubte Michaela zu wissen, was ihrer Mutter fehlte. »Ist es, weil Onkel Rudolf verschwunden ist?«

»Ja«, sagte Irma hastig. »Nur deshalb.«

Und ihr Großvater bat: »Geh doch ein bisschen mit Wolfgang spielen. Ich will ein paar Sachen mit deiner Mutti bereden.«

In den letzten Tagen hatte es viel geregnet. Schlamm rutschte von den Halden, die zaghaften Wurzeln der Pflanzen konnten das Geröll nicht halten. Unten sammelte sich Wasser, das durch den Abraum gesickert war, angereichert mit Schwermetallen. Michaela und Wolfgang rannten barfuß durch die tiefen Pfützen. Sie waren bewaffnet mit Taschenlampen und einer Wäscheleine.

Dass nun nicht nur der Großvater, sondern auch noch Michaelas Mutter wegen Rudolf traurig war, hatte die Kinder wieder an ihren Plan erinnert. Sie wollten den verschwundenen Onkel suchen. Wolfgang hatte herausgefunden, dass Rudolf zuletzt im Schacht 38 gearbeitet hatte. Den ganzen Nachmittag durchsuchten sie deshalb die alten, verlassenen Stollen in dieser Gegend.

Michaela schob Gestrüpp zur Seite. »Hier ist noch einer!«, rief sie.

Sie krochen in die Höhlung. Es roch nach Erde und Ammoniak. Bald stießen sie auf Geröll, und es gab kein Durchkommen mehr. Das Erdreich war eingebrochen.

Bisher hatten sie nicht viel Erfolg mit ihrer Suche gehabt. Ihre Ausbeute bestand aus einer toten Ratte, einem alten Eimer und ein paar glitzernden Kieselsteinen. Enttäuscht hockten sie im Gras.

»Das hilft alles nichts«, beschloss Wolfgang. »Wir müssen runter in den Schacht.«

Michaela guckte die Wäscheleine an, die sie dabeihatten. »Hoffentlich ist die lang genug.«

Das kleine Schachtgebäude lag direkt zwischen den Häusern, und die Kinder mussten sich anschleichen. Als die alten Frauen, die den ganzen Tag aus den Fenstern guckten, von einem knatternden Moped abgelenkt waren, huschten sie durch die unverschlossene Holztür.

Im Inneren der Hütte hing noch eine alte Laufkatze an der Decke, und es stand einiges an Schrott herum. Der rechteckige Schacht mit Holzausbau war nicht abgedeckt, und an der Innenwand führte eine Fahrtenleiter ins Ungewisse. Michaela legte sich an den Rand und leuchtete mit der Taschenlampe hinunter. Der Lichtstrahl versickerte in der Dunkelheit. Wolfgang nahm einen Stein und warf ihn hinab. Sie lauschten, aber es kam kein Aufschlag. Sie versuchten es mit einem zweiten, größeren Brocken. Der Schacht war so tief, dass sie auch diesmal nichts hörten.

Wolfgang guckte zu der Laufrolle über sich und sagte: »Wir könnten unser Seil drüberlegen. Dann binden wir dich fest, und ich sichere dich.«

»Wieso muss ich runter?«, fragte Michaela entsetzt.

»Weil du leichter bist. Ich kann dich halten, du würdest mich fallen lassen.«

Sie warfen das Seil über die Rolle der Laufkatze und knoteten eines der Enden an Michaelas Gürtel fest. Wolfgang zog straff, und sie begann die Fahrtenleiter hinabzusteigen, tiefer und tiefer.

Sie hatte noch nicht die nächste Sohle erreicht, als Wolfgang brüllte: »Halt an! Das Seil ist alle!«

Aber es war schon zu spät. Die Wäscheleine rutschte ihm aus der Hand, über die Rolle und in den Schacht hinein.

Michaela sah, wie das Seil an ihr vorbeiflog, und klammerte sich an die Fahrtenleiter. Oben im hellen Kreis aus Licht erschien Wolfgangs Kopf. »Binde dich an der Leiter fest!«, schrie er ihr zu.

Mühsam zog sie das Ende der Schnur zu sich herauf, ihre Arme hatte sie in der Leiter verhakt. Mit klammen Fingern verknotete sie das Seil an einer Eisenstrebe. Die Taschenlampe fiel ihr dabei runter, sie merkte es gar nicht.

»Und jetzt klettere rauf zu mir!«, forderte Wolfgang.

Michaela konnte es nicht. Sie war starr vor Angst und klammerte sich fest.

»Dann hol ich Hilfe«, rief er.

»Nein! Lass mich nicht allein!«, schrie sie.

Zu dieser Zeit saß Irma noch immer mit ihrem Vater in der Küche.

»Ich schäme mich so«, flüsterte sie.

Sie hatte einen Verweis bekommen, weil sie mit Restalkohol die Hebel der Fördermaschine bedient hatte und erwischt worden war. Ihr Brigadier hatte sie heimgeschickt, und sie durfte erst am nächsten Tag wieder arbeiten.

Wilhelm strich über die Hand seiner Tochter. »Es ist gut, dass es so gekommen ist«, versicherte er ihr.

Sie sah ihn entrüstet an. »Was soll daran gut sein?«

»Das Schicksal hat nicht zugeschlagen, es hat dir nur eine Warnung geschickt«, erklärte er.

Ihr wurde bewusst, dass sie großes Glück gehabt hatte. Außer dem Verweis war nichts passiert.

»Ich hatte heut Nacht allein auf dem Sofa im Wohnzimmer so eine Wut auf Michail«, gestand sie ihrem Vater. »Da hab ich die Flasche mit dem Kumpeltod geleert.«

Wilhelm nahm sie in den Arm. »Sei nicht blind für all das Kostbare in deinem Leben, mein Mäd. Der Bergmannsschnaps ist gut gegen den Staub in der Kehle. Gegen Kummer hilft der nicht.«

Irma nahm daraufhin einen Schluck vom Pfefferminztee. »Und was machen wir jetzt mit dem ganzen Trinkbranntwein?« Sie konnte wieder lachen.

Er zog das Hemd hoch und präsentierte seinen krummen Rücken. »Damit schmierst du mich ein, ich hab es immer im Kreuz.«

Als die Kinder nicht zum Abendessen erschienen, suchte Irma sie bei der Schwägerin. Ihr hatten sie erzählt, dass sie am Schacht 38 spielen wollten. Erika hatte nichts dabei gefunden.

Aber Irma war in diesen fünfhundert Meter tiefen Schacht schon eingefahren. Nach dessen Stilllegung hatte sie mehrmals angemahnt, dass er nicht richtig gesichert worden war. Voller Angst rannte sie zum Schachtgebäude, riss die Tür auf und fand nur Wolfgang.

»Sie schafft es nicht mehr hoch«, heulte er.

Irma nahm ihm die Taschenlampe ab und leuchtete hinunter. Michaela klammerte sich immer noch in zwanzig Metern Tiefe an die Eisensprossen. »Bleib ganz ruhig. Ich hol dich hoch«, versprach Irma ihrer Tochter.

So oft war sie schon über diese Leitern eingefahren, sie bewegte sich sicher und ohne Furcht. Sie stieg über ihre Tochter hinweg und erklärte: »Wir klettern jetzt zusammen nach oben. Dir kann nichts passieren, ich bin hinter dir.«

Sprosse für Sprosse kamen sie höher. Als die Leine kurz vor der Rasenbank zu Ende war, löste Irma den Gürtel von der Taille ihrer Tochter und ließ ihn fallen.

Erst als sie wieder sicheren Boden unter ihren Füßen hatte, brach Michaela in Tränen aus.

Und erst jetzt wurde Irma bewusst, an welchem Unglück sie gerade so vorbeigeschrammt waren. »Was habt ihr euch nur gedacht!«, brüllte sie die Kinder an.

Wolfgang heulte heftiger. »Wir wollten euch doch eine Freude machen.«

Michaela schluchzte: »Du warst so traurig, Mutti. Da wollten wir für dich und Opa den verschwundenen Onkel Rudolf finden.« Sie zog den Kopf ein und schien eine Ohrfeige zu erwarten.

Stattdessen zog Irma die beiden Kinder zu sich heran und drückte sie zitternd an sich.

Ihr Vater hatte recht. Sie besaß noch immer so etwas Kostbares. Und sie konnte es jederzeit verlieren, wenn sie nicht besser darauf achtgab. In diesem Moment nahm sie sich vor, wieder Freude in ihr Leben zu lassen.

Der Sommer begann mit dem *Tag des Bergmanns der DDR*. Am ersten Sonntag im Juli, die Ferien hatten gerade begonnen, eilten sämtliche Mitglieder der Familie Steiner aufgeregt durchs Haus. Irma war seit Stunden mit Bügeln beschäftigt und hatte sich schon zweimal die Finger versengt.

Endlich war sie fertig und half ihrem Vater in seine schwarze Wismut-Uniform aus Präsent 20, einem Kunststoff, der zu Ehren des zwanzigsten Republikgeburtstages erfunden worden war. Sie richtete die Kragenspiegel, zupfte die Hose mit der gelben Biese zurecht und setzte ihm die Schirmmütze mit der goldenen Kordel auf.

»Du siehst so schmuck darin aus, Vati«, stellte sie fest.

»Du aber auch«, versicherte er.

Irma trug, genau wie ihr Bruder Hans, die gleiche Uniform.

Erika hingegen hatte sich in ein kurzes gepunktetes Kleid gezwängt und eine Hochsteckfrisur aufgetürmt. Nun putzte sie nebenan noch ihre Nichte heraus. Geschickt flocht sie Michaela Zöpfe und sicherte sie mit Haargummis, an denen Plastikmargariten klemmten.

»Warum ist meine Mutti ganz anders als du?«, wollte Michaela wissen.

Erika sah das Mädchen nachdenklich an und sagte: »Harte Arbeit macht harte Menschen.«

Am Gummibahnhof standen schon die Wismut-Busse bereit und brachten sie hinüber zum Filzteich in Neustädtel. Alles war kostenlos: die Busfahrt, die Veranstaltungen, die Erfrischungsgetränke. Und niemand wunderte sich darüber.

Über den Eingang zum Festgelände war ein Banner gespannt und begrüßte sie mit *Glückauf!*

Die Eröffnungsrede des Fests hielt ausgerechnet Adolf Hennecke, und Hans musste sich von seiner Schwester aufziehen lassen. »Da könntest jetzt du auf dem Podest stehen.«

Den Auftakt machten zahlreiche Auszeichnungen. Die meisten Orden bekamen die sogenannten Schaufensterbrigaden. Sie kriegten immer die dicksten Erzadern zugewiesen, weil sie sich in der Partei und der Kampfgruppe engagierten.

Wilhelm stand gerührt im Trubel und sagte zu Irma: »Ach, wenn mein Vater nur sehen könnte, wie sehr der Beruf des Bergmanns heut wertgeschätzt wird.«

Als das Kulturprogramm auf den Festbühnen begann, tauchten Michaela und Wolfgang in der Menge unter. Sie schauten sich ein tschechoslowakisches Marionettentheater an, schleckten Zuckerwatte, durften am Losrad drehen und fuhren Schiffschaukel.

Weil Irmas Brigadier mehr Kultur gefordert hatte, spielte sie inzwischen Schalmei und bot mit ihrem Orchester alte Bergmannslieder und neue Kampfeslieder dar. Überall war

Musik, Erika tanzte mit Hans über die Promenade, Wilhelm traf uralte Kumpel wieder, und sie erinnerten sich bei Bratwurst und Wernesgrüner Bier an ihre Zeit in der Grube Wolfgangmaßen.

Als es dunkel wurde, fand sich die gesamte Familie Steiner vor der Hauptbühne wieder, denn nun sollte der Schlagersänger Frank Schöbel auftreten. Bei *Wie ein Stern in einer Sommernacht* stimmte ein Chor aus vierzigtausend Stimmen mit in den Refrain ein. Die Steiners sangen aus vollem Hals mit. Hier gehörten sie dazu.

29. Der fremde Vater

November 2019

Die Fahrt dauerte eine Dreiviertelstunde. Irma hatte den Fahrer angewiesen, vorher noch eine Runde durch Kiew zu drehen, bevor es aus der Stadt hinausging. Das große, kräftige Gretchen hatten sie nach vorn setzen müssen. Luisa klemmte hinten, eingezwängt zwischen ihren beiden Tanten. Sie beugte sich zum Fenster und versuchte so viel wie möglich von dieser Stadt zu erhaschen. Es schien ihr, als hätte sie nie eine schönere gesehen mit all den Kathedralen und Klostern in Weiß, Gold und Grün, der Kolossalstatue von Mutter Heimat und dem Goldenen Tor von Kiew.

Michaela hatte dafür keinen Blick. Sie suchte die ganze Zeit im Internet auf ihrem Telefon nach Bildern sowjetischer Militärs.

Irma guckte von der Seite zu ihr hinüber und tippte auf eines der Fotos auf dem kleinen Bildschirm. »So sah seine Uniform aus.«

Irgendwann wurde die Bebauung spärlicher, die Häuser wurden kleiner, die Abstände größer. Dann kam eine kilometerlange Landstraße, deren Eintönigkeit nur von einer Bushaltestelle unterbrochen wurde. Sie fuhren durch einen Kiefernwald mit Bäumen, die viel gerader und höher waren, als sie es von zu Hause kannten.

Ein Mann lief am Feldrand entlang, an seiner Hand ein Kind, eingehüllt in ein Mäntelchen mit Pelzkragen, auf dem Kopf eine gestrickte Kosmonautenmütze. Sie zogen einen kleinen Leiterwagen hinter sich her.

»So eine Mütze hatte ich auch!«, rief Michaela.

Und plötzlich sah sie sich selbst den Feldrand entlanglaufen an der Hand ihres Vaters. Wäre das hier ihr Leben gewesen, wenn man es ihren Eltern erlaubt hätte?

Hinter dem Wald lag das Dorf. Kleine Blockhäuser tauchten auf mit Blumenkästen und bunten Türen, windschiefe Zäune, eine Holzkirche. Etwas abseits stand ein Wegweiser mit kyrillischen Buchstaben. Hier hielt der Taxifahrer und zeigte ihnen den Pfad zum Friedhof.

Sie baten ihn zu warten. Er schien einverstanden zu sein, wollte aber für die erste Strecke schon bezahlt werden.

Sie wagten sich durch das kleine Tor hindurch. Auf allen Grabsteinen standen kyrillische Buchstaben. Jede einzelne Inschrift machte ihnen deutlich, dass sie hier Fremde waren und in das Leben unbekannter Menschen eindrangen.

»Es ist doch ein öffentlicher Friedhof«, versuchte sich Luisa selbst zu beruhigen. »Wer sollte etwas dagegen haben?«

Eine Dohle krächzte in der Ferne, und es klang wie eine Antwort.

»Was machen wir, wenn das Grab nicht mehr da ist?«, fragte Gretchen. »Bei uns beträgt die Ruhefrist nur zwanzig Jahre, und dann werden die ersten Gräber schon wieder neu belegt.«

Doch dieser kleine Friedhof wirkte, als würde hier niemals ein Grab freigegeben. Manche der Steine waren schief und mit Moos überzogen, andere tief in die Erde eingesunken und kaum noch lesbar. Es gab auch Gräber mit neueren Sterbedaten. Verloschene Grabkerzen standen davor, jemand hatte säuberlich das Unkraut entfernt. In einer kleinen, mit welkem Laub bedeckten Freifläche steckten Eisenkreuze, liebevoll umwunden mit fröhlich-bunten Plastikblumen.

Sie gingen von Stein zu Stein und versuchten die Namen zu entziffern. Manche Inschriften glänzten blattgolden. Andere waren so verwittert, dass Michaela mit ihren Fingerspitzen den Vertiefungen nachspürte, um ihre Form erkennen zu können. Sie war froh, dass sie aus ihrem Russischunterricht wenigstens die kyrillischen Buchstaben behalten hatte.

Luisa setzte sich auf eine Bank am Rand. Gretchen ließ sich ächzend neben ihr nieder, die Hölzer bogen sich bedenklich.

»Ich kann nicht ein einziges dieser seltsamen Zeichen entziffern«, bekannte Luisa.

Gretchen war so kalt, dass ihre Nase anfing zu laufen. Auf der Suche nach einem Taschentuch wühlte sie in ihrer riesigen Handtasche. Luisa blickte erstaunt auf die Dinge, die sie aus dem Beutel beförderte.

»Warum schleppst du sämtliche Gastgeschenke mit dir herum?«, fragte sie.

»Man weiß doch nie, wann man sie braucht«, erklärte Gretchen. »So bin ich immer für den Notfall gerüstet.«

»Und wieso hast du eine Wurst mitgenommen? Bestimmt riechen die Klöppeldeckchen nun danach.«

»Ach.« Gretchen winkte ab. »Das verfliegt schnell.«

Sie sahen zu den anderen beiden, die sich noch immer über Grabsteine beugten, auf der Suche nach Michail Ivanovs Namen.

»Ich mag den Kerl nicht«, stellte Gretchen plötzlich klar. »Er hat meine Freundin Irma sitzen gelassen.« Sie zog ein Gesicht, als wäre ihr soeben eine persönliche Beleidigung widerfahren.

Nachdenklich sagte Luisa: »Ich finde es jedenfalls erstaunlich, dass Tante Irma ihm offensichtlich verziehen hat. Sie scheint noch immer an ihm zu hängen.«

»Ja«, sagte Gretchen empört. »Das verstehe, wer will.«

Vielleicht können wir uns nur nicht in diese besondere Situation hineinversetzen, dachte Luisa. »Gretchen, vermutlich sind wir beide keine Experten für Beziehungen.«

»Hier ist es!«, rief Irma in diesem Moment, und ihre sonst so dunkle Stimme klang schrill, fast hysterisch.

Luisa sprang auf. Gretchen blieb sitzen und wiederholte brummig: »Ich mag den Kerl nicht.«

Es war ein schlichter Stein mit einem kurzen Text und zwei Namen darauf. *Michail Ivanov, Olena Ivanova.*

Irma legte ihre Hand auf den eisigen Granit. Michaela trat neben sie. Einen winzigen Moment herrschte feierliche Stille, nicht einmal das raue Krächzen der Dohle war noch zu hören.

»Meinst du, er hat uns gleich vergessen, als er zurück in die Heimat gekommen ist?«, fragte Michaela und legte den Arm um ihre Mutter.

Irma atmete tief durch. »Ich hatte keine Chance, das herauszufinden. Wir werden es niemals erfahren.«

»Womöglich ist es besser so«, sagte Michaela. »Bestimmt wären wir sonst enttäuscht.«

Sie hörte in sich hinein, ob da etwas in ihr ruhte, das weit weg von Oberschlema und Zwickau lag. Ihr Musikgeschmack, ihre Kunstvorlieben, die Speisen, die ihr schmeckten, selbst ihre Männerwahl versuchte sie dahingehend zu prüfen, ob tief in ihr etwas verankert war, was sie gesteuert hatte.

»Es ist schade, dass kein Bild auf dem Grabstein drauf ist«, stellte Irma fest.

Zahlreiche andere Steine zeigten lebensgroße Porträts, eingeätzt in den polierten Granit, als würden die Toten ihre Schatten darauf werfen.

Michaela fröstelte. »Nein«, widersprach sie. »Ich möchte kein Bild von einem dicken alten Mann mit unmoderner Brille sehen.«

Sie war gerade dabei, sich ein neues Vaterbild zu bauen. Auch dieses sollte wieder ideal geraten.

Irma wurde nachdenklich. »Vielleicht hast du recht. Womöglich ist er irgendwann ein Säufer geworden. Die Sowjets haben immer schrecklich viel gesoffen.«

»Ihr habt früher nach der Schicht auch getrunken!«, rief Gretchen laut von ihrer Bank herüber.

»Das hat man gebraucht, um Druck abzubauen«, gestand Irma. »Wer unter Tage war, der hat getrunken. Aber die Sowjets, die haben gesoffen wie die Löcher.«

Michaela machte ein Foto des Grabsteins und wollte wissen, was der kurze Text über den Namen bedeutete.

Irma beugte sich näher heran und las vor: »Nashi ulyubleni bat'ky. Das erste Wort heißt übersetzt *unsere*«, erklärte sie. »Den Rest verstehe ich nicht. Das ist sicher Ukrainisch. Bei uns in der Volkshochschule war leider nur Russisch im Angebot.«

Die beiden ostslawischen Sprachen ähnelten einander, und doch gab es zahlreiche Unterschiede.

»Vielleicht ist es eine Berufsbezeichnung«, sagte Luisa. Sie öffnete ihr Übersetzungsprogramm und tippte mühselig über die kyrillische Tastatur die fremden Buchstaben ein. Auf den entsprechenden Befehl erschien die Übersetzung: *Unsere liebsten Eltern.*

Es dauerte einen Moment, bis sie begriffen, was das bedeutete.

Michaela taumelte zur Bank und hielt sich an Gretchen fest. »Ich habe Geschwister …«, flüsterte sie. Der Satz schwebte in der Luft, als wäre sie nicht sicher, ob er eine Frage oder eine Feststellung sein sollte.

Der Wind riss die letzten Blätter von den Büschen. Durch die kahlen Zweige konnte man über die weite flache Steppe sehen, auf der ein paar Pferde dem Wetter standhielten.

»Wusstest du es?«, fragte Michaela ihre Mutter.

Irma schüttelte nur den Kopf.

»Und wissen sie es? Wissen meine Geschwister, dass es mich gibt?« Niemand konnte Michaela diese Frage beantworten.

Ihre Mutter schien große Schwierigkeiten zu haben, sich mit der neuen Situation abzufinden. »Das wird mir langsam alles zu viel.« Irma setzte sich ebenfalls. »Man kriegt als Erwachsener doch keine Geschwister mehr.«

Auch Michaela versuchte die auf sie einstürmenden Gedanken zu ordnen. Mit einem Mal fühlte sie sich verloren. Als wäre sie nur ein Bruchstück eines Ganzen und müsste ihre fehlenden Teile finden.

»Ich werde sie suchen«, entschied sie.

Gretchen wandte sich sofort den praktischen Überlegungen zu. »Aber wo? Und wie?«

Michaela zuckte mit den Schultern. »Im Internet oder über das Rote Kreuz.«

Irma verschränkte die Arme vor der Brust. »Und wenn ich das nicht will?«

Michaelas Stimme klang sanft, aber bestimmt, als sie antwortete: »Dann muss ich es trotzdem tun, Mutti. Du suchst deinen Bruder ja auch.«

»Das ist etwas ganz anderes«, stellte Irma klar.

Der Wind wurde stärker. Luisa nahm ihr Tuch ab und legte es ihrer Großtante um die Schultern. »Hoffentlich erkältest du dich nicht, es zieht ordentlich.«

Irma machte ein unwilliges Geräusch. »Bin ich gewohnt. Im Schacht war immer Zugluft.«

Luisa drehte sich zu Gretchen. Zwischen ihren Wimpern glitzerte es, der scharfe Wind hatte ihr Tränen in die Augen getrieben. Die eingedrückte Nase färbte sich bläulich.

Behutsam legte Luisa eine Hand auf Michaelas Schulter. »Die beiden werden sich den Tod holen«, flüsterte sie. »Wir müssen sie zurückbringen.«

Michaela zog ihren Kalender aus der Tasche und riss eine Seite heraus. Ihre Finger waren blass und steif vor Kälte. Sie faltete eine Blüte, küsste sie und legte sie oben auf den Stein. Kaum hatte sie sich umgedreht, erfasste der Wind die Papierblume und wirbelte sie davon.

»Ihr müsst im Hotel als Allererstes ein heißes Bad nehmen«, erklärte Luisa. »Ich hoffe, das Taxi hat hinten eine Sitzheizung.«

Irma blickte noch einmal zum Grab von Michail. »Man muss sich immer ordentlich verabschieden«, murmelte sie. »Jeder Tag kann die letzte gemeinsame Stunde bringen.«

Das schiefe Tor ließ sich nicht richtig schließen. Sie beschleunigten ihre Schritte und folgten dem Pfad, der vom Waldfriedhof wegführte. Doch als sie die Landstraße erreichten, war das Taxi verschwunden.

30. Roter Oktober

August 1977

Schäumende Brandung rauschte über den Sand und umspülte einen Felsbrocken. Das Wasser zog sich zurück, dann kehrte es in einer Welle wieder, in immerwährendem Rhythmus, als wäre es ein lebendiges, atmendes Wesen.

Wilhelm stand starr vor Staunen. Noch nie war er am Meer gewesen.

Er kannte den Filzteich und sein von Bergen begrenztes Tal. Seine längste Reise hatte ihn nach Siegmar in Karl-Marx-Stadt geführt. Enge und Dunkelheit waren ihm vertraut. Aber hier wurde alles von Licht durchflutet. Quellwolken zogen gemächlich über den stahlblauen Himmel. Er konnte bis zum Horizont sehen, an dem sich die gekrümmte Erde seinem Blick entzog.

Wilhelms Atem flog, als wäre er gerannt, aber es lag nur an seiner Ergriffenheit.

»Komm mit ins Wasser!«, rief Irma und rannte an ihm vorbei in die Fluten. Ihr Körper war von der harten Arbeit durchtrainiert und ihre Hände breit geworden. Sie trug ihr Haar raspelkurz, es hatte keinen Sinn, unter dem Schutzhelm eine Frisur haben zu wollen. Und sie war nackt.

Außer Wilhelm waren alle nackt, denn sie befanden sich am FKK-Strand. Hatte früher einmal der Kulturminister der DDR Johannes R. Becher gefordert: *Schont die Augen der Nation*, war nacktes Baden und Sonnen am Ostseestrand inzwischen zur Normalität geworden.

Das war die einzige Sache, die Wilhelm am Meer irritierte.

»Willst du dich nicht auch ausziehen?«, fragte Irma, als sie aus dem Wasser kam und wie ein Hund die Tropfen von ihrem Kopf schüttelte.

Aber Wilhelm zierte sich. »Ach nein. Nicht so ein alter Knochen wie ich. Und überhaupt. Muss das denn sein?«

»Ach, gönn uns die Freiheit, Vati«, bat Irma. »Wir sind das ganze Jahr im Dreck und in der Dunkelheit, wir brauchen das einfach.«

Neben ihnen rannte Wolfgang zum Wasser und balancierte auf dem Felsbrocken. Seine Haare hatte er inzwischen lang wachsen lassen.

Wilhelm sah ihn nur von hinten. Ein nackter Jüngling auf einem Felsen vor blauem Wolkenhimmel. Das *Lichtgebet*. Hier erfüllte sich Marthas Wunsch. Es war genau so wie auf dieser Werbepostkarte für die Jugendbewegung, die sie ihm vor vielen Jahren im Schneeberger Biergarten gezeigt hatte. Mit einem Freudenschrei stürzte sich Wolfgang ins Wasser. Alles war so geworden, wie es Martha damals erträumt hatte: eine freie Jugend, ohne Kleider, eins mit der Natur.

Nun fühlte sich Wilhelm nicht mehr unwohl zwischen all den Nackten, es musste so sein.

Ein Schatten stellte sich neben seinen.

»Ist alles in Ordnung?«, fragte Michaela.

Er nickte. »Ich habe mich nur an etwas erinnert. Aber nun ist meine Schwester Clara auch nicht mehr da. Jetzt gibt es niemanden mehr, der von den alten Zeiten weiß.«

»Das ist nicht wahr, Opa«, widersprach Michaela. »Ich weiß es. Denn du hast mir alles davon erzählt.«

»Auch von dem Tag in Schneeberg, als die ganze Stadt erleuchtet war?«

Michaela lachte und hakte sich bei ihm ein. »Auch davon.«

Sie gingen ein Stück ins Wasser. Eine Welle überspülte den Stoff seiner Baumwollhose, Tropfen spritzten ihm ins Gesicht. Sie schmeckten so anders als Radonwasser.

Seine Augen begannen zu irrlichtern. Sie waren die jahrelange Dunkelheit gewöhnt und empfindlich geworden. Michaela bemerkte es und setzte ihm ihre Sonnenbrille auf. »Jetzt siehst du aus wie Elton John.«

Michaela brachte oft solche Vergleiche. Am Anfang hatte ihr Großvater immer nachgefragt, bis ihm klar geworden war, dass es sich nicht um Freunde von ihr handelte.

»Ist dir kalt?«, fragte sie. »Dann lass uns zurück zu Onkel Hans gehen.«

Irma und Hans hatten von der Gewerkschaft Ferienschecks für einen Urlaubsplatz in Zinnowitz auf Usedom bekommen. Die gesamte Familie war mit einem der Wismut-Züge angereist und mit ihnen die halbe Belegschaft ihres Bergbautriebes. Sie bekamen mehr Urlaub als der Rest der Republik, ganze zweiundvierzig Tage, und sie durften an die Ostsee fahren. Im neu eröffneten Ferienhotel Roter Oktober hatten sie schicke Zimmer mit Bad und Ausblick aufs Meer. Der körperliche Preis, den sie für diesen Luxus zahlten, war jedoch hoch.

Für Michaela und Wolfgang waren es die letzten Sommerferien, danach würde für sie das zehnte Schuljahr anbrechen, und sie mussten ihre Bewerbungen für Lehre oder Fachschulstudium schreiben.

Auch Irma und Wolfgang kamen aus dem Wasser. Sie setzten sich zu ihnen hinter einen Windschutz, den Erika aus Bettlaken gefertigt hatte, weil es keine Strandkörbe gab.

Wolfgang strich sich die nassen Haare zurück. Seine Mutter Erika zupfte daran herum.

»Wenn die Lehre anfängt, ist es aber vorbei mit der Gammlerfrisur«, machte sie ihm klar.

Sein Vater Hans sagte nichts dazu. Er lag im Sand, hatte einen Sonnenhut übers Gesicht gezogen, und man wusste nicht, ob er wach war oder schlief. Es machte keinen großen Unterschied. Im Laufe der Jahre hatte er sich das

Reden abgewöhnt. Unter Tage arbeitete er mit Gehörschutz, und es gab so manche Schicht, in der er mit seinen Kollegen nicht einen einzigen Ton sprach.

Wilhelm beschäftigte ein bestimmtes Problem an der textilfreien Situation. Er beugte sich zu Wolfgang und raunte ihm zu: »Was tust du, wenn ein schönes Mädchen vorbeigeht und …« Er machte eine verlegene Handbewegung.

Wolfgang grinste. »Was denkst du, warum ich ein Buch mithabe? Glaubst du vielleicht, ich lese?«

In der Mittagszeit leerte sich der Strand, weil alle zum Essen stürmten. Sogar Hans erwachte wieder zum Leben, schließlich hatten sie Vollpension gebucht.

Die Strandpromenade versetzte Wilhelm zurück in die Kaiserzeit. Elegante Kurhäuser mit Türmchen, verglaste Pavillons, Remisen, Marmorsäulen und eiserne, mit Ornamenten verzierte Balkongitter. Und mittendrin stand er, der einfache Bergmann aus Oberschlema, und konnte es sich leisten, hier Urlaub zu machen, im Seebad der Werktätigen. Die Villen auf Usedom, deren Besitzer enteignet worden waren, damit die Gewerkschaft Arbeitern Erholung bieten konnte, hießen nun Freundschaft, Fortschritt oder Frieden.

All ihre Wünsche erfüllte die Wismut im Kulturhaus der Deutsch-Sowjetischen Freundschaft. Es war ein monumentaler sozialistischer Tempel, in dem sie dreimal am Tag üppige Mahlzeiten bekamen. Sie konnten hier aber auch Theatervorstellungen besuchen und ins Kino gehen, es gab einen Tanzsaal, Klubräume, eine Bibliothek, und für Notfälle hatte die Wismut sogar eine Ambulanz.

Sie betraten den Prachtbau über eine riesige Freitreppe und wurden von einem Menschenstrom zum Speisesaal gezogen. Irma besetzte ihnen Plätze in einem der grünen Separees mit Kugellampen und bunten, von russischer

Folklore inspirierten Wandmalereien. Die anderen füllten ihre Teller am überquellenden Büfett, vor allem mit Zunge, Sülze und Salami.

Wilhelm schüttelte die ganze Zeit den Kopf. »So eine Pracht. So ein Überfluss.« Er hatte Sand zwischen den Zehen und bekam ihn nicht aus dem Schuh. »Die Fußlappen waren praktischer als Socken«, stellte er fest.

»Und was habt ihr morgen vor?«, wollte Erika von den beiden Jugendlichen wissen.

Michaela und Wolfgang hatten keine Lust, die ganze Zeit mit ihren Eltern zu verbringen, und planten einen Ausflug über die Insel.

Erika stupste ihren Mann an und machte eine Handbewegung. Er verstand und holte seine Brieftasche aus der Hose. Im Urlaub saß ihm das Geld besonders locker, und er versuchte die beiden Halbstarken mit ein paar blauen Scheinen aufzumuntern. Irma wollte nicht hinter ihrem Bruder zurückstehen. Sie legte noch etwas dazu. Wilhelm holte ebenfalls seine Brieftasche heraus.

»Nein, Opa. Du fei nicht«, wehrte Michaela ab.

Aber ihr Großvater war stolz auf seine gute Bergmannsrente, er wollte wenigstens einen kleinen Teil beitragen. Sorgfältig glättete er einen Zehnmarkschein und betrachtete ihn andächtig. Darauf war die Schaltzentrale des Kernkraftwerks in Rheinsberg zu sehen.

»Die brauchen unsere Pechblende im Kernkraftwerk«, sagte Wilhelm stolz.

Das Wort *Uran* benutzte niemand. Die ganz Alten nannten es Pechblende und für die Jüngeren war es einfach *das Metall.* Wilhelm kannte den Umweg nicht, den das Uran nahm, bevor es in Rheinsberg landete. Die DDR war nicht in der Lage, spaltbares Material herzustellen. Das aus dem Erzgebirge abgebaute Uran ging zuerst als Reparationsleistung in die Sowjetunion und musste dann als Brennstab von der DDR zurückgekauft werden. In Wilhelms Vorstellung lief die Kernspaltung deutlich einfacher ab. Er glaubte, dass die Pechblende verfeuert wurde wie die Kohle im Steinkohlekraftwerk.

»Die Wismut, das ist die Zukunft«, stellte er voller Stolz fest. »Ganz sicher wird die Strahlkraft von unsrer Pechblende mal Antrieb für Maschinen oder Fahrzeuge sein.«

Michaela und Wolfgang fuhren per Anhalter in Richtung Südosten. Im Konsum kauften sie ein paar Flaschen Erlauer Stierblut und suchten die großen Jugendzeltlager.

Ein Gewirr fremder Sprachen empfing sie, hier kampierten neben Studenten aus der DDR auch Polen und Ungarn, Kubaner und Mosambikaner. Einige Deutsche wollten besonders lässig erscheinen, indem sie sich in Englisch oder Russisch versuchten.

Ein nacktes Mädchen seifte erst sich und dann ihre Wäsche in der Ostsee ein. Ein junger Mann wollte ein Lagerfeuer anzünden und scheiterte. Wolfgang half ihm, er und Michaela wurden zum Dank eingeladen und saßen dann mit den anderen Jugendlichen zusammen im Sand, kochten Kesselgulasch über dem Feuer und ließen den Erlauer Rotwein kreisen.

Als es dämmerte, liefen alle wie auf ein geheimes Kommando die Wege zur Steilküste hinauf zum alten Forsthaus und feierten dort weiter. Glimmende Zigaretten glühten in rhythmischen Abständen auf. Jemand zupfte Bluesmusik auf der Klampfe, Michaela ließ sich von einem Jungen küssen, der nach Bier schmeckte. Plötzlich sprang ein Mädchen auf und klemmte sich eine Geige unters Kinn. Sie spielte ein Intro, die Gitarre stieg ein, jemand trommelte auf eine Holzkiste. In der Dunkelheit begann eine Stimme die Worte von Hildegard Maria Rauchfuß zu singen: »Einmal wissen, dieses bleibt für immer …« Ein Windhauch strich über die Klippen, und alle lauschten. »Ist nicht Farbenschmelz noch Kerzenschimmer …«

Mit jeder Zeile wurde der Text rätselhafter, die Musik magischer, der Rhythmus mitreißender. Irgendwann sprangen alle auf, tanzten, stampften mit den nackten Füßen im Sand, hoch über der Steilküste. Und wenn sich in diesem Moment alle von den Klippen gestürzt hätten, Michaela und Wolfgang wären mitgesprungen, Hand in Hand wie in einem Rausch.

Vor dem Urlaubshotel Roter Oktober warteten ihre Eltern die ganze Nacht auf ihre Rückkehr. Längst war die vereinbarte Zeit verstrichen. Irgendwann kamen die beiden Nachtschwärmer mit einer Simson angeknattert, auf der sie zu dritt fuhren. Sie rochen nach Wein und Zigaretten. Nicht einmal die angedeutete Ohrfeige ihrer Mutter konnte Michaela das glückliche Lächeln aus dem Gesicht wischen.

Danach durften sie Usedom nicht mehr allein erkunden.

Gegen Ende des Urlaubs gab es im Kulturhaus der Deutsch-Sowjetischen Freundschaft aber noch einen von der FDJ organisierten Jugendtanz. Eine Tanzkapelle spielte Schlager und hielt sich streng an die vorgegebene Aufteilung der Titel. Danach mussten mindestens sechzig Prozent der Musik aus dem Ostblock kommen.

»Wenn die wenigstens City spielen würden«, maulte Michaela.

Gegen Ende des Abends waren die Prozente in musikalischer und alkoholischer Hinsicht erfüllt, und es durften sich Titel gewünscht werden.

Nach den ersten Takten wusste der ganze Saal, worum es sich handelte. Alle Jugendlichen warfen sich auf den Boden, schlugen den Rhythmus mit ihren Händen aufs Parkett wie die Studenten im Film *Blutige Erdbeeren* und sangen: »Give peace a chance!«

Die Funktionäre standen verlegen am Rand und überlegten sich im Kopf Phrasen, mit denen sie diese Ungeheuerlichkeit in ihren Berichten beschönigen konnten.

Gerade als Hans sämtlichen Erzstaub, der sich in seine Haut gefressen hatte, in der Ostsee losgeworden war und Erika ihren Mann endlich einmal sauber fand, waren die Ferien im Roten Oktober zu Ende.

Am ersten Tag nach dem Urlaub passierten immer die meisten Unfälle im Schacht.

Hans hatte im Bus geschlafen und war unsanft geweckt worden. Die Kontrolle der Volkspolizei am Schachttor war flüchtig. Strenger kontrolliert wurde beim Verlassen, damit niemand etwas hinausschmuggelte.

Der erste Weg führte Hans immer zum Duschkombinat in die Weißkaue. In Unterwäsche lief er zur Ausgabeklappe und bekam saubere Arbeitskleidung. Alles wurde täglich gewechselt, wegen des Erzstaubs, der sich überall festsetzte. In der Schwarzkaue holte er Stiefel, Helm, Gehörschutz, den Erzbeutel für die Verpflegung und die Trinkflasche. Obwohl das Umziehen schnell gehen musste, band er die Fußlappen gewissenhaft. Er wollte sich keine Blasen laufen. Zum Schluss holte er sich in der Lampenstube sein Geleucht, den Selbstretter und die Seilfahrtsmarken. Die wurden bei der Einfahrt wieder abgegeben, damit man immer wusste, wer unten in der Grube war.

Mit dem Förderkorb fuhren Hans und die Männer seiner Brigade bis auf die Sohle –540.

Sie arbeiteten jetzt mit neuen Maschinen. Die Handschaufeln waren durch druckluftbetriebene Kleinschrapper auf Schienen ersetzt worden, die das Erz direkt in die Förderwagen luden. Der Streckenvortrieb erfolgte nun mit einem Bohrwagen auf Schienen. Begeistert war Hans davon nicht. Damit ging die Arbeit zwar leichter, seine Gelenke wurden nicht mehr so in Mitleidenschaft gezogen, und er konnte sogar dabei rauchen, aber der ganze Aufbau dauerte länger als das Bohren, und dadurch verdiente er weniger Geld. Außerdem ging oft etwas kaputt. Er hatte ständig eine Ölkanne dabei und konnte zur Not selbst die Schläuche am Bohrwagen auswechseln. Bei Hans galt das Motto: »Geht nicht, gibt's nicht.«

Er hatte seinen Sprengschein gemacht und sollte am Ende der Schicht schießen. Die zwanzig Löcher dafür waren gebohrt, mit Sprengpatronen besetzt, die Zünder in Reihe und mit dem Hauptkabel verbunden, das zur Zündmaschine führte. Sein zweiter Mann räumte das Gezähe aus dem Weg und machte sich auf den Weg zum Brigadeplatz. Hans drehte die Kurbel, wodurch alle Ladungen nacheinander gezündet wurden. Als sich die Wolke von Sprenggasen und Kohlenstoff gelegt hatte, sah er sich die Abbauscheibe an. Die nächste Schicht würde gut arbeiten können.

Hans wollte schnell nach Hause und mit Erika noch ein wenig in Urlaubserinnerungen schwelgen. Der kürzeste Weg zur Seilfahrt führte unter der frisch gesprengten, unverbauten Bruchkante hindurch. Die sichere Strecke bedeutete einen kilometerweiten Umweg.

Hans zögerte. Er dachte an seinen Vater. Der hatte ihm immer eingetrichtert, unter Tage genau die Vorschriften einzuhalten. Wilhelm würde eine Abkürzung sicher nicht gutheißen. Also drehte Hans um und nahm den Umweg.

Er war noch nicht weit gekommen, als es hinter ihm einen Schlag gab und die ganze Bruchkante herunterkam. Eine dicke Wolke aus Staub und Dreck wälzte sich ihm entgegen.

Am Brigadeplatz traf er seinen zweiten Mann. Der zitterte am ganzen Körper und stotterte: »Scheiße, Mensch, ich dachte, dich hat es erwischt.«

Als Hans mit dem Förderkorb nach oben ausfuhr, konnte er durch das Drahtgitter über sich den Himmel sehen. Die Sonne schien, und er dachte: So viel Licht!

Zu Hause trank er mit Erika Kaffee. Sie sahen dabei die Urlaubsbilder an und träumten sich zurück an den Ostseestrand.

Plötzlich fragte sie: »War heute was Besonderes auf Arbeit? Du bist irgendwie anders.«

Er schüttelte den Kopf und legte den Arm um sie. »Alles wie immer.«

Im Oktober kam es im Hauptschacht des Bergbaubetriebs zu einem Brand in nahezu tausendfünfhundert Metern Tiefe, der sich schnell ausbreitete. Doch diesmal gab es koordinierte Pläne für die Rettung, alle Arbeiter konnten den Schacht verlassen, und die Grubenwehr löschte den Brand. Sie hatten weder Tote noch Verletzte zu beklagen. Danach wurde allerdings das Rauchen unter Tage verboten.

Die Bedingungen für die sogenannten Strahlenwerktätigen hatten sich erheblich verbessert. Es wurden Radonfilter eingesetzt, und sie mussten regelmäßig zu Reihenuntersuchungen.

Hans war diese Prozedur gar nicht recht. »Ich will doch nicht wissen, wie es in mir aussieht«, brummte er. »Und jemand anders geht das gleich gar nichts an.«

Auch Irma hätte sich am liebsten gedrückt. Falls etwas nicht in Ordnung war, würde sie ins Krankenhaus müssen, zu weiteren Untersuchungen. Und wenn es dann ganz schlimm war, müsste sie umgeschult werden. Das wollte sie auf keinen Fall. Sie liebte ihre Arbeit und ihren Betrieb. Vor Kurzem hatte sie in der Kantine darüber geschimpft, dass die Bretter von ihrem Komposthaufen verfault waren. Am nächsten Tag hatten die Männer ihrer Brigade mit Holz vor der Tür gestanden und ihr einen neuen gezimmert.

Aber es half alles nichts. Am Tag der Reihenuntersuchung fuhren Lkw mit Röntgengeräten vor und stellten sich am Schacht auf. Jeder musste hineingehen, sich ausziehen, seine gelbliche Haut begutachten lassen und vor die kalte Röntgenplatte treten. Es wurde noch Blut abgenommen, und dann folgte ein banges Warten.

Irma und Hans hofften, bis zur nächsten Reihenuntersuchung nichts mehr davon zu hören. Denn das bedeutete, es war alles in Ordnung.

Michaela saß auf der Halde 38 und zeichnete. Sie blickte über die unregelmäßige Landschaft, zweiundvierzig Halden waren inzwischen aufgeschüttet worden. Neben ihr lag Wolfgang im Gras. Manchmal beneidete sie ihren Cousin. Für ihn stand die Zukunft felsenfest.

»Ich werd Bergmann wie der Opa und der Vater«, erklärte er. »Nach dem Sommer mach ich meine Lehre bei der Wismut, und dort bleib ich, bis ich in Rente gehe.«

Wolfgang hatte gute Schulnoten, und sein Vater war Brigadier, der sich für ihn einsetzen würde. Er konnte sich keinen einzigen Grund vorstellen, der diesen Plan zunichtemachen würde.

Michaela wollte sich an der Fachschule für angewandte Kunst in Schneeberg bewerben. Der Haken daran war die künstlerische Aufnahmeprüfung. Deshalb saß sie oft stundenlang auf der Halde und zeichnete.

Ein Tropfen fiel auf ihren Block und wurde aufgesogen, dann ein zweiter. Es begann zu regnen.

Wolfgang richtete sich auf. »Schon wieder«, schimpfte er. Es wurde langsam Herbst.

Sie rannten durch das nasse Gras die Halde hinab und entdeckten unterwegs ungewöhnliche Pilze.

»Donnerwetter. Guck dir die Riesenpilze an«, sagte Wolfgang beeindruckt und schnitt sie mit seinem Taschenmesser ab. »Die nehmen wir mit, die kann meine Mutti zum Hackbraten machen.«

Wolfgangs Mutter Erika betrachtete die gigantischen Pilze skeptisch von allen Seiten, nachdem er nach Hause gekommen war und sie stolz präsentiert hatte.

»Das sind Steinpilze«, erklärte er und beschrieb, wo sie wuchsen.

»Das ist unnormal«, stellte Erika fest. »Die können wir nicht essen. Wer weiß, was die abbekommen haben.«

Obwohl Wolfgang protestierte, warf sie die monströsen Pilze in den Müll.

In der anderen Doppelhaushälfte saß Michaela mit ihrer Zeichenmappe in der Küche. »Was mach ich, wenn sie mich an der Kunstschule nicht nehmen?«, jammerte sie.

»Dann kommst du einfach zur Wismut«, schlug ihre Mutter vor.

Michaela zog ein verächtliches Gesicht. »Nie im Leben.«

Irma spannte den Unterkiefer an. Ihr Kinn bekam eine harte Kontur.

»Warum sollten sie dich nicht nehmen?«, fragte Wilhelm. »Zeig uns doch mal deine Bewerbungsmappe.«

Michaela zögerte. Sie fürchtete, nicht gut genug zu sein. Doch schließlich ließ sie sich überreden. Gemeinsam blätterten sie die Bilder durch.

Sie hatte die Eleganz der Stahlkonstruktion eines Förderturms eingefangen. Auf einer anderen Zeichnung verliehen ihre Striche der zerstörten Landschaft morbide Schönheit. Überrascht nahm Wilhelm das nächste Bild in die Hände. Zu sehen waren das alte Radiumbad mit den Palmen, die Oberschlemaer Kirche und das Haus Martha.

»Ich habe es so gezeichnet, wie du es mir beschrieben hast«, erklärte Michaela. »So hab ich es mir immer vorgestellt.«

Wilhelm konnte zunächst nicht antworten. Aber dann sagte er mit kratziger Stimme: »Und genauso ist es gewesen.«

Das letzte Bild war eine Aktzeichnung. Es zeigte Irma am Ostseestrand, ihre muskulösen Waden, die Adern, ihre Brüste, den Bauch, das Schamhaar. In der Schonungslosigkeit der Zeichnung lag eine hohe künstlerische Qualität.

Irma riss ihrer Tochter das Blatt weg. »Das reichst du nicht mit ein«, rief sie. Sie zerknüllte das Papier und warf es in den Küchenofen.

Es machte für Irma einen entscheidenden Unterschied, ob sie am FKK-Strand nackt zu sehen war oder in einer Bewerbungsmappe.

Hans hatte nach seiner Reihenuntersuchung keinen Bescheid bekommen, bei ihm war alles in Ordnung. Aber Irma kriegte die gefürchtete Aufforderung, sich im Bergarbeiterkrankenhaus einzufinden.

Ihr Vater versuchte sie zu beruhigen. Er strich ihr über die Stirn, guckte sogar mit seiner Lupe dort nach und versicherte: »Du hast nichts, du bist völlig gesund.«

Zum Irmas großer Erleichterung sagte auch die Ärztin: »Ihre Blutwerte sind nicht ganz in Ordnung, aber nichts Besorgniserregendes. Ich würde Sie gern zur Kur schicken. Sie brauchen mal ausreichend Schlaf und mehr Vitamine.« Sie schrieb ein paar Präparate auf. »Ich glaube, Sie sind komplett erschöpft.«

Irma winkte erleichtert ab. »Ach, das geht schon noch.«

Die Ärztin sah von ihrem Rezeptblock auf und musterte Irma genau. »Und seelisch? Wie fühlen Sie sich?«

Mit dieser Frage hatte Irma nicht gerechnet und wurde verlegen. Schließlich zuckte sie mit den Schultern und sagte wahrheitsgemäß: »Ich habe keine Ahnung.«

»Gibt es eine Freundin, die Ihnen beistehen kann, wenn Sie Kummer haben?«

Irma dachte an Gretchen und schüttelte den Kopf.

»Möchten Sie mir vielleicht erzählen, was Sie bedrückt? Es gibt die ärztliche Schweigepflicht«, versicherte die Ärztin. Sie hatte braunes Haar und trug eine Ponyfrisur.

Und deshalb fasste Irma Vertrauen und erzählte ihr von Michail und der Wut, die sie so lange in sich getragen hatte und die sich nun in Enttäuschung verwandelt hatte.

»Wissen Sie«, sagte die Ärztin nachdenklich, »ich habe einen sowjetischen Kollegen. Vor ein paar Jahren hat er mir mal erzählt, was mit diesen sowjetischen Armeeangehörigen nach der erzwungenen Rückkehr in die Heimat passiert ist. Sie mussten umgehend eine Frau aus der Sowjetunion heiraten. Sozusagen als Absicherung.«

31. So fern, so nah

November 2019

Dämmerung und Kälte eroberten das weite Dneprtiefland. Irma hatte versucht, mit Luisas Mobiltelefon ein Taxi herzurufen, und nicht ganz verstanden, warum das ein Problem war. Aus dem Wortschwall, mit dem ihr geantwortet wurde, konnte sie nur herausfiltern: »Ni. Njet. No.« Es würde kein Taxi in diese Ödnis kommen.

»Und nun?«, fragte Gretchen und zitterte vor Kälte.

Luisa erinnerte sich an die Bushaltestelle, die sie auf der Herfahrt gesehen hatte. Sie schlug vor, auf der Landstraße danach zu suchen, auch weil ihnen beim Laufen wärmer wurde. Aber sie waren unsicher, in welche Richtung sie sich wenden sollten, zum Dorfkern oder zurück Richtung Kiew, das sie zu Fuß niemals erreichen konnten. Und wer wusste schon, wann ein Bus kommen würde. Während sie noch zögerten, kamen der Mann und das Mädchen mit der Kosmonautenmütze aus dem Wald. Ihr Handwagen war nun mit Ästen beladen.

Irma sprach sie an und diskutierte eine Weile mit ihnen. Sie zeigte auf den Friedhof, erklärte, dass sie an Michail Ivanovs Grab gewesen seien und zurück nach Kiew wollten. Der Mann nickte Anteil nehmend und griff zu seinem Telefon.

Gretchen beugte sich zu dem Mädchen mit der Kosmonautenmütze hinunter und suchte aus ihrer Handtasche ein passendes Gastgeschenk. Sie fand einen kleinen Esel auf einem Holzzylinder, dessen Glieder mit Gummibändern verbunden waren. Wenn sie unten gegen den Stempel im Zylinder drückte, wurde er müde und schlaff. Ließ sie los, sprang der Esel frisch und munter auf. Das Mädchen nahm das Eselchen entzückt in seine kleinen Finger und versuchte es selbst.

»Ich frage mich, was noch alles in Gretchens Handtasche ist«, bemerkte Luisa amüsiert.

In diesem Moment hielt eine Radfahrerin auf einem uralten Herrenrad neben ihnen. Nach einem Wortwechsel mit dem Handwagenmann winkte sie ein paar Dorfbewohner herbei, die neugierig aus den Fenstern geguckt hatten. Innerhalb kürzester Zeit gab es auf der Landstraße eine Versammlung: alte Frauen in Schlappen und mit Kopftüchern, junge Männer, Jugendliche in Trainingsanzügen, und alle diskutierten.

»Was sagen die?«, fragte Gretchen immer wieder, aber Irma verstand kein Wort. Sie sprachen Ukrainisch.

Plötzlich hielt ein Transporter neben ihnen. Aus der jubelnden Begrüßung schloss Luisa, dass er telefonisch herbestellt und schon erwartet worden war. Der Fahrer machte eine einladende Bewegung, und Gretchen wurde ein weiteres Gastgeschenk los – diesmal eine Wurst. Irma kletterte auf den Beifahrersitz neben ihre Freundin. Für die anderen beiden öffneten sich die Hecktüren. Den Rohren und Armaturen nach zu urteilen, war der Mann Klempner. Michaela setzte sich stöhnend auf die Ladefläche. »Ich bin auch alt«, erklärte sie.

Als der Transporter anruckte, ertönte von vorn hysterisches Geschrei, weil der Mann in die falsche Richtung fuhr.

Er hielt aber schon im nächsten Ort vor einem der Holzhäuser. Eine Traube von Dorfbewohnern stand davor, die Anwesenheit deutscher Touristen schien sich in Windeseile herumgesprochen zu haben.

»Michail Ivanov«, erklärte der Fahrer und zeigte freudestrahlend auf das Haus.

Eine Frau mittleren Alters stand in der Tür, als würden sie erwartet, und winkte sie herein. »Idy, idy!«

Sie half ihnen aus den Sachen, hängte die nassen Jacken vor den Kamin und versuchte Irmas Hände warm zu reiben. Dann zeigte sie auf sich und stellte sich vor: »Vira.«

Verlegen standen sie in dem überheizten Wohnraum. Allmählich kehrte das Gefühl in Michaelas Finger zurück, und das pulsierende Blut zwickte darin.

Vira schob sie zu ein paar Stühlen. Unter dem Tisch krochen drei Enkelkinder herum. Gretchen öffnete wieder ihre Tasche und wandte sich triumphierend zu Luisa um. Sie hatte es vorausgesagt.

Sie bekamen einen duftenden Tee hingestellt, und Irma wollte sich entschuldigen, dass sie nur Russisch, aber kein Ukrainisch konnte.

Vira erklärte freundlich: »Bisschen deutsch. Papa das wollen. Sein Haus war.«

Michaela erkannte in Viras Bewegungen etwas Vertrautes, das Wegstreichen der Haare, das Hochziehen der Augenbraue, wenn eins der Kinder zu wild wurde.

»War Ihr Vater bei der Armee? Und war er auch einmal in der DDR stationiert?«, fragte sie. In ihrem Gesicht hatten sich rote Flecken gebildet.

Vira nickte eifrig. »Jaja. Bei Bergbau.«

»In Schlema?«, fragte Michaela.

Vira bestätigte das strahlend.

Gretchen verkündete freudig: »Wir kommen aus Schlema.«

Michaelas Herz schlug so schnell, dass man das Pulsieren einer Ader an ihrer Schläfe sehen konnte.

In diesem Moment flog die Tür auf und ein älterer Mann stapfte herein.

»Yuri!« Vira sprang auf und stellte ihn als ihren Bruder vor, den die Nachbarn herbeigeholt hatten. Sie erklärte ihm, dass hier Gäste aus Schlema seien, wo der Vater einmal stationiert gewesen war, und dass sie sogar das Grab ihrer Eltern besucht hätten.

Michaela war aufgestanden. Sie fühlte sich wie eine Lügnerin, weil die beiden glaubten, sie wären nur Bekannte ihres Vaters. Sie wusste, dass die Wahrheit ein Schock sein würde. Behutsam fragte sie, ob ihr Vater etwas über seine Zeit im Erzgebirge erzählt habe.

Yuri nickte eifrig. »Schönste Zeit!« Er lächelte breit und entblößte dabei eine schmale Lücke zwischen den Schneidezähnen.

Irmas Augen verschwammen hinter einem Film aus Tränen, und sie schien bemüht, nicht zu blinzeln. Ihr hartes Gesicht löste sich in winzigen Fältchen auf.

»Wir waren nicht ohne Grund am Grab Ihres Vaters«, setzte Michaela an.

Vira und Yuri blickten sie erwartungsvoll an.

In diesem Moment mischte sich Irma ein. »Ich hatte euren Vater sehr gern«, sagte sie und setzte nach einer kleinen Pause hinzu: »Eigentlich habe ich ihn geliebt.« Sie bemerkte das Erstaunen in den Blicken von Vira und Yuri und relativierte sofort: »Es ist lange her. Wir haben uns nie wiedergesehen, nichts voneinander gehört.«

Die Geschwister warteten ab, tauschten einen kurzen Blick und schienen ratlos zu sein, was sie mit dieser Information anfangen sollten.

Irma stellte sich neben ihre Tochter, legte eine Hand auf deren Schulter und sagte: »Das ist Michaela. Ich habe ihr seinen Namen gegeben. Sie ist Michails Tochter.«

Es war ein Schock, besonders für Yuri. Vira hingegen brauchte nur einen Wimpernschlag, um sich zu sammeln. Sie stürzte auf Michaela zu, schlang die Arme um sie, flüsterte auf sie ein und sagte immer wieder »Schwester, Sestra«, und Michaela wiederholte es unter Tränen.

Luisa erklärte dem ältesten der Kinder, einem etwa zehnjährigen Jungen, der ein wenig Englisch verstand, was los war. Als sich die Neuigkeit bis unter den Tisch herumgesprochen hatte, standen alle um die Gäste herum, es wurde umarmt und viel geweint.

Vira erzählte, sie habe immer geahnt, dass im fernen Erzgebirge mehr gewesen sein müsse als nur schöne Landschaft und Soldatenzeit. Sie holte ein Fotoalbum heraus und zeigte Bilder ihrer Eltern. Sie blätterte das Album durch, und Irma sah Michail Ivanov im Zeitraffer altern. Sein Gesicht mit der Narbe auf dem Wangenknochen, die mehr und mehr in der gegerbten Haut verschwand, bis sie von Falten überdeckt wurde und nicht mehr auszumachen war.

Luisa fiel etwas ein. Sie hatte auf ihrem Telefon ein altes Bild gespeichert, das ihre Großtante Irma als blutjunge Frau zeigte. Lachend stützte sie sich auf eine Schaufel, hinter ihr die Halde. Luisa legte es neben ein Foto von Michail in Uniform, kurz vor seiner Abreise in die DDR. Zwei junge Menschen, die gegen ihren Willen getrennt worden waren.

Yuri beugte sich zu Irma und schloss sie in die Arme. »So ist Leben«, sagte er. »So ist Leben.«

Längst war es dunkel, und sie hatten die Lampen angeschaltet. Vira füllte den Samowar mit Wasser und heizte es auf. Yuri rief den großen Jungen heran und gab ihm einen Holzspan. Er holte Feuer aus dem Kamin und ging zum Fensterbrett. Erst jetzt bemerkten sie den hölzernen Schwibbogen, der dort stand. Es war das alte klassische Motiv mit einer klöppelnden Frau, einem Holzschnitzer, zwei Bergmännern und gekreuzten Schlägel und Eisen. Der ukrainische Junge zündete mit viel Eifer die Kerzen an, die darin steckten.

»Immer anlichteln, wenn dunkel. Jeden Abend«, erklärte Vira.

»Auch im Sommer?«, fragte Gretchen überrascht.

Vira nickte eifrig und berichtete, dass sich alle im Dorf so etwas zurechtgesägt hätten, weil es ihnen so gut gefiel.

Sie teilte Suppe und Brot aus und entschuldigte sich. Sie habe ja nicht gewusst, dass Besuch kommen würde.

Luisa erklärte, dass sie nur auf der Durchreise seien und nach Moskau wollten, um etwas über Irmas Bruder Rudolf in Erfahrung zu bringen. Sie berichtete von seinem Verschwinden und der jahrelangen Suche. Zum Schluss erklärte sie, in welcher Beziehung Rudolf zu ihnen gestanden hatte, und endete bei Gretchen. »Das ist die Verlobte von Rudolf.«

Dieses Wort verstanden die Ukrainer nicht, und da Irma den russischen Begriff dafür nicht kannte, sagte sie einfach: »Schena.«

»Ah!« Yuri glaubte zu verstehen. »Ehefrau von Rudolf!«

Niemand korrigierte ihn, weil es zu kompliziert gewesen wäre. Aber Gretchen saß da, nippte an ihrem Tee und war zu Tränen gerührt.

»Meint ihr, wir werden vorgelassen bei der Moskauer Militärstaatsanwaltschaft?«, fragte Luisa.

Es gab eine kleine Irritation, bis dieses Wort mithilfe von Luisas Übersetzungsprogramm geklärt war. Dann begann Yuri zu telefonieren. Er hatte einen Freund in Moskau, der jemanden kannte, dessen Onkel ein Sachbearbeiter in dieser Behörde war. Am Ende hatte er den Mann selbst am Apparat und kündigte den Besuch seiner deutschen Familie an.

Vira schrieb ihnen den Namen auf einen Zettel und versprach: »Er Rudolf finden. Wenn Akte dort, er finden.«

Die Kerzen auf dem Schwibbogen waren fast heruntergebrannt. Vira drängte sie, bei ihnen zu übernachten, aber sie mussten am kommenden Tag weiter nach Moskau reisen, und ihr Gepäck befand sich im Hotel.

Gretchen holte die letzten Gastgeschenke heraus. Vira bestaunte die filigrane Spitze der Klöppeldeckchen, und Michaela verabredete mit ihr ein Videotelefonat, bei dem sie ihr die Technik zeigen wollte.

Vira und Yuri fuhren sie mit einem Kleinbus nach Kiew. Sie hatten dafür einen kinderreichen Nachbarn aus dem

Bett geklingelt, der ihnen den Siebensitzer für diese Fahrt lieh. Michaela saß neben Vira, und sie versuchten noch so viele Informationen wie möglich auszutauschen. Sie erfuhr, dass ihre Schwester Kunstlehrerin war, Eierspeisen und die Farbe Türkis bevorzugte, Goldschmuck mehr mochte als silbernen, gern Gedichte las und Blasmusik liebte.

Als sie am folgenden Tag mit ihrem Gepäck am Zug nach Kiew standen, kamen Vira und Yuri angerannt, um sich zu verabschieden. Sie hatten ihnen einen Korb mit Essen und Getränken gepackt, und wieder gab es Tränen.

Bevor Luisa einstieg, drehte sie sich noch einmal um und sagte: »Wenn ihr jemals Hilfe braucht … Im Schlematal ist eure Familie und hat immer einen Platz für euch.«

32. In der Hölle

Februar 1986

Die Felswand war heiß wie eine Herdplatte. Wolfgang berührte sie versehentlich mit dem nackten Arm und zuckte zurück. Hier in tausendachthundert Metern Tiefe hatte das Gestein eine Temperatur von achtundsechzig Grad. Zu dieser Hitze kamen Staub und ein Höllenlärm, der durch seinen Gehörschutz drang.

Felsen und Luft mussten heruntergekühlt werden, damit sie hier überhaupt arbeiten konnten. Dafür hatten sie eine Kühlanlage aus dem kapitalistischen Ausland bekommen, die eigentlich für das Aushängeschild der DDR-Kultur in Berlin, den Palast der Republik, gedacht gewesen war.

Riesige Maschinen pumpten das ständig nachlaufende Grubenwasser aus dem Schacht. Die Wismut hatte den Energieverbrauch einer mittleren Großstadt und eine Notversorgung durch die nahe gelegene Papierfabrik. Wenn im Schacht 371 Strom ausfallen würde, würden sie in der Tiefe zuerst gekocht und dann ersäuft werden.

Unter Hartenstein befand sich ein städteähnliches System von Hauptverkehrsadern, Querschlägen und Bunkern, verteilt auf achtundvierzig Kaskaden, deren obere bereits aufgegeben worden waren. Immer tiefer drangen sie hinab, und bis Wolfgang beim Einfahren endlich seinen Arbeitsplatz erreichte, vergingen vierzig Minuten.

Mit seiner Überhaubrigade trieb er eine Röhre von unten nach oben, um zwei Sohlen miteinander zu verbinden. Seine Bereißstange stocherte durch den Schlitz im Dach des Fahrwerks und löste das lockere Gestein. Als sich Wolfgang zu weit vorlehnte, krachte ein scharfkantiger Brocken auf seinen Helm und riss ihm die Wange auf.

Verärgert wischte er mit dem Handrücken darüber und rieb Schweiß und Erzstaub in die Wunde.

Nach der Arbeit schaute er meistens bei seinem Großvater vorbei, der dann schon wartete.

Wilhelm stellte ihm einen Bergmannsschnaps hin und sagte: »Hier, mein Gung. Ist gut gegen den Staub im Hals.«

Er wollte immer ganz genau wissen, was es bei der Arbeit an diesem Tag gegeben hatte und wie es in einem der tiefsten Bergwerke Europas aussah.

»Du hast alles da unten«, schwärmte Wolfgang, »Frischluft, Klo, Steigerstube, Sanibunker, Kantine. Also wenn die auch einen Fernseher hätten, könnt man glatt da wohnen.«

Wilhelm lauschte mit glänzenden Augen. Wie gern wäre er noch einmal in seinen Bergmannskittel gestiegen und eingefahren.

»Werdet ihr etwa noch tiefer gehen?«, fragte er und schüttelte verwundert den Kopf. »Da passt nur auf, dass ihr nicht bis zur Hölle vordringt.«

Oft saßen sie alle zusammen nach der letzten Schicht vor dem Wochenende am Küchentisch. In der Mitte stand eine Flasche mit Bergmannsschnaps. Getrunken wurde davon nicht mehr so viel. Es ging vor allem um den vertrauten Anblick. Irma holte ihre Schalmei, und sie sangen Bergmannslieder wie früher.

Wilhelm schmunzelte. »Jetzt müsste nur noch einer von uns den Daumentrick so gut können wie Onkel Bruno.«

»Ich bin froh, dass ihr alle komplett seid«, schimpfte Erika.

Sie hatte Kartoffelsalat gemacht, und Hans stellte einen Topf mit Halberstädter Würstchen dazu.

»Ich hab heut einen schönen Posten angeboten gekriegt«, erzählte Irma und angelte sich eine saure Gurke. »Als Brigadier.«

Wilhelm bedachte seine Tochter mit einem stolzen Blick. Dass sie es zu etwas bringen würde, hatte er schon gewusst, als sie klein und dick auf der Decke am Filzteich gesessen und an einem Kieselstein gekaut hatte.

Doch Irma dämpfte seine Freude. »Ich mach's aber nicht. Wenn wir die Norm nicht schaffen, weil das Material fehlt, dann wäre plötzlich ich schuld. Bei uns ist immer der Brigadier schuld.«

Als Brigadier hätte Irma außerdem die Schichteinteilung machen müssen und am Wochenende immer die Handwerker für Wartung und Reparaturen durch den Schacht fahren sollen.

»Nee«, sagte sie. »Ich will mich in meine Maschine setzen und loslegen. Das genügt mir.«

Hans gab ihr recht, er war selbst lang genug Brigadier gewesen und kannte das. Die letzten Jahre bis zu seiner Rente musste er allerdings über Tage arbeiten, was ihm gar nicht gefiel.

Aber Erika sah das anders. »Du hast deine Lebensdosis an Strahlung erreicht, das ist schon alles gut so.« Sie stellte eine Schale mit Erdnussflips auf den Tisch.

»Heut gab es ein Riesentheater beim Einkaufen«, berichtete Irma mit vollem Mund. »Stellt euch vor, da wollte eine Frau unbedingt einen Ledergürtel kaufen, aber den gab es bloß auf Wismut-Talon. Das hat die nicht verstanden, dass sie den nicht kriegen kann, weil der ja dalag.«

Erika schüttelte verständnislos den Kopf.

Wolfgang trank schon das dritte Bier. »Ich muss Flüssigkeit auffüllen«, entschuldigte er sich. »Die Hitze da unten.«

»Je tiefer wir dringen, umso teurer wird der Abbau«, sagte Irma. »Lohnt sich das am Ende noch für uns?«

Hans brummte: »Danach kannst du nicht gehen. Für ein paar Devisen verschleudern unsere Betriebe sowieso alles unterm Herstellungspreis ins Ausland.«

Wilhelm verstand den Sinn nicht. »Aber das ist doch verrückt.«

Wolfgang grinste. »Nein, das ist sozialistisch.«

Ihm schien das keine Sorgen zu machen. Er war sicher, Uran würde immer gebraucht werden. Auch wenn jetzt alle abrüsteten, für die Kernkraftwerke wurde ebenfalls Uran benötigt. Zwanzig Atomkraftwerke sollten in der DDR gebaut werden. Damit sah Wolfgang seine Zukunft als Bergmann gesichert. Und falls die Lagerstätte in Hartenstein irgendwann erschöpft sein sollte, würden sie weiter Richtung Pöhla gehen. Dort lag Erz für die nächsten zwei Generationen unter dem Ort.

Irma streckte sich, weil ihr Rücken schmerzte. Seit sie vor vielen Jahren Michaela die Kammer überlassen hatte, schlief sie selbst auf dem Ausklappsofa im Wohnzimmer. Nur wenn sie wegen der Nachtschicht tagsüber schlafen musste, verkroch sie sich ins Bett ihrer Tochter, um den anderen nicht im Weg zu sein.

»Wo ist denn Michaela?«, erkundigte sich Wilhelm, der seine Enkelin vermisste.

In dieser Runde fehlte sie neuerdings öfter. Sie hätte gern eine eigene Bude gehabt, wie sie sich ausdrückte. Aber die Wohnungsverwaltung setzte sie nicht einmal auf die Warteliste.

»Sie ist bei ihren Freunden im Studentenwohnheim«, erklärte Irma. »Ich würde ihr zu gern helfen wegen einer Wohnung, aber da ist keine Chance.«

»Ist doch ganz einfach«, behauptete Hans. »Du musst nur in die Kampfgruppe eintreten. Und wenn ihr dann ein paarmal am Wochenende durch den Wald gerobbt seid und Häuserkampf gespielt habt, fragst du deinen Kommandeur, ob er nicht was für dich drehen kann.«

Michaela erwachte von der Stille. Einen winzigen Moment glaubte sie, über Nacht taub geworden zu sein. Dann hörte sie einen Vogel vor dem Fenster trillern und begriff, es war lediglich Sonntag. Das beständige Rauschen der Ventilatoren in den Bewetterungsschächten der Wismut fehlte. Sie waren nach der letzten Schicht am Samstag abgestellt worden. Nun blieb es für einen ganzen Tag ruhig im Schlematal, bis der Strom in der kommenden Nacht vor Schichtbeginn wieder angestellt wurde.

Michaela hatte im Studentenwohnheim bei Freunden übernachtet. Das tat sie oft in letzter Zeit. Sie küsste den jungen Mann, der neben ihr schlief, auf den Nacken, griff sich ihren Fotoapparat und ging ins Bad. Noch vor dem Zähneputzen knipste sie ein Bild von sich selbst im Spiegel mit aufgeknöpfter Schlafanzugjacke und wirrem, langem Haar. Um ihren Hals hing ein filigranes Peacezeichen, das sie aus Büroklammerdraht gebogen hatte. Michaela zog die Brauen hoch, und eine schräge Falte zeichnete sich auf ihrer Stirn ab. Sie drückte noch einmal den Auslöser. Die Fotos brauchte sie für ein Studienprojekt. *Menschen im Morgengrauen.*

Sie hatte schon Bilder von ihrer Mutter aufgenommen, die um diese Zeit zur Schicht gefahren war und ihren Kopf müde an die schmutzige Busscheibe gelehnt hatte. Sie hielt den schmerzverzerrten Gesichtsausdruck ihres Großvaters fest, der wegen seiner Gelenke nachts nicht schlafen konnte und durch das Haus irrte. Sie hatte ein Porträt ihres Cousins Wolfgang gemacht, der verschwitzt von der Schicht kam und die Hitze aus der Tiefe mitbrachte.

Es war ein langer Weg für Michaela gewesen. Die Eignungsprüfung an der Fachschule für angewandte Kunst in Schneeberg hatte sie nicht bestanden und deshalb im Kaufhaus des Friedens eine Lehre als Werbegestalter gemacht. Nach dem Abschluss bewarb sie sich erneut an der Fachschule und wurde wieder abgelehnt.

Sie begann beim Konsum zu arbeiten und tingelte von einer Dorfverkaufsstelle zur nächsten, um dort die Schaufenster zu dekorieren. Sie wusste nur meistens nicht, womit. Noch nie war ihr so deutlich vor Augen geführt worden, dass die Läden der Wismut anders beliefert wurden als die normalen Geschäfte. Michaela stapelte Pyramiden aus Pappkartons mit Tempolinsen und gruppierte fünf verschiedene Sorten von Schnapsflaschen, kleine, große, aus braunem und aus weißem Glas. Sie klebte bunte Buchstaben an die Scheiben, um mit Worten zu sagen, was es in den Läden eigentlich geben würde, wenn es vorrätig wäre: Blumen, Obst, Gemüse.

Sie bewarb sich erneut an der Fachschule. Ihre Mutter Irma gab ihr den Rat: »Pass dich halt ein bissel bei der Prüfung an und mach, was die gern sehen wollen.«

Ein Teil der mehrtägigen Aufnahmeprüfung war die freie Gestaltung eines Kunstobjekts mithilfe traditioneller Handwerkstechnik. Also klöppelte sie aus rotem und goldgelbem Leinengarn einen Sowjetstern, obwohl es ihr zutiefst widerstrebte, und wurde angenommen.

Irma hatte den Fremden nicht gesehen. Mit gebücktem Rücken stand sie hinter dem Gartenzaun und stach Löwenzahn aus der Erde. Es war das erste Mal in diesem Frühjahr, dass sie Zeit dafür fand.

»Na? Schönes Wetter heute, wa?«, erklang plötzlich eine Stimme. Ein Mann stützte sich auf ihren Zaun.

Irma taxierte ihn. »Na, wenn es das Ministerium sagt, wird es wohl stimmen, wa?«, äffte sie ihn nach.

Diese Sorte kannte sie. Die tauchte manchmal im Schacht auf und verriet sich selbst durch die nagelneuen Grubenhelme, die noch nie eine Schramme abbekommen hatten.

Der Mann ging nicht auf ihre spitze Bemerkung ein. »Wir suchen Leute, die zum Kriegsende in Schlema waren.«

»Ich hab immer in Oberschlema gewohnt«, stellte Irma klar, wobei sie den nicht mehr erwünschten ersten Teil des

Ortsnamens betonte. Es fiel ihr auf die Nerven, dass der Mann sich so stark gegen den Zaun lehnte. Am Ende würde er ihn noch umschubsen.

»Gab es da mal ein Vorkommnis?«, wollte der Mann wissen. »Irgendwas Ungewöhnliches, als die Nazis abgerückt sind?«

Irma dachte an die letzten Kriegstage, die mittlerweile in so weiter Ferne lagen, dass sie die Augen zusammenkneifen musste, um sich zu erinnern. Plötzlich sah sie sich selbst und Gretchen beim Kräutersuchen im Poppenwald. Die Wehrmachtslaster waren an ihnen vorbeigerast mit schweren Holzkisten auf der Ladefläche. Wo das genau gewesen war, wusste sie nicht mehr. Vielleicht erinnerte sich Gretchen. Aber die hatte Irma schon seit Jahren nicht gesehen.

Missmutig zuckte sie mit den Schultern. »Keine Ahnung. Ist ja nun lange her.«

Sie drehte sich um und ließ den Mann einfach stehen. Drinnen erzählte sie ihrem Bruder von dieser merkwürdigen Begegnung.

Der winkte ab. »Die Stasi ist wieder mal auf der Jagd nach dem Bernsteinzimmer. Die suchen seit Ewigkeiten die versteckten Nazischätze.« Hans erzählte ihr, dass sie deshalb schon in der nahe gelegenen Weißerdenzeche gegraben hatten. »Millionen soll das gekostet haben. Mit einem Schweizer Spezialbagger sind die angerückt, kannst du dir das vorstellen?«

Irma konnte es nicht. »Dafür sind dann Devisen da?«, wunderte sie sich.

Hans berichtete, dass die Staatssicherheit mit ihrer Schatzsuche sogar die Betriebskampfgruppe vom Waschmaschinenwerk in Schwarzenberg angesteckt hatte. »Die haben Löcher in den Boden vom Luftschutzbunker ihrer Fabrik gehauen.« Bei dieser Vorstellung musste er lachen. »Bisher hat niemand was gefunden. Kein Mensch weiß, wo die das damals kurz vor Schluss hingebracht haben.«

Irma dachte an die letzten Kriegstage, in denen alles drunter und drüber gegangen war. Und plötzlich fielen ihr wieder die Schüsse ein, die vom Sportplatz in Niederschlema heraufgedrungen waren und deren Bedeutung sie erst viele Jahre später erfahren hatte.

»Legt das Gewehr an!«, brüllte eine Stimme hinter Irma.

Sie gehorchte.

»Und Schuss!«

Links und rechts von ihr knallte es. Auch Irma drückte ab.

Am Anfang hatte sie die Kampfgruppenübung ganz unterhaltsam gefunden. Der Kommandeur hatte einen Kampfappell vorgelesen und war dabei über die langen parteitheoretischen Begriffe gestolpert. Dann kam die Gulaschkanone angefahren und versorgte sie mit Kichererbsensuppe.

Anschließend sollten sie üben, sich möglichst leise im Gelände zu bewegen, was Irma zu einem Mittagsschläfchen nutzte.

Am Ende war der ungemütliche Teil gekommen. Sie mussten sich kilometerweit an einen unsichtbaren Feind heranpirschen und mit Platzpatronen herumballern.

Irma keuchte und stützte sich auf ihren Knien ab.

Der Kampfgruppenkommandeur beugte sich zu ihr runter. »Alles in Ordnung?«

Irma nickte und fragte: »Hast du schon was erreichen können wegen der Wohnung für meine Tochter?«

Er schlug ihr freundschaftlich auf die Schulter. »Wir Kampfgenossen müssen zusammenhalten. Ich hab schon was bei der AWG angekurbelt.«

Als Irma in der grünen Kampfgruppenuniform nach Hause kam, verdreckt, erschöpft, mit einem Pfeifen im Ohr von den Gewehrschüssen, saß Michaela in der Küche.

Irma wollte freudig berichten, dass sie ihr eine Mitgliedschaft bei der Arbeiterwohnungsbaugenossenschaft organisiert hatte. Aber bevor sie etwas sagen konnte, sprang Michaela empört auf.

»Mutti! Wie kannst du in einem Militärverein mitmachen? Und erzähl mir nichts von Verteidigung!«

Ende April saßen sie gemeinsam im Wohnzimmer und aßen Gulasch mit Kartoffelbrei.

»Das schmeckt aber wieder gut, mein Mäd«, lobte Wilhelm seine Tochter.

Michaela schaltete den Fernseher an. Sie ließen nebenbei die *Aktuelle Kamera* laufen und hörten gar nicht richtig zu. Ganz am Ende der Sendung kam eine kurze Meldung über einen Zwischenfall im Atomkraftwerk Tschernobyl in der Ukraine.

»Oh mein Gott.« Michaela ließ die Gabel sinken.

»Was hast du?«, wunderte sich Wilhelm. »Sie haben gesagt, es besteht keine Gefahr.«

Michaela sprang auf und wechselte zum Sender der ARD. »Wenn die bei uns betonen, dass keine Gefahr besteht, ist es schlimm!«, versicherte sie.

In der *Tagesschau* wurde von einem ernsten Atomunfall berichtet. In diesem Moment klapperte die Eingangstür, und Erika kam hereingestürmt.

»Habt ihr es auch gehört?«, fragte sie und setzte sich zu ihnen aufs Sofa. Sie war ganz blass, und ihre Lippen zitterten. »Ich glaub, wir tun da etwas, was wir nicht beherrschen können.«

Wilhelm legte den Arm um sie. Wenn von oben Steine auf sie herabstürzen würden, könnte er sich schützend davorwerfen. Aber wie sollte er seine Familie vor dieser unsichtbaren Strahlung bewahren?

In den folgenden Tagen wurden auf der westlichen Seite in der Bundesrepublik die Buddelkästen auf den Spielplätzen abgesperrt, und die Kleingärtner warfen ihre Ernte weg. Im Osten bei *Radio DDR* traten Experten auf, die versicherten, dass die Radioaktivität im Land ständig überwacht werde und alles im Normbereich sei.

Michaela fand es erstaunlich, dass ihre Mutter, die sich noch nie sonderlich Gedanken um gesundheitliche Gefahren gemacht hatte, die Meldungen ungewöhnlich aufmerksam verfolgte.

»Mach dir keine Sorgen, Mutti«, versuchte Michaela sie zu beruhigen. »Wir sind weit genug entfernt von der Ukraine.«

»Aber dort leben doch auch Menschen«, sagte Irma.

Michaela hatte zum Studienbeginn von ihrer Mutter einen Radiorekorder aus dem VEB Kombinat Sternradio Berlin geschenkt bekommen. Damit hörte sie am liebsten *Bayern 3*, weil dort die beste Musik in *Thommys Radioshow* lief. Aber nun ging es auf diesem Sender plötzlich um Becquerel und radioaktives Jod. Man solle die Milch wegschütten, den Blattsalat nicht auf den Kompost werfen, sondern in den Hausmüll, und auf gar keinen Fall dürfe man bei Regen das Haus verlassen.

Schnell suchte sie *Radio DDR*. Dort wurde von Hetze gegen die Sowjetunion gesprochen. Sie wechselte zurück und hörte etwas von kommunistischer Verschleierungstaktik. Die einen sprachen von Panikmache, die anderen von Vertuschung. Sie sah im Westfernsehen, wie Menschen mit Gasmasken kontaminierte Autos von Reiserückkehrern aus Polen abschrubbten. Im DDR-Fernsehen wurde über große Erfolge bei der Konsumgüterproduktion berichtet.

Michaela schaltete alles aus und guckte in keine Zeitung mehr. Sie setzte sich zu ihrem Großvater an den Küchentisch und wollte von ihm wissen: »Wem kann man denn noch glauben von denen da oben?«

Wilhelm winkte ab. »Bisher haben alle gelogen. Kaiser, Präsident, Reichskanzler und Staatsratsvorsitzender.«

Michaela lehnte sich an ihn. »Aber das ist doch schrecklich. Wem kann man denn überhaupt vertrauen?«

»Der Familie«, versprach Wilhelm.

Michaela stand auf und begann den Kühlschrank zu sortieren.

»Was tust du da?«, fragte ihr Großvater.

»Die Eier können wir behalten«, klärte sie ihn auf. »Die haben die Hühner vor Tschernobyl gelegt. Aber den Rest dürfen wir nicht mehr essen.«

Als Irma von der Schicht kam und in den nahezu leeren Kühlschrank guckte, traute sie ihren Augen nicht. Sie ließ sich von Michaelas Panik nicht anstecken und fischte die verschlossenen Packungen wieder aus dem Mülleimer. Mit Genuss aß sie Gurken und Tomaten aus dem eigenen Garten. Und genauso machten es auch sämtliche Nachbarn.

Bei den Demonstrationen am 1. Mai spielte das Reaktorunglück nur insofern eine Rolle, als Wert darauf gelegt wurde, den großen Bruder Sowjetunion im besten Licht erscheinen zu lassen.

Irma marschierte mit der Kampfgruppe. Zusammen mit ihrem Kommandeur trug sie ein Banner mit einer der vorgeschriebenen Losungen: *Gruß und Dank dem Sowjetvolk! Ruhm und Ehre den Helden der Sowjetarmee!*

Wolfgang und Hans zogen mit ihren Brigaden am Wismut-Adel vorbei. So nannten sie die Parteifunktionäre, die auf der Tribüne thronten. Unter ihnen prangte ein Spruchband: *Der unzerstörbare Bruderbund mit der Sowjetunion – Fundament unseres Voranschreitens!*

Es schien, als hätte das Reaktorunglück von Tschernobyl auf die DDR nur eine einzige Auswirkung: Es gab keinen Zement mehr und keinen Sand. Beides war in die Sowjetunion geschickt worden, die damit einen riesigen Sarkophag um das havarierte Atomkraftwerk baute.

Kurz darauf fanden im Klubhaus Aktivist Brigadefeiern statt. Die Wismut-Arbeiter waren mit Bussen aus dem Umkreis hergefahren worden, und alle hatten sich schick gemacht, weil später die Gruppe *Solar* zum Tanz spielen sollte.

Aber noch war es nicht so weit, zuerst mussten sie im großen Kinosaal Platz nehmen. Dort richteten Parteisekretär, Betriebsdirektor, Bereichsleiter und FDJ-Sekretär markige Kampfesworte an die Belegschaft und referierten zur Überlegenheit der sozialistischen Volkswirtschaft.

Danach stürmten die Kinder der Patenbrigade auf die Bühne und schmetterten: »Fröhlich sein und singen, stolz das blaue Halstuch tragen.« Ihre hübsche Klassenlehrerin dirigierte mit so anmutigen Bewegungen, dass sich Wolfgang auf der Stelle verliebte.

Als die Pioniere mit ihrem Programm fertig waren, ging er auf die junge Lehrerin zu und bat sie, den Rest des Abends zu bleiben. Sie überlegte kurz und nickte. Ihr Haar hatte sie zu einem hohen Zopf gebunden, der dabei mitschwang. Sie hakte sich bei ihm ein, und zusammen schlenderten sie hinüber in den kleinen Saal zum gemütlichen Teil des Abends.

Hans und Irma hatten das Pärchen beobachtet und hielten sich fern, um nicht zu stören. Sie gingen lieber zum Büfett und staunten nicht schlecht. Auf den Platten lagen nicht die gewohnten Köstlichkeiten. Sonst hatte es bei solchen Gelegenheiten immer Schinken und Lende gegeben, außerdem Zunge, Steak und Schnitzel. Und nun lag dort einfach nur Wurst. Leberwurst, Mettwurst, Blutwurst, also das, was auch den anderen Werktätigen des Landes aufgetischt wurde, und nicht die gewohnte Sonderbehandlung. Alle guckten überrascht, aber niemand wagte es, das spärliche Angebot zu kommentieren.

Nur Hans raunte seiner Schwester zu: »Also nach diesen Reden hätte ich hier was andres erwartet.«

Irma nickte und flüsterte zurück: »Da klaffen wieder mal Anspruch und Wirklichkeit mächtig auseinander.«

Das gesamte Edelfleisch der DDR war in diesem Monat in den Westen gegangen. Keiner von den Feiernden im Klubhaus ahnte, dass die DDR schon 1983 wirtschaftlich am Ende gewesen war und einen Milliardenkredit von der Bundesrepublik bekommen hatte. Aber nun musste der Kredit zurückgezahlt werden, und das geschah nicht nur in Form von Geld, sondern aus Verzweiflung auch in Naturalien.

Auf dem Heimweg gingen Irma und Hans in gebührendem Abstand hinter Wolfgang und seiner Eroberung her.

Bisher hatte Hans geglaubt, es würde schon immer irgendwie weitergehen. Aber dass auf dem Büfett nur Wurst gelegen hatte, erschütterte ihn zutiefst.

»Ich weiß nicht«, sagte er zu seiner Schwester. »Es fühlt sich so an, als ob das nicht mehr lang gut geht.«

Michaela und Wolfgang saßen wie früher auf der Halde 38. Er hatte ihr etwas von Susanne vorgeschwärmt, der hübschen Lehrerin. Als es anfing zu nieseln, zuckte sie zusammen und merkte, dass sie neuerdings allem misstraute, sogar dem Regen.

»Ich dachte, Atomkraft ist eine absolut sichere und saubere Art, Energie zu erzeugen«, sagte sie.

Auch Wolfgang wurde nachdenklich. »Meinst du, es hat Auswirkungen auf unseren Bergbau?«

Es schien, als fühlte er, dass die Tage des Uranabbaus gezählt waren. Der Kalte Krieg steuerte auf sein Ende zu. Die Sowjetunion hatte keinen großen Bedarf mehr an Uran und schlug vor, die Produktion einzuschränken. Aber davon wussten die Bergleute der Wismut noch nichts, denn es handelte sich zunächst um eine geheime Verschlusssache.

Stürmisches Klingeln und Klopfen weckten Wilhelm aus dem Mittagsschlaf. Er schlüpfte in seine Schuhe und tappte verwundert zur Tür.

Draußen stand ein alter Kumpel von der Bergbrüderschaft. »An der Gedenkstätte in Niederschlema hat es einen Tagesbruch gegeben. Von den Arbeitern im Bergbaubetrieb hat keiner Zeit, die müssen die Norm erfüllen. Und jetzt sollen wir Rentner das richten.«

Wilhelm starrte ihn ungläubig an.

»Na, was ist?«, drängte sein Bergbruder. »Ich brauch einen, der sich auskennt. Da weiß ich keinen Besseren als dich.«

Oben im Kleiderschrank hing Wilhelms alter Bergkittel. Irma hatte ihn vor Jahren ein letztes Mal gewaschen und gebügelt, die Knöpfe noch einmal gesichert und alles zusammen in den Schrank gepackt. Mit Grubenhelm und Schweinslederstiefeln.

Ganz langsam und pedantisch band Wilhelm seine Fußlappen.

Unten gestand er kleinlaut: »Mein Geleucht ist nicht geladen.«

Aber der andere hatte für ihn einen Helm mit Kopflampe besorgt.

Unterwegs erzählte Wilhelms alter Freund: »Das waren garantiert wieder die mit ihrer verrückten Schatzsuche.«

Seit nunmehr zwanzig Jahren forschte das Ministerium für Staatssicherheit unter dem Decknamen *Operation Puschkin* nach dem verschollenen Bernsteinzimmer. Sie folgten jedem Hinweis und hatten auch den Osterlammstollen in Niederschlema geöffnet. Dort waren sie auf die Gebeine der Ermordeten aus den Straflagern gestoßen. Sie hatten alles hastig wieder zugeschüttet, um die Totenruhe nicht zu stören.

»Aber weiter oben haben die wie die Wildschweine gehaust und alles offen liegen lassen«, regte sich der Bergbruder auf. »Wenn da eins von den Kindern reingestürzt wäre.«

Am Hang des Klosterbergs war ein alter Gang aufgerissen worden, der bis zum Kriegsbeginn als Trinkwasserstollen gedient hatte. Als Wilhelm hinabstieg, atmete er tief die modrige Luft ein. Die Dunkelheit tat seinen Augen gut. Es war wie eine lang ersehnte Heimkehr.

»Seltsam«, sagte sein Freund. »Hier müssten eigentlich die alten Wasserleitungen sein, aber da ist nichts.«

Sie leuchteten den Boden ab. Es war kein Grubenwasser zu sehen, obwohl nicht mehr entwässert wurde. Stattdessen lagen dort Schienen, die in die Tiefe des Stollens führten.

Sie entdeckten Stahlträger und gestapeltes Holz, das sie für die Verwahrung der Strecke nutzten. Mit sicheren Bewegungen schlug Wilhelm eine Kopfspreize in den polnischen Türstock, damit er dem Druck der Erdmassen besser standhielt.

Sein Bergbruder beobachtete ihn dabei. »Du hast nichts verlernt.«

Jeder einzelne Handgriff saß, und jeden einzelnen Handgriff genoss Wilhelm. Er drehte sich zu seinem Freund um und sagte: »Einmal Bergmann, immer Bergmann!«

33. Tröstliche Lügen

November 2019

In Moskau hatte es geschneit. Auf dem Platz vor dem Kiewer Bahnhof lag eine dünne Schicht. Wie Puderzucker. Er verwandelte sich unter den dahineilenden Stiefeln in Matsch und verhinderte, dass Luisa ihren Rollkoffer ziehen konnte.

Sie hatte das Gefühl, niemals wieder etwas essen zu können. Während der Fahrt waren sie gezwungen gewesen, den gesamten Inhalt des Verpflegungskorbs zu vernichten. Nach Russland durften nur originalverpackte Lebensmittel eingeführt werden.

In Michaelas Gesicht zeichnete sich die Glückseligkeit des vergangenen Tages ab. Gleich nach der Ankunft hatte sie eine Nachricht an Vira geschickt.

Irma und Gretchen wirkten nervös, so kurz vor dem Ziel einer langen Suche, die vor über sechzig Jahren begonnen hatte.

»Hoffentlich klappt das alles«, machte sich Irma Gedanken. »Dass wir ausgerechnet zur Militärstaatsanwaltschaft müssen. Bei den Obrigkeiten ist mir immer nicht wohl.«

»Hauptsache, die behalten uns nicht da«, sorgte sich Gretchen.

Luisa redete ihnen die furchtsamen Gedanken aus. »Keine Angst. Auch hier haben sich die Uhren weitergedreht. Wir sind nicht in die Fünfzigerjahre gereist.«

»Und wir haben einen Termin«, erinnerte sie Michaela.

Viras Zuversicht war auf sie übergesprungen. Sie prüfte zum wiederholten Mal, ob sie den Zettel mit dem Namen des Beamten auch wirklich bei sich hatte. Noch immer konnte sie es kaum fassen. Das war die Handschrift ihrer Schwester Vira.

Das Hotel war ein hellhöriger Plattenbau in Bahnhofsnähe mit schmutzig grauer Betonfassade und einer freundlichen Rezeptionistin. Sie gab ihnen zwei Zimmer mit Verbindungstür im ersten Stock. Irma wollte auf keinen Fall in einer der oberen Etagen des Hochhauses schlafen.

In den Fluren lagen abgetretene Läufer, die Türgriffe fühlten sich merkwürdig an, und kalter Zigarrenrauch hing in den Gardinen. Ihnen blieb noch viel Zeit bis zu ihrem Termin bei der Militärstaatsanwaltschaft.

»Ich kann nicht mehr sitzen«, erklärte Irma. »Mein halbes Leben hab ich mir den Hintern breit gesessen in der Fördermaschine. Jetzt ist es genug.«

Sie beschlossen, einen Spaziergang zu machen, und zogen sich wie für eine Polarexpedition an: Daunenjacken, Wollmützen, Schals und Handschuhe. Die Stunden auf der eisigen Landstraße bei Kiew steckten ihnen allen in den Knochen.

Zwischen den Häuserschluchten, die dunkle Schatten warfen, kamen sie sich verloren vor. Dann öffnete sich der Blick, und die gigantische Stadt Moskau breitete sich in all ihrer Pracht aus Zuckerbäckertürmchen und gläsernen Wolkenkratzern vor ihnen aus.

Sie liefen über die endlos scheinende Große Moskwa-Brücke. Unten glitt ein Ausflugsschiff vorbei, und sie hörten das Krachen und Schaben der Eisschicht, die sich auf dem Wasser gebildet hatte und nun aufgerissen wurde. Auf der anderen Seite der Moskwa war der Kreml. Wie ein riesiger Lindwurm wand sich die rote Mauer der ehemaligen Zarenresidenz entlang, unterbrochen von Wachtürmen mit Sowjetsternen. Vergoldete Kuppeln ragten hervor und stachen ins Himmelblau.

Die schier endlose Warteschlange auf dem Roten Platz

zog Gretchen magisch an. »Sollten wir uns vorsichtshalber auch anstellen?«, fragte sie. »Was gibt es denn da?«

»Lenin«, sagte Luisa, die den Reiseführer in der Hand hielt. »Die Leute stehen am Lenin-Mausoleum an.«

Sofort waren sie sich einig, dass sie nicht in das Mausoleum gehen wollten, und das aus unterschiedlichen Gründen.

Auf dem Platz standen unzählige Touristen, manche filmten sich selbst und sprachen dabei laut vor sich hin. Eine Gruppe junger Frauen mit langen offenen Mänteln und Goldschmuck schlenderte in den Einkaufspalast GUM.

»Glawny Uniwersalny Magasin«, las Luisa aus dem Reiseführer vor. »Möchtet ihr in das größte russische Kaufhaus?«

Gretchen wehrte ab. »Ach nee. Ein Russenmagazin, das kennen wir noch von früher.«

Sie betrachteten die Basilika mit ihren bunten Zwiebeltürmen von allen Seiten. Michaela war hingerissen von den verschiedenen Farben und Mustern und wurde nicht müde, Fotos zu machen. »Ist es nicht wunderschön?«, wandte sie sich an ihre Mutter.

»Du hast ganz sicher recht«, sagte Irma. »Aber es fällt mir schwer, das zu genießen.«

Die Stadt kam ihr vor wie der Palast der Schneekönigin. Prachtvoll von außen und in den verborgenen Ecken trostlose Kälte.

Stunden später – sie hatten doch wieder essen können und einen Mittagsschlaf gehalten – liefen sie die breite Cholsunow Pereulok entlang.

Plötzlich blieb Gretchen wie angewurzelt stehen. »Ich habe keine Gastgeschenke mehr«, teilte sie entsetzt mit.

»Ich glaube, das ist auch gut so«, beruhigte sie Michaela. »Sonst würde uns das als Bestechung ausgelegt.«

Die Militärstaatsanwaltschaft Moskaus hatte ihren Sitz in einem sandfarbenen Gebäude mit übergiebeltem Risalit, der aus der Mitte hervortrat.

»Das sieht ja wie unsere Wismut-Hauptverwaltung in Siegmar aus«, stellte Irma erleichtert fest und hielt es für ein gutes Omen. Es waren ebenfalls sechs Säulen vor dem Eingang zu finden, und oben thronte ein Wappen, auch wenn es in diesem Fall nicht die gekreuzten Schlägel und Eisen waren.

Sie mussten zuerst durch eine Sicherheitskontrolle, dann wurden ihre Ausweise äußerst kritisch kontrolliert. Am Ende durften sie hineingehen und suchten das Büro, in dem der Onkel von Yuris Bekanntem arbeitete.

Der Mann schien bisher noch nie so viele Besucher auf einmal gehabt zu haben und musste erst Stühle für alle finden. Er sprach ausgezeichnet Englisch und recht passabel Deutsch. Irmas Versuch, ihren Fall auf Russisch zu schildern, schien ihn zu rühren. Sie breitete Bilder aus, auf denen sie mit ihren großen Brüdern zu sehen war, beim Planschen im Filzteich, unter dem Weihnachtsbaum. Dann zeigte sie das letzte Bild von Rudolf, auf dem er zusammen mit ihr vor dem hölzernen Förderturm stand. Sie legte auch die Dokumente vor, die sie mitgebracht hatten.

Inzwischen waren sie ins Deutsche übergegangen, damit Gretchen alles verstand. Der Beamte nickte und hörte aufmerksam zu. Dann holte er aus seinem Schreibtisch ein paar Formulare.

Luisa warf einen Blick darauf und erklärte: »Die habe ich alle längst ausgefüllt und eingereicht.«

Er bat sie, es noch einmal zu tun, und versprach: »Ich kümmere mich persönlich. Wenn bei uns eine Akte zu Rudolf Steiner liegt, finde ich die, und zwar schnell. Buistro.« Er hob die Hand zum Schwur.

Irma füllte die Felder der Formulare sehr gewissenhaft aus und fragte zwischendurch immer noch einmal nach, um sich nicht zu verschreiben. Luisa zeigte dem Beamten die Notiz, die sie in der Markscheiderei der Wismut gefunden hatte. *Rudolf Steiner – MGB übergeben.*

Er nickte und bestätigte ihren Verdacht. Er hielt es für sehr wahrscheinlich, dass Rudolf vom damaligen Ministerium für Staatssicherheit der Sowjetunion nach Moskau verschleppt worden war.

»Was könnte ihm hier passiert sein?«, fragte Michaela.

Der Beamte hob ratlos die Schultern. »Da er nicht wiedergekommen ist, wird er vermutlich in ein Gefängnis gekommen sein, vielleicht Butyrka oder Lefortowo. Oder in die Lubjanka, das ist die Zentrale der sowjetischen Geheimdienste.«

Irma war fertig mit dem Formular und schob es über den Tisch. Wie eine eifrige Schülerin wartete sie, ob sie alles richtig gemacht hatte. Der Beamte war offensichtlich zufrieden, denn er stempelte den Antrag ab.

Irma legte ihre Hände auf den Schreibtisch und erklärte: »Und jetzt möchte ich die Rehabilitation meines Bruders beantragen und seinen Namen reinwaschen.«

Gretchen versicherte, dass Rudolf ein anständiger Bergmann gewesen sei, der mit Politik, Sabotage oder gar Diebstahl niemals etwas zu tun gehabt habe.

»Das glaube ich Ihnen. Aber das geht nur, wenn wir die Akte haben. Wir müssen dafür erst einmal wissen, warum er verurteilt wurde«, erwiderte der Beamte bedauernd.

Irma sah enttäuscht aus. Sie war ein Mensch, der alles am liebsten sofort erledigte.

Der Beamte schob die Papiere zusammen und schien das Gespräch beenden zu wollen. Aber Luisa hatte noch eine Frage: »Falls mein Großonkel in einem dieser Gefängnisse hingerichtet wurde, wo wäre er denn beerdigt worden?«

»Verbrannt. Und die Asche kam in ein Sammelgrab auf dem Donskoje-Friedhof.« Er überlegte und sagte dann:

»Aber wir wissen ja noch nichts über diesen Fall. Ihr Verwandter kann auch in einem Arbeitslager gestorben sein. Das finden wir jetzt heraus.«

Aus seinem Schreibtisch holte er eine Mappe und schob die Dokumente hinein. Er machte Kopien von Rudolfs Passbild und seiner Geburtsurkunde, kontrollierte die Angaben und legte alles auf einen Stapel. Irma sammelte ihre Bilder und Urkunden ein. Sie standen auf und reichten einander die Hände.

»Wie lange wird es dauern?«, fragte Irma, voller Hoffnung, noch vor der Abfahrt etwas zu erfahren.

»Ich werde Ihren Vorgang beschleunigen«, versprach er. »Wenn wir Glück haben, kann ich Ihnen schon in einem halben Jahr erste Ergebnisse senden.«

Benommen standen sie auf der Straße. Irma und Gretchen fanden keine Worte für ihre Enttäuschung.

Luisa versuchte sie zu trösten. »Aber wir haben einen großen ersten Schritt geschafft.«

Nun hatte der Beamte ein Gesicht zu der Anfrage nach Rudolf Steiner. Sie hatten ihn berührt mit ihren Bildern und Geschichten, das war deutlich zu sehen gewesen.

Michaela nahm ihre Mutter in den Arm. »Nicht den Mut verlieren, Mutti. ›Neuer Tag bringt neue Hoffnung‹, hat Opa immer gesagt.«

»Das mag schon sein«, brummte Irma niedergeschlagen. »Aber wenn man nicht mehr so viele Tage hat, ist es mit der Hoffnung auch nicht weit.«

Nebeneinander liefen sie die breite Allee entlang, und jede hatte sich bei der anderen eingehakt. Nach dem vergangenen Tag hatte sich sogar Luisa eingebildet, dass alles möglich war. Doch nun wussten sie nicht mehr als während ihrer Busfahrt nach Wroclaw.

Sie betraten das Hotelzimmer. Luisa tastete nach dem Lichtschalter, aber Irma hatte ihn schon gefunden und murmelte ganz automatisch: »Ich kümmer mich um die Elektrizität.«

Keine von ihnen wollte allein sein. Sie hockten alle zusammen auf den Betten.

»Jetzt guckt bitte nicht so traurig«, bat Luisa. »Unsere Reise ist nicht umsonst gewesen.«

Michaela nickte heftig, und ihre Ohrringe schaukelten. An diesem Tag waren es Sterne, weil sie sich eingebildet hatte, es könnte etwas nützen.

»Unser eigentliches Ziel haben wir aber nicht erreicht«, klagte Irma. Sie ließ sich langsam zurücksinken und starrte an die Decke. »Und dabei hatte ich es meinem Vati versprochen.«

Michaela schob ihr ein Kissen unter den Kopf und legte fürsorglich eine Wolldecke über Gretchen. »Wenn ich daran denke, dass wir den ganzen Weg wieder zurückmüssen«, seufzte sie. »Hoffentlich haltet ihr das durch.«

»Vielleicht hätten wir doch mit einem Flugzeug reisen sollen«, murmelte Gretchen geknickt.

Aber alle widersprachen ihr. Nichts von alledem, was sie erfahren und erlebt hatten, wäre dann passiert.

Gretchen schloss die Augen. Sie hatte vor dieser Reise auf etwas gehofft, was sie wohl nicht bekommen konnte. Vergebung. Mit zittrigen Fingern tastete sie über ihr verunstaltetes Gesicht. »Wenn ich damals nicht …«, setzte sie an, aber Irma unterbrach sie.

»Du bist nicht schuld, Gretchen.« Sie suchte nach ihrer Hand, und sie hielten einander fest.

Luisa sah auf die beiden alten Freundinnen, die völlig erschöpft nebeneinanderlagen, die kleine kantige Irma und Gretchen, deren Füße über die Bettkante hinausragten. Kurz entschlossen holte sie ihr Telefon heraus und entschied: »Ich buche jetzt einen Rückflug für morgen nach Berlin. Da fliegen wir nur zweieinhalb Stunden.«

Irma schnaufte. »Ich weiß nicht, ob ich das schaffe. Ich bin noch nie geflogen.«

Michaela holte eine kleine Plastikdose aus ihrer Handtasche und ließ den Inhalt darin klappern. »Hier drin sind Reisepillen, dann merkt ihr nichts vom Flug.«

»Ganz sicher?« Irma zog ein zweifelndes Gesicht.

»Ja«, beteuerte Michaela. »Ist wie bei der Darmspiegelung. Die wolltest du auch nicht machen, und nachher hast du sie verschlafen.«

Gretchen schien ein schlechtes Gewissen wegen der Verschwendung zu haben. »Aber die Zugtickets sind doch schon bezahlt.«

»Das ist mir jetzt egal«, beendete Michaela die Diskussion. »Ich bin kein Bergmann. Ich bin nicht so hart im Nehmen wie meine Mutti.«

Und damit war es beschlossen. Luisa buchte die Flüge und telefonierte mit ihrem Vater, der sie am Abend in Berlin abholen sollte.

»Wollen wir noch eine Kleinigkeit essen?«, fragte sie, nachdem sie alles organisiert hatte. »Vielleicht kann man hier etwas aufs Zimmer bestellen.«

Irma schüttelte den Kopf, und Gretchen rappelte sich mühsam auf. »Ich denke, ein Tee reicht uns. Wir haben keinen Appetit.«

Luisa füllte den Samowar mit Wasser und steckte das Stromkabel in die Steckdose. Michaela tauschte einen Blick mit ihr und hob bedauernd die Schultern.

Die Leichtigkeit des Vortags war verschwunden. Luisa hatte so gehofft, dass Irma und Gretchen am Ende der Reise ein Papier in den Händen halten würden, auf dem stand, was Rudolf Steiner damals passiert war und dass er von allen Vorwürfen freigesprochen wurde. Sie hatte ihrer Lieblingstante Irma so sehr gewünscht, sie würde in Moskau Frieden finden.

Und plötzlich wusste sie, was sie tun musste. Sie ging

durch die Verbindungstür ins Nebenzimmer, spielte das Klingeln ihres Telefons ab und simulierte ein Gespräch. Das war der leichte Teil. Der schwierige würde die Lüge im Angesicht ihrer Familie sein.

Aber es war eine tröstliche Lüge. Und hatte sie nicht auf dieser Reise erfahren, dass so ziemlich alle in dieser Familie schon einmal gelogen hatten, um die, die sie liebten, zu beschützen?

Sie kühlte im Bad ihre heißen Wangen, trocknete das Gesicht und probierte ein erstauntes Lächeln vor dem Spiegel.

Dann ging sie nach nebenan und sagte: »Ihr werdet nicht glauben, wer mich gerade angerufen hat.«

Drei Augenpaare blickten sie erwartungsvoll an.

»Der Mann, ihr wisst schon, der von der Militärstaatsanwaltschaft. Er hat die Akte von Rudolf Steiner gefunden. Ich kann morgen das Dokument mit seiner Rehabilitation abholen.«

34. Ende und Anfang

März 1989

Wilhelm war müde geworden. Er wurde bald neunzig und wusste nicht, wozu ihn die Welt noch brauchte. Oft saß er den ganzen Tag am Fenster im Dachgeschoss und blickte hinab. Es dämmerte, und die Nachbarn schalteten ihre Lampen an. Ein heller Punkt nach dem anderen glomm am Hang auf, nur nicht im Deformationsgebiet. Vor vielen Jahren war Wilhelm mit Martha in einer lauen Sommernacht auf den Gleesberg gestiegen. Unten im Tal hatten unzählige Lichter am Kurhaus gefunkelt. Musik war aus dem Orchesterpavillon im Park zu ihnen heraufgedrungen. Er konnte sie noch immer hören. In seiner Erinnerung war das dunkle Gebiet am Fuß des Berghangs hell erleuchtet.

Die Tür ging auf, Michaela schlich herein.

»Warum sitzt du im Finstern?«, fragte sie.

Er gab ein knurriges Geräusch von sich und tätschelte ihren Arm. »Da wandern die Gedanken so schön.«

Sie setzte sich neben ihn, legte den Kopf auf seine Schulter und spürte die spitzen Knochen. »Weißt du, was mir heut jemand erzählt hat?«, fragte sie.

Er schüttelte den Kopf.

»Es haben sich welche aus dem Ort zusammengetan und suchen die alte Radonquelle, die damals versiegt ist.«

Wilhelm sah sie ungläubig an.

»Sie wollen das Kurbad wieder auferstehen lassen«, versicherte sie ihm.

Dieser Frühling fühlte sich anders an. Es hatte viele kleine Zeichen gegeben, die Vorboten schienen für das, was kommen sollte. Die Suche nach der Radonquelle war nur eines davon. Bei ihren Wanderungen sah Michaela immer mehr Fichten, die nur noch aus kahlen Baumskeletten bestanden. Es sickerten Gerüchte durch, dass die Sowjetunion ihre Uranimporte reduzieren wollte. Dann wurden die ersten Buslinien der Wismut eingestellt. In Leipzig hatte es Protestumzüge gegeben, von denen nichts in der Zeitung stand. Bis sich die Nachricht darüber bis ins Erzgebirge herumgesprochen hatte, vergingen Tage. Wenn Michaela zurückdachte, dann waren ihr diese seltsamen Vorgänge zum ersten Mal im vergangenen Herbst aufgefallen, als die Zeitschrift *Sputnik* verboten wurde.

Sie hatten wie immer am Küchentisch ihre Zeitungsschau abgehalten. Wilhelm besaß inzwischen ein Hörgerät, das ihm Erika besorgt hatte. Vom Lärm im Berg war er fast taub. Auch die kleine Zeitungsschrift bereitete ihm Probleme, doch sein Verstand war scharf geblieben. Er las einfach die Überschriften und übergab dann an Michaela. Sie wohnte noch immer im Doppelhaus. Zwar leistete sie seit Langem Aufbaustunden bei der Arbeiterwohnungsbaugenossenschaft, hatte aber bisher keine Wohnung zugewiesen bekommen. Irma arbeitete nach wie vor in Schichten.

»Das gibt es doch nicht«, rief Michaela plötzlich. »Die haben den *Sputnik* verboten!«

»Wieso verbieten die eine sowjetische Zeitschrift?«, wunderte sich Irma. Bisher durfte das, was aus der Sowjetunion kam, noch nicht einmal kritisiert werden.

»Hört euch den Grund an.« Michaela las vor: »Die Monatsschrift bringt keinen Beitrag, der der Festigung der deutsch-sowjetischen Freundschaft dient, stattdessen verzerrende Beiträge zur Geschichte.«

Irma riss ihr die Zeitung weg. Diese Ungeheuerlichkeit musste sie mit eigenen Augen sehen. »Das klingt ja wie Gotteslästerung«, stellte sie erschüttert fest. »Weiß jemand, worum es in diesen Beiträgen geht?«

Die Gerüchteküche an der Schneeberger Fachschule hatte das längst verbreitet. Michaela beugte sich ein wenig vor und senkte ihre Stimme. »Stalins Verbrechen.«

»Was sagst du?«, fragte Irma entgeistert. Sie dachte an die ersten Jahre der Wismut zurück, als diese noch eine rein sowjetische Gesellschaft gewesen war. Gretchen hatte nach ihrem Unfall wochenlang Angst gehabt, der Sabotage bezichtigt und verhaftet zu werden. Es gab Gerüchte, dass Stalin im Erzgebirge Gulags nach sowjetischem Vorbild errichten wollte, was nur durch ein paar resolute Gewerkschafter verhindert worden war. Über all das durfte mehr als dreißig Jahre kein Wort verloren werden. Stalins Name löste sich nach seinem Tod in Luft auf. Er verschwand aus den Geschichtsbüchern, aus dem Schulunterricht, und selbst das Nachtsanatorium in Niederschlema wurde stillschweigend umbenannt. Es war das erste Mal seit dreißig Jahren, dass Irma diesen Namen wieder hörte.

»So fängt es an«, prophezeite Wilhelm. »Glaubt mir. Ich hab schon drei Reiche untergehen sehen.«

Seitdem saßen die Steiners abends immer alle zusammen, und manchmal kamen auch Nachbarn dazu wie früher bei den Hutzenabenden. Aber diesmal ging es nicht um das Sparen von Licht und Ofenwärme. Der Strom war so billig, dass Irma sämtliche Lampen in ihrer Haushälfte brennen ließ, wenn sie hinüber zum Bruder ging. Sie teilten in dieser Zeit eine andere Art von Wärme.

Wolfgang machte inzwischen ein Abendstudium als Bergingenieur und hatte die hübsche Lehrerin Susanne geheiratet.

Immer wenn Wilhelm auf die Frau seines Enkels traf, fragte er: »Sind die Fische noch da?«

Sie arbeitete in der Friedrich-Schiller-Schule und versicherte ihm jedes Mal, dass die blauen Fische noch immer an der Wand hinter dem Schwimmbecken zu sehen waren.

An diesem Abend wollte das junge Paar eine Überraschung verkünden.

»Ich hab dir was mitgebracht, Opa«, versprach Wolfgang und legte seinem Großvater feierlich ein Bild in die Hände.

Wilhelm rückte seine Brille zurecht und guckte es erstaunt an. Das Bildchen war fast schwarz, aber er konnte eine Höhlung darauf erkennen. Er fühlte sich an einen Stollen erinnert, der in den Berg getrieben wurde. Wilhelm nahm seine Lupe zu Hilfe und entdeckte, dass in der Höhle ein zusammengekauertes Wesen lag.

Fragend blickte er seinen Enkel an. »Was ist das?«

»Ein Ultraschallbild von Susannes Bauch, Opa.«

Weil Wilhelm damit nichts anfangen konnte, erklärte Erika: »Ultraschall ist so ähnlich wie Röntgen. Nur ohne die Strahlung.«

Susanne und Wolfgang erwarteten ihr erstes Kind. Erika holte die Sektgläser und goss Rotkäppchensekt ein. Und während die anderen mit Glückwünschen und Umarmungen beschäftigt waren, betrachtete Wilhelm voller Andacht das winzige Wesen in seiner Höhlung.

Wolfgang machte sich um alles Gedanken. Er schrubbte sich nach jeder Schicht mindestens zwanzig Minuten, um wirklich keinen Uranerzstaub nach Hause zu schleppen. Er brachte seine Sonderration Südfrüchte seiner schwangeren Frau, damit sie genug Vitamine aß. Und auch um das Baby sorgte er sich. »Unser Kleines wird in eine so unruhige Zeit geboren.«

Irma versuchte ihn zu beruhigen. »Die Zeiten sind doch nie ruhig. Irgendwas ist immer.«

Sie holte Michaelas Babykörbchen aus der Kammer, trennte vorsichtig die Klöppelspitze ab, wusch sie sorgfältig, bügelte sie und nähte sie wieder dran.

»Sieh dir das an, Vati«, sagte sie. »Muttis Spitze sieht noch immer so schön aus.«

Wilhelm berührte das filigrane Muster. Es war Marthas letzte Aufgabe gewesen, und sie hatte sie zu Ende gebracht.

Er fragte sich, was seine war.

Im April wurde ein Ministerratsbeschluss zur Zukunft der Wismut veröffentlicht. Die Sowjetisch-Deutsche Aktiengesellschaft sollte deutlich verkleinert werden.

Im Bergbaubetrieb Aue gab es deshalb eine Betriebsversammlung. Die gesamte Leitungsebene der Wismut saß mit hochrotem Kopf da und sollte die unangenehme Botschaft ihren Leuten überbringen.

Der Abbau im Bergbaubetrieb Aue musste eingeschränkt werden, und dreitausendeinhundert Bergleute und Arbeitnehmer würden deshalb in Maschinenbaubetriebe umgesetzt – bis in den Chemnitzer Raum. Ein Mitspracherecht, in welche Orte und Industriebetriebe sie geschickt würden, sei leider nicht möglich.

»Wir werden das nach den Erfordernissen der sozialistischen Planwirtschaft entscheiden. Alles für das Wohl des Volkes«, erklärte einer der Direktoren.

Sofort erhob sich ein ungeheurer Lärm, und die Kumpel schrien durcheinander. »Wir gehören auch zum Volk, und das ist nicht zu unserem Wohl!«, brüllte einer. »Ich habt sie wohl nicht mehr alle!«

Hans rieb sich mit der Hand über die Augen und sagte zu seiner Schwester, die neben ihm saß: »Ich war erst sauer, dass ich in Rente muss. Jetzt kann ich wohl froh sein.«

Irma, die noch drei Jahre zu arbeiten hatte, erklärte: »Ich lass mich doch nicht umsetzen. Bin ich eine Grünpflanze?«

Am unglücklichsten war Wolfgang. »Jetzt bin ich fast fertig mit dem Studium. Und dann braucht das niemand mehr? Ich bin Bergmann, kein Maschinenbauer.«

Im Stillen hoffte er, dass er zu den wenigen Glücklichen gehören würde, die bleiben durften.

Michaela und Wolfgang saßen oben auf der Halde 38. Der Boden unter ihnen fühlte sich weich an. Wildkräuter, Quecken und Vogelmiere hatten das Gebiet erobert.

Schon lange hatten sie nicht mehr nur zu zweit über all das gesprochen, was ihnen im Kopf herumschwirrte. Aber Wolfgang wollte seine schwangere Frau nicht mit schweren Gedanken belasten.

»Wenn die mich in die Besteckbude nach Karl-Marx-Stadt schicken, geh ich da nicht hin«, klagte er.

Michaela kitzelte ihn mit einem Grashalm. »Wäre das wirklich so schlimm? Seit Tschernobyl denke ich, es ist nicht gut, dass ihr das Zeug aus der Erde rausholt.«

Wilhelm hob ein Stück Geröll auf und schleuderte es hinab. »Schwachsinn.«

Sie strich über die Blätter eines Breitwegerichs. Es hatte lange nicht geregnet, und Erzstaub lag darauf. »Aber fragst du dich nicht, ob die alten Halden auch wirklich sicher sind? Können wir uns hier überhaupt draufsetzen, oder sind wir dann unfruchtbar?«

Wolfgang grinste. »Ich bin ja wohl der beste Beweis, dass es nicht so ist.«

Michaela zerzauste ihm das Haar und lachte. Dann fiel ihr ein, dass die Entbindungsklinik von Schlema ganz nah an der Erzaufbereitungsanlage stand.

Im Inneren der Auferstehungskirche herrschten mildes Dämmerlicht und Stille, Erinnerungen mischten sich mit der Gegenwart. Der kleine jahrhundertealte Schnitzaltar mit den bemalten Reliefffiguren war aus der alten Oberschlemaer Kirche gerettet worden. Vor der hellen Aspiswand wuchs ein schmalgliedriges Holzkreuz empor und berührte fast die Wölbung.

Michaela schob sich neben Wilhelm in die Kirchenbank.

Sie hatte ihren Großvater gefragt: »Wo kann ich eine Antwort finden?«, und er war mit ihr den Gleesberg hinaufgestiegen zu der neuen Kirche, an der die alte Uhr des Kurhauses hing.

Michaela glaubte nicht an Gott. Aber hier in der Holzbank, Bein an Bein mit ihrem Großvater, fühlte sie sich beschützt. Es war ein modernes Gotteshaus mit hoch aufstrebenden Linien, die kein Schnörkel unterbrach. Weißes Licht fiel herein.

Vor sich, dort, wo auf den anderen Plätzen die Gesangbücher lagen, fand Michaela eine zerlesene Informationsbroschüre mit dem Titel *Pechblende*. Es war nichts Offizielles, sondern eine Untergrundschrift über den Uranbergbau. Sie blätterte darin herum und las sich fest. Ihr Großvater wartete geduldig, bis sie die Broschüre wieder ablegte und bereit war zu gehen.

Sie liefen über den Friedhof zu den Familiengräbern, und er fragte sie: »Hast du eine Antwort bekommen?«

»Nein.« Sie schüttelte den Kopf. »Aber einen Funken Hoffnung.«

Am Abend trafen sich die Steiners im Garten und setzten sich auf die Hollywoodschaukel und die mit Stoff bespannten Klappstühle. In der Mitte stand ein Plastiktisch. Auf seine Platte war ein Mosaik aus Fliesen geklebt, die Michaela im Deformationsgebiet gesammelt hatte.

Am Wochenende zuvor waren Kommunalwahlen gewesen, wie immer ohne Wahlkabinen und mit Stimmzetteln, auf denen es nichts anzukreuzen gab.

Wilhelm hielt die Zeitung in der Hand und kündigte an: »Hier stehen die Wahlergebnisse.« Er reichte das Blatt an seine Enkelin weiter.

Michaela machte die verheißungsvolle Handbewegung einer Lottofee und las vor: »98,85 Prozent Jastimmen.«

Wolfgang musste lachen. »Dann wohnen in Schlema vermutlich die restlichen 1,15 Prozent.«

»Also, ich hab mit Ja gestimmt«, gab Irma zu. »Uns ging es doch bisher immer gut, oder nicht?« Sie lehnte sich in der Schaukel zurück und gab ihr einen leichten Schubs.

»Bei uns im Schacht fehlen langsam die Leute«, berichtete Wolfgang. »In meiner Brigade haben zwei einen Ausreiseantrag gestellt. Nun dürfen die nicht unter Tage einfahren, damit sie nicht in die Nähe von Sprengstoff kommen.«

Irma fand, diese Sache hatte auch Vorteile. Je mehr von den Wismut-Arbeitern aus der DDR ausreisten, umso größer war ihre Chance, selbst im Betrieb bleiben zu können.

Im Sommer wurden die Reihen noch lichter. Immer mehr nutzten die offene Grenze zwischen Ungarn und Österreich zur Flucht in den Westen. Jeden Abend fanden sich die Steiners in einer der beiden Doppelhaushälften zusammen, um die *Tagesschau* mit Berichten aus Prag, Budapest und Warschau zu gucken. Manchmal entdeckten sie unter denen, die dort die Botschaften der Bundesrepublik stürmten, ein bekanntes Gesicht.

»Werd ich dich auch irgendwann in den Nachrichten sehen?«, fragte Irma ihre Tochter.

»Nein«, versprach Michaela. »Ich will hier eine Veränderung.«

Michaela hockte im Wohnheim zusammen mit ihrer Studentengruppe im Schneidersitz auf dem Boden. Sie rauchten, hörten Pink Floyd und zerschnitten der Länge nach Bettlaken, aus denen sie Transparente bastelten. Aus den ersten zaghaften Protestzügen in Leipzig war eine Massenbewegung geworden, die inzwischen das ganze Land erfasste. In allen Städten der DDR demonstrierten die Menschen für freie Wahlen, Pressefreiheit, Reisefreiheit, Versammlungsfreiheit.

Nur nicht in Schlema, im sogenannten schwarzen Dreieck. Dort gingen eine Handvoll Studenten und Familien mit Kindern auf die Straße, um für sauberes Wasser und saubere Luft zu kämpfen. Das kontaminierte Haldenmaterial der Erzgruben wurde von ahnungslosen Anwohnern zum Bauen benutzt. Die Grubenwässer gelangten ungeklärt in die Flüsse, deren Arsengehalt längst alles Leben abgetötet hatte. In Crossen lagerten die Rückstände der Uranerzaufbereitung auf einer Halde direkt an der Zwickauer Mulde.

»Bei Regen sickert das alles in den Fluss«, sorgte sich Michaela.

Eine Freundin mit runder John-Lennon-Brille warf ein: »Wenn die Sonne scheint, ist es aber auch nicht besser. Dann treibt es den Staub auf die Spielplätze und Wohnblocks.«

Als sie ihre Banner fertiggestellt hatten, mussten sie überlegen, welche Forderungen sie darauf schreiben wollten.

»Aufklärung«, schlug Michaela vor. »Ich will wissen, was hier los ist.«

Sie pinselten in großen Druckbuchstaben auf das eine Transparent: *Wir wollen Antworten auf unsere Fragen!* Und auf das andere: *Kranke Umwelt macht kranke Menschen.*

Einmal im Monat an einem Wochenende zog Irma ihre Kampfgruppenuniform an und pirschte durch den Poppenwald. In letzter Zeit wurden die Manöver noch seltsamer als ohnehin schon. Sie mussten Räumketten üben. In gerader Linie stellten sie sich zu einer Postenkette auf und sollten gleichmäßig vorrücken.

Irma, die es gewohnt war, Befehle zu befolgen, machte eine Zeit lang brav mit. Irgendwann fragte sie aber doch nach, wozu sie eigentlich so verbissen diese Räumketten übten.

Der Kommandeur teilte ihr mit: »Wir müssen bereit sein für unseren Einsatz gegen die staatsfeindlichen Demonstranten.«

Bisher war es bei den Übungen immer gegen einen imaginären Feind oder Wildkaninchen gegangen. Irma wollte auf keinen Fall irgendwann als Teil einer Räumkette ihre demonstrierende Tochter zurückdrängen müssen.

Aber Irma war keine Heldin. Sie wagte nicht zu sagen, dass sie bei dieser Sache nicht mehr mitmachte. Lieber besorgte sie sich über Erika ein Attest. Darin wurden ihr Probleme mit der Bandscheibe bescheinigt, weshalb sie zu ihrem größten Bedauern von nun an leider untauglich für die Kampfgruppe war.

Mitten in diese unruhigen Zeiten wurde Luisa geboren. Das ganze Viertel am Gleesberg merkte es, als Susanne mit ihr aus dem Krankenhaus heimkehrte. Das Baby lag in seinem Körbchen mit dem Spitzenrand und brüllte so sehr, dass sein Gesicht blau anlief. Der winzige Mund zitterte nur noch. Für den Bruchteil eines Augenblicks war Stille, dann schöpfte Luisa erneut Luft und schrie weiter.

Ihre Mutter Susanne war den Tränen nahe. Sobald sie zu Hause angekommen war, wiegte sie Luisa im Arm, versuchte sie an die Brust zu legen, ihr etwas vorzusingen, sie tanzte ein paar Schritte. Nichts zeigte Erfolg. Die junge Mutter war völlig erschöpft. Sie hatte Bauchkrämpfe, ihr Haar hing verschwitzt und wirr herunter. Sie beneidete ihren Mann Wolfgang. Der war einfach auf Arbeit gegangen und hatte sie mit dieser riesigen Verantwortung im Doppelhaus sitzen gelassen.

In ihrer Verzweiflung ging sie nach nebenan. Aber Irma war zur Schicht und Michaela hatte Vorlesung an der Fachschule. Nur Wilhelm saß in seinem Lehnstuhl am Küchentisch und studierte mit einer Lupe die Zeitung.

Neugierig stand er auf und strich vorsichtig über Luisas Händchen. Wie eine kleine Falle schloss sich ihre Faust um seinen abstehenden Daumen und umklammerte ihn.

»Darf ich das Baby vielleicht auch einmal halten?«, fragte er sehnsüchtig.

»Wenn du das aushältst?«, rief Susanne.

Wilhelm stellte sein Hörgerät aus. Nun fühlte sich die Welt an, als wäre er ganz allein tief unten im Berg.

Susanne legte ihm das Baby auf den Schoß und wickelte eine Decke so um die beiden, dass es sicher lag und nicht wegrutschen konnte. Wilhelm strich mit seinen knorrigen Händen behutsam über das kleine Köpfchen.

»Aber, aber«, murmelte er. »Ein Bergmann jammert doch nicht.«

»Ich muss mal ins Bad!«, schrie Susanne und zeigte auf die Tür.

Luisa brüllte unvermindert und brachte Wilhelm mit ihren Grimassen zum Schmunzeln.

»Jaja«, sagte er und streichelte ihren zarten Haarflaum. »Schreien ist gut für die Lungen.«

Eine Stunde später, Luisa schrie immer noch wie am Spieß, und Wilhelm überlegte, ob sie vielleicht Hunger hatte, erschien Susanne wieder. »Ich bin auf dem Klo eingeschlafen«, erklärte sie verlegen.

Von diesem Tag an brachte Susanne das Baby jeden Tag für ein paar Stunden gewickelt und gestillt zu seinem Urgroßvater. Er hatte dann schon immer sein *Album für Freunde des Bergbaus* bereitliegen und erzählte dem brüllenden Baby die alten Geschichten vom reichen Silberfund und vom Kurhaus im Schlematal, in dem Martha einmal Bademädchen gewesen war.

Sein Hörgerät schaltete Wilhelm erst wieder ein, wenn die schreiende Luisa abgeholt worden war. Dann wollte er nämlich Nachrichten gucken. Meistens kamen Irma und Michaela dazu. Nie hatten sie mehr ferngesehen als in dieser Zeit.

Die kleinen Protestkundgebungen in Schlema, an denen Michaela teilnahm, waren nichts gegen die gewaltigen Massendemonstrationen in Leipzig.

An einem Montag Anfang Oktober warteten sie besonders nervös auf die *Tagesschau*, denn es war durchgesickert, dass es einen Schießbefehl geben sollte. Sie erfuhren aber nur, dass die Stadt Leipzig für Journalisten gesperrt sei.

»Oh Gott«, flüsterte Michaela. »Ich hoffe, es gibt dort keine chinesische Lösung.«

Wilhelm erhob sich ächzend. Er tappte zum Besenschrank und holte das Mettenlicht heraus. Irma zündete es an, damit kein Unheil geschah. Sie saßen da, hielten einander an den Händen und schauten gebannt die Nachrichten.

Die Mettenkerze, die nach Wilhelms Auffassung eine Eskalation in Leipzig verhindert hatte, kam immer wieder zum Einsatz, und manchmal war es sogar Michaela, die sie entzündete. Sie brannte, als in den Nachrichten verkündet wurde, dass der Staatsratsvorsitzende der DDR aus gesundheitlichen Gründen zurückgetreten sei, was sie natürlich nicht glaubten. Und dass sie mit Egon Krenz besser dran sein sollten, glaubten sie gleich gar nicht.

Und dennoch war es eine erste Veränderung. »Ist das nicht unglaublich?«, fragte Michaela. »Das haben wir bewirkt. Mit unseren Transparenten.«

Am 9. November hatte Irma Tagschicht gehabt, und sie saßen am Abend wieder alle drei zusammen vor dem Fernseher. Sie hatten sich angewöhnt, zuerst immer die *Aktuelle Kamera* zu gucken und sich dort die schöngeredete Version der Ereignisse anzuhören. Dann schalteten sie um zur *Tagesschau* für den Blick von der anderen Seite. In der Schnittmenge hofften sie, die Wahrheit zu finden.

Die Sprecherin las mit unbewegter Miene ihren Text vor, als ginge es wie immer um die vorbildliche sozialistische Planerfüllung.

Völlig entgeistert ließ Irma ihr Brot sinken. »Hab ich das jetzt richtig verstanden, dass die Grenzen offen sind?«, fragte sie ungläubig.

»Und freie Wahlen haben sie grad angekündigt!«, rief Michaela.

Nur Wilhelm hob unentschlossen die Schultern. »Ich weiß nicht recht. Es klang so, aber dann auch wieder nicht.«

Sie konnten es kaum erwarten, dass die *Tagesschau* begann, und dort sahen sie schon, noch bevor der Sprecher guten Abend gewünscht hatte, die Schlagzeile im Hintergrund. *DDR öffnet Grenze.*

»Das ist verrückt!«, rief Michaela und sprang vor Aufregung im Zimmer herum.

»Jetzt wirst du rüberfahren, nicht wahr?«, fragte Irma.

»Na klar!«, bestätigte ihre Tochter. »Aber nur mal gucken. Wer kommt mit?«

Wilhelm hob schüchtern die Hand.

Nur Irma schüttelte resolut den Kopf. »Ich muss arbeiten«, sagte sie. »Ich kann doch meine Schicht nicht ausfallen lassen, bloß weil sich die DDR auflöst.«

Bevor sich die DDR tatsächlich auflöste, beschloss ihre letzte Volkskammer noch das vollständige Ende des Uranbergbaus. Die Pumpen in den Schächten wurden abgestellt. Allmählich flutete das Grubenwasser in das weitverzweigte und verschlungene Labyrinth unter Oberschlema und Niederschlema.

Als Luisa drei Monate alt war und wieder ihre Stunde auf Wilhelms Schoß hatte, hörte sie plötzlich auf zu schreien.

Er machte sein Hörgerät an und lauschte. Sie gab keinen Ton von sich und beobachtete ihn mit großen Augen. Mit seiner rauen Hand streichelte er ihre Wange.

Michaela kam aus ihrem Zimmer gerannt. »Was ist passiert?«

»Sie hat aufgehört«, sagte Wilhelm erstaunt.

Kurz darauf kehrte Irma von der Arbeit nach Hause.

»Luisa hat aufgehört zu weinen«, berichtete Michaela aufgeregt.

Die Kleine war in Wilhelms Arm eingedöst. Andächtig betrachteten sie das schlafende Kind.

Irma kochte einen Tee und setzte sich zu ihrem Vater, der das *Album für Freunde des Bergbaus* herausgeholt hatte. »Geht es dir gut, Vati? Du siehst heute müde aus.«

Wilhelm schob das Album beiseite und deutete auf das alte Schwarz-Weiß-Bild an der Wand über dem Tisch. Noch immer hing es dort und zeigte, inzwischen ein wenig verblasst, Irma und Rudolf vor dem hölzernen Förderturm.

»Ich hab nachgedacht, mein Mäd«, sagte er. »Jetzt, wo die neuen Zeiten anbrechen, erfährt man vielleicht endlich etwas über Rudolfs Schicksal.«

Irma nickte. »Ich finde es raus. Das versprech ich dir, Vati«, sagte sie. »Und wenn es die letzte Aufgabe in meinem Leben ist.«

Michaela kam mit ihrem Fotoapparat. »Ich muss unbedingt ein Bild von euch beiden machen, bevor sie wieder anfängt zu weinen«, erklärte sie.

Wilhelm neigte seinen Kopf zu Luisa, die Kamera klickte. Irma fragte ihn: »Soll ich dir die Kleine abnehmen, Vati? Du warst doch gerade mit deinem Album beschäftigt.«

Er schüttelte den Kopf und betrachtete Luisa aufmerksam. »Nein, mein Mäd. Ich hab alles erledigt.«

Sie wickelte eine Decke um ihn und das Kind, damit es sicheren Halt hatte und er seine Arme nicht anstrengen musste.

Die beiden Frauen begannen das Essen vorzubereiten.

»Möchtest du noch einen Tee, Vati?«, fragte Irma, nachdem er eine Weile nichts mehr gesagt hatte.

»Oder einen akzisefreien Trinkbranntwein?«, scherzte Michaela.

Als keine Antwort kam, drehten sie sich zu ihm um.

Wilhelms Kopf war nach unten geneigt, und es wirkte, als betrachtete er nur die kleine Luisa. Sein Gesicht zeigte noch den Hauch eines Lächelns.

Auf dem Tisch lag das *Album für Freunde des Bergbaus*. Mit zittriger Schrift hatte er auf den Einband geschrieben: *Für Luisa*.

35. Die Heimkehr

November 2019

Luisa rannte durch die Straßen Moskaus auf der Suche nach einem Internetcafé, in dem man sich etwas ausdrucken konnte, ohne dabei beobachtet zu werden. Endlich glaubte sie das richtige Lokal gefunden zu haben. Durch die schmutzigen Scheiben sah sie diskutierende Studenten. Auf Tischen an der Wand standen veraltete Computer und eine Druckerstation.

Die Tür des Cafés war schwergängig und ließ ein unangenehm lautes Klingeln ertönen. Luisa holte an der Theke zwei Kaffee und sah sich um. Sie musste jemanden finden, der bereit war, ihr zu helfen. In der Ecke saß ein Student, der sie anlächelte. Er hatte halblanges zurückgekämmtes Haar, das er zu einem Zopf gebunden hatte. Sie holte tief Luft, ging zu ihm hin und fragte auf Englisch, ob er Russe sei. Er grinste und nickte. Als sie sich zu ihm setzte, sah sie, dass seine Kaffeetasse leer war und die Reste bereits eingetrocknet waren. Sie schob ihm den Kaffee hin, stieß mit ihrer Tasse daran und erzählte ihm die Geschichte ihrer Reise. Zum Schluss erklärte sie, wofür sie seine Hilfe brauchte. Er zögerte, und sie zeigte ihm gute Argumente. Ein aktuelles Bild ihrer Großtante Irma und alles, was sie an Scheinen in ihrer Geldbörse hatte: knapp viertausend Rubel.

»Deal«, sagte er und grinste.

Luisa stand auf und wollte zu den Computern gehen, aber er hielt ihre Hand fest. »We should not plan a crime on a public computer.«

Er klappte seinen eigenen Rechner auf. Luisa hatte sich die Seite einer Stiftung notiert, die Schicksale von Verurteilten sowjetischer Militärtribunale erforschte. Dort waren auch Abbildungen von Urteilen und Rehabilitationsurkunden zu finden. Sie erklärte dem Studenten, dass es nicht wirklich echt aussehen musste, nur so, dass eine alte Dame ihren Frieden wiederfinden würde.

Es war Luisas Glück, dass sie an einen Grafikstudenten geraten war, der noch dazu Spaß an dieser Sache fand. Zuerst löschte er den fremden Namen, der handschriftlich in einem Schreibmaschinenvermerk eingefügt worden war, und die Daten. Es handelte sich um einen knappen Bericht über die Vollstreckung eines Todesurteils wegen Spionage durch Genickschuss im Moskauer Gefängnis Butyrka. In dieses Dokument setzte er mit seinem Grafikstift Rudolf Steiners Daten ein. Die Unterschrift ließ er stehen. Dann befasste er sich mit der Rehabilitierungsurkunde. Wieder änderte er die persönlichen Angaben, diesmal mit Computerschrift, die eine Schreibmaschine simulierte. Fasziniert beobachtete Luisa, wie seine Finger über die kyrillische Tastatur huschten.

Als er fertig war, gingen sie zum Drucker und verdeckten die Sicht darauf. Sie tauschte die Rubel gegen die beiden Blätter Papier und wartete, bis er die Dateien, ohne sie zu speichern, geschlossen hatte. Er schärfte ihr noch ein, dass sie diese Dokumente auf keinen Fall bei einer Behörde vorzeigen solle. Dann bestellte er sich einen neuen Kaffee. Jetzt konnte er ihn sich leisten.

Luisa hatte die Papiere vorsichtig in ihre Tasche gesteckt und hastete weiter. Immer wieder sah sie auf ihre Uhr. Die anderen wollten inzwischen packen, frühstücken und ein Taxi bestellen. Am Abend war es noch zu einer brenzligen Situation gekommen, weil Michaela sofort nach Luisas Ankündigung eine Kurznachricht an Vira geschickt hatte. Glücklicherweise lautete der Text aus Rücksicht auf Viras begrenztes Deutsch lediglich: *Es hat geklappt in Moskau! Danke!*

Luisa suchte einen Andenkenladen und kaufte eine kleine Schraubdose aus Silberblech. Anschließend fuhr sie mit der Metro zum Donskoje-Friedhof.

Ihr wurde klamm ums Herz, als sie durch das rote Tor in der roten Mauer auf die rote Kapelle zuging, die einmal Moskaus Krematorium gewesen war. Dort hatte sich der Körper des Oberschlemaer Bergmanns Rudolf Steiner in Asche verwandelt.

Luisa folgte den Schildern und fand das Massengrab Nr. 3. Auf achteckigem Grund trauerte eine Frau aus Granit. Im Halbkreis um sie herum standen Gedenksteine verschiedener Völker. Ganz rechts fand sie den für die deutschen Opfer des Stalinismus. Luisa blieb still davor stehen. Nieselregen setzte ein, und es duftete nach Nadelbäumen.

Sie drehte sich um und vergewisserte sich, dass niemand hinter ihr stand. Neben dem Stein war der herbstliche Boden kahl. Jemand hatte Unkraut gerupft und geharkt. Sie holte den kleinen Behälter aus ihrer Tasche und schöpfte mit einer schnellen Handbewegung ein wenig Erde hinein. Dann drehte sie sich um und ging.

In der Friedhofsverwaltung lag die Namensliste der fünftausend Opfer aus. Luisa brauchte sie nicht anzusehen. Es würde noch seine Zeit dauern, bis der Name Rudolf Steiner darauf stand.

Sie kam rechtzeitig ins Hotel zurück und wurde von Irma und Gretchen gleichermaßen nervös erwartet.

Feierlich legte Luisa die zwei Papierblätter hin und erklärte, was darauf stand. Das kleine Gefäß übergab sie Irma und zeigte beiden ein Foto von der Gedenkstätte.

»Es ist ein schöner, würdiger Ruheort«, berichtete sie. »Und ich habe dir Erde davon mitgebracht, Tante Irma.«

Die Großtante umarmte sie und atmete tief ein und aus. »Er war ein guter Junge«, flüsterte sie. »Es ist wichtig, dass sein Name reingewaschen wurde.«

Und Gretchen sagte leise: »Ich bin so froh, dass er nicht auch noch in einem Gulag leiden musste.«

Michaelas Reisetabletten sorgten dafür, dass die beiden alten Damen den Flug gut überstanden. Aber vielleicht, dachte Luisa, können sie auch deshalb so gut schlafen, weil die quälenden Fragen endlich verstummt sind.

Michaela blieb wach. Sie saß neben Luisa und betrachtete eingehend die beiden Dokumente mit der kyrillischen Schrift. »Die Papiere wirken echt. Doch sie sind es nicht, oder?«, wollte sie wissen.

Luisa schüttelte den Kopf. »Aber ich bin absolut sicher, dass Rudolf genau das passiert ist. Irgendwann werden sie seine Akte finden, und du wirst sehen, dass ich recht habe.«

Wolfgang holte sie am Flughafen ab und kam beinahe zu spät. Sie schleppten das Gepäck zum Parkhaus, und kaum saßen sie im Auto, begannen alle durcheinanderzureden.

»Wenn dieser Taxifahrer in Kiew am Friedhof auf uns gewartet hätte«, versicherte Irma. »Dann hätten wir nichts erreicht. Auch nicht in Moskau.«

Gretchen behauptete: »Die Gastgeschenke waren genauso wichtig. Sonst hätte uns der Mann mit dem Kind nicht geholfen.«

Michaela war damit beschäftigt, Vira und Yuri zu schreiben, dass sie gut gelandet waren.

Luisa atmete tief durch. »Du kannst dir nicht vorstellen, was uns an guten Dingen passiert ist«, sagte sie zu ihrem Vater.

Wolfgang drehte sich um und wurde vom drei aufgeregten Stimmen darauf hingewiesen, dass er auf die Fahrbahn achten solle.

»Es kann auf keinen Fall so gut sein wie das, was ich zu erzählen habe«, behauptete er und machte eine spannungsvolle Pause, bis alle still waren und zuhörten. »Im Luchsbachtal gibt es wieder Berggeschrei.«

Eine sächsische Firma plante ein Erzbergwerk in Pöhla zu errichten. Der erste Schacht war schon geteuft. Und sie waren dabei auf erhebliche Mengen von Wolframerz gestoßen.

»Die machen dort Erkundungsbergbau«, erzählte Wolfgang. »Es gibt Lagerstätten von Wolfram, Zinn, Zink, Kupfer, Kadmium.« Er suchte Luisas Blick im Rückspiegel. »Mein Mäd, du kannst dir nicht vorstellen, was mir der Berg bedeutet.« Er wischte sich über die Nase.

Die kleine Bewegung erinnerte Luisa an den Tag, an dem sie ihren Vater das einzige Mal weinen gesehen hatte.

Sie war neun Jahre alt gewesen, und jemand hatte ihnen erzählt, dass der Förderturm von Schacht 366 gesprengt werden sollte. Als sie hinkamen, waren die Sprengladungen schon angebracht, kurz darauf wurden sie gezündet. Es hatte keinen besonderen Knall gegeben, nur ein wenig Qualm. Der Förderturm neigte sich ganz langsam, so wie in Zeitlupe. Dann fiel er zu Boden wie ein besiegter Drache und rührte sich nicht mehr. Luisa hatte ein Zucken in der Hand ihres Vaters gespürt. Sie hatte den Kopf gehoben und gesehen, dass er weinte.

»Oh doch«, versicherte sie und legte ihre Hand auf seine Schulter. »Ich weiß, was dir der Berg bedeutet.«

Sie setzten zuerst Michaela in Zwickau ab, und dann fuhren sie weiter nach Bad Schlema. Inzwischen war es längst dunkel, und sie brachten die beiden immer noch etwas verschlafenen alten Damen in ihre Zimmer in der Alten Gleesbergschule. Wolfgang übernahm Gretchen, Luisa kümmerte sich um Irma.

»Ist dir kalt?«, fragte sie und drehte die Heizung weiter auf.

Irma setzte sich und gähnte. »Nein. Ich bin nur schrecklich müde.«

Die Dokumente lagen auf dem Tisch vor ihr, und sie versuchte die Schrift zu entziffern. Im Wörterbuch schlug sie die Begriffe nach, die sie nicht kannte. Sie wollte noch einmal selbst lesen, was ihrem Bruder geschehen war.

»Ach, Luisa«, sagte sie. »Dass wir das geschafft haben.« Sie schüttelte ungläubig den Kopf. »Diese Last all die Jahre. Ich bin so froh, dass das nun ein Ende hat.«

Aus ihrer Tasche holte sie die kleine silberne Dose mit der Erde vom Donskoje-Friedhof und stellte sie auf den Tisch. Sie wollte am nächsten Tag in den Wald gehen und sie mit Heimaterde mischen.

»Wir sehen uns alle vier am Wochenende«, versprach Luisa beim Abschied und lächelte. »Die ganze Reisegruppe Steiner.«

Sie umarmten einander lange.

Als Luisa aus dem Zimmer gegangen war, stand Irma auf und ging zum Kleiderschrank. Aus der hintersten Ecke holte sie einen alten Karton und öffnete ihn.

Es lagen drei hölzerne Leuchter darin, ein Engel und zwei Bergmänner. Sie stellte alle drei behutsam auf das Fensterbrett. Die Goldbronze war ein wenig abgegriffen, die grünen Schachthüte nachgedunkelt. Aus einem Fach holte sie drei große Kerzen und steckte sie in die hölzernen Hände. Der Totensonntag war noch nicht vorbei, aber sie wollte nicht warten.

Ein Flämmchen sprang aus dem Anzünder. Irma erinnerte sich an den letzten Abend mit ihrem Vater, an dem sie ihm etwas versprochen hatte. Sie entzündete ihren Engel, den Bergmann von Hans und zum Schluss Rudolfs Bergmann, der so lange hatte dunkel bleiben müssen.

Als Luisa mit ihrem Vater aus der Alten Gleesbergschule kam, drehte sie sich aus reiner Gewohnheit noch einmal um. Dabei war sie sicher, dass ihre Großtante längst zu Bett gegangen war und nicht zum Abschied winken würde. Da entdeckte sie in Irmas Fenster die drei Lichter.

Vor ihnen lag die dunkle Jahreszeit mit den Mettenschichten und Bergparaden und den Abenden im Doppelhaus, das nicht für die Steiners gebaut worden war. Sie würden in dem engen Wohnzimmer dicht beieinandersitzen und zu den alten Familiengeschichten eine neue hinzufügen können.

Und irgendwann, wenn Luisa die Wahrheit erfahren hatte, würde sie erzählen, wie es wirklich gewesen war.

Nachbemerkung

Die fünf Männer, die das schwerste Grubenunglück der Wismut im Juli 1955 überlebten, indem sie sich zum Schutz vor dem Brand einmauerten, dienten mir als Inspiration. Ihre wahren Namen lauten Brigadier Fritz Ruderer, Wolfgang Abendroth, Herbert Hempel, Helmut Herzog und Ludwig Mayer.

Mein Dank gilt

Ulrike und Lothar Becker, Victor Rudolph, Ruth Henck, Geologe Dr. Jens Uhlig, Horst Stelzer, Dipl. Bergingenieur Jürgen Ziller, Thomas Henck, Hans Kolitsch, Lothar Bösecke, Wirtschaftshistoriker Dr. Rainer Karlsch, Dr. Kathrin Bösecke-Spapens von der Kurgesellschaft Schlema, Historiker und Ortschronist von Bad Schlema Dr. Oliver Titzmann, Nico Loße von der Wismut Stiftung, Andy Tauber von der Wismut GmbH und Hermann Meinel vom Museum Uranerzbergbau in Bad Schlema für Erinnerungen an die Arbeit bei der SDAG Wismut und das Leben im Schlematal, zahlreiche Fachinformationen und das Herstellen von Kontakten.

Anja Keil, meiner Agentin, die voller Leidenschaft für meine Ideen kämpft und mir Rückhalt gibt.

Anna Hoffmann, meiner Lektorin, für ihr einfühlsames, genaues Lektorat und den Enthusiasmus, mit dem sie dieses Buch betreut hat.

Ganz besonders danke ich meiner Familie für ihre Liebe, ihr Verständnis und unseren starken Zusammenhalt.

Interview mit der Autorin

Ihr neuer Roman spielt im Schlematal im Erzgebirge. Was ist das Besondere an diesem Ort?

Wer durch das Schlematal fährt, spürt sofort dessen Zauber. Die Landschaft wirkt urwüchsig und ist doch von Menschenhand geprägt. Hier mischen sich jahrhundertealte Bräuche mit der Moderne. Ich kenne keinen anderen Ort, der so viele Glanzzeiten und Tiefpunkte erfahren hat. Oberschlema durchlief die Verwandlung von einem winzigen Bergarbeiterdorf im undurchdringlichen Finsterwald, unter dem Stollen und Gänge ein unterirdisches Reich bildeten, zu einem mondänen Kurort mit einer sagenhaften Heilquelle, bis es inmitten einer radioaktiven Haldenwüste buchstäblich im Erdboden versank. Und zu jeder dieser Zeiten lebten dort Menschen, die ihre Heimat liebten und sich auf eine ganz besondere Weise Mut machten. Die Lichttraditionen, die ich beschreibe, kenne ich schon lange. Ich wohne in Sachsen, und in der Weihnachtszeit fahren wir immer ins Erzgebirge und sehen uns die Bergparaden an. Und natürlich stellen wir dann auch in meiner Familie einen Schwibbogen auf, der die Sehnsucht der Bergleute nach dem Tageslicht versinnbildlicht und ein Symbol der Hoffnung ist: Auf dunkle Zeiten folgen helle. Denn inzwischen hat sich das Tal ein weiteres Mal verwandelt. Wie ein Phönix ist es aus verstrahlten Halden wieder zu einem Kurort und einem Naturparadies auferstanden. Aber die Vergangenheit schläft noch immer unter den sanft gewellten Hügeln. Manchmal drängt sie nach oben und reißt plötzlich den Bürgersteig auf.

Der Roman erzählt von verschiedenen Generationen der Familie Steiner. Was macht die Familie aus?

In der Familie Steiner wird niemand jemals alleingelassen, nicht einmal die anstrengenden Mitglieder. Gemeinsam durchleben sie Glück und Tragödien, Hungersnot und unerklärliche Krankheiten. Die Steiners stehen stellvertretend für viele Bergarbeiterfamilien, die im Erzbergbau und in der Steinkohle beschäftigt waren. Ihr Leben wurde geprägt von schwerer Arbeit und der Hoffnung auf bessere Zeiten. Jede gemeinsame Minute mussten sie auskosten, denn bei der gefahrvollen Arbeit im Berg wurden die Männer der Familie selten alt. Die Sehnsucht nach Licht und die Liebe ihrer Frauen und Kinder begleitete sie jedes Mal in die Dunkelheit unter der Erde. Durch schwere Zeiten und zwei Weltkriege halfen ihnen das Festhalten an Traditionen und eine Portion Schlauheit. Und obwohl im Schlematal heute kein Bergbau mehr betrieben wird, ist auch die jüngste Generation der Familie Steiner erfüllt vom Stolz der Bergleute auf ihre Zunft. Denn einmal Bergmann, immer Bergmann.

Sie haben sich für längere Zeit ins Erzgebirge begeben, um dort zu recherchieren. Welche Eindrücke konnten Sie dort sammeln, und inwiefern sind diese in Ihr Buch eingeflossen?

Während meiner Schreibzeit bin ich durch das Schlematal gewandert und habe versucht, mich anhand alter Postkarten in der Landschaft zu orientieren. Aber es wurden Berge abgetragen und aufgeschüttet, die alten Häuser sind verschwunden. Dort, wo einmal der Dorfkern war, ist nun ein Park. Die Verwandlung des Ortes ist an vielen Stellen so vollständig, dass es wirkt, als wäre die Vergangenheit ausgelöscht worden. Es war für mich ein großes Glück, dass der Ortschronist von Bad Schlema einen regelrechten Schatz an alten Fotos, Dokumenten und Geschichten zusammengetragen hat und mir Auskunft über all die kleinen Details gab, die den Alltag in der Vergangenheit ausgemacht haben. Mit seiner Hilfe konnte ich mich in die Zeit des alten Radiumbads zurückversetzen, von dem außer einer riesigen Uhr nichts geblieben ist. Unter der Erde allerdings scheint die Zeit stehen geblieben zu sein. Ich war in verschiedenen Besucherbergwerken und bin wie meine Heldin Luisa im Schacht 15^{IIb} mit dem Förderkorb eingefahren. Ich konnte mich mit Menschen unterhalten, deren Arbeitsalltag dem von Luisa gleicht, habe den Lärm von Pressluftbohrhämmern der Wismut-Arbeiter gehört und die Spuren von Schlägel und Eisen in den Gängen des Altbergbaus befühlt. Es ist ein ganz besonderes, seltsames Gefühl unter Tage – das matte Licht, der eisige Luftstrom, das Tropfen des Wassers, die beklemmende Enge und das Bewusstsein, dass obendrüber eine andere Welt ist, in der jemand auf mich wartet.

Der Roman befasst sich auch mit der Sowjetisch-Deutschen Aktiengesellschaft Wismut. Was hat es damit auf sich?

Die Wismut war ein Staat im Staate, in der unter strengster Geheimhaltung Uran für das sowjetische Atomwaffenprogramm abgebaut wurde. Die vielen Vergünstigungen und die hohen Löhne, die die Bergarbeiter der Wismut erhielten, bezahlten sie mit körperlicher Schwerstarbeit und hohen gesundheitlichen Risiken.

Ich habe mich mit Zeitzeugen getroffen, die in verschiedenen Berufen als Bergleute bei der SDAG Wismut gearbeitet haben. Die Fähigkeiten und Kenntnisse, die Ehrlichkeit und die Verlässlichkeit der ehemaligen Wismuter haben mich sehr beeindruckt und die Charaktere im Roman geprägt.

So hatte ich das große Glück, einer bewundernswerten Frau zu begegnen, die in den Anfangsjahren der Wismut unter Tage gearbeitet hat. Ihre Erzählungen von einem Leben zwischen sechs Kindern und Uranerzbergbau, von harter Schichtarbeit und bewahrter Weiblichkeit haben die Figur der Irma beeinflusst.

Außerdem durfte ich einen beeindruckenden Bergingenieur kennenlernen, dem eine spontane Entscheidung vor vierzig Jahren unter Tage das Leben gerettet hat, indem er nicht unter einer frisch gesprengten Bruchkante durchkletterte, die wenige Augenblicke später einstürzte. Auch diese bewegende Geschichte, von der er erst jetzt seiner Familie erzählt hat, ist in den Roman eingeflossen.

Die Schwierigkeit beim Schreiben über die Zeit der SDAG Wismut war für mich, die Balance zu finden und allen Aspekten gerecht zu werden. Es war mir wichtig, die Lebensleistung der Menschen, die dort gearbeitet haben, zu würdigen. Dennoch bedeutete der Uranerzabbau auch Leid für die Anwohner, die Natur und in zahlreichen Fällen auch für die Bergleute selbst.

In dem Roman werden Bauwerke, Halden und Landschaften beschrieben. Was davon ist real und heute noch zu finden?

Wer in Bad Schlema auf Spurensuche geht, wird das meiste aus dem Roman wiederfinden. Da sind das Besucherbergwerk, in dem alles beginnt, und das neue Kurbad mit dem heilenden Radonwasser, in dem Luisa Steiner beschließt, den Spuren ihres verschollenen Großonkels zu folgen. Im Kurpark, wo einmal das alte Radiumbad stand, gibt es zahlreiche Erinnerungstafeln an den alten Ortskern, der eines Tages im Erdboden versunken ist. An dessen Rand steht noch immer das ehemalige Radiumforschungsinstitut. Auch die Doppelhäuser in Blockbauweise, die einst für die sowjetischen Ingenieure gebaut wurden, lassen sich im Ort finden. Eines davon habe ich meiner fiktiven Familie Steiner als Zuhause gegeben. Noch immer stehen im Gleesbergviertel die Fremdenheime und tragen ihre alten Namen. Wie eins von diesen Häusern habe ich mir das Haus Martha vorgestellt. Die kleine Grotte mit dem Goldfischteich ist der Rest der einstmals prächtigen und weitläufigen Parkanlagen, und die Auferstehungskirche auf dem Gleesberg trägt die Uhr des alten Radiumbades. Unweit davon steht das Seniorenheim Alte Gleesbergschule, in dem ich Irma und ihrer Freundin Gretchen ein Zimmer gegeben habe. In der Bergstraße ist das ehemalige Klubhaus Aktivist, in dem sich heute ein Museum über den Uranerzbergbau befindet. Dort kann man neben den Bergbautechniken auch das leuchtende Uranglas bestaunen, das Clara zur Belustigung der Kurgäste im Roman vorführt. Unterhalb des Museums befindet sich die ehemalige Hennecke-Siedlung, in der ich Luisa eine Wohnung gegeben habe. Auch die alten Halden kann man noch sehen, inzwischen saniert und begrünt. In Hartenstein steht noch immer das Zechenhaus des Schachts 371 mit dem stählernen Förderturm. Der Weg dorthin führt durch den Poppenwald, in dem sich vielleicht noch immer Schätze verbergen.

Zeittafel zum Bergbau im Schlematal, Erzgebirge

Um 1170 – Im Schlematal beginnt der Bergbau auf Eisen und Manganerz.

Seit 1440 – Im Schlemaer Gebiet an der Mulde wird Bergbau auf Silber betrieben.

Um 1470 – Das Berggeschrei nach Silber in Schneeberg lockt zahlreiche Bergleute mit ihren Familien ins Erzgebirge.

Ab Ende des 15. Jahrhunderts – Im Jung-König-David-Stolln wird Bergbau auf Kupfer betrieben.

1503 – Zur Entwässerung der Oberschlemaer und Schneeberger Bergwerke wird mit dem Bau des Marx-Semmler-Stolln begonnen.

17. Jahrhundert – Der Bergbau verliert an Bedeutung, Spitzenklöppelei und Holzschnitzerei sichern das Überleben.

19. Jahrhundert – In den Schneeberger Gruben werden ärmere Erze abgebaut. Durch die sinkenden Preise für Kobalt und Wismut und den Verfall des Silberpreises geht der Bergbau zum Ende des Jahrhunderts weiter zurück.

1906 – Der Werkbaumeister des Blaufarbenwerkes Oberschlema entdeckt starke radioaktive Wässer im Marx-Semmler-Stolln.

1913 – Am Lichtloch 15 erfolgt die erste Ausgabe radonhaltigen Heilwassers an die Schlemaer Bevölkerung.

1918 – Das Radiumbad in Oberschlema wird eröffnet, das sich bald zu einem der bedeutendsten deutschen Kurorte entwickelt.

1939 – In Oberschlema wird das Radiumforschungsinstitut als Außenstelle des Kaiser-Wilhelm-Instituts für Biophysik in Frankfurt/M. gebaut.

1939–1945 – Während des Zweiten Weltkriegs beginnt die Sowjetunion mit der Entwicklung von Kernwaffen, verfügt aber zu diesem Zeitpunkt nicht über eigenes Uran. Im letzten Kriegsjahr beschließt das Oberste Verteidigungskomitee der UdSSR, die Suche nach radioaktivem Uran auf andere Länder auszudehnen.

1945 – Nach Ende des Zweiten Weltkriegs gehört das Schlematal für 42 Tage zum unbesetzten Gebiet in Deutschland und wird danach zum Teil der sowjetischen Besatzungszone erklärt. Im Herbst treffen sowjetische Geologen mit Sondereinheiten des sowjetischen Geheimdienstes ein und beginnen mit der Suche nach Uranlagerstätten in den alten Silberbergbaugebieten.

1946 – Auf Befehl der Sowjetischen Militäradministration wird das Radiumforschungsinstitut geschlossen. Im August erfolgt der erste Abbau von Uranerzen in Oberschlema mit Schlägel und Eisen, dazu werden Vertriebene und Arbeitslose in großer Zahl zwangsverpflichtet. In den Anfangsjahren sind die Arbeiter großen Strahlenrisiken ausgesetzt. Im November wird der Kurbetrieb im Radiumbad Oberschlema eingestellt.

1947 – Die sächsische Landesregierung erlässt ein Gesetz zur Enteignung aller privaten Bergbauunternehmen. Zur Abdeckung der Reparationskosten werden zahlreiche sächsische Bergwerke in das Eigentum der UdSSR überführt, darunter die Bergbauunternehmen in Schneeberg und Oberschlema. Die Radonquellen in Oberschlema versiegen mit dem Absenken des Grundwasserspiegels durch den Uranbergbau. Der Ministerrat der UdSSR beschließt unter strengster Geheimhaltung den offiziellen Beginn des Uranbergbaus im Erzgebirge. Im Juni wird die sowjetische staatliche Aktiengesellschaft der Buntmetallindustrie unter dem Tarnnamen SAG Wismut gegründet, die der sowjetischen Verteidigungsindustrie untersteht. Auf Befehl der sowjetischen Militäradministration müssen die Kurgebäude in Oberschlema an die SAG Wismut verpachtet werden.

Ab 1947 – In Oberschlema arbeiten in den Folgejahren in 20 Schächten über 25 000 Bergarbeiter in drei Schichten. Der Uranabbau führt zu riesigen Haldenaufschüttungen mit radioaktivem Material im Ort.

1948 – Zwangsverpflichtete Bergarbeiter der SAG Wismut, die wegen der schlechten Arbeitsbedingungen und der gesundheitlichen Gefahren fliehen, werden nun mittels Fahndung durch die Deutsche Verwaltung des Innern gesucht.

1949 – Am 7. Oktober wird die DDR gegründet.

Ab 1949 – Die Lagerstätten in der Tiefe unter Oberschlema sind erschöpft. Infolge des oberflächennahen Abbaus von Uran beginnt die großflächige Absenkung des Oberschlemaer Talbereiches. Im August zündet die Sowjetunion bei Semipalatinsk in der Kasachischen SSR ihre erste Atombombe.

1950 – Das Politbüro der SED beschließt Maßnahmen zur Verbesserung der Arbeitsbedingungen im Uranbergbau. Der beim Trockenbohren mit Druckluftbohrhämmern erzeugte Staub löst Silikose aus, an der Tausende Bergleute unheilbar erkranken. In den Folgejahren wurde das Nassbohren mit Wasserspülung durchgesetzt.

1951–1953 – Mindestens 70 Wismut-Mitarbeiter werden als vermeintliche Spione in die Sowjetunion verschleppt und dort hingerichtet.

1951 – Die Wismut plant den Bau von Kulturpalästen, medizinischen Einrichtungen und Erholungsheimen für die Bergarbeiter. Der Ministerrat der DDR beschließt soziale Verbesserungen für die Beschäftigten im Uranbergbau und gibt Mittel für den Wismut-Wohnungsbau frei.

1952 – Der Ortskern von Oberschlema hat sich um bis zu acht Meter durch den oberflächennahen Uranabbau abgesenkt. Aufgrund dessen werden 1953 Kirche, Schule, Radiumbad und andere Gebäude abgerissen.

1953 – UdSSR und DDR schließen ein Abkommen über die Umwandlung der bisherigen sowjetischen Wismut AG in die Sowjetisch-Deutsche Aktiengesellschaft (SDAG) Wismut.

1954 – Das Grubenfeld erweitert sich in Richtung Niederschlema-Alberoda.

1955 – Im Blindschacht 208b in Niederschlema kommt es zu einem Grubenbrand mit 33 Toten.

1956 – Der spätere Hauptschacht der Wismut, Schacht 371, wird geteuft.

1965 – Die Radiometrische Aufbereitungsfabrik am Schacht 371 wird in Betrieb genommen. Vorher wurde das Erz untertägig per Hand nach dem Urangehalt vorsortiert.

Ende der 1960er – Der Bergbaubetrieb Aue ist mit einer Belegschaft von ca. 12 000 Bergleuten und einer Jahresfördermenge von 5 000 Tonnen Uran größter Uranproduzent der SDAG Wismut.

1970 – Es wird mit der Einführung von Bohrwagen begonnen, um den Hauer zum Schutz seiner Gelenke vom Bohrhammer zu trennen.

1973 – Die Sohle –1 620 m im Revier Schlema-Alberoda wird aufgefahren, die bis dahin tiefste Sohle im Uranerzbergbau.

1986 – Das Grubenfeld im Lagerstättenbereich Niederschlema-Hartenstein-Alberoda dehnt sich über insgesamt 22 Quadratkilometer aus und umfasst 54 Tagesschächte und 26 Blindschächte.

1988 – Die tiefste Teufe im Schacht 371 beträgt – 2 000 m. Damit ist er der tiefste Schacht Europas.

1989 – Die UdSSR will ihre Uranimporte reduzieren. Im April beschließt der Ministerrat der DDR, dass ca. 3 000 Angehörige des Bergbaubetriebs Aue in die volkseigene Industrie wechseln sollen. Im November öffnen sich nach Demonstrationen und Massenflucht die Grenzen der DDR.

1990 – Die Sowjetunion importiert kein Uran mehr aus der DDR. Im Sommer wird mit der Auflösung der Wismut begonnen. Insgesamt hat die SAG/SDAG Wismut 220 000 Tonnen Uran gefördert. Im Oktober tritt die DDR der Bundesrepublik bei.

1991 – Mit der Schließung der Uranbergwerke wird der Bergbau im Schlematal eingestellt. Die SDAG Wismut wird in den Sanierungsbetrieb Wismut GmbH umgewandelt.

1998 – Das neue Radonheilbad in Oberschlema wird eröffnet.

Beginn des 21. Jahrhunderts – Im Erzgebirge beginnt eine neue Phase des Erkundungsbergbaus nach Erz- und Spatlagerstätten.